LA MAISON ETCHEVERRY

ANDRÉ-JEAN LAFAURIE

LA MAISON ETCHEVERRY

Iloba

★★

ÉDITIONS FRANCE LOISIRS

Édition du Club France Loisirs,
avec l'autorisation des Éditions Anne Carrière

Éditions France Loisirs
123, boulevard de Grenelle, Paris
www.franceloisirs.com

ISBN 2-7441-8564-7

Avertissement

Par souci de simplification, les mots basques du texte sont écrits suivant leur orthographe la plus usuelle. De même, le tréma – non utilisé en basque – indique la prononciation correcte (par exemple, *aita*, père, qui se prononce « a-hita », et non « éta », est orthographié aïta).

Iloba :

« En Amérique je suis. Je tombe, je tombe. Je sens dans les nuages que l'avion descend. J'ai dix-huit ans, et mon cœur bat. Alors je serre les accoudoirs à m'en scier les phalanges. Mes mains s'écrasent, blanches. Les soubresauts font trembler mes genoux. Ma tête va d'avant en arrière. D'un coup, les nuages se déchirent et tout en bas, je vois un pays immense. Il monte vers moi. Il monte, je tombe. Ici, on dit : « We have landed... *nous venons d'atterrir.* » « Iritsi gira », *souffle mon voisin dans ma langue. Plus tard, il me traduit le grognement de l'uniforme qui m'interroge. Ton nom ? Je le dis. C'est compliqué. Je dis autre chose, simple : « Iloba », le neveu... i-lo-ba. Ma tante Germaïna m'a toujours nommé Iloba, dans la Maison Etcheverry que j'ai quittée. Et quand je passe ici le tout dernier portail, je ne suis ni joyeux ni triste ; en Amérique je suis. »*

I

1

A qui dire : « Moi, Germaïna Etcheverry, chassée à dix-huit ans de ma Maison car j'aimais un jeune Allemand et que nous attendions un enfant, j'ai été poursuivie, anéantie. On m'a massacré mon bel homme et mon beau bébé : mes cheveux ont blanchi en une nuit. J'ai tué. A Guernica sous les bombes, j'ai coupé, moi, au couteau, la tête de l'assassin » ?

Qui entendrait : « Moi, Germaïna Etcheverry, je savais qui avait décidé ces meurtres : mon père » ?

Vraiment, qui aurait supporté ?

Depuis son retour d'Espagne neuf mois plus tôt, elle ne leur parlait donc pas. Sa vie se déroulait à la recherche de sa tête égarée et de son ventre glacé : elle ne parlait pas non plus pendant qu'elle prenait les hommes.

Cela se passait sans amour, presque avec méchanceté. Ils venaient quand elle faisait signe, qu'elle l'avait décidé. Elle se juchait sur eux, toujours. Et tous fermaient les yeux pour ne pas voir les siens, insoutenables. Ils gardaient leurs mains à plat, sinon elle les giflait. Va, sorcière ! Balance-toi d'avant en arrière sur les hommes, puisque tu ne sens rien.

Puis elle les libérait.

Toujours sans un mot, elle filait. Qui convaincre, de quoi ? « Moi, Germaïna Etcheverry, je suis une *zorgina*... sorcière. J'ai toujours froid. Je n'ai plus ma tête. »

*

Ils ne l'avaient pas vue depuis vingt mois, droite et haute du temps qu'elle était brune à la chair de miel gorgée de soleil, mais soudain de retour, guerrière à cheveux blancs. Vareuse marron... baudrier croisé, revolver à la hanche... lourde jupe. Ils n'avaient pas compris.

Emergeant de la grange, et de sa douleur mal pétrie comme un pain sale, Germaïna s'était avancée.

La mère-martyre de vingt ans avait un regard fou, ce qu'ils virent d'abord. Devant la Maison Etcheverry, le soleil de l'aube projetait sur leurs fronts butés l'ombre auréolée de sa tête.

Devant la famille alignée contre la table de pierre où gisait le cadavre du père, elle était passée en fixant le ciel jusqu'à toucher la porte. Pas un regard vers eux.

Plantée là, elle avait revu le *zuzulu* vide... le banc avec sa planchette rabattue au centre. Quelques heures plus tôt, pendant la nuit, elle y avait posé la tête coupée de l'assassin de son fiancé et de son enfant. Son père allait ainsi la découvrir au réveil. Il comprendrait que sa fille savait. Qui avait ordonné ces meurtres ? Lui. Qu'il paye !

Il avait payé, la tête écrasée à coups de pierres par son domestique simplet.

Retrouvé mort dans la colline au petit matin, le père avait été enterré le jour même. On avait transporté le corps sans procession. Maritchu, la mère, ne voulait voir que la famille – ce qu'il en restait : la jumelle Goïzane et Jon, son époux de la veille, et l'oncle Mattin. Même pas Nabar, le simplet colossal qui ne sortait jamais du domaine et parlait comme un enfant ; ni Germaïna la scandaleuse.

Quand ils furent partis, celle-ci avait attisé le feu dans la cheminée et saisi un brandon. Il fallait finir de nettoyer. Ce matin d'avril 37, revenue de Guernica anéantie, Germaïna avait mis le feu à la Maison Etcheverry.

*

Au coin de la bâtisse, elle avait entassé du foin. Elle s'était déshabillée, jetant sur le tas son baudrier de cuir, sa chemise kaki sale, sa jupe de toile marron, ne conservant que ses chaussures et les chaussettes de laine montant aux mollets. La guerrière à demi-nue, en culotte rêche découpant les hanches en haut des longues jambes, les seins pris dans une brassière militaire, sentait passer sur sa peau le frisson d'un printemps déjà mort.

Elle avait allumé le tas contre le mur.

Nabar se dandinait à côté, réjoui. Les premières flammes l'amusaient. Marmonnant « Armène... » (ainsi déformait-il le prénom), il riait, bavant. C'est lorsqu'il entendit le hurlement d'une brebis touchée par les flammes qu'il se secoua. Il se rua sur la bête, la couvrit de son paletot et se roula dans le feu pour l'éteindre. Lui, pataud et massif, voltigeait dans les flammes. Elles s'écrasèrent sous son poids. Il les mata. Puis il resta allongé dans la boue et le fumier, hors d'haleine.

Germaïna avait haussé les épaules.

Elle commençait à ne plus contrôler ses actes.

Elle s'était détournée, enfilant un vieux manteau accroché à l'entrée – celui de l'oncle, semblait-il, mais depuis le temps... Boutonnée du cou aux chevilles, elle avait gravi la première colline, jusqu'au sommet. D'en haut, elle pouvait compter les cascades d'autres mamelons, un océan de vagues vertes avec des frise-lis de fleurs comme écume. Là-bas, l'océan, le vrai, dont elle avait débarqué à la fin de la nuit. Peut-être que tout au bout, cette côte qui perçait la brume, c'était l'Espagne ?

Ne se souvenant plus, elle s'était appuyée à un muret de pierres, coudes sur les genoux. Son seul effort : respirer.

En milieu d'après-midi, en tout cas le soleil était haut, un berger était passé, poussant un troupeau vers son refuge d'été, le *kayolar*. Il avait surpris cette jeune fille aux cheveux blancs en godillots et vieux manteau. Tassée en avant, la tête dans les épaules, Germaïna offrait sa nuque au soleil. Stupéfait, il la dévisageait sans la reconnaître. Qui c'était, cette folle ?

Alertée par les bêlements des moutons, cette folle avait relevé la tête et fixé l'homme. Le regard noir, si dur, avait fait peur au vieux pâtre qui s'écarta en passant devant le muret, pour ne pas la frôler.

Au soleil déclinant, Germaïna était redescendue. Ses jambes trébuchaient, ankylosées par ces heures immobiles, rompues surtout d'une fatigue qui ne la quittait plus et d'un froid permanent sur sa peau. A bout de forces, elle distingua enfin le toit de la Maison.

Ses tuiles, sur un pan étiré presque jusqu'au sol d'un côté, beaucoup plus court de l'autre, prenaient la couleur orange des fins de jour. Pas à pas, le toit montait vers elle. Elle fut bientôt dans la cour, un mauvais sourire sur la bouche en découvrant la famille revenue de l'enterrement du père et nettoyant un mur noirci. Près d'un mouton brûlé, du foin dégageait encore une fumée âcre. Quand elle passa, ils reculèrent, statues de froid.

Germaïna était montée dans sa chambre. Elle n'avait pas poussé cette porte depuis presque deux ans, joyeuse fille en partant, veuve à l'enfant tué et tueuse en revenant, ô pauvre !

Rien n'avait changé. Son lit trônait, vide. Il n'y avait pas de poussière. Elle dormit là d'un coup, longtemps, peut-être un jour entier. Deux ?

2

La 11 CV lustrée roulait vers le port. Un coup de klaxon fit se retourner ceux dont le regard restait hypnotisé par les bateaux. L'abbé commençant sa bénédiction fut interrompu par le bruit nasillard du véhicule, sinistre comme les cornes qui sonneraient tout à l'heure.

Vers les quais, la foule s'écarta devant le museau noir de la Traction. Les gens se penchaient vers le pare-brise plat qui reflétait la lumière aussi fort qu'une glace. On ne distinguait pas l'intérieur. On savait.

Les portières s'ouvrirent, vers l'avant. Avec fébrilité, le maire jaillit. Pressant le pas, il contourna le capot pour aider sa passagère à sortir. Mais les escarpins vernis à petits talons puis les longues jambes serrées dans une jupe noire et brillante étaient déjà apparus. L'homme n'eut qu'à offrir son bras pour que la jeune femme assise à l'avant se dresse, debout, belle et haute avec ses cheveux tout blancs.

Germaïna Etcheverry lui sourit pour le remercier et tout l'éclat de ses vingt ans les frappa, et le maire, comme chaque fois, en trembla.

Fendant les premiers rangs, indifférent à écraser quelques pieds de ses godillots noirs que battait le bas de sa soutane, l'abbé s'avança, bras ouverts :

— Monsieur le maire... Germaïna... Où sont les

autres ? Merci d'être venus, Notre-Seigneur vous le... commença-t-il en tournant sur lui-même.

Près de l'eau se serraient les notables de la ville, ceux de la vallée, les familles endimanchées et les patrons de pêche dont on allait bénir les bateaux en partance pour la campagne d'hiver. Elle durerait quatre mois, jusqu'en mai de cette année 38.

Même si janvier restait doux, chacun était emmitouflé dans ses manteaux, ses canadiennes marron, les mains au fond des poches ou protégées par des gants. Seul l'abbé transpirait, engoncé dans sa soutane sous laquelle il portait un pull de laine et, pardessus, une chasuble blanche, une étole, le col serré. Il s'agitait :

— Que les enfants avancent. Allez, Monsieur le maire ! Pas avec les enfants. Les enfants et la chorale, avancez. Où est la chorale ?

— Ici ! lança une voix devant deux rangées de jeunes en costume vert et rouge, prêts à chanter.

— Très bien, dit l'abbé. Qu'est-ce que vous attendez ? On est d'accord.

Il fit trois pas en avant, le maire à son côté et Germaïna de l'autre. « Ils vont me rendre fou », glissa-t-il à celle-ci.

Germaïna mordilla sa lèvre pour se retenir. L'abbé demeurait l'un des rares qui la faisaient rire, parfois. Sa tonitruante manie de jeter des anathèmes le faisait craindre. Germaïna l'adorait pour son immense bonté. Ils parlaient, en tête à tête, des pleines soirées. Beaucoup ne comprenaient pas que l'abbé osât même lui adresser la parole : la seule de toutes, de tous, de tout le monde ici, Germaïna n'allait pas à la messe.

Seule une sorcière... *zorgina,* vit sans Dieu. D'ailleurs, ces cheveux tout blancs à vingt ans, n'est-ce pas ? Cette famille, frappée. Cette fille, chassée. Ce père, enterré en secret. Sorcière.

Germaïna rejoignit les siens, et la Maison Etcheverry se regroupa près de l'embarcadère. L'abbé et le maire montèrent sur une estrade. L'abbé ouvrit en grand ses bras, passant au-dessus de la tête de l'autre, tout petit, qui évita de justesse de tomber à l'eau. Quelques rires furent étouffés par la voix de stentor qui lançait son homélie :

— Bénissez-les, Seigneur, n'est-ce pas, on est d'accord. C'est un long chemin que vont couvrir nos hommes sur ces bateaux, comme Noé qui partit un jour avec tous les animaux de la Terre mais eux, c'est l'inverse et les voies du Seigneur demeurent bien impénétrables, car eux, c'est au retour qu'ils auront leur barque chargée, bien toute pleine des richesses de la mer qui... oui, des poissons, c'est ce que je dis, précisa-t-il plus bas en réponse au regard ébahi d'un enfant qui ne comprenait déjà plus tous ces mots. Oui, oui, oui ! reprit l'abbé de plus en plus fort, bénissez-les, Seigneur, ils l'ont bien mérité. Pendant des mois, ils seront loin d'ici. Où seront-ils ? Je vous le demande, paroissiens ! Je ne vais pas vous le demander trois fois : ils seront loin mais ils seront ici. Dans nos cœurs.

Il laissa un temps. Certains auraient pu réciter les phrases de mémoire. Chaque année, au départ de la pêche vers l'Atlantique, loin, à Terre-Neuve et Dakar, l'abbé prononçait les mêmes mots. Toujours au début, il glissait son astuce à propos des « pêcheurs partis loin mais restés ici ». Il aimait beaucoup ce passage.

Maritchu Etcheverry, la mère, tenait dans son poing un mouchoir blanc. Tout le monde en avait un.

Mille fanions flotteraient au bout de mille mains, linges blancs humides de larmes. Les hommes qui restaient à terre pleuraient aussi, eux qui accompagnaient un père, un frère, au départ. Ils ne revenaient pas tous.

Goïzane, la sœur jumelle de Germaïna, crispa ses lèvres. Pour l'instant, elle parvenait à retenir ses cris.

⋆

Quand les femmes seraient à nouveau réunies pour décharger la pêche, on compterait d'abord les places vides sur les ponts. Leurs proches repartiraient, sanglotant – surtout les hommes.

C'était plus douloureux qu'un bateau entier englouti. Celui-ci au moins, on l'attendait encore, on espérait. Des bruits courraient : on l'avait aperçu au large de... ils avaient découvert le pays de « l'or qui coule »... tous reviendraient, riches ; et on priait.

Sur les tombes était gravé le nom du disparu en mer. Pour les très anciennes familles comme les Etcheverry, sur la dalle dynastique dans l'église, le *jarleku,* les initiales du noyé se taillaient au burin. Mais il n'y avait rien dessous. Depuis le temps, on n'enterrait plus les morts sous l'église mais dans le cimetière voisin. Au cours du plus récent *biltzar,* l'assemblée des Maîtres de chaque Maison, on avait proposé de réfléchir, chacun, à l'emplacement d'un cimetière supplémentaire. L'autre regorgeait. Chacun promit. Janvier 1938 : ils ignoraient qu'ils n'avaient plus le temps.

L'abbé refusait qu'on remplace les corps enfouis dans l'océan par un souvenir du disparu. Pas d'objets dans la tombe. « Blasphème ! » tonnait-il. Puis il s'adoucissait. A l'enterrement suivant, quand on ouvrirait le caveau pour y descendre le cercueil parfois petit, celui d'un nouveau-né, cas fréquent, il tournerait la tête pendant qu'on jetterait l'objet gardé au chaud du vieux noyé, le souvenir chéri conservé dans sa Maison jusqu'à cet instant. Alors serait accompli le deuil.

Une fois quand même, il se figea. Un gros bruit l'avait surpris, suivi de la langueur aigre d'un soufflet épuisé. Au fond de la tombe, achevant de se recroqueviller sur lui-même en exhalant ses notes coincées, un accordéon de bois reposait enfin, lui aussi. Un an plus tôt, le marin, l'un des plus joyeux, n'était pas revenu, passé par-dessus bord. Pendant les traversées, il régalait les autres avec cet instrument hors d'âge, qui avait fait chavirer les filles dans les bals, et adouci les hommes sur les flots. Son piano à bretelles, muet depuis lors, gisait là, dans la terre, ayant chanté une dernière fois en ce jour où l'on enterrait le Vieux de sa Maison, jamais remis du chagrin de son fils disparu.

L'abbé avait failli exploser devant ce sacrilège sur la terre sacrée des enfouis. Trop tard, tant pis. « Tout de même ils vont fort. Seigneur, tu leur pardonneras. Ils ne savent même pas tout à fait ce qu'ils font. » Il avait repris sa litanie, jetant des regards courroucés à la famille qui pleurait sans rien voir d'autre que du père, le cercueil et du fils, son vieil accordéon rance.

*

Un autre son monta d'un bateau, encore un accordéon. La note filait dans les trilles, un appel. D'un pont répondit une plainte d'harmonica. Très vite, l'air basque des départs s'amplifia des voix des marins et du chœur à quai.

Les chants roulèrent. La musique revenait en ricochant sur les façades des maisons des pêcheurs ou des armateurs, un écho malaxé. Adieu tristesse, pour un temps.

Un bateau tira sa sirène. Un autre répondit par la sienne. C'était le signal. Un chien aboya, inquiet de ce vacarme.

Les coques s'écartèrent du quai dans un relent de chaudières qui grippa les gorges proches. Mais tout ce qui pouvait résonner, les bouches, les tambours, les mains, les sirènes, tout battait son plein, luttant entre la joie d'être encore ensemble et la peine d'être séparés bientôt.

Le cri de Goïzane se mêla aux autres cris.

Personne ne le remarqua. Jon, son mari, s'époumonait. Sa sœur jumelle Germaïna, un peu joyeuse à force, même elle, regardait en arrière : Mattin, l'oncle taciturne, restait planté, hypnotisé par les bateaux qui s'éloignaient. Germaïna l'appela gentiment. Mais sa voix ne perçait pas le vacarme de la fête.

Goïzane cria encore.

Maritchu, sa mère, tout au bord de l'eau, frappait dans ses mains. Des gamins passaient, distribuant des fleurs dans un panier d'osier. On leur glissait une pièce, ils tendaient un bouquet. Maritchu effeuillait le sien, lançant les pétales vers l'eau le plus loin possible. Elle les encourageait : « Encore, allez ! », soufflant pour les pousser, les joues rouges. Elle riait sans entendre sa fille Goïzane derrière elle, crier encore atrocement pour la troisième fois.

Et qui s'affaissa.

En glissant, elle heurta la hanche de Jon avec sa

tête. Il se tourna brusquement et vit que sa femme tenait à deux mains son gros ventre.

— Mon Dieu ! *Ama !*

Ecartelé, retenant Goïzane d'une main et de l'autre tentant d'atteindre le dos de la robe de Maritchu qui jetait ses fleurs aux flots, Jon appelait, éperdu.

Maritchu sentit qu'on tirait sa robe dans son dos. Elle entendit le nouveau cri, derrière elle, qu'elle connaissait, qu'elle avait poussé aussi. Elle se tourna d'un bloc.

Tout de suite elle comprit.

Le premier cercle autour d'eux s'écarta, saisissant mal ce qui se passait. Derrière, personne ne voyait Goïzane à terre, tordue. Les fêtards se bousculèrent, sans comprendre, dans un charivari. Tout près, un homme trébucha et faillit tomber sur Goïzane.

— Attention ! vociféra Jon. Ne bouge plus, imbécile. Tu ne vois pas que...

— Ça va, ho ! grogna le pauvre homme. Allez, vous autres, aidez-moi. Faites reculer.

Un vide se créa enfin. Comme si l'air avait été aspiré, le silence tomba sur les hommes en cercle, qui se tenaient les mains.

Maritchu s'était penchée sur Goïzane, sa fille, à terre, révulsée et blanche.

Dans quelques instants, une syllabe allait changer sa vie : de *ama*... la mère, elle deviendrait *amatxi*... la grand-mère.

— Jon, prends-la sous les bras, ordonna-t-elle.

Il tremblait. Il manqua de lâcher sa jeune femme.

— Ces hommes ! s'énerva la mère. Laisse. Je vais le faire. Où est Germaïna ?

Déjà Germaïna soulevait les jambes de sa sœur jumelle, et la mère, ses bras. Le petit cortège parcourut vite la trentaine de mètres jusqu'à l'auberge. L'abbé écartait la foule avec des taloches. Le maire avait filé prévenir le patron. En quelques instants, une grande table avait été débarrassée, couverte d'une nappe blanche. On y posa Goïzane.

Maritchu souffla. Sa fille pesait et elle, avec l'âge... Des curieux se bousculaient.

— Pas d'hommes, décréta Maritchu, et elle désigna la porte.

Les hommes sortirent, tous. Beaucoup de femmes suivirent, les poussant devant elles. L'abbé aida à évacuer la salle et referma la porte derrière lui.

⋆

Dehors, Jon tremblait toujours.

— Fils ! rigola l'abbé. C'est le grand jour.

— C'est tôt, murmura Jon.

— Elle n'a rien vu venir ?

— Ce matin, oui. Elle sentait des contractions mais elle croyait que c'était juste à cause de la fête, les danses, tout ça.

— C'est le Seigneur qui décide. Autant être d'accord, soupira l'abbé en lui tapant sur l'épaule.

Jetant un coup d'œil à travers la vitre, il ne vit que des dos de femmes à l'intérieur.

Il se retourna et sa masse masqua la fenêtre. Les gosses faisaient cercle autour de lui, essayant de voir sous ses bras. Il distribua une ou deux gifles.

— Chantons ! ordonna-t-il.

Dans la salle de l'auberge, le bruit de la chorale parvint, assourdi. Maritchu, qui avait ordonné une bassine d'eau chaude, une d'eau froide, et des linges secs, essuyait le front de Goïzane. On avait relevé sa jupe rouge jusqu'aux hanches. Goïzane avait perdu les eaux. Ses reins brûlaient. Maritchu posa une main sur le ventre : il résistait, dur, en bois.

— C'est bien, murmura-t-elle.

Germaïna était penchée sur Goïzane. Du talon, elle avait déchaussé ses pieds et repoussé les escarpins sous la table. Ses bas, raclant sur la dalle, filèrent. Elle respirait fort, au rythme de sa sœur, deux souffles identiques.

Otant d'un coup sec les clips d'argent de ses oreilles et les enfouissant dans sa poche, Germaïna s'accroupit au bout de la table, pour être à la hauteur du ventre de sa sœur, en un tableau bizarre de cheveux blancs, de toison brune, de chairs roses, et puis l'éclat noir des yeux et le sourire fardé de ces lèvres presque mêlées.

La tête du bébé apparut.

— Allez pousse, toi ! Plus fort, encore, allez ! encouragea Maritchu.

Goïzane respirait en cadence. Ses yeux plissés par la souffrance formaient mille petites pattes. Les femmes ne parlaient pas, juste un grognement pour aider. Toutes mères, elles suivaient le rythme. Tout allait bien. Goïzane enfantait dans la douleur.

La tête du bébé, presque dégagée, avait tourné elle-même, regardant vers le bas.

Grondante, une grosse femme écarta une jeune qui tendait les bras et voulait tirer le crâne vers elle.

— Malheureuse !

La grosse femme prit sa place. Avec délicatesse malgré son épaisse main paysanne, elle aida une minuscule épaule à sortir du ventre, puis l'autre.

Son torse miniature enfin dehors, le bébé allait crier aussitôt. Toutes les femmes le fixaient, éblouies.

Le silence se prolongea. Il ne criait pas.

— Vite ! s'agita Maritchu.

Pour autant, aucune ne s'affolait, surtout pas la grosse femme, qui avait dû mettre au monde un tiers de la vallée.

Elle sortit complètement le bébé, le vit blafard, le sentit mou.

Maritchu avait vu, elle aussi. Les deux anciennes échangèrent un regard, inquiètes.

Mais le cordon battait. En quelques gestes sûrs, la première fit un nœud et le coupa aussitôt aux deux côtés. On trempa le nouveau-né dans l'eau chaude, puis froide. Il fallait le faire réagir. Maritchu tapa fort dans ses mains, tout près de ses oreilles pour qu'il écarte les bras, par réflexe.

Le bébé restait bloqué, sans bouger.

Il leur restait moins d'une minute. Sinon, il mourrait.

Alors la grosse femme saisit le petit corps par les pieds, le secoua. Les jambes disparaissaient dans sa paume. De l'autre, elle frotta le dos, fort, des fesses vers la tête.

Il n'y avait pas d'autre bruit dans la pièce que ce raclement de la main calleuse sur la peau trop pâle, qui ne prenait pas la vie. La grosse femme frottait, de plus en plus fort, avec rage.

Souffle coupé, les autres observaient ce minuscule corps, blanc de mort, mou et muet, flasque.

Et soudain, il sembla exploser. A l'intérieur de la chair, le réflexe venait de se déclencher.

Tout s'ouvrit, enfin. La peau fut rose en un instant. L'air passait et, avec lui, le cri énorme que poussa le bébé, qui surprit comme chaque fois les femmes par sa puissance. Quelle force !

Les femmes crièrent aussi, de joie. Germaïna déchargea l'accoucheuse, observa bien le nouveau-né sans sourire, et l'enveloppa dans des linges. Maritchu surprit son regard. Soucis... Les autres tapaient des mains, heureuses.

— Il est né « étonné », expliquait la grosse femme, bien fière, en essuyant ses mains à une serviette. Ça arrive. Mais là, ça va bien. C'est un gueulard, à la fin.

*

Quelques minutes plus tard, Goïzane acheva son travail, contractée une dernière fois. Aussitôt, elle se sentit bien. Son visage se lissa et ses yeux s'ouvrirent, cherchant le bébé.

— Garçon, l'informa Maritchu.

— Et parfait ! enchaîna la grosse femme. Ses petites boules sont descendues, j'ai vérifié.

Elle sortit sur la place pour annoncer la nouvelle, pendant que d'autres femmes achevaient de nettoyer le sol, vidaient les bassins et enveloppaient Goïzane dans la nappe car elle frissonnait.

Germaïna tenait le bébé sanglé dans ses linges, contre elle, contre sa tête. Ses cheveux blancs et son visage frais de vingt ans en deuil frôlaient la peau ridée du petit corps. Elle murmura à son oreille :

— *Iloba*... petit neveu... i-lo-ba.

Dans le brouhaha, personne n'entendit. Maritchu s'approcha et, en forçant, s'empara du nourrisson dans le berceau de linges. Elle porta le tout à Goïzane. La jeune mère souriait, pleurait, si fatiguée.

Dépitée, Germaïna remit ses escarpins, fit brusquement demi-tour et sortit, seule.

Sur le pas de la porte, l'abbé faisait toujours rempart. Germaïna se glissa carrément sous son bras, écartant les dentelles de la chasuble, et lui fit face.

— Dis-moi, prononça l'abbé à voix basse – même ainsi son organe portait loin et l'assemblée se régala. C'est vrai, c'est un peu tôt, voyons voir, le mariage... fin avril, on est mi-janvier.

Il calculait de mémoire.

— Ils n'auraient pas... tout de même, fait... ça, avant ?

Germaïna secoua la tête :

— L'arithmétique, une autre fois.

— Dieu a accompli son œuvre. Place aux hommes. Je peux y aller maintenant ?

Germaïna lui fit signe, oui.

— On célébrera le grand baptême plus tard, mais je vais le bénir tout de suite, c'est une assurance. Notre Seigneur, dans sa gigantesque bonté, le gardera sous le coude.

Un gamin gloussa, effronté :

— Il a des coudes, Dieu ?

— Imbécile, lui lança l'abbé en même temps qu'une gifle que le gamin esquiva, habitué.

Le bras en l'air, un peu bête, l'abbé continua son geste en une bénédiction globale. Tout le monde fit le signe de croix avec lui. Germaïna s'était détournée, rejoignant l'oncle Mattin qui scrutait l'horizon : les bateaux s'éloignaient, déjà sur la passe, coques de jouets vus d'ici, sans couleur désormais, juste sombres comme son regard vers les pêcheurs partis. Eux se feraient des frères pendant la traversée. Mattin voulait partir. Il aurait dû, déjà. Germaïna savait. Elle était partie, elle. Partir, c'est préparer le retour. Mieux vaut être très loin qu'absent sans bouger.

Elle serra la main de l'oncle, fort. Le geste n'était pas tendre. Il soutenait.

Au loin, à contre-courant du sillage des chalutiers voguant vers le large, passait dans l'autre sens un bateau de guerre, gris. Il remontait, vers le nord, vers Bayonne. Sur la place, personne n'y prêta attention.

L'abbé interpella Germaïna :

— Je vais le bénir, on est d'accord. Mais comment il s'appelle, le petit ange ?

Immobile, Germaïna sortit les mains de ses poches. Dans chacune brillait un clip d'argent. Elle les accrocha à ses oreilles et planta ses yeux dans les siens :

— Iloba.

3

Le cuirassé gris venait d'accoster à Bayonne. Ici, nulle fête à quai. Seuls quelques tréteaux avaient été dressés, derrière lesquels trônaient des gendarmes. Face à eux, des registres tachés, des tampons. Debout à côté, des femmes en blouses blanches et bonnets, des infirmières. Des ambulances stationnaient pas loin, capots tournés vers la sortie du port aux grilles gardées par d'autres gendarmes, fusils à l'épaule.

Les marins avaient lancé une passerelle que fixèrent des hommes à terre, dès qu'ils eurent amarré le bateau. Un ordre claqua à bord. Une écoutille fut ouverte, laissant passer les premiers réfugiés, les impotents, les blessés, demi-morts. On les débarqua sur des civières. Secoués, ils souffrirent davantage depuis le bastingage jusqu'au quai que du trajet depuis Bilbao d'où ils s'étaient échappés de justesse la veille, canardés par les franquistes.

Vinrent ensuite les plus valides, sur leurs jambes et parfois leurs béquilles, moches, sales, vivants, illuminés d'un sourire libre sous leurs barbes.

Les gendarmes français aimaient peu ces hordes. Les camps, les hôpitaux débordaient. Communistes et anarchistes restaient les plus mal considérés. Gurs les attendrait bientôt, dans les Landes, terrible camp où beaucoup mourraient. Les Basques ? Deux gendarmes sur trois étaient nés ici, même si, en proportion équivalente, ils ne s'étaient jamais souciés de « ceux du Sud », pas propres, noirauds, des Espagnols, quoi. Au moins pour ceux-ci, le transfert serait rapide. A quelques kilomètres, au recoin d'une falaise les attendaient leurs frères organisés, à La Roseraie d'Ilbarritz.

Depuis six mois, l'ancien hôtel-casino des fêtes folles avait été transformé en hôpital. D'emblée, l'afflux avait été massif. En Espagne, après Irún, San Sebastián et Pampelune, Bilbao puis Santander tombaient aux mains de Franco. Vite, les enfants avaient été évacués. Puis les femmes, les hommes, les vieillards, les traîtres et les héros, et l'inverse, tous ceux qui trouvaient place dans le moindre rafiot. Malheur à ceux qui n'avaient pas déguerpi.

La veille, deux femmes avaient débarqué d'un cargo, folles. Elles avaient vu le mari d'une troisième, près de Pampelune, crucifié vivant et ses membres coupés. Sur le quai de Bayonne, elles agitaient les bras en tous sens, tâtaient leurs mains, se collaient l'une à l'autre en grognant, et dès qu'elles apercevaient un uniforme, ceux des pandores d'ici, elles tombaient à genoux. A peine l'un faisait-il un pas qu'elles hurlaient.

L'année d'avant, les gendarmes avaient assuré cet accueil plus de soixante fois en six mois, de mai à octobre. En un seul jour, le « Bobie », parti de Santander, avait débarqué quatre cents blessés et mutilés. Tous avaient été dirigés vers Saint-Christian en Béarn, juste avant l'ouverture de La Roseraie près de Bidart. Nombre d'entre eux étaient aussitôt revenus.

Puis le flot s'était tari. Une fois par mois, les gendarmes s'installaient sur le port bayonnais, registres sortis, noms bien cochés, communiqués par le gouvernement basque en exil. De quel massacre s'échappaient encore les débarqués ? A compter les ambulances, les infirmières, les brancards, à vérifier leurs passeports crasseux et froissés, souvent tachés de sang, à voir ces têtes pansées, ces jambes mal recousues, sans aucun doute on se battait toujours au sud. Il y avait peu de femmes, et plus d'enfants, dans ces convois du miracle. Des hommes, seuls.

Formalités passées, trois ou quatre se regroupaient à l'écart, attendant qu'on les emmène. Les autres restaient plantés, isolés : ils n'avaient plus personne. Sans doute s'étaient-ils acharnés à se battre parce qu'ils ne savaient faire que cela, à force. Ils ne savaient pas finir. Embarqués lorsqu'un passage libre, et rare, s'ouvrait ? Réfugiés contre leur gré ? Ça arrivait.

L'un des premiers débarqués ce jour-là sur sa civière arriva presque mort, grelottant.

Une infirmière s'approcha et défit la pochette en bandoulière qu'on mettait à ceux qui ne parlaient plus. Elle en sortit des papiers pliés, une carte abîmée, et les tendit au gendarme attablé. Avant de faire signe de passer, il cocha le nom sur sa liste : Tchema.

Deux aides empoignèrent le brancard. Ils longèrent la table. Le gendarme aperçut une tête entourée de bandes. On ne distinguait pas les cheveux, ni le cou, serré lui aussi. Seuls les yeux émergeaient, grands et noirs.

— C'est un gosse ou quoi ? marmonna le gendarme.

Une longue robe noire allongée, maculée, défilait à la suite. Une soutane.

— Un gamin curé ! Décidément, ça sent la fin.

Il fit signe au suivant.

4

Yeux ouverts dans le noir de sa chambre, Germaïna détestait son grand lit et ses montants de bois. Elle n'y trouvait qu'un sale sommeil, toujours tard. Depuis son retour de la guerre d'Espagne presque neuf mois plus tôt, elle gisait.

Maintenant, elle détestait cet enfant nouveau-né et le berceau au pied du lit de sa sœur jumelle Goïzane dans la chambre à côté. Elle le détestait, peut-être.

Elle fit passer ses longues jambes sur le côté, repoussa l'édredon et se leva. Sur ses mollets, elle sentit battre lourdement le bas de sa chemise de nuit. Enfilant un paletot par-dessus, elle glissa ses pieds dans des chaussettes de laine. Depuis des mois, elle avait toujours froid.

Essayant de ne faire aucun bruit le long du couloir de l'étage, elle marcha jusqu'à une autre porte. En face, la chambre de Mattin, l'oncle, qu'elle entendait ronfler, fort. Au bout, la chambre de Maritchu, sa mère, qu'elle ne vit pas, œil collé dans l'interstice du montant un peu ouvert.

Germaïna souleva lentement le loquet de la porte voisine et poussa en tirant vers le haut, certaine d'éviter un grincement.

L'intérieur sentait la nuit, le sommeil noir. La lune aurait dû passer sa clarté bleue à travers les persiennes disjointes, mais les nuages d'hiver la masquaient. Germaïna, yeux ouverts depuis des heures, distingua les contours qu'elle connaissait, le grand lit contre tout un pan de mur, le berceau à côté, l'armoire en face, et un coffre dans le fond.

Elle voulait les voir tous les trois, s'en gaver, même flous. Les entendre dormir. Jon dormait-il ? Elle scruta, entendit la respiration régulière de sa sœur Goïzane, peut-être un borborygme venu du berceau, rien d'autre. Jon – elle distinguait son corps – dormait peut-être, mais alors en silence. Elle regarda une dernière fois le berceau, obsédée.

Glissant sur le sol ses pieds chaussés de laine, elle referma la porte aussi doucement qu'en l'ouvrant et revint dans sa chambre, triste sans pleurer et bâillant enfin de sommeil.

Elle n'avait vu ni Jon qui avait fixé sa silhouette dans l'embrasure et tremblé qu'elle entre tout à fait dans la chambre, ni Maritchu qui avait observé de dos la chemise de nuit immobile sur le seuil et redouté qu'elle fasse un pas de plus.

Germaïna s'endormit et fut réveillée, trop tôt, par les bruits de Nabar dans la cour. L'ouvrier de la Maison sortait les bêtes. Exaspérée, Germaïna se retourna d'un bloc, enfouissant son visage au creux de l'oreiller de lin clair. Qui l'aurait vue de dos, toute longue sur le ventre, la tête enfoncée avec ses cheveux blancs qu'on ne distinguait plus du linge, l'aurait crue décapitée.

*

On tua le cochon au matin d'un jour glacé.

Pendant l'hiver, la Maison vivait au ralenti, sur ses réserves. Pommes de terre sous l'escalier, couvertes de toile de jute, blé et maïs au grenier, fromages dans le réduit arrière et leur armoire grillagée, œufs au fond des jarres d'eau salée, et jambons bientôt accrochés au plafond. Ils ne manquaient même pas de vin. Deux barriques duraient toute l'année. L'oncle Mattin préférait une gnôle le soir, en compagnie de Jon ou en lisant le journal qui datait parfois de plusieurs jours. Maritchu coupait son vin avec de l'eau. Les jumelles, Germaïna et Goïzane, s'offraient un verre le dimanche. Nabar réagissait mal à l'alcool, on l'empêchait. S'il s'en gavait à l'occasion d'une fête, il s'agitait. Mattin l'avait plusieurs fois calmé à coups de poing.

L'odeur de kilos d'oignons, cuits depuis la veille, empestait loin. Le cochon fut entravé dans son enclos, relayé dans ses hurlements par les autres bêtes qui devinaient la mort. Plusieurs familles s'étaient regroupées. On irait chez elles, à tour de rôle, rendre la pareille. Les femmes se tenaient prêtes, avec des bassines et des louches en bois. Quatre hommes portèrent l'animal au billot adossé au mur de la grange et Jon – ça lui revenait de coutume – trancha la gorge d'un geste direct. Les autres apprécièrent. On jugeait vite.

Le nouveau Maître Jeune de la Maison Etcheverry n'avait plus besoin de faire ses preuves. Depuis qu'il avait été choisi pour se marier avec la deuxième jumelle Etcheverry, Goïzane, le jeune contrebandier, danseur-pelotari qui séduisait les filles de la vallée puis collait son oreille dans les prés pour « écouter pousser les fleurs », était redevenu paysan. Chacun savait qu'il avait appris dans son enfance, dans sa propre Maison avant qu'elle ne brûle et ses parents dedans. Orphelin, il avait vécu ensuite de petits marchés, du travail de la nuit... *gauazko lana*, en passant des ballots par la montagne, pariant au fronton pour encaisser quelques sous de plus, pas grand-chose. Il n'avait eu besoin que d'air et de sauts.

Le flot de sang jaillit de la gorge du cochon, son gargouillis énorme remplaçant ses cris. La bête trembla beaucoup. Les femmes recueillaient le liquide dans une bassine, éclaboussant leurs tabliers. Les mains semblaient gantées de rouge. Pendant trois jours, elles pataugeraient dans le sang, elles malaxeraient des viscères, des chairs chaudes, dans une odeur de peau cramée et de cuir grésillant. Recueillis, tous tailleraient les cuisses et les pattes, les côtes, la tête, et saleraient. Ils pendraient la moindre parcelle du cochon aux crochets de la cuisine qui servaient depuis des lustres, ou dans le grenier aéré grâce aux petits losanges taillés dans les pierres à l'ouest, au vent dominant.

Dehors, la buée enveloppait les corps. Les joues rosissaient, piquées par l'air. Il fallait enfoncer ses pieds dans des chausses de laine, qui grattaient au début. Les sabots entourés de cuir finissaient de protéger, sinon la boue de neige fondue aurait glacé les jambes en une minute et rendu le travail impossible.

A l'intérieur de la Maison, Iloba se mit à brailler.

Penchée sur le lavoir où elle nettoyait les viscères, Goïzane se redressa tout de suite et frotta ses mains à son tablier sanguinolent.

— J'y vais, prévint-elle en essuyant le bout de son nez glacé avec l'avant-bras.

Mais Germaïna avait été plus rapide. Déjà elle se dirigeait vers la Maison :

— Laisse. Je m'en occupe. J'en ai assez de cette viandasse.

Quelques hommes ricanèrent, presque méprisants pour elle, la belle Etcheverry de vingt ans mais à cheveux blancs – pour eux un mystère, comme celui de son absence de la Maison pendant deux ans, comme celui de son retour depuis dix mois, et allez donc tirer les vers du nez de cette famille, et de la mère, Maritchu, Maître Vieille à son tour depuis la mort du père, allez donc !

Germaïna s'essuya les mains à son tablier qu'elle pendit au crochet derrière la porte. Elle défit le paletot de mouton qui lui tenait chaud dehors. Ici, le feu durait dans la cheminée. Il faisait bon.

Agitant son berceau à force de vagir, Iloba réclamait. Germaïna le prit dans ses bras et s'assit sur le banc, à califourchon, un coude sur la table et dans le creux, la tête du bébé. Elle tournait le dos à la porte.

Dégrafant sa grosse chemise, frissonnant tout de même car sa chair nue n'était plus protégée, elle amena la bouche d'Iloba sur son sein.

Le petit s'enfonça dans cette mollesse et, aveuglé, chercha à aspirer le téton, trop petit, pas dressé. Il insista et mordit. Sa minuscule bouche faisait mal tout de même, pinçant.

— Va, petit chéri, haleta Germaïna en lui caressant le duvet du crâne.

Iloba s'étouffait, à téter sans succès. Germaïna n'avait pas de lait.

Il éructa, avala sa salive, la bouche toujours sèche.

— Qu'est-ce que tu fais ? entendit Germaïna dans son dos.

Elle reconnut la voix de Jon, mais ne se retourna pas.

— Je n'aime pas trop que tu t'occupes de lui, dit Jon d'un ton sec. Je ne comprends pas bien. Qu'est-ce que tu fais ? Ce n'est pas bien, tout ça. Tu as entendu ? Qu'est-ce qui te prend ? Tu es folle ou quoi ? Maintenant, laisse Iloba, tu n'es pas sa mère.

Le flot de paroles ne fit réagir Germaïna qu'au dernier mot. Elle baissa les yeux vers le bébé accroché à elle, immobile. Iloba semblait repu. Il ne tétait plus. Pourtant, il n'avait rien avalé. Son cerveau avait tout de même enregistré le simulacre et s'en contentait pour quelques minutes. Sans doute ces gestes inutiles, démesurés sur un corps miniature, l'avaient vraiment épuisé : il dormait, avachi sur le sein de sa jeune tante, douce comme sa mère.

Germaïna se dégagea, le remit dans son berceau et referma sa chemise. Bien droite, elle alla vers la porte barrée par Jon. Elle était aussi grande que lui, mais ses beaux cheveux blancs, plus longs et plus épais qu'au jour de son retour dix mois auparavant, la rehaussaient.

Face à elle, Jon avait du mal à parler. Il craignait ce visage clair et sa chair pleine. Goïzane, sa femme, lui refusait son corps – elle lui reviendrait au temps des relevailles.

Germaïna le poussa avec agacement, pour décrocher son paletot et son tablier accrochés à la porte. Avec lenteur elle les remit sur elle et sortit sans un regard pour Jon. Dès qu'elle fut passée, il retrouva la voix : « Ce n'est pas bien, tout ça. » Germaïna filait déjà loin, rejoignant les autres, dehors.

Goïzane se chamaillait avec des femmes, tirant vers elle un bout de peau cousue, qui serait bientôt un saucisson, les autres tirant dans l'autre sens. Elles s'amusaient autant qu'elles travaillaient. Germaïna reprit place à leurs côtés.

— Qu'est-ce qu'il voulait ? demanda Goïzane à sa sœur.

« Vivre », faillit-elle dire.

— Rien.

Mais le petit braillard, toujours affamé, se fit entendre à nouveau. Goïzane scruta Germaïna, soupçonneuse. Elle courut vers la Maison. Une minute plus tard, on n'entendit plus le bébé. Germaïna resta là, triste.

5

Derrière ses paupières, Tchema voyait rouge. Ses yeux s'ouvrirent et il ne reconnut rien. Une nausée le submergea et ils se refermèrent tout seuls. Cette fois, ce fut noir, mais atroce. Les douleurs s'enchaînaient, une cascade de feu dans sa gorge, puis son torse, puis son ventre, et de retour à la tête, fulgurant.

Une infirmière s'approcha, alertée par son cri. Elle posa sa main sur le front brûlant. Tchema ouvrit une deuxième fois ses yeux absolument ronds. Une forme de tête coiffée d'un bonnet blanc se penchait vers lui. Il l'entendit à peine quand elle chuchota :

— Cela s'est bien passé.

Maintenant, elle essuyait son visage trempé de sueur. Il aurait tant voulu lui sourire pour la remercier. Mais il sombra aussitôt dans un sommeil de nouveau rouge.

La douleur le réveilla plus tard. Puissante comme la première fois, mais lui, mieux reposé, sentit son trajet dans son corps. Cette fois, il ne se rendormit pas. Se forçant à ralentir sa respiration saccadée, il fixa le plafond et se mit à prier en silence.

« Dieu, que Ta volonté soit faite, pour les siècles des siècles. Je T'offre ma souffrance. Donne-moi Ta force. Christ ! »

Il avait crié le dernier mot. Comme plus tôt, la femme au bonnet blanc se précipita. En guise de sourire, Tchema dessina une grimace sur ses lèvres sèches. Où gisait-il ?

Par bribes, le souvenir revint. Le débarquement du croiseur... il avait eu si mal qu'il s'était évanoui dès qu'on l'avait posé... une main qui fouillait dans sa sacoche de blessé, avec ses papiers, demi-mort de Pampelune sauvé dans un convoi de ses frères... Puis rien, peut-être si : un grand bâtiment blanc, un bruit de vagues, un parfum de sel... des ordres fatigants. Il y avait reconnu du français : en France, alléluia ! Encore des cahots le long de couloirs, du blanc partout, les gens, des blouses, tout en blanc dans une odeur d'éther... Plus rien encore.

— Revenez ! Revenez, Monsieur.

Au-dessus de lui, la voix de l'infirmière insistait. Il avait sombré. La femme tapotait sa main et lui faisait horriblement mal. Mais il n'avait pas la force de bouger.

— Il faut tenir éveillé, promis ?

Il ne broncha pas.

— Le médecin va passer, continua l'infirmière, tout près de son oreille. Maintenant, il faut vous battre, promis ?

« Mon Dieu, pria Tchema, Donne-moi Ta force pour mourir. »

— Promis, murmura-t-il dans un souffle à peine audible.

La femme s'éloigna après l'avoir essuyé une dernière fois. Tchema se préparait aux douleurs tapies, prêtes à rugir.

Terrorisé à l'idée de bouger la tête, il se sentait pris dans un sarcophage de pansements. Il fit tourner ses yeux en haut, en bas, des deux côtés, découvrant les barrières de métal blanc de son lit, d'autres couches à droite, à gauche, en face. Il y en avait partout. Des femmes en bonnet blanc portaient des bassines de fer. Quelques cris venus du fond de la salle, des gémissements derrière lui : les sons arrivaient, ouatés. Il baissa les yeux le plus possible et vit le bout de son nez et puis ses bras posés sur le drap. Au bout, la moitié des doigts sortait, doigts pleins de sang, comme des restes de viande sur un linge. Il voulut les bouger. Rien ne vint. Il essaya à nouveau, toujours rien. Paniqué, il fixa sa pensée sur ses jambes. Il essaya de bouger les pieds. Cette fois, il cria – la douleur venait de s'attaquer à ses chevilles. Il se mordit les lèvres. Ses pieds bougeaient ? Il essaya encore. Oui ! La douleur redoubla. Il hurla, satisfait.

L'infirmière revenait, suivant un homme barbu, les manches de sa blouse retroussées et le petit col relevé sur la nuque. A le voir d'en dessous, il sembla immense.

— Voilà le docteur, précisa l'infirmière tout en tirant sur les bords du drap, les lissant.

Saisissant une feuille fixée sur un carton accroché au pied du lit, le médecin hocha la tête et observa Tchema, d'un œil bon :

— Dix-huit ans ?

Tchema cligna des paupières pour acquiescer. Il les releva et le médecin fut frappé à son tour par ces yeux absolument ronds, fiévreux et noirs, même si dans le dortoir de l'hôpital tous les regards brûlaient.

Le médecin revint sur la feuille :

— Tchema... et le nom ? Houlà ! (il y avait beaucoup de syllabes), je laisse tomber. Tchema, tout court.

Il lut les notes en marmonnant :

— ... Pampelune, d'accord... Attaque régiment des tiraill... Ça, je m'en fous... Evacué... bien, Bilbao, Bayonne. Ah, tiens ?

Il leva les sourcils. Sur le dossier de la chaise à la tête du lit pendait une soutane.

— Vous êtes curé, à dix-huit ans ?

Tchema avala sa salive et parvint à souffler :

— Séminariste... encore.

— Je vois. Roncevaux, la Collégiale. J'ai un cousin, il a été séminariste, à Larressore. Vous auriez mieux fait d'être de ce côté.

Il accrocha le carton au pied du lit et s'approcha. Avec délicatesse, il examina les yeux, puis il tira la langue, lui indiquant de faire de même. Devant ce geste, le blessé eut envie de sourire.

D'une pichenette, il fit rentrer la langue de Tchema dans sa bouche.

— Température ? demanda-t-il par-dessus son épaule à l'infirmière.

— Oui. Mais normal.

— J'aurais préféré un chiffre, mademoiselle, dit le médecin en adressant un clin d'œil complice à Tchema.

L'infirmière consulta à son tour la feuille au pied du lit :

— Trente-neuf neuf.

— Tout de même. Mais c'est normal, enchaîna le docteur, rassurant. Maintenant il faut se reposer.

Il se redressa :

— Vous êtes courageux. L'opération s'est bien passée. On a extrait les balles, on a recousu. Mais il vous faudra plusieurs mois avant de poser le pied par terre. Si vous étiez plus âgé, vous seriez mort. Dix-huit ans... quelle folie, hein ?

Mais Tchema s'était endormi, ou peut-être évanoui.

6

— Vois les petites fumées. C'est le printemps.

Germaïna promenait Iloba dans la cour de la Maison. Le bébé neveu dormait dans ses bras, balancé par le corps solide de sa jeune tante. Quelques mois de vie, et déjà le printemps. Il n'y comprenait rien mais le chant de Germaïna le berçait :

— Au matin, quand la terre fume, c'est que le printemps veut sortir. Il a dormi tout l'hiver dans le sol. Il a été triste. C'est sa tristesse qui s'échappe. Maintenant, on rentre, il faut que j'y aille.

Elle lui souffla sur le crâne. Ça lui faisait du bien. En pénétrant dans la Maison, elle lui murmurait encore des petits mots dans l'oreille. Sa mère, Maritchu, l'observa en coin, en s'affairant au fourneau d'où sortait un parfum de ragoût. Tous les autres, l'oncle Mattin, Jon et Goïzane, Nabar aussi, travaillaient avec les bêtes ou pour dégager les champs des dernières boues neigeuses. Germaïna y participait, parfois. Depuis son enfance, elle avait préféré les rires de la ville aux essoufflements des prés ; depuis son retour de la guerre d'Espagne – plus d'un an avait passé –, elle vivait ailleurs. Méconnaissable, dehors comme dedans. Elle cherchait par tous les moyens à se réchauffer, brûler même, enfin. Folle, elle faisait des folies – et trouvait cela normal.

Elle grimpa dans sa chambre et, vingt minutes plus tard, redescendit en jupe noire cintrée, un corset et un gilet par-dessus, pieds nus. Sa mère entendit ses pas dans l'escalier puis la vit, élégante, hautaine, habillée pour la ville, et chaussant une paire de godillots pour la marche.

— Grande visite ? siffla Maritchu. Les chaussures ne vont pas.

Germaïna ne répondit rien, mais montra à l'intérieur de son sac des escarpins vernis, à talons. Elle sortit en claquant la porte et descendit vers la ville.

A pied, il fallait bien une demi-heure. L'air très frais sentait bon, elle aimait cela. Ses chaussures de marche écrasaient les cailloux du chemin et, sur la route plus tard, la portèrent en souplesse. Elle ne salua personne en traversant la place et entra dans la mairie.

Un employé courbait la tête derrière un comptoir. Debout, Germaïna délaça ses chaussures et les laissa contre le mur, les montrant à l'employé d'un geste, comme on dirait à un chien : « Tu gardes ! » Elle enfila ses escarpins, rehaussant encore sa taille et, sans frapper, pénétra dans la salle de réunion.

Autour des tables en demi-cercle, le conseil municipal siégeait. Germaïna prit sa place sur la dernière chaise, face au maire.

Les conversations avaient cessé dès son entrée. Chacun suivait la grande silhouette vêtue de noir et blanc, qui intriguait. Les hommes comme les femmes détaillèrent ses jambes longues qui traversaient la salle, ses seins gonflant le corset, qu'elle fit saillir sans y penser sans doute, en s'asseyant et en croisant ses bras dessous. Plusieurs, ici, l'avaient connue gamine, puis jeune fille, et déjà on l'avait enviée... La fille Etcheverry allait dans trop de fêtes, et pas assez dans sa Maison. Elle en avait été chassée d'ailleurs, on l'avait su : on ignorait pourquoi. On ricanait devant ses cheveux, tout blancs depuis son retour. Mais d'où ? Personne ne savait. Elle avait été là un jour, de nouveau, et la famille Etcheverry se taisait. Les femmes avaient scruté, voyant bien que la blancheur des cheveux n'était pas feinte. Se teindre en blanc à vingt ans ? Alors ? Alors rien.

Germaïna fixait le maire dans les yeux :

— La prochaine fois, il faudra m'envoyer une voiture. C'est loin à pied.

Chacun se cabra. Comme si la bourgade avait les moyens de payer des chauffeurs, et pour celle-là ! Que le maire la fasse entrer au conseil municipal, plusieurs s'en étaient étranglé. D'abord, elle arrivait en retard comme toujours, et elle saluait à peine ensuite.

Le maire toussota :

— Nous essaierons. Puisqu'on est au complet, travaillons.

Germaïna avait peu de goût pour les délibérations, et jamais de plaisir. Elle avait dit oui, tout de même, à la proposition du maire : « Nous avons besoin de jeunes comme vous. Il n'y a pas beaucoup de femmes, toutes sont occupées. Venez. » Le petit homme d'une quarantaine d'années commençait à s'empâter. Notaire de la ville, il avait comme hérité de la mairie, tenue par sa famille presque de père en fils. Veuf sans enfants, il avait souvent parlé avec Germaïna, au hasard des réunions de ce peuple solitaire qui ne vit jamais seul.

— Je suis veuve aussi, avait rétorqué Germaïna une fois.

Le maire était resté bouche bée.

— Et sans enfants.

Il n'avait pas questionné. La fille Etcheverry, personne ne la bousculait, ni la mère, ni les autres, ni le père jadis, ce Mikel mort et enterré si vite – mais le maire n'avait pas insisté : l'abbé et un douanier présents ce jour-là avaient certifié « l'accident de chasse », même s'ils n'avaient jamais vu auparavant une tête en bouillie après un simple coup de feu.

Une voiture ! Un chauffeur ! Il aurait bien voulu. Depuis quelques mois, il s'organisait cependant pour venir la chercher, comme en janvier dernier lors de la bénédiction des bateaux en partance. Chaque fois qu'il voyait ce corps se déplier pour sortir de sa Traction noire, il en tremblait.

Les conversations basses qui stoppaient à son approche, il ne s'en souciait plus. Personne ne se choquait que « Monsieur le maire », le veuf, cherchât compagne, et épouse. Mais pas elle ! Pas celle-là. Elle avait vingt ans de moins que lui, elle était scandaleuse. Il perdrait les élections. Lui ? Il en tremblait, peu importe.

Germaïna avait un mal fou à fixer son attention. A l'instant, elle détaillait les chaussures du maire, qui n'avaient rien de spécial. Son cerveau décrochait sans cesse, en se bloquant sur un détail ou en s'échappant vers de vastes vides. Un mot suffisait à débrancher ses nerfs. Voirie... et elle s'enfonçait sur des chemins. Port... elle naviguait. Champ... elle retrouvait les parfums d'avant, le goût de Maximilien, son fiancé allemand qu'on lui avait tué, le goût d'Eder, leur bébé qu'on lui avait massacré.

Sa mémoire n'était pas une alliée. Ah ! savoir peu, comprendre à peine... ils ne mesuraient pas leur liberté.

— ... n'est-ce pas ?

On l'interrogeait. Elle s'intéressait aux chaussures du maire. Comment bougeaient ses pieds, dedans ?

Tandis qu'ils attendaient sa réponse, le silence s'installa. Soudain, Germaïna se leva, lissa sa jupe et repoussa sa chaise contre la table, bien en ordre :

— Je démissionne.

Stupéfaits, ils la regardèrent partir. Seul le claquement de ses talons sur le parquet emplit la pièce, puis le bruit de la porte, ouverte et fermée sans fracas.

★

Dehors, Germaïna glissa le long du mur, dérangeant de l'épaule l'alignement des cadres accrochés haut, ceux des occupants de la mairie jusqu'à l'actuel. Elle s'arrêtait pour les remettre d'aplomb, puis reprenait sa marche sans s'écarter du mur, heurtant le suivant, jusqu'au bout.

Dans le hall, elle s'assit sur une chaise et rapprocha du pied ses chaussures de marche, laissées là en arrivant. Elle commença à les enfiler, penchée en avant, quand ses yeux furent attirés par une autre paire de chaussures devant elle, déjà vues : celles du maire. Puisqu'elles la poursuivaient...

Au bout, elle percevait le brouhaha des participants à la réunion qui venait de s'achever.

Elle leva les yeux. Même vu d'en dessous, le maire semblait court. Mais tant pis, puisque ces chaussures s'imposaient ! Elle saurait ce qu'il y avait dedans. Elle prendrait.

— Germaïna, je crois qu'on doit parler. Venez dans mon bureau.

Il voulait ? Mais elle décidait : sa logique perturbée suivait son cours.

Elle finit de lacer ses chaussures, remit ses escarpins dans son sac, et le suivit.

Le maire la fit entrer. Elle ne se rendit pas compte qu'elle faisait passer sa poitrine tendue à la hauteur de ses yeux, mais lui, ferma les siens un instant – elle le remarqua.

Sans attendre, elle s'assit sur un fauteuil aux coussins de cuir, en face du bureau. Le maire prit sa place à son tour, se calant, fermant un dossier. Penché en avant, les coudes sur le sous-main, il parla gentiment :

— Je suis très troublé, Germaïna...

— Par quoi ?

— Je veux dire, je m'inquiète pour vous.

— Pour qui ?

— Pour vous, enfin ! Que se passe-t-il ? Je ne vous ai pas fait entrer au Conseil de la Ville par charité, et...

— Par quoi ?

— Je refuse d'écouter les racontars, d'entrer dans les... secrets, enfin ce n'est pas le bon mot, dans les secrets de votre famille.

— Dans quoi ?

— Pourquoi démissionnez-vous ? Vous ne répondrez pas, bien sûr. Nous sommes une communauté. Votre présence, c'est un lien avec les autres, vous comprenez ? J'y tiens. Je peux même avouer que je tiens à vous. Je ne sais pas pourquoi mais c'est ainsi. Malgré tout, vous avez passé l'âge qu'on vous fasse la morale.

— La quoi ?

— Mais je ne veux...

— Vous me voulez.

— Germaïna !

Elle semblait avoir saisi un mot, cette fois. Elle ne l'agressait pas. Et lui se demandait si elle l'entendait, si elle comprenait ce qu'elle répondait.

Il se redressa, pathétique avec ses coudes écartés sur la table à cause de son buste bref. Il portait une veste de tweed gris, qui l'épaississait.

— Alors, parlons-en. Oui, j'ai des sentiments pour vous.

— Des quoi ?

Il secoua la tête, épuisé. De nouveau, elle décrochait.

Pour l'aider, et s'aider lui-même tant il vibrait à l'intérieur, le maire décida de continuer, vite. Il resta assis, mais on aurait dit qu'il parlait de long en large. En vrac, il lui redit des bouts de sa vie, sa femme décédée dans un accident de voiture – la première de la région –, son acharnement pour que les habitants de la bourgade et des alentours, dont la Maison Etcheverry, vivent ensemble, sa solitude. Ensuite, il parla d'elle, Germaïna. Il pouvait en parler, après tout. Il savait maintenant qu'il l'aimait et qu'il fallait le lui dire. Il la dévorait des yeux.

Pendant qu'il se déversait, elle défit son corset, laissant sa poitrine sortir.

Le maire resta bouche bée. Il jeta un regard apeuré vers la porte, craignant qu'on entre. Germaïna le fixait sans sourire. Lui tordait ses mains :

— Mais Germaïna... Voyons !

Elle s'avança sur la chaise et écarta les jambes. Elle

attendait une onde dans son ventre, qui ne vint pas. Ça l'énervait.

D'un coup de reins, elle jaillit de son siège, rentrant ses seins dans son corset qu'elle ferma bien, ramenant le paletot devant, puis marcha vers la porte en lissant sa jupe noire.

— Germaïna ! lança le maire.

Elle se figea, haute, de dos, puis fit demi-tour et contourna le bureau, s'asseyant sur le rebord, à toucher l'homme saisi qui levait les yeux vers elle.

Germaïna prit la tête du maire dans ses mains et posa ses lèvres sur son front. Il se recula :

— Voyons !

Elle continua son geste, pas une caresse, juste un geste. Elle sentit un peu de chaleur en elle, à peine. C'était déjà énorme.

Tout en persistant, elle se tortilla pour remonter sa jupe sur ses longues cuisses. Le maire s'affola pour se dégager :

— Mais !... je ne veux pas.

— Comment ça, « tu ne veux pas » ? bourdonna Germaïna, à peine audible.

Elle s'était mise à le tutoyer. Il devenait soudain bizarre, cet homme. Lui se débattait. Il parvint à saisir ses poignets et planta son regard dans ses yeux – mais elle venait de les fermer.

— Ce n'est pas comme ça que je veux. Je suis sérieux, sincère, je sais que je vous aime, souffla-t-il sans se départir de son expression douloureuse.

Elle ne l'entendait pas, ou fit semblant.

Il lâcha ses poignets, et aussitôt elle glissa ses mains sous le tweed, aimant le rêche du tissu, allant jusqu'aux épaules, déformant le vêtement. Le maire ressemblait à un petit bossu avec deux masses de chaque côté du cou, les poings de Germaïna sous la veste. Il était émouvant, mais elle, plus rien ne l'émouvait.

Poussant sur ses jambes, il se dégagea en reculant son fauteuil. Germaïna ne le retint pas, laissant pendre ses bras le long de son corps.

Soulagé, mais transpirant et sortant un mouchoir de la pochette de sa veste, il s'épongea et, en même temps, prit sa décision. Il se leva. Pour une fois, puisqu'elle était assise, il était plus grand qu'elle.

— Je ne sais pas si c'est le bon moment. Sûrement pas, mais tant pis. Germaïna, continua-t-il après un silence, avec dignité : voulez-vous m'épouser ?

Un éclat de rire strident lui servit de réponse. On l'entendit de l'autre côté de la porte, dans les bureaux.

Le soir, Germaïna prit un homme en elle, et ne sentit rien.

7

A La Roseraie, Tchema ne marchait toujours pas. Mais on l'avait déplacé. Oublié, le grand dortoir des hurlements où il s'était réveillé après son opération. Désormais, il passait ses jours et ses nuits à un autre étage, avec des compagnons.

Sur les six réfugiés, seul Tchema était cloué sous ses draps. Les autres, tous amochés et pansés, sortaient sur leurs béquilles dont l'extrémité mal rembourrée sciait les aisselles. Plusieurs fois par jour, ils chantaient. S'ils avaient tous perdu, qui un membre, qui un bout de chair, et tout espoir à cause d'une blessure intérieure plus cuisante que celles du corps, tous conservaient leur gorge bien réjouie ! La Chorale des Blessés et Mutilés de Guerre d'Euskadi enflammait les soirées. Parfois, Tchema en avait les oreilles en charpie.

Pourtant, il aimait chanter, il connaissait les airs. Alors ? Il avait simplement mal, très mal à la tête. Des vrilles incessantes qu'il laissait percer, lèvres mordues, comme pour se racheter. Puis autant chanter, même peu. Sa voix claire aérait les chants graves, mais ne tenait pas longtemps. Il s'étranglait, allongé sur son lit, la tête à peine relevée. Les hommes, en cercle autour de lui pour répéter la cantate, des hommes rudes et souvent massifs, terminaient à sa place, puis tapotaient le drap :

— Ça va, petit. C'est bien. Moi, je trouve que tu te remets.

— C'est mieux que la dernière fois.

— *Noski...* C'est sûr.

— Ma foi, mieux. Oui.

Tchema était content qu'ils mentent.

Dès qu'une infirmière entrait, ils sortaient. On toilettait Tchema, on ôtait son bassin de sous ses fesses. Il gardait les yeux fermés tout ce temps.

— Ne vous endormez pas, jeune homme, gloussait la soignante.

De si grands yeux tout ronds, dommage de les masquer, mais elle n'en disait pas davantage. La soutane, toujours accrochée au dossier de la chaise à la tête du lit, la croix et le chapelet qui pendaient au montant rappelaient la qualité du jeune séminariste, presque curé, pour eux un saint ordinaire puisque les séminaires débordaient de tous ces fils en surnombre dans les familles, un saint malgré tout.

A part les invalides comme lui, tous les réfugiés de ce nouvel hospice, même les plus tordus, les plus cassés, travaillaient. Les ateliers de La Roseraie fabriquaient des meubles, des chaussures, des pierres gravées pour le cimetière. Pour ces Basques qui avaient pris en charge le refuge avec l'aide du gouvernement en exil, la règle d'offrir alentour l'image de la rigueur et de la propreté ne souffrait pas d'exception. Si presque aucun de ces hommes n'avait jusqu'alors quitté les vallées du côté sud, les dirigeants, eux, avaient voyagé avant la guerre civile, et d'abord du côté nord. Eux seuls mesuraient à quel point la réputation des « Basques de là-bas » tenait bon, hélas ! Sales, bagarreurs, buveurs... des Espagnols, en somme. Dès le premier jour à La Roseraie, le règlement fut strict : aucun débraillé, tout le monde travaille, jamais un cri.

Souvent, Tchema luttait pour ne pas appeler la mort, dormir toujours. Peut-être les autres mentaient-ils moins, à force. Il « se remettait » ? Si un homme de la chambrée apercevait une larme, grosse comme son œil, il se détournait. Ils ne montraient pas leur tendresse. Pourtant, ils en débordaient pour ce gamin seul, charcuté, jeune curé, tout noble. Dehors, entre eux, ils parlaient de lui, épatés. Dans la chambre, ils se reposaient sans bavardage, et chantaient.

Tchema les vit s'équiper. Ils passaient tous une veste et rajustaient leur béret.

— Vous sortez ?

— L'enterrement.

Tchema savait. La Roseraie n'était pas qu'un hôpital où l'on guérissait mieux qu'ailleurs grâce aux installations les plus modernes de la région.

La mort passait aussi. Lui-même l'avait frôlée. « Vous ne seriez pas si jeune... », avait souligné le médecin. Mais Tchema mourait avec chaque mort. Il accompagnait en prières chaque frère jusque dans la terre. Son effort l'épuisait, mais il ne mettait rien au compte de ses blessures. A la collégiale de Roncevaux, il ressentait naguère le même enfermement chaque fois qu'il accompagnait un défunt dans sa tombe. Ensuite, au retour du cimetière, il fallait recommencer, renaître.

— Je serai avec vous. Je vais prier, dit-il aux hommes.

Tchema fit le signe de croix – que son bras tirait ! quelle torture ! – repris par les autres, qui sortirent de la chambre en remettant leurs bérets.

*

Elle allait d'un pas sûr, sans savoir où. Juste suivre la corniche, après être descendue de la Maison, toujours plus bas, jusqu'au-dessus de l'eau. Là, Germaïna s'arrêtait sur la crête, sûre d'elle au bord du précipice.

L'océan claquait juste à l'aplomb, tout en bas. Une vague puissante, une sur sept, éjectait ses embruns très haut. Germaïna comptait. Les gouttelettes rafraîchissaient son visage recuit par le soleil d'été. Elle respirait mieux pendant un instant, puis l'air redevenait moite jusqu'à la prochaine grande vague. A l'horizon, les rayons du soleil luttaient contre une masse de nuages noirs qui progressait. Un orage finirait la journée.

Sur le chemin de corniche que les douaniers empruntaient la nuit pour surprendre des bateaux clandestins, Germaïna s'épuisait. Le soleil la frappait à droite au début, passait par-dessus sa tête, puis éclairait son visage à gauche à la fin, et elle marchait encore. Rejoignant le bout de la falaise, loin de la Maison, elle remontait la côte au-dessus des criques, jusqu'à l'anse.

Ce jour-là, elle fit demi-tour au creux d'Ilbarritz, où la corniche descendait au ras de l'eau. Germaïna laissa sur sa gauche le grand bâtiment blanc aux fenêtres arrondies, La Roseraie. Tous les lieux des fêtes de sa jeunesse – deux ans plus tôt, pas davantage – émergeaient de la brume d'été. Rien n'avait changé, mais Germaïna ne reconnaissait rien. Elle ignorait que le casino-palace où elle avait dansé, jeune fille, était devenu un hospice pour les réfugiés de la guerre d'Espagne. Personne ne parlait de cette guerre devant elle. On murmurait qu'elle y était allée.

Marchant vite, Germaïna dépassa des carrioles, s'enfonça dans le fossé pour laisser des voitures la doubler au son de klaxons aigres, buta enfin sur la dernière rangée d'un convoi d'hommes en costumes sombres ou chemises bleu marine, tous en bérets. Ils avançaient sur le bas-côté, lents. De leurs lèvres serrées sortait un murmure morbide... mummmm... Ça faisait un bruit fou.

Ils descendaient vers Bidart et son cimetière, où un carré avait été ouvert pour les Basques de La Roseraie, avec ses pierres discoïdales, comme si les bustes et les têtes de leurs morts s'étaient redressés.

Elle regarda par-dessus, loin devant, et aperçut un cercueil de bois clair qui tanguait sur leurs épaules. Germaïna sentit sa mâchoire trembler. Le dernier cercueil qu'elle avait vu contenait le corps de son bébé Eder, à Guernica. Elle avait enterré la petite caisse blanche aux pieds des chênes de la ville sacrée. Depuis ce jour, elle n'avait plus pleuré. Elle avait eu toujours froid.

Le ciel noircit d'un coup. Ses joues ruisselèrent. Les nuages se déchirèrent sur des trombes de gouttes lourdes qu'elle goba et qui lui tinrent lieu de larmes.

8

Elle coupa à gauche et se mit à courir dans les champs. La terre s'ouvrait sous ses chaussures, elle dérapa plusieurs fois, les oreilles douloureuses sous le fracas du tonnerre. Au loin, des cloches sonnaient. Les curés comptaient dessus pour éloigner l'orage. La pluie ravageait la route et ne lavait rien.

Sautant des barrières par des raccourcis qu'elle connaissait de son enfance, au bout d'une heure de course elle jaillit dans la cour dévastée de la Maison. Un torrent de glaise glissait entre les bâtiments éclairés par un nouveau soleil pâle. Après sa bonne colère, la pluie avait cessé. Un grincement, comme celui d'une roue mal ajustée, vint du bois.

C'était Jon. Les bras gonflés par l'effort, il soulevait une brouette d'où débordait le corps d'un mouton foudroyé. La roue tenait mal dans les ornières. En découvrant la silhouette ruisselante de Germaïna plantée au milieu de la cour, Jon dérapa et ne put retenir le poids de la brouette et de l'animal. Tombant sur les fesses, il sentit sa jambe partir en avant et se coincer entre la roue et l'essieu. Il lâcha tout, en criant. Le mouton mort tomba et la brouette continua, allégée, vers le mur, où elle se fracassa.

De loin, le corps de Jon affalé dans la boue et la tête calcinée du mouton maculé de glaise formaient un amas marron, comme du fumier. Germaïna ne bougea pas. Le cri de Jon avait alerté la famille. Nabar et l'oncle Mattin sortirent, se précipitèrent vers Jon et le transportèrent dans la cuisine.

A l'intérieur, Goïzane le nettoya, fit couler de l'eau chaude sur ses cheveux terreux, le déshabilla et le lava, entourant sa cheville de bandelettes rangées dans une boîte en fer toujours à portée de main sur l'armoire. La mère, Maritchu, courait dans la cour pour rafistoler le poulailler et récupérer à coups de tablier le coq qui s'était échappé et ne savait plus où aller. Ainsi n'avait-elle pas à voir le corps nu de Jon, que Goïzane pansait.

Germaïna entra enfin et monta dans sa chambre.

*

Elle redescendit pour dîner. Tous mastiquaient en silence. Maritchu se levait, revenait avec des ailes de poulet grésillantes, posait une casserole de pommes à la graisse au centre de la table, puis laissait chacun se servir. Naguère, elle parlait tout le temps, en basque, en français – jamais en espagnol, pourtant la langue du pays dont elle venait. Elle inventait des mots, elle bousculait la vie.

Maintenant, les repas semblaient mal assurés. La place du père restait vide. Autour, Maritchu et l'oncle Mattin ; à côté, Nabar le simplet ; en face, Jon et Goïzane qui avait approché le berceau d'Iloba. Germaïna s'asseyait à la suite.

Nabar remarqua ses cheveux blancs encore mouillés. Elle avait changé de robe mais ne les avait pas essuyés, comme pour ne pas les toucher. Le colosse se leva et décrocha une serviette près des bassines pour la toilette, et revint frictionner les cheveux de son « Armène... », fortement, en poussant des grognements de joie. Germaïna laissa faire. Au bout d'un moment, elle tapa du plat de la main sur sa cuisse. Nabar s'arrêta aussitôt. Maritchu leva les yeux. Elle aussi faisait ce geste. Elle ignorait que sa fille en avait usé, en Espagne, auprès des hommes de son commando, les dirigeant d'un seul regard et de cette claque qu'ils craignaient.

Sa cheville foulée sur un tabouret bas, Jon grimaçait. L'oncle Mattin hocha la tête, résigné :

— Embêtant.

— Terrible, tu veux dire, souffla Jon en plissant les yeux. C'est une catastrophe.

— On en a vu d'autres, coupa Maritchu.

Ils se remirent à manger, têtes basses. La mère pouvait faire la fière, elle ne les avait pas convaincus.

— La brouette, d'accord, précisa-t-elle. Pour porter le linge au lavoir, surtout pour le ramener tout mouillé. Ça pèse une tonne.

Elle attendit qu'on réponde. Après un silence, elle ajouta :

— Demain, j'irai au marché en chercher une, puisque personne ne veut s'en occuper ici.

— Ne veut s'en occuper, *ama* ? soupira Jon. Mais on n'a plus le temps de rien ! Demain, le maréchal-ferrant vient, je ne sais même pas si on pourra sauver le Grand.

Comme les principaux animaux de la Maison, la bête portait un nom inspiré de son physique. Lorsque le cheval était sorti du ventre de la pouliche, morte depuis longtemps aujourd'hui, il s'était tenu sur ses pattes, haut déjà : le Grand. A son tour vieilli, il n'allait plus bien. Les fers tenaient mal sur les sabots. Jon avait remarqué des parties infectées.

— Ça prendra toute la matinée, avec Mattin et le ferrant. Le marché sera fini. Et Goïzane ne peut pas laisser Iloba tout seul.

Personne ne demanda à Germaïna, la tête penchée sur son assiette au bout de la table, qui n'aurait pas répondu.

— J'irai, conclut Maritchu.

*

Tôt le lendemain, la mère prit le chemin de la ville, à pied. Elle rencontra bien une carriole attelée sur la route, mais elle allait dans l'autre sens. En la croisant, l'homme fit signe de la main et Maritchu le lui rendit, lèvres serrées. Tout en agitant les rênes sans que sa vieille mule se décide à forcer le pas, l'homme se renfrogna : elle ne souriait plus, Mme Etcheverry... Les gestes lui pesaient malgré ses larges épaules, avec sa taille... empâtée depuis quelques mois. Ses cheveux bien noirs s'élevaient toujours en crans sur le crâne mais moins bien coiffés... on la voyait rarement en ville.

Après une heure, Maritchu arriva en vue du marché. Déjà elle sentait les parfums des légumes. Les piaillements d'un étal à l'autre lui cassaient les oreilles. Un appel retentit dans son dos :

— Madame Etcheverry !

Maritchu se retourna. Une grosse femme en sueur se dandinait sur le seuil de la Poste, deux cabas au bout de ses bras qui semblaient s'allonger sous le poids.

— Té ! s'exclama sans joie Maritchu.

L'autre secoua la tête, l'air content :

— Oh ! ça tombe bien, ça tombe bien, madame Etcheverry. Figurez-vous que je suis descendue au marché, là vous voyez, j'ai les cabas tout pleins, ils me tirent, ça me fait mal, alors figurez-vous...

A aucun moment elle n'avait songé à les poser. Ils pesaient si lourd qu'elle ne pouvait bouger que le haut des épaules et la tête. Mais elle continuait, enjouée :

— ... figurez-vous qu'avant de remonter je me suis arrêtée à la Poste, là derrière, pour envoyer un mandat à mon fils, il est à Buenos Aires maintenant, je vous l'ai dit ? Alors figurez-vous...

Maritchu soupira devant cette bavarde d'une Maison voisine. Si elle commençait à raconter les aventures du fils parti dans un ranch en Argentine, le marché serait fermé avant la fin du premier épisode.

L'autre découvrit l'impatience dans son regard, qu'il valait mieux ne pas contrarier. Elle fit court, autant qu'elle put :

— Figurez-vous que, oui, à Buenos Aires, je vous l'ai dit... Ce n'est pas ça : c'est que la postière, vous savez madame Ibarnag... bon, figurez-vous qu'elle m'a dit : « Dites, si vous voyez Mme Etcheverry de retour chez vous, dites-lui donc qu'on a reçu un appel de téléphone pour elle. » Oui, absolument. Un appel de téléphone depuis l'Amérique. C'est exactement ce qu'elle m'a dit, figurez-vous. D'Amérique.

Elle prononçait le mot avec emphase.

— De téléphone ? s'étonna Maritchu.

— Mais absolument. C'est ce qu'elle m'a dit. D'Amérique.

Maritchu haussa les sourcils. L'autre tenait à la convaincre :

— Et là, figurez-vous, je tombe sur vous. Ce n'est pas amusant ?

— Si, bien sûr. Merci.

Maritchu passa devant elle, pour faire cesser ses jacassements, et pénétra dans le bureau de poste.

Au fond, devant un panneau à côté de la cabine, enfonçant des fiches, des écouteurs noirs sur la tête, l'employée ne la vit pas arriver, mais sa forte carrure fit une ombre sur les cadrans. Alors, elle leva la tête et la reconnut :

— Madame Etcheverry ! Dites, vous avez fait vite. Je ne comprends pas.

— Quoi ?

— Je viens juste de dire à votre voisine : à propos, si vous voyez au retour Mme Etchev...

— Je suis là, coupa Maritchu.

— Justement. Je ne comprends pas comment vous avez fait si vite, s'entêta l'employée. Sinon, eh bien, on a reçu un appel pour vous, d'Amérique, ce matin.

— Un Américain ?

— Oui, il me semble... Enfin, il m'a parlé en basque. Avec l'accent oui, tout de même.

— Qu'est-ce qu'il voulait ? Vous êtes sûre que c'était pour moi ?

— Pardi.

— Vous êtes sûre ?

— Mais pardi ! s'énerva l'employée. Mme Etcheverry il voulait, Maritchu Etcheverry, il n'y en a pas trente-six, pas même deux.

— Bah, sûrement si. Il téléphone d'Amérique ce monsieur. Qu'est-ce qu'il en sait combien on est à porter ce nom ? Ce n'est pas moi. Je ne connais personne là-bas.

L'employée précisa d'une voix plus basse, en se penchant au-dessus du comptoir :

— Maritchu Etcheverry, l'épouse de... Mikel. Il a dit ça.

Elle avait eu du mal à prononcer. Mais il fallait que tout de même on la croie, à la fin.

Le visage de Maritchu se ferma :

— Alors ?

— Vous voyez bien, respira l'employée enfin débarrassée d'un poids.

— Eh bien ?

La jeune femme aux écouteurs se recula sur sa chaise, sûre d'elle :

— Mais je lui ai dit : *Iaouna*... Monsieur, elle n'est pas là, vous êtes à la Poste, là. J'ai eu raison, non ? C'est vrai que vous n'avez pas encore le téléphone à la Maison. Je lui ai dit comme ça : je transmettrai le message, il faudra que vous rappeliez un jour où elle est là. Voilà ce que je lui ai dit, j'ai eu raison ?

Maritchu hocha la tête :

— Alors il rappellera.

— C'est ce qu'il a dit, enchaîna l'employée, joyeuse.

— Il va rappeler quand ?

— Demain. Il l'a dit. A la même heure.

Maritchu fit des yeux ronds :

— Il va rappeler demain matin ? Mais qui c'est, ce monsieur ?

Sa voix était devenue brutale. L'employée se tassa :

— Je n'en sais pas plus que ça, madame Etcheverry. Il a raccroché aussitôt. Il m'a dit : demain à la même heure. Fini. Il avait raccroché.

— Mais il croit que je n'ai que cela à faire ? rugit Maritchu. Que je vais revenir demain, convoquée ?

L'employée haussa les épaules. Maritchu fit demi-tour dans un tourbillon de sa robe et quitta la Poste, furieuse.

Le soir à table, elle expliqua que des brouettes, du modèle qu'il fallait, le marchand n'en avait plus, et qu'elle y retournerait demain. Mattin proposa d'y aller. Cette fois, chacun son tour.

— J'ai dit que je la prendrai, j'irai, martela Maritchu.

*

Le lendemain, à l'ouverture des bureaux, elle était plantée de nouveau devant la grille, qu'elle poussa à peine entrouverte. Quelques instants plus tard, l'employée de la veille s'installa, coiffa ses écouteurs et commença à composer des numéros. Deux clients passèrent. Elle leur brancha la ligne et ils s'isolèrent à tour de rôle dans la cabine en bois, rabattant la porte vitrée derrière eux. Ils en sortirent en transpirant. Le téléphone demeurait rare, les appels encore plus, et sans doute l'excitation faisait-elle monter la chaleur sous leurs joues. La Poste sentait le bois neuf, et le renfermé. Les murs épais gardaient dans la pièce la fraîcheur douce de la nuit d'été. Mais il faisait chaud dans le réduit à moitié empli par l'appareil avec son crochet où pendait le combiné de bakélite, lourd et noir.

Maritchu soufflait sur le banc à côté de la cabine, impatiente. Rien n'arrivait.

Pendant une pause entre deux appels, elle interpella la fille :

— Vous n'appelez pas ?

— Mais comment voulez-vous, madame Etcheverry ? Je n'ai pas de numéro. Il a dit qu'il rappellerait. On va attendre.

— Combien de temps ?

— On ne peut pas savoir, on ne peut pas savoir ! dit-elle d'un ton qu'autorisait sa fonction.

Elle seule manipulait cet appareillage tout à fait extraordinaire pour les gens des villages.

— Il faut qu'il appelle, mais il faut aussi que les lignes passent, finit-elle, sentencieuse.

— J'attends encore un peu, pas plus, décréta Maritchu, très floue.

— Ça suffira sans doute, acquiesça l'employée sans trop savoir.

Mais sa phrase à peine finie, un voyant clignota soudain au-dessus d'une rangée de fiches.

— Té ! C'est l'étranger.

Elle se concentra, appuya sur une touche.

— Bonjour, claironna-t-elle comme on le lui avait appris. Vous demandez ?

Un silence suivit. Elle seule entendait la réponse dans ses écouteurs. Au bout d'un instant, elle se tourna vers Maritchu et lui fit des signes excités. Puis elle reprit sa conversation, en basque. Après quelques mots, elle désigna la cabine à Maritchu, lui indiquant de s'y rendre.

La mère se leva, se retenant de se presser, et s'enfonça dans le réduit en laissant la porte ouverte. Elle attendait.

L'employée lui montra le combiné et son oreille, énervée.

Maritchu décrocha et écouta. Rien au bout.

L'employée lui fit signe d'attendre, puis lança à son interlocuteur :

— *Pasatzen dizut*... je vous la passe.

Elle bascula une manette. Dans son oreille, Maritchu entendit un déclic, puis la voix d'un homme. Oui, il parlait basque, avec un accent. Les *r* n'étaient plus roulés, mais glissés. Et la voix venait de loin, grésillante.

A son pupitre, l'employée mourait d'envie d'écouter. Une fois déjà, elle avait lâché par inadvertance à une cliente des mots d'une conversation, se trahissant. Elle n'avait pas été fière. Maintenant, surtout avec Mme Etcheverry, elle avait peur.

Maritchu parlait fort dans la cabine, porte ouverte :

— *Baï*... Maritchu Etcheverry. Oui... *Nor zira zu*... Qui es-tu ?

Après un silence, Maritchu reprit, très fort :

— Pourquoi tu me parles de lui ?

Les clients s'observèrent, gênés. Ces hommes d'ici avaient horreur de l'impudeur et parler, parler seulement relevait déjà de l'intime. Leur gêne fut à son comble quand ils l'entendirent répondre à l'inconnu, en détachant les syllabes :

— Mikel est mort. Qui es-tu, toi ?

Alors, l'un d'eux se leva et vint fermer la porte de la cabine. Il força, tassant Maritchu dans le réduit. Elle lui décocha un regard furieux. Déjà quelques gouttes de sueur perlaient à son front. L'homme remarqua ses doigts serrés sur le combiné, blanchis. Il poussa encore, et enfin le loquet se ferma.

On n'entendit plus rien.

*

La conversation ne dura pas et Maritchu repassa au pas de charge, sans saluer personne. Entre les allées du marché, elle fonça chez le quincaillier et désigna, sans un mot, une brouette de fer vert, dont elle empoigna les bouts pour tester leur épaisseur. Après avoir payé, et envoyé au diable le marchand qui insistait pour venir la livrer le lendemain, elle poussa sa brouette à travers le bourg, la remplissant peu à peu des marchandises qu'elle achetait d'un étal à l'autre. Les gens la dévisageaient. Qu'ils s'écartent ! Elle avançait, droit. Brouette en avant, Maritchu derrière, en nage, l'attelage puissant sortit des rues et reprit la route de la Maison.

Un coup de klaxon fit se déporter Maritchu vers le fossé. Une voiture noire la doubla. La « Traction de Monsieur le maire » stoppa quelques mètres plus loin. L'homme en sortit, ébahi :

— Madame Etcheverry ! Vous n'allez pas jusque chez vous comme ça ?

— Laissez, monsieur le maire. J'ai l'habitude.

— C'est ça, rit le maire, tous les jours vous allez et venez à la ville en poussant une brouette, c'est ça.

Il saisit les poignées, de force. Maritchu se sentait vidée. Dieu que les mois étaient lents à passer ! Du temps du père, des filles, des jours heureux, elle aurait fait le trajet en courant. Quelques mois, une année à peine... si loin. Elle se laissa guider.

Le maire enfourna la brouette dans le coffre trop petit, qu'il lia avec une ficelle à la poignée d'acier chromé et au pare-chocs. Puis il ouvrit la portière du côté passager pour offrir le siège à Maritchu, en s'inclinant. Elle s'installa, fascinée par le velours dans la voiture, ses cadrans et ses plaques brillantes.

De la famille Etcheverry, la seule ayant déjà fait un trajet dans l'automobile avait été Germaïna. Le maire se lança aussitôt :

— Je sais que vous ne dites rien, madame Etcheverry. D'ailleurs, je n'ai pas à vous poser de questions. Mais je m'en pose à moi.

Fatiguée par ses courses, très inquiète du coup de téléphone reçu d'Amérique, Maritchu suivait mal son discours.

— Je dois cependant vous dire, insista-t-il, que tout le monde est soucieux pour Germaïna. Enfin, ce n'est pas le mot : tout le monde ne l'apprécie pas. Moi en tout cas, oui, moi je suis inquiet. J'ai voulu lui parler.

Maritchu sembla se réveiller. Elle soupira :

— Elle n'écoute pas.

Il passa sous silence le fiasco de sa demande en mariage, dont il avait encore le ventre noué. Personne ne saurait. Les Etcheverry ne disaient rien ? Il en ferait autant. D'ailleurs ici, pour parler... Chanter, oh, oui !

— Elle est au Conseil de la Ville, vous savez.

— Oui, c'est gentil.

— Non, non ! c'est utile... enfin, ça aurait pu l'être : elle a démissionné.

— Tiens donc ? Quelle idiote !

— Je ne crois pas. Elle est simplement devenue bizarre. Plus exactement : elle est revenue bizarre. Et d'où ?

Un silence passa. Il abordait un sujet délicat. D'ailleurs, Maritchu ne répondait pas.

— Mais vous savez ce qui s'est passé ? se hasarda le maire.

— Non, mentit Maritchu, et elle fixa la route.

Rêvait-il ? Allait-elle lui expliquer, à Monsieur le maire, que Germaïna avait été chassée de la Maison, enceinte à dix-huit ans, et d'un Allemand ? Lui raconter qu'on ne les avait jamais revus, ni le Boche ni le bébé – était-il seulement né ? Elle était grand-mère maintenant, vraie *amatxi* avec un poupon de son autre fille, la jumelle, Goïzane, et qui braillait bien à la Maison, le Iloba ; tandis que le bébé de l'autre, là, Germaïna, elle ne l'avait jamais entendu.

Tintouin... qui résonnait sous son crâne. La Maison n'allait plus... Il était bien aimable, Monsieur le maire, *Ikus arte*... au revoir.

— Bien aimable, remercia-t-elle quand il la déposa en bas de l'allée trop étroite pour contenir toute la voiture.

Il l'aida à reprendre sa brouette et la suivit des yeux, forte femme affaissée et poussant, sans broncher. Là-bas, près du chêne, il distingua les autres, Mattin, Nabar, Goïzane, Jon – qui avançait sur une canne, par sursauts. Ils lui firent un signe, à peine. Pas de Germaïna en vue.

Même de loin, la bâtisse pesait, avec ses pierres irrégulières, ses murs en bosses. Dedans, il savait qu'elle puait de secrets.

*

Sans s'attarder, Maritchu inaugura sa brouette. L'orage avait tout sali. Elle revint du lavoir dans l'après-midi, le bac chargé de draps, des habits maculés de Jon et des autres, des linges du bébé que la chaleur d'été incommodait. Mais qui vivait à l'aise, maintenant ?

L'air les écrasait, si lourd que Maritchu décida qu'on dînerait dehors. Elle voulait surtout se retrouver, repas fini, avec Germaïna, et parler. A l'intérieur, les voix portaient. Elle préférait que personne n'entende.

Sous le *lorio* qui abritait l'entrée de la Maison, Goïzane dressa la table sur la longue pierre, si froide qu'on aurait dit une dalle de tombe. Ils mangèrent en silence, énervés par les bruits des oiseaux et des grillons que le soir agitait. A l'étable, les bêtes grognaient en se bousculant pour trouver leur aise, créer de l'air autour d'elles. La nuit tomba enfin et les poules cessèrent de caqueter.

Maritchu servit à Jon une tisane forte, bourrée de plantes à calmer la douleur. Elle força Goïzane à en avaler un bol :

— Que vous dormiez comme des bœufs, ordonna-t-elle.

Une fois les autres couchés, Maritchu fit signe à Germaïna de rester. Elle lui raconta... la Poste... l'appel d'Amérique, ce type au bout qui parlait basque et sec, à elle !

— Il m'a dit qu'il n'avait plus de nouvelles. Il m'a parlé de...

Elle ne pouvait plus prononcer. Qui, depuis des mois, avait pu dire « Mikel » ?

— ... de *aïta*, du père. Il ne savait plus rien, et ça l'inquiétait. Plus de nouvelles de son fils. Il parlait fort, fou de rage. Qui c'est, son fils ?

Germaïna planta ses yeux dans ceux de sa mère :

— L'assassin de mon petit.

Maritchu eut un haut-le-cœur. Elle avala sa salive et se força :

— Où est-il ?

Germaïna ne baissa pas les yeux :

— Je l'ai tué. Je te l'ai dit.

— J'avais oublié que tu tuais aussi, maintenant.

Maritchu se leva et emporta les bols vides. Elle les passa sous l'eau dans l'évier. De l'extérieur, Germaïna regarda les larges épaules bouger. Cela aurait pu être des sanglots.

A l'inverse, Germaïna se sentait sèche. Mais ce soir, une panique la gagnait. Elle avait compris : le vieux Ferbentxajaurregui, dit Ferben depuis qu'il avait émigré en Amérique au début du siècle, l'ami du père dont on évoquait, à l'enfance de Germaïna, le souvenir diffus à table, le père Ferben cherchait son fils, et pardi ! son fils Eddie envoyé de Chicago pour tuer Maximilien et son bébé Eder, et satisfaire son propre père, Mikel. Le vieux Ferben n'avait plus de nouvelles ? C'est qu'il était mort, son fils Eddie. C'est qu'elle, Germaïna, l'avait tué en Espagne, le jour du martyre de Guernica. Et elle avait coupé sa tête toute seule, et cette tête, seulement la tête, pourrissait derrière la grange à même la terre, le reste du corps au fond de l'océan, c'était bien fait ! Très bien fait.

Germaïna enfouit ses poings au fond de sa blouse pour calmer les tremblements de ses mains quand elle passa devant sa mère.

Maritchu la suivit des yeux dans l'escalier, soupçonneuse. Elle finit de ranger et monta à son tour dans sa chambre.

⋆

Allongée sur les draps, l'édredon à terre, la mère cherchait le sommeil. Elle ne le trouva qu'au milieu de la nuit, mais aussitôt, lui sembla-t-il, ses yeux clignèrent. Elle écouta, tendue. Elle avait entendu un grincement dans le couloir.

Se levant vite, elle enfila des chaussettes de laine sur ses pieds nus. Elle voulait glisser, ne faire aucun bruit.

Cette fois, elle allait les surprendre, elle allait les tuer. Elle aurait juré que Jon rejoignait Germaïna. Certaine qu'il y était, là, maintenant, dans la chambre. Elle avait mal dosé sa tisane, ou quoi ?

S'ils étaient occupés à faire les bestiaux, ils arrêteraient leurs saletés, ils verraient ça !

Le feu aux joues, elle avança comme sur des patins vers la chambre de Germaïna.

Elle souleva le loquet, tout doucement. La porte s'entrouvrit et elle passa la tête, rien que la tête, pour voir le moins possible, simplement les surprendre et tout faire cesser. Les volets disjoints permettaient à une lumière bleue sinistre de dessiner les contours. Maritchu scruta. Puis elle ouvrit en grand : personne.

La stupeur passée, elle revint sur ses pas. La Maison n'allait plus... Où étaient-ils ? Pas dans la chambre de Goïzane ? Tous ensemble ? La mère eut un haut-le-cœur. Elle osa pousser la porte de l'autre pièce.

Dans le lit, Jon ronflait presque, et Goïzane respirait fort, moins rude, blottie dans ses bras. Bêtement, Maritchu fut fière que sa tisane soit toujours réussie.

Elle balaya la chambre du regard, s'arrêta sur le berceau d'Iloba, au bout du lit, puis s'approcha, inquiète.

Sa mauvaise impression fut confirmée : le berceau était vide.

Germaïna avait disparu et emporté le bébé.

9

Au bout de la nuit, Maritchu parvint à la maison du maire. Elle avait couru, à peine repris son souffle, et ses jambes pesaient. Elle frappa longtemps, sans cesse, à petits coups, pour n'alerter personne, sans arrêt jusqu'à entendre la clé dans la serrure.

Le maire lui faisait face, habillé pour sortir. Jamais il n'allait débraillé.

Maritchu pouvait jurer que Germaïna s'était réfugiée là. Le maire lui barra d'abord l'entrée, mais céda, à force. Il ne voulait pas d'esclandre.

Sans un mot, Maritchu alla et vint, traversa les bureaux, monta à l'étage et descendit aussi vite. La maison ne comptait que quelques pièces. Toujours près de la porte qu'il n'avait pas songé à refermer, le maire la suivait des yeux, incrédule. Maritchu s'arrêta enfin, haletante. Elle se planta au milieu du salon :

— Elle n'est pas là.

Le maire soupira et referma doucement la porte. Pendant ce temps, Maritchu s'était laissée tomber dans un petit fauteuil, coincée aux hanches par les accoudoirs. Le maire attira face à elle un autre siège et s'assit, tout proche.

— Maintenant, qu'est-ce qui se passe, madame Etcheverry ?

Maritchu haussa les épaules :

— Germaïna n'est pas là.
— Evidemment.
— Et Iloba ?
— Iloba... Le petit de votre autre fille ? Non, évidemment. Personne n'est là. Maintenant, dites-moi ce qui se passe.
— Ce sont nos affaires. Excusez-moi de vous avoir dérangé.
Elle commença à se lever, mais le maire l'arrêta de la main :
— Est-ce que je peux vous dire maintenant, madame Etcheverry, que ça suffit ? Vous débarquez chez moi à l'aube, vous forcez ma porte, vous visitez les pièces. Vous êtes chez le maire : je peux appeler la gendarmerie.
Maritchu eut un sursaut. L'autorité ici grandissait sur l'échelle de la fonction, sans contestation.
Elle lâcha d'un ton fatigué, comme l'on avoue une faute :
— Germaïna a disparu. Le bébé aussi. Elle l'a emporté.
Le maire jaillit de son fauteuil :
— Mais c'est très grave. Cette fois, oui, j'appelle la gendarmerie.
Même comme ça, devant elle assise, il se dressait sur ses ergots. Levée, Maritchu le domina d'une tête. Elle saisit les revers de sa veste et les tordit. Puis elle martela, la bouche tout près du visage :
— Ne faites pas cela, monsieur le maire. Jamais. Vous m'entendez.
Ce n'était pas une question. Elle ne le secouait pas. Elle disait.
Le maire connaissait les familles : notaire, il réglait la moitié des successions. Il devinait les frontières intimes autant que les tracés du cadastre.

Il prit donc les mains de Maritchu et les décrocha lentement de ses revers :

— Madame Etcheverry, nous allons monter à la Maison. On va tout retourner. Mais à la fin de la matinée, si on n'a rien trouvé, on ira voir les gendarmes. S'ils s'étonnent du délai, je dirai que vous étiez venue me chercher sans me dire pourquoi. Acceptez.

Maritchu fit oui de la tête.

Dans la Traction sortie du garage adjacent, ils traversèrent la petite ville déserte et encore fraîche. Le premier soleil éclairait le haut des toits. Les murs pâlissaient.

S'arrêtant au carrefour de l'église, ils faillirent buter sur l'abbé en route vers sa première messe. L'homme pencha à la portière sa grosse tête et sa couronne de cheveux blancs, ébouriffés.

Une minute plus tard, il avait enfoncé sa masse colossale à l'arrière, de biais. Après les brèves explications du maire, il avait exigé de monter à la Maison. « On est d'accord », dit-il seulement en écrasant les ressorts.

*

Quand ils arrivèrent, la Maison dormait encore. Seul Nabar était dehors à s'occuper des cochons, loin. Il ne remarqua même pas leur entrée.

Maritchu grimpa à l'étage.

Quand tout le monde fut dehors, Nabar obéit au signe de la mère :

— Près de moi tu restes. Tout le temps, ordonna Maritchu.

Elle redoutait ses réactions. Elle ne lui expliqua pas, comme elle venait de le faire à Jon, à Goïzane et à Mattin, qu'elle avait sortis du lit avec fracas, ce qui se passait ici : Germaïna, son « Armène » devant qui il bavait, avait disparu, et le bébé avec. Il suivrait Maritchu sans broncher. Ignorant, il pouvait avoir un instinct, entendre mieux que les autres les bruits dans les bois. Une bonne bête. « Il nous faudrait un chien », songea Maritchu. Il y en avait eu ici, tout le temps. Mais on ne chassait plus.

Pour la folie du moment, Goïzane suffisait, tremblant des quatre membres, hystérique jusqu'à ce que Maritchu lui eût serré la gorge tout à l'heure dans la chambre en lui soufflant à propos de son petit Iloba :

— Ce ne sont pas tes cris qui le ramèneront.

Ils filèrent vers les bois autour de la Maison, dans plusieurs directions, l'abbé créant une trouée dans son passage, Mattin écoutant le vent, Maritchu dirigeant Nabar, le maire tournant plutôt en rond. Jon suivait en claudiquant sur sa canne, assez inutile. Il s'appuyait sur l'épaule de Goïzane et fouillait les fourrés. Puis, à bout de forces et de douleur, il demanda à Goïzane de le ramener :

— Je ne sers à rien. Je retarde.

Tous les deux revinrent à petits pas vers la Maison, Goïzane reniflant, le ventre noué. Elle hissa Jon dans l'escalier.

— Tu aurais dû rester en bas plutôt.

— Non, il faut que je m'allonge. Ma cheville... C'est affreux.

Arrivée près de la chambre, Goïzane eut une crainte :

— Ne regarde pas le berceau.

— Au contraire.

Elle le laissa à la porte. Elle ne voulait pas voir.

Dévalant les escaliers, elle ressortit et courut pour rejoindre les autres.

Près de la grange, elle s'arrêta net. Elle tourna lentement la tête.

Il n'y avait pas de porte, rien qu'un grand vantail toujours relevé et des bottes de foin qui arrivaient jusqu'au bord.

Sur la pointe des pieds elle s'approcha. Cette fois, elle distingua le vagissement.

Manquant de déraper sur le sol jonché de brins secs, elle s'enfonça dans la grange, souleva une botte, alla derrière une autre, tourna, retourna, souffle court. Et soudain, elle buta sur le corps de Germaïna, allongée en chemise de nuit, toute longue, immobile, de dos.

Le cri de Goïzane réveilla Germaïna. Elle tourna la tête et découvrit sa sœur au-dessus d'elle, les mains sur la bouche :

— Où est Iloba ? hurlait Goïzane.

Il n'y avait rien que du foin, que sa sœur allongée, rien d'un bébé alentour.

Germaïna mit son doigt sur ses lèvres pour lui dire de se taire.

— Qu'en as-tu fait ? Où est-il ? hurla encore plus fort Goïzane en bourrant sa sœur de coups de pied dans le dos.

Germaïna se recroquevilla, chuchotant : « Attention... attention ! » Elle croisait ses bras sur sa poitrine, de plus en plus arrondie pour se protéger.

Goïzane cessa enfin de la frapper. Elle tournait sur elle-même, elle cherchait. Elle scrutait partout, voyait flou, les yeux pleins de larmes.

Ne sentant plus les coups, Germaïna s'assit lentement, le dos appuyé sur une meule de foin.

Alors, Goïzane vit sa sœur toute grosse, déformée, qui lui souriait. Ses yeux noirs brillaient.

Germaïna montra sa chemise de nuit gonflée et dit, comme en chantant :

— Il est là. Ne t'inquiète pas.

D'un bond, Goïzane fut sur elle, la griffant en arrachant les boutons de la blouse, fermée jusqu'en haut, déchaînée. Germaïna essayait de l'empêcher :

— Mais laisse. Il est bien, là. Il fallait le protéger.

Goïzane n'entendait pas. Elle se battait.

Germaïna céda soudain :

— Oh, tu es bête à la fin. Tu ne sais pas le garder.

Maintenant, Iloba s'agitait sous la chemise et criait. Cela faisait peur. Elle laissa Goïzane le récupérer.

Le poupon dans ses bras, la jeune mère sanglotait. Elle le couvrit de baisers en marmonnant des mots incompréhensibles. Puis elle se laissa tomber dans le foin à côté de Germaïna, à bout de nerfs.

Iloba criait fort. Il avait faim. Goïzane dégrafa sa chemise trempée de sueur et le laissa téter. Germaïna se détourna, tombant en chien de fusil sur le côté. Et pendant qu'Iloba se gavait et que Goïzane pleurait, elle lui parla.

— J'ai eu un bébé, tu ne le sais même pas. De l'autre côté de la cloison, il y a la tête d'un homme. Cet homme... il avait tué mon bébé. La tête est là. C'est moi qui l'ai coupée. Je l'ai fait la même nuit où tu te mariais. La nuit même où tu faisais ton petit avec Jon, moi je tuais. On est jumelles, c'est normal je trouve (les mots devenaient moins clairs, Germaïna mordillait son poing serré en parlant). La tête est derrière, dans la terre. Le père de cet homme, il cherche son fils. C'est normal, ce sont des fous. Il va revenir, j'en suis sûre. Il fallait protéger Iloba. Il va le tuer. Ces gens-là tuent les bébés. Tu comprends ?

— Mais oui, mais oui.

Une immense tristesse s'abattait sur Goïzane. Sans saisir ce que racontait sa jumelle à voix grave, elle concluait au plus simple : une folle.

Iloba avait fini. Goïzane se rajusta, le couvrit d'un pan de son gilet de laine et tomba à son tour sur le côté, en chien de fusil, emboîtant son corps sur le dos de celui de Germaïna, Iloba sur le ventre de l'une, contre le dos de l'autre. Le petit repu, elles épuisées, les nerfs lâchèrent. Le sommeil les saisit en un instant.

Les autres découvrirent les jumelles dans cette posture en revenant des bois. Ils abandonnaient les recherches, désespérés. Ils se tenaient sur le seuil de la grange, en ligne, silhouettes découpées dans le contre-jour, tous plus massifs les uns que les autres à l'exception du petit maire. On aurait dit un jouet au milieu de géants.

Mais ce fut lui qui décréta :

— Dans la mesure où le petit n'a pas quitté l'enceinte de la Maison, n'est-ce pas, il n'y a pas d'enlèvement.

10

Germaïna avait eu Iloba bien en elle, collé au ventre. Le bébé sur sa peau nue, sous sa chemise de nuit, avait réchauffé ce ventre. L'avait même brûlé avec une douceur étrange.

Quand elle s'était réfugiée dans la grange, elle se croyait au bout du monde. Oreilles closes, elle n'entendait pas les autres chercher dehors. Iloba, elle l'avait sauvé !

Dans sa tête, dont elle seule suivait les méandres, elle avait fait son travail, et le bébé le sien. Elle semblait revenir à son point de départ, quand elle avait mis Eder au monde. Iloba capté, Eder continuait en lui. Depuis, elle avait tout raté. C'était fini. « Maintenant, il faut que je répare cette Maison », songea Germaïna, comme si elle n'avait pas vécu depuis le jour où elle avait commencé d'y mettre le feu.

Pendant deux mois, Germaïna s'activa dans la Maison et autour, à la terrible période de l'été et de l'automne. Les jours s'étiraient. A midi, chacun mangeait ce qu'il avait préparé, pendant une pause au loin. Le soir, on se taisait, comme d'habitude.

Germaïna ne parlait que pour donner des ordres. Les autres, acharnés, ne cherchaient pas d'explication à sa métamorphose. Ici, qu'une femme dirige restait dans l'ordre des choses si la femme dominait. Ils la craignaient, pas de peur mais d'angoisse – ignorant le mot. Ils s'étonnaient encore qu'elle n'ait pas tué quelqu'un, mais au travail elle abattait la tâche de deux hommes. Ils en avaient besoin. L'ordre des choses justement aurait voulu que le père soit encore là et qu'elle eût un mari. Alors, tant mieux si elle remplaçait les absents. La dureté des gestes à accomplir du matin à la nuit simplifiait leur âme. Ils n'allaient pas la remercier, non.

Personne ne le savait, mais dans sa chambre, la nuit, Germaïna pleurait.

Elle pleurait, enfin.

Bonheur des heures de larmes qui lui avaient manqué depuis un an. Elle finissait épuisée et comblée. Après les sanglots, ses jambes bien allongées sur le drap devenaient lourdes, très agréables à sentir. Une sensation proche de ce qu'elle ressentait naguère après ses étreintes avec Maximilien. Pleurer l'amenait presque à ce qu'elle n'avait jamais obtenu des autres hommes qu'elle avait connus depuis lors. Elle ne se souvenait d'aucun, mais sa mémoire gravait l'atroce vide ressenti chaque fois qu'elle s'était emplie d'eux. D'y penser la dégoûtait à présent. Son ventre avait fini de glacer, maintenant que le petit Iloba l'avait brûlé.

Dans le noir de sa chambre ce soir-là, elle fit un vœu : jamais. Plus jamais. Ce vœu de pureté, elle l'avait dédié à son Eder réincarné en Iloba. Inutile de penser au-delà, et l'heure venait de se lever d'aller traire les vaches. Pas de murmure. Debout !

*

Germaïna descendit, vêtue d'une ample jupe, chaussée lourdement. Dans l'escalier, ses pas firent lever la tête à Maritchu, qui versait un bol de café au maire.

Après le bizarre enlèvement, on le laissait entrer. Il se sentait admis dans la famille, mais sans illusions sur leur accueil, n'échangeant que quelques mots avec la mère, s'assurant que tout allait mieux, mine de rien. Il voulait voir Germaïna, même de loin.

Elle ne lui parlait pas ou, comme avec les autres, seulement pour organiser le travail, calculer un délai de paiement pour la location de machines à couper et à trier, à serrer, dont le maire avait facilité le transport. Grâce à son aide, on avait recruté trois ouvriers saisonniers qui logeaient dans la grange et se lavaient au puits.

Germaïna salua de la tête, décrocha un lourd tablier de travail d'un clou derrière la porte, puis sortit. Le maire interrogea Maritchu : « Elle ne mange pas ? Rien le matin ? » Maritchu haussa les épaules.

Plus tard, le maire regagna sa voiture qu'il laissait en bas de l'allée. Il n'avait pas aperçu Germaïna, certainement dans l'étable, à la traite. Non : il la découvrit près de la voiture, la main effleurant le long capot noir de la Traction.

Le soir où elle avait été chassée par son père, un même museau était tapi ici, celui de l'Hispano de son amour allemand, Maximilien, qui l'avait emportée en Espagne.

Elle sursauta en entendant le maire :

— Vous devriez apprendre à conduire.

— Je sais un peu, dit-elle d'un ton triste.

Passa dans sa tête le souvenir des manœuvres qu'elle effectuait à Bilbao, dans la cour de la caserne-orphelinat où elle gardait les enfants dès le début de la guerre d'Espagne. En ce temps, Bilbao vivait libre encore, comme elle. Mais elle ne savait pas vraiment conduire, elle avait eu des chauffeurs là-bas.

— Ce n'est pas difficile, insista le maire.

— Sûrement.

Elle se détourna et reprit l'allée vers la Maison. Le maire la rappela :

— Germaïna, franchement...

Elle se retourna, énervée.

— Je vous vois travailler ici depuis des mois, enchaîna le maire. Les gros travaux sont presque terminés, vous pourriez...

Il allait dire : « revenir au Conseil de la Ville, vous seriez utile », mais son intuition d'un refus le décida à improviser :

— ... vous pourriez apprendre à conduire.

— Pas le temps, pas d'argent, pas de voiture.

— La voiture, ça sera la mienne. Le temps, on le prendra, l'argent pas question : c'est moi qui vous apprendrai. Il va y avoir de plus en plus de voitures. Tout le monde conduira, vous savez.

— Je viendrai, avec Iloba.

Le maire grimaça. Depuis « l'enlèvement » du bébé trois mois plus tôt, il s'inquiétait de l'emprise de Germaïna sur son petit neveu. Il en discutait avec Maritchu lors de ses visites matinales, « autant que je puisse vous donner mon avis, madame Etcheverry ».

— Un bébé, dans une voiture..., objecta-t-il.

— Il apprendra comme moi.

Le maire serra les lèvres : il butait toujours sur elle. Mais elle le troublait toujours autant et il dit oui.

★

Appliquée, Germaïna se glissait derrière le volant presque chaque matin. A l'arrière, elle avait installé un panier d'osier bourré de coussins, l'avait ficelé aux poignées des portes et y avait installé Iloba. Au hasard des cahots, le bébé s'agitait, poussait des cris qui exaspéraient le maire assez vite, puis se rendormait ou bien restait les yeux ouverts, fasciné par les mouvements qu'il discernait, à l'envers, à travers la vitre arrière. Germaïna suivait bien les conseils, mais c'est à Iloba qu'elle expliquait ses gestes en les exécutant. Agissant et parlant, elle doublait son rythme d'apprentissage. En quelques semaines, elle fut capable de manœuvrer seule la voiture. Elle y avait pris goût.

Plusieurs fois, elle accepta les demandes du maire, formulées doucement, de porter un pli, récupérer un colis ici ou là. Elle conduisait à travers la ville, vite. Tout le monde connaissait la Traction. D'y voir au volant la fille Etcheverry fit reprendre les murmures. Jaser, plaisir ! « La voiture du maire, une fille ! Quand on sait ce qu'elle a fait... » Et quoi ? « Qu'est-ce qu'elle a fait ? » Dites-le. « Si vous saviez. » Ils ne savaient rien.

La voiture remplaçait les jouets qu'elle n'avait pas eus dans son enfance. Le maire ignorait qu'elle avait joué autrement déjà, et fort, avec des fusils, de la mort et du sang, avec des hommes qui baisaient ses doigts comme ceux d'une madone, et pas très loin, derrière cette frontière fermée, dans ce pays d'Espagne qu'on n'aimait pas ici. Cassé en deux depuis des siècles, on s'était habitué à l'ignorer. Les esprits évoluaient lentement. En côtoyant les réfugiés, certains découvraient des frères venus de l'autre côté. Ils parlaient basque, oui, pas le même, mais rien que d'une vallée à l'autre, on se comprenait souvent mal. Ils vivaient pauvrement, adoraient Dieu, et chantaient bien : comme eux. Mais Franco aussi servait Dieu, c'était à n'y rien comprendre. Du moment qu'ils n'étaient pas communistes... Qu'ils se tiennent sérieux, dans les camps ou dans les hôpitaux : alors très bien. Les dirigeants en exil y veillaient, en faisant un point d'honneur.

*

— Germaïna, pourriez-vous m'accompagner demain ? demanda doucement le maire.

Elle fit la moue. Conduire seule, oui. Avec lui, pourquoi ?

— Parce que je dois prononcer un discours. Il faut que je le corrige. Vous prendrez le volant.

Elle hocha la tête, d'accord.

— Juan-Antonio Aguirre, le président basque, visite La Roseraie. Vous connaissez ?

Germaïna fit signe que non. Aguirre... oui, un peu, ça lui revenait : Bilbao, les réunions au Carlton auxquelles elle assistait au fond, sur une chaise, avec le *gudari* qui lui avait donné les moyens de former son commando basque, oui... quelque chose, un peu. La Roseraie, rien.

— Alors, demain en fin d'après-midi, on y va.

Germaïna raccompagna le maire et garda la voiture. Avant la fin du jour, elle y installa Iloba dans son panier et le promena sur les petites routes, depuis la montagne jusqu'à l'océan. Nabar aurait voulu monter. Germaïna refusa.

A l'heure dite, le lendemain, elle emmena le maire, suivit le chemin qu'il indiquait en levant les yeux de ses papiers, un stylomine à la main, raturant en même temps son discours. La voiture serpenta jusqu'à la corniche et déboucha devant un bâtiment blanc, solide comme un paquebot immobile face à l'eau. Germaïna le reconnut. Quelques mois plus tôt, elle passait devant, lors de ses marches vers la fatigue ultime. Le voilà, l'hôpital des Basques réfugiés dont on parlait à table ? Elle y avait dansé naguère, au temps du casino. Elle avait oublié.

Sans doute s'étaient-ils trompés une fois ou deux sur le chemin car, quand ils arrivèrent, la cérémonie avait débuté. Le maire trottina pour se glisser jusqu'au premier rang. Sa petite taille l'aidait. Il écouta Aguirre, le président en costume, pochette blanche et cravate claire, tête noble.

Au fond, Germaïna attendait, droite sur ses escarpins, dominante et discrète. Plusieurs têtes se tournèrent. Ici, personne ne la connaissait, mais les hommes s'étonnaient de cette jeune femme aux cheveux blancs et peau fraîche, aux seins qu'on devinait de pierre. Par pudeur, ils ne s'attardaient pas, ramenant à regret leur regard vers l'estrade officielle – sauf un, mâchoire décrochée, hypnotisé.

Le *gudari*. L'homme qui lui avait donné armes, balles, combattants, en Espagne. L'homme qui ne l'avait jamais revue depuis Guernica et qui la croyait morte sous les bombes.

Germaïna croisa ses yeux et, comme lui, ne parvint plus à les détacher.

Son costume n'avait pas changé, toujours sombre et croisé. Et toujours noirs et lustrés, ses cheveux se séparaient par une raie franche sur le côté. Son teint s'était à peine grisé, accusant une mauvaise fatigue. Germaïna le revit comme au dernier jour.

Lui non : il l'avait saluée quand on avait évacué les enfants de Bilbao vers Guernica – la veille du bombardement. Il avait dit au revoir à une belle combattante brune et chaude, il retrouvait une statue à cheveux blancs, mais toujours droite, les yeux noirs aussi durs.

Dix-huit mois d'absence et de fureur. Il n'avait eu aucune nouvelle de Germaïna, de son commando, sans doute englouti, pensait-il, dans l'horreur de Guernica. D'autres horreurs l'avaient occupé depuis lors. Le « front nord » était tombé aux mains de Franco, le Pays basque anéanti. La guerre persistait ailleurs, vers Madrid, la Catalogne, Teruel. Mais la fin arrivait. Exilé, il suivait les officiels, repassant parfois côté sud en clandestin pour aider des survivants, lutter malgré tout. Il était triste, sauf de revoir Germaïna, frappé par sa lumière dans sa vie d'enfer. Même lui aurait pu se mettre à croire en Dieu.

Que faisait-elle là ? Il le lui demanda dès que les cérémonies furent achevées et qu'un « verre du peuple », un pauvre vin et quelques biscuits, fut servi sur des tréteaux dressés au bout de la terrasse.

— Et toi ?

Elle le tutoyait. Lui n'avait jamais pu.

— Je suis dans les traces d'Aguirre, le gouvernement... On peut mourir, personne ne s'intéresse à nous.

— Comme prévu.

Elle retrouvait la parole, pas encore le sourire. Elle revoyait cette guerre. Elle l'avait faite sans le vouloir et comme elle avait pu, surprise ce soir de ne pas s'enfuir à toutes jambes, car il n'y avait que des cendres à remuer, et un goût âcre à mâcher dans sa salive. Mais en réapparaissant, ce *gudari*, guerrier basque du Sud, mettait entre parenthèses tout ce qu'elle avait vécu depuis lors, ici, si pauvre, si bête.

Ils firent semblant de parler en anciens combattants. Mais lui continuait la lutte, et elle, à vingt ans, et une vie trop lourde à supporter, luttait contre elle-même. Sa tête... On croit que les mères supportent mieux que les pères la mort de leur enfant parce qu'eux s'effondrent tout de suite tandis qu'elles résistent. En réalité, elles enfouissent leur douleur et deviennent folles.

*

Ce dérèglement, le *gudari* y goûta le soir. Même si Germaïna parlait net, comme naguère à Bilbao, elle évoquait leur guerre commune en occultant des épisodes, laissant flotter des pointillés entre ses phrases. Déjà troublé par ses cheveux blancs, ignorant que Germaïna avait surgi ainsi, au lendemain du massacre de son bébé à Guernica, le *gudari* douta vite que la grande fille brune, la « vierge brave » des militaires de Bilbao, en soit revenue intacte.

Il l'avait retrouvée lors du banquet offert par les maires de la vallée aux officiels basques. En contrebas du grand virage de Ciboure, les voitures s'alignaient devant La Réserve, le lieu des dernières fêtes et des folies. Le bâtiment s'accrochait à un promontoire face au phare. Un orchestre obligeait à danser. Même les réfugiés abrutis par la guerre avaient gambadé sur la piste, offrant à leurs corps bientôt meurtris une farandole, un bref oubli.

Germaïna avait dansé tout le temps avec le *gudari*. Tangos, valses lentes, fandangos... Sa tête tournait plus vite que ses jambes. Lui-même s'oubliait. Elle ne quittait pas ses yeux. Soudain, une image s'interposa, franche comme une pièce noire illuminée par un éclair de tonnerre : elle le vit en elle.

Gorge sèche, elle quitta ses bras et fila vers la sortie

sans se retourner. Marchant vite, elle n'avait pas vu qu'il la suivait. Elle sortit de La Réserve, dévala les marches qui menaient aux voitures, se faufilant entre les rangées à perte de vue. « J'ai juré... marmonnait-elle. Vœu... »

Près de la Traction, Germaïna sortit les clés de son petit sac de cuir et ouvrit vite. Seule au monde, elle commença à se glisser derrière le volant, jambes dehors. Dans le mouvement qui la fit se retourner, elle aperçut le *gudari* à trois pas. La même image s'imposa : en elle !

Elle tendit les bras, attrapa les revers de la veste de l'homme et l'attira sur elle. Renversée sur la banquette, elle fouillait en pleurant vers son pantalon. Lui se débattait, assez ivre, à bout. Puis, sans comprendre, il sentit qu'elle l'aspirait.

Avec brusquerie, Germaïna agitait la tête. Elle se mit à hurler. Pas de plaisir : à hurler, et le *gudari* ne comprenait rien, « Noon ! » Elle cria plusieurs fois, longtemps, et ce fut cette scène que découvrit le maire quand il arriva à sa voiture, inquiet de ne plus voir Germaïna au banquet.

Il sauta sur eux. Il arracha le *gudari* de la voiture. Lui semblait se réveiller. Il se tortillait, gêné, à la façon dont on émerge d'un cauchemar. Bredouillant en basque, il se rajusta, lissa ses cheveux en arrière et se mit à courir entre les capots pour rejoindre les autres en haut, le monde normal.

Enragé, le maire poussa Germaïna sur le siège et prit le volant. Espérant que personne ne les avait vus, il démarra et n'alluma les phares qu'au premier virage qui montait vers la corniche.

Profitant des rares lignes droites vers la Maison Etcheverry, il jetait un œil sur Germaïna. Elle se recroquevillait. Il l'entendit pleurer, puis chantonner entre ses lèvres une berceuse – la même qu'elle offrait à son bébé Eder chaque soir en Espagne, mais il l'ignorait. Elle pleurait en croisant les bras sur sa tête blanche. Ses mains tremblaient, bientôt ses bras et tout son buste. Il eut peur qu'elle s'évanouisse ou saute en marche. Il fut soulagé de constater qu'elle ne faisait que s'agiter sur elle-même, mais de plus en plus. Puissante, en boule sur le siège, elle semblait animée par un énorme ressort actionné par un fou, de loin. Un instant elle se figeait, l'instant suivant elle frissonnait de la tête aux pieds. « Le retour va être gai dans cette famille ! » se dit-il.

Mais Germaïna se calma d'un coup en sortant de la voiture. L'odeur de la Maison ? Le maire avait jailli et essayait de l'aider. Elle le repoussa, et il fut abasourdi par sa poigne, cette force qui la dressait en marchant. Il suivit son dos droit, la haute nuque blanche qui s'éloignait sous la lune, mais il savait qu'elle se cognait contre ses ombres, bien cabossée. Il ferma les yeux. « Terrible, songea-t-il. Ça ne peut pas durer. »

Germaïna entra. Sans rien allumer, d'un pas d'automate, elle monta l'escalier, entra dans sa chambre en laissant la porte ouverte et s'allongea tout habillée sur son lit. Elle s'affala plutôt et se cogna très fort au montant.

Germaïna fixa un moment le plafond et se sentit partir. Elle venait de tomber dans le coma.

11

Quand Maritchu, levée tôt, était passée devant la porte grande ouverte de la chambre de Germaïna, elle l'avait découverte en travers du lit, la tête près du montant, bosselée et rouge. La mère avait secoué la fille, énervée de la voir endormie, tout habillée. Germaïna réagissait comme une poupée de chiffon.

Maritchu rameuta la famille. Jon et Goïzane essayèrent de réveiller Germaïna. Très vite, l'oncle Mattin les arrêta :

— J'en ai vu dans les tranchées comme ça, saisis, après un choc. Elle ne bougera plus.

— Mais elle n'est pas morte ! hurla Maritchu.

— Non, pas encore, ajouta-t-il très bas.

Maritchu fit sortir les hommes, ordonna à Goïzane de glisser sa jumelle dans le lit et de lui passer sa chemise. Elle-même se mit à courir vers le bourg, la tête en désordre. Vraiment, cette Maison... Hors d'haleine, elle frappa à la porte du maire et lui expliqua en mélangeant les mots. Le maire remonta avec elle en voiture.

— Je l'emmène, c'est urgent, décida-t-il dès qu'il eut observé Germaïna et compris que la jeune femme était dans le coma.

Il fallait penser à tout, et vite : Maritchu envoya Nabar au loin, alerté par cette agitation, couper du bois, pour qu'il ne voie pas son « Armène... »

emportée, comme morte. Il aurait pu devenir brutal. Maritchu lui dirait qu'elle était en voyage, et qu'elle reviendrait bientôt.

Jon et Mattin descendirent Germaïna et la glissèrent à l'arrière de la Traction. Le maire la débarqua à La Roseraie. On refusa de l'admettre. Les places étaient prises.

Il tempêta. Il obtint qu'on la garde au moins ce matin, jusqu'à ce qu'il revienne. Puis il refit tout le chemin pour rencontrer les officiels basques de la veille, ceux du banquet à La Réserve, surtout le *gudari*. Le maire lui raconta, très agité, exigea qu'il intervienne, le menaça... pour la veille... dans la voiture.

L'autre le transperça du regard :

— Croyez-vous, monsieur le maire, que vos menaces me font trembler ?

— En tout cas...

— Où est-elle ? coupa l'homme. Sur place déjà ? Bien. Ne vous occupez plus de rien. Je m'en charge.

Le maire ne le remercia pas et fit demi-tour. L'homme l'appela :

— Monsieur le maire ? Merci pour ce que vous avez fait.

Une heure plus tard, sur ordre, Germaïna était installée au fond d'une chambre à La Roseraie. On avait glissé un lit à roulettes, tassé les autres. Elle n'était pas gênante, sans gestes et sans paroles.

Le médecin avait ordonné du soleil et de l'air, « de toute façon ». L'automne acajou illuminait le ciel, plus doux dans ce pays où il cède tard à l'hiver. Germaïna passait ses journées sur la terrasse.

⋆

Deux étages plus bas et dans une autre aile, Tchema marchait, à peu près. Emprisonné sous les pansements, il avançait mal, une béquille dans chaque main. Dimanche, il en lâcherait une pour célébrer la messe dans la chapelle de La Roseraie.

Les autres malades étaient accoutumés à la silhouette mince du jeune homme en soutane, claudiquant. On avait découvert son visage jusqu'alors masqué par les bandes. Des cicatrices courtes barraient son front. La ligne de ses cheveux descendait bas, toute droite d'une tempe à l'autre. En jaillissaient les yeux ronds, que beaucoup supportaient mal. Ils se détournaient, ou se figeaient.

Les premiers jours, Tchema n'avait eu d'autres soucis que de remettre en marche ses jambes blessées. Avançant à petits coups, il cherchait vite un arbre contre lequel s'appuyer pour faire la pause. Il repartait, crispant ses reins, le regard guidant ses pieds. Une fois, il buta sur une montagne qui descendait à grands pas.

L'abbé dévalait l'allée comme un fou, pressé, après sa visite presque quotidienne à La Roseraie. La soutane battait ses chevilles, il lançait ses bras sans vérifier. Il emboutit Tchema.

Le jeune homme bascula en arrière, les béquilles emmêlées. L'abbé l'empoigna de justesse dans ses mains larges, en virevoltant. Les deux soutanes, l'une mince, l'autre épaisse, firent comme un pas de valse dans l'allée, au grand plaisir des hommes et des femmes qui auraient crié « Et lààà ! » et frappé dans leurs mains s'il ne s'était agi de saints hommes.

A la façon dont on tient un enfant fragile, l'abbé s'appuya enfin contre le chêne, transpirant, et reposa Tchema à terre. Il le soutint jusqu'à ce que le jeune homme fût assuré sur ses jambes.

— Mon fils, s'étonna l'abbé en découvrant enfin la soutane de l'autre, je ne savais pas qu'un autre serviteur de l'Eglise vivait en ce lieu.

— Seulement séminariste, mon père.

— Ça viendra. Notre-Seigneur a son programme tout prévu. Qu'est-ce que vous faites là ?

En quelques mots, Tchema lui expliqua qu'après sa fuite d'Espagne, à demi-mort, il se soignait ici avec ses frères basques, et qu'il recommençait à marcher depuis peu.

— Ça tombe bien. Tu vas me seconder dans les visites, décréta l'abbé, tutoyant aussitôt ce jeune prêtre à la voix claire et douce. Pour les confessions, tu n'es pas habilité ? Allez, c'est fait ! décida-t-il en le bénissant à toute vitesse. Notre-Seigneur est d'accord.

Sans manquer de respect, Tchema ne put réprimer un rire, son premier depuis des mois. Comparé aux ascétiques et morbides ecclésiastiques d'Espagne, celui-ci sortait d'une pêche miraculeuse.

L'abbé entraîna Tchema par le coude, déclenchant un râle de douleur chez le jeune homme. « Ah ! pardon, pardon... », marmonna l'abbé et il le lâcha. Mais il avait du mal à avancer sans lui tenir le bras ni lui taper sur l'épaule. Il lui expliqua les cas urgents, les horaires des messes, les affinités de cette population souffrante.

— Toutes ces misères ! Dieu est parfois cruel.

— Pour notre bien, répondit Tchema.

L'abbé le regarda en coin. Les yeux noirs du jeune homme visaient le ciel, intenses.

— Bien sûr, mon fils. Encore que les plus tristes sont ceux qui n'ont personne.

— Ils ont tous Dieu.

— Bien sûr, mon fils.

Il était inquiétant, celui-là...

— Il faudra le leur dire, reprit l'abbé. Leur dire que Dieu est partout, et en chacun de nous. Ça ne sera pas trop dur, ils sont tous très chrétiens. Sauf une.

— Communiste ?

— Sûrement pas ! s'esclaffa l'abbé. C'est une fille d'ici, maintenant une femme, vingt ans... Chassée de sa Maison à dix-huit ans, enceinte je crois... Partie de l'autre côté et puis là, je ne sais plus... des histoires de guerre, de meurtres...

— Je sais, j'en viens.

— Impénétrables, hein ?

— Quoi ?

— Les voies de Notre-Seigneur.

— Je ne trouve pas, affirma Tchema. Il montre toujours le chemin. C'est droit.

— Alléluia, soupira l'abbé. Et alors... revenue dans sa Maison, paf ! d'un coup, un matin, complètement dérangée.

— Blessée ?

— Je n'en sais pas plus. Dans cette famille, ils parlent peu.

— Ne vous a-t-elle rien dit dans le secret de l'église ?

— Elle ne se confesse jamais.

— Ah !

— Donc, du boulot.

— Pourquoi est-elle ici ? Elle est blessée ?

— C'est compliqué. Oui, elle est bien amochée, d'une certaine façon. Le maire est intervenu pour qu'on la soigne ici, et aussi un dirigeant du Sud, un *gudari*. Puisqu'elle a combattu là-bas, et sacrément paraît-il ! elle a obtenu une place. Il faudra lui parler. Je pense qu'elle entend. Mais elle ne répond pas.

— Muette ?

— Dans le coma.

Tchema se crispa sur ses béquilles, dérapant sur le gravier de l'allée :

— Qu'est-ce que je peux lui dire alors ?

— Parle-lui de Dieu, mon fils. Elle ne veut pas le connaître, mais lui la connaît bien. Il lui a envoyé tant d'épreuves. A mon avis, il la teste.

Le jeune séminariste se mordit les lèvres.

L'abbé le quitta, posant sans réfléchir sa main sur son épaule, et son énorme paume raviva une blessure. « Décidément pardon ! » conclut-il, et Tchema le vit disparaître au loin.

⋆

Après sa rencontre avec l'abbé, Tchema se rendit aussitôt dans les bureaux. On lui indiqua comment monter au pavillon des femmes. Les hommes n'y avaient pas accès, les prêtres si. Là-haut, sur une terrasse, une infirmière désigna à Tchema une forme allongée sur un lit à roulettes, qu'on avait sortie au soleil.

Il la crut blonde d'abord. Puis, plus près, il découvrit qu'elle avait les cheveux tout blancs. Ses yeux ouverts ne regardaient rien.

Dans sa soutane, comme une mouche noire au milieu des brancards et des murs peints à la chaux, Tchema avança une chaise en bois clair et s'assit à la tête du lit. Il observa longtemps la tête blanche dont on lui avait dit le nom : Germaïna Etcheverry.

Couchée à plat, elle regardait le ciel sans le voir. Il se décida à remonter le haut du lit, en redressant le dossier. Les crans du ressort claquèrent, attirant l'attention d'autres malades qui retournèrent à leur souffrance après avoir observé ce jeune prêtre marmonner devant celle qui ne parlait jamais.

Tchema avait orienté le visage de Germaïna sur le côté, pour la voir de face. Les deux yeux noirs et immobiles de la jeune femme et ceux ronds et grands du séminariste ne se quittèrent pas. Mais les uns voyaient, les autres non. « Ses yeux entendent, avait affirmé l'abbé. Parle-lui. »

Il pria.

Tous les jours, il pria, et parla. Puis il vint deux fois par jour. Sans discerner le moindre mouvement sur les cils ou sur le bout des doigts de Germaïna, il était certain qu'elle entendait. « Dieu parle aux morts, aux vivants, à tout ce qui Est », glissait-il. Une brève tristesse l'abattait les jours où lui-même devait rester alité. Encore faible, ses blessures se résorbaient mal car La Roseraie manquait parfois de médicaments. Epuisé par mille travaux que lui confiait l'abbé ou qu'il s'imposait seul, il sombrait parfois. Son corps refusait. Tchema s'allongeait alors dans sa chambre. Ces jours-là, les hommes qui logeaient avec lui se confessaient à tour de rôle. Les autres sortaient. Celui qui restait s'agenouillait au bord du lit et abaissait son béret devant ses yeux en guise de confessionnal improvisé. Tchema, long dans sa soutane à plat, joignait ses mains et écoutait. Chacun de ces hommes burinés acceptait d'être confessé par un jeune prêtre qui avait l'âge de leur fils, parfois de leur petit-fils. Quand il avait fini, Tchema traçait au-dessus du béret un signe de croix et l'homme partait, sans pénitence

– ils n'auraient pas accepté. « Dieu t'a pardonné », prononçait Tchema dans sa tête.

Il se hâtait de reprendre des forces pour retourner sur la terrasse et souffler des prières sur les lèvres de la belle Basque, madone murée.

*

« Ton sommeil sait. Ton sommeil d'aujourd'hui Lui appartient. Aime ta souffrance et tu L'aimeras, Lui. »

On disait qu'elle allait mourir, mais il lui parlait chaque jour. Sauf à tourner sa tête vers la sienne, Tchema ne touchait jamais Germaïna. Il ne tenait pas sa main. Penché très près, les poings serrés devant sa bouche, il priait à voix basse, certain qu'elle l'entendait.

Le médecin ne partageait pas cet avis, quand il passait avec l'abbé. Ils les observaient tous les deux, Tchema et Germaïna, leurs visages à se toucher, les pupilles dilatées dans les pupilles.

— C'est curieux, s'interrogeait le médecin. Elle a les yeux ouverts mais rien ne bouge. Comme un coma « vigile » avec les apparences d'un coma « profond ».

— Certainement, approuvait l'abbé sans comprendre.

Dérangé, Tchema levait la tête un instant :

— Dieu est là, glissait-il en montrant du doigt Germaïna.

— Bien sûr, ponctuait l'abbé, irradié un instant par les yeux du séminariste, avant de se secouer et de poursuivre ses visites.

Tchema reprenait ses prières. « C'est Son repos qu'Il te donne. Tout est Lui. Tu es parce qu'Il est. Tu es Dieu. Ce drap sur lequel tu souffres, la feuille morte qui vient de s'y poser, ton sommeil, tes souffrances d'hier comme les prochaines, moi, tout ça n'est pas *à* Lui : *c'est* Lui. »

Il le lui redit mille fois, de toutes les façons possibles.

Les jours passaient, rien ne bougeait. Le médecin devenait perplexe. Il ne se moquait pas du jeune prêtre, mais... Si cela pouvait aider, qu'il prie ! Elle ne serait pas la première morte d'ici, et il avait des urgences. Moitié fous, amputés, figés : le catalogue des misères se feuilletait grandeur nature. De temps à autre, des cris montaient jusqu'aux terrasses. On se battait en bas. Les gardiens désignés, des réfugiés comme eux, intervenaient. L'ordre régnait : on accueillait les frères de la guerre d'Espagne, ils devaient être impeccables. Et l'autre là, avec son chapeau rond, tirant sur un petit accordéon de forain toute la journée, à saccager les oreilles des autres ? On le lui avait confisqué. Il s'était enfui. Personne ne le chercha.

— Dans quelques jours, il n'y aura plus d'espoir, confia le médecin après deux semaines.

Tchema ne bougea pas. « Au contraire, elle revient. Dieu s'éveille en elle », se répétait-il.

Seul face à son visage mort, il reprenait à voix basse : « C'est simple d'être ami avec Dieu. Puisqu'Il est toi et que tu es Lui, vous êtes la même souffrance. Il a perdu Son fils sur la croix. Tu es Son fils ! Tu es Son enfant. »

Elle avait tressailli ?

*

Tchema ignorait quel mot avait traversé le tunnel. Peu lui importait : il avait vu.

Sur sa joue à lui coula une larme. Sur la sienne, rien. Mais au-dessus, près des yeux, il discernait un tremblement minuscule, sans doute un nerf qui retrouvait la vie. Les paupières clignèrent, une fois.

Germaïna bougeait.

Puis, pendant plusieurs minutes, l'immobilité la reprit.

Tchema avait avancé son visage encore plus près. Ses lèvres touchaient presque celles de Germaïna, sans aucune équivoque. Il redit les mots : « Tu es Son enfant. »

Germaïna crispa ses lèvres.

Derrière ses yeux qui ne voyaient rien depuis des semaines, le noir s'estompait, comme un coup de vent chassant une fumée, la séparant en deux. Deux noirs flous prenaient place. Elle ne vit que des yeux.

Proches d'elle, et parce que sa vision restait rétrécie, ces yeux remplissaient tout l'espace devant les siens.

Ronds, bien grands, comme ceux d'un enfant, ils lui rappelaient... Un son tapait dans sa tête. Elle émit un borborygme :

— E...er, der...

Plusieurs fois, elle sombra, se reprit, laissa ses doigts trembler et les raidit, lutteuse.

Tchema suivait ce combat. Il mourait de chaud. A la place des larmes, de la sueur coulait sur ses joues. Il luttait avec elle. Il essayait de tout voir ensemble, les ongles, les cils, le bout des pieds sous le drap. Pour la première fois, il avisa le corps de Germaïna, sa forme longue qu'épousait la couverture à carreaux. Elle était grande.

Son œil remonta jusqu'au visage. La peau si blanche

se creusait sous les joues amaigries, mais si lisse, sans rides. En haut, les cheveux blancs se confondaient avec le drap.

Elle le regardait.

Oui, elle voyait. Qui était ce jeune homme, avec ces yeux immenses ? Plus haut, des cheveux noirs, plantés bas sur le front, si noirs que la lumière les moirait. Ils traçaient une ligne horizontale, sans arrondi, comme une tête d'enfant qu'aucun creux n'est encore venu dégager sur les tempes.

— Qui est ? balbutia Germaïna.

— Dieu.

Tchema avait répondu tout bas. Tout est Dieu, alors qui est ? Dieu.

Germaïna ne comprenait pas. Elle entendait mal et voyait flou.

— Où je ?

— Avec Dieu.

Germaïna repartit dans le sommeil. Mais l'air apaisé.

*

Elle émergea par paliers, de plus en plus tenace. Elle mangea bien, reprit ses formes et sa couleur. Elle écouta Tchema chaque jour. Ce qu'il disait chantait, lumineux.

Lui seul parlait. Elle ne posait nulle question. Pour interroger, il faut douter. Elle approuvait de la tête ou répétait une prière après lui – pas celles qu'on lui avait apprises enfant, mais des psaumes jamais entendus. C'était beaucoup plus doux qu'à l'église dans le temps. Et beau comme son ventre brûlé quand elle y avait collé Iloba, calme comme ses jambes lourdes d'amour quand elle pleurait dans sa chambre. La même chaleur, par les mots, sans un geste, la mettait en extase.

Tchema ne lui parlait pas de religion, mais du Tout, avec des mots simples, une voix caressante comme une main sur la fourrure. Elle s'emplissait de lui, n'imaginant même pas un corps sous la soutane.

Enfin, Germaïna l'interrompit un jour. Elle lui annonça ce qu'elle voulait.

Il fallut du temps, tout de même, pour débrouiller le labyrinthe terrestre, mais ce fut enfin fait : deux mois plus tard, la Congrégation Francique des Sœurs Divines l'accueillit.

Germaïna entrait dans les ordres.

12

— Alléluia vraiment.

Assis près de la cheminée dans la Maison Etcheverry, l'abbé soufflait sur le bol de café que Maritchu avait servi. Sa masse débordait du socle de la chaise.

Malgré le feu, l'hiver sifflait sous la porte. Sauf près des flammes, il faisait froid et il avait remis son béret et sa houppelande, ramenant les pans de la soutane pour qu'ils ne traînent pas sur le sol poussiéreux. Près des fourneaux noircis, des restes de nourriture attendaient depuis longtemps le nettoyage.

Il avala une gorgée en suivant Maritchu du coin de l'œil. La mère s'activait, soufflant à chaque pas. Les crans de ses cheveux avaient grisé, désordonnés.

— Vous n'en pouvez plus ?

Maritchu ne répondit pas et rangea quelques plats, bruyante.

— Et moi, allez ! Je suis épuisé. Je n'arrête pas. Même plus le temps de jouer à la pelote le dimanche. Aller, venir... Et les nouvelles sont tristes. Tout ça sent mauvais.

— Comment ça, mauvais ? Qu'est-ce qui sent ici ?

Maritchu tempêtait. L'abbé leva sa large paume :

— Je ne parle pas d'ici. Je parle en général.

A vrai dire, cela sentait mauvais dans la pièce. Un

parfum rance de maison négligée. Une mère fatiguée, et les autres débordés dès l'aube.

Maritchu reposa sur la table deux assiettes qu'elle emportait vers l'évier, presque à les casser. Elle fit face à l'abbé :

— Oui, je suis fatiguée, et alors ? Ça vous surprend ? C'est de pire en pire. On n'a que deux bras, de moins en moins de monde, de plus en plus de travail. Et alors ?

L'abbé laissa passer l'orage. D'ailleurs, après son coup de colère, Maritchu se laissa tomber sur le banc contre la table et prit sa tête dans ses mains.

Une bonne minute passa, puis elle frotta ses yeux et essuya son nez. Elle se leva et reprit son travail.

— C'est les nerfs. Mais ça fait beaucoup. D'abord la petite qui...

— Petite, enfin...

— ... qui est dans le coma, qui en sort, et au lieu de revenir à la Maison, qui va faire bonne sœur alors qu'elle travaillait, enfin, comme quatre. Chaque fois que vous venez, monsieur l'abbé, c'est une catastrophe.

— Merci.

Il avala une nouvelle gorgée de café. Il en avait vu d'autres.

— Vous auriez pu aller la voir, jugea-t-il calmement.

— Voir une morte, pourquoi ? s'insurgea Maritchu, piquée tout de même.

— Mais elle vivait.

— Ce n'est pas vivre, ça. Et pas le temps. Vous croyez qu'on peut laisser une Maison, pour faire des visites à quelqu'un qui n'entend rien, qui ne voit rien. On a autant souffert ici qu'en y allant.

— Un peu moinsss...

Il laissait siffler la fin du mot.

— Et maintenant vous me dites qu'elle va dans un couvent.

— Alléluia vraiment, assura l'abbé d'un ton morne. Voyez comme les voies de Notre-Seigneur sont... je perds mes mots, je suis fatigué. Germaïna ! la seule de la vallée à refuser Dieu. Entre nous, je préférais cela aux bigotes méchantes. Et elle l'a trouvé, Dieu !

— C'est ça oui, sous un fagot.

— Ne blasphémez pas, malheureuse !

— Je dis qu'elle est folle. C'est tout.

— Alors Dieu a choisi de la sauver, je vois le coup comme ça. Alléluia franchement.

Seul le bruit de l'eau sur la vaisselle emplit la pièce ensuite, et quelques vagissements d'Iloba dans son berceau. Maritchu le balança en passant puis, sans tourner la tête, d'une voix éraillée, elle demanda :

— Va-t-elle revenir ?

— Non.

— Alors, bon vent.

★

Germaïna revint pourtant à la Maison l'été suivant. Les Allemands occupaient le pays.

Jusqu'alors, elle avait passé les premiers mois de son noviciat à apprendre. Admise dans un couvent après les démarches de l'abbé, que Tchema avait convaincu, elle vécut cloîtrée. Elle avait tout de même été élevée dans la religion – l'inverse eût été impossible – et munie des sacrements, baptisée. Quant à son amour de naguère pour un jeune Allemand, le bébé né puis assassiné, sa guerre en

Espagne, ce fut elle qui le révéla en confession. Elle accomplit les pénitences dans une joie exaltée.

Les lentes prières sur la dalle glacée, en robe grise et trop fine pour protéger du froid ; les réveils en pleine nuit pour méditer à genoux dans sa cellule ; le silence à table, pendant qu'une sœur faisait la lecture d'un Evangile ; le cilice et les lanières de petites chaînes qu'elle portait à la taille, et dont elle se fouettait : tout prenait sa place.

Son corps béat fixait sans ciller la statue de la Vierge tenant dans ses bras son enfant. C'était Elle, elle-même, Tchema le lui avait assuré. Elle y voyait Eder, son petit, elle y voyait Iloba, son bébé-neveu, elle s'y voyait, statue de pierre douce. Souvent, elle osait descendre dans la chapelle en pleine nuit, bravant l'interdit.

Dans cet « Abri du Ciel » comme on le nommait, comparable et voisin du « Nid Basque » où les sœurs dominicaines recueillaient des enfants difficiles, Germaïna s'occupa aussi de bébés pauvres, abandonnés. A croire que son destin la ramenait vers la souffrance comme une laisse au collier d'un chien. Peut-être parce qu'elle avait souffert tôt, et fait souffrir ?

Initiation accomplie, elle revint à La Roseraie, infirmière cette fois. Durant les pauses, Tchema priait à côté d'elle, avec lenteur, lui encore blessé, elle titubante. Ils avançaient dans les allées en couple chancelant. Les psaumes du jeune séminariste, Germaïna les entendait comme des poèmes d'amour. Elle les murmurait chaque fois que le sommeil l'emportait.

Aller nu-tête était interdit, elle portait désormais un foulard, aussi blanc que ses cheveux. Mais son visage, enfin rebondi, s'y encadrait comme une face de madone.

Parlant peu, mais ses mots claquaient, elle allait vite dans les soins. Les blessés l'attendaient, heureux quand venait leur tour. S'ils pouvaient bouger, ils la saluaient d'un bout de main, respectueux – sauf des nouveaux qui ne voyaient qu'une jeune femme grande et belle, serrée dans une blouse, aux seins lourds et aux yeux chauds. Germaïna repoussait le drap, nettoyait les plaies. Pour masquer sa gêne devant les pansements couvrant son bassin, un malade inventait l'intérêt de Germaïna pour ce ventre écrasé. D'une voix faible, il lançait avec défi :

— Vous vous demandez si je suis touché là, si je n'ai... plus rien ?

Germaïna ne répondait pas. L'homme reprenait :

— Ça a été de justesse. Les blessures sont plus hautes... *un poco mas alto*. Tout est là, tout fonctionne si cela peut vous rassurer.

Germaïna plantait ses yeux dans les siens :

— Pourquoi voulez-vous que ça me rassure ?

Et elle faisait demi-tour.

Soignante, et dure, elle déchaînait de temps en temps dans sa tête des images d'ailleurs, des blessés, des soldats, des enfants... une vague caserne avec un orphelinat, des Espagnols. Mais beaucoup de fusils crépitaient là-bas. Ici, c'était la paix.

*

La paix fut bientôt rompue. Les premiers convois vert-de-gris traversèrent les villages. Sur le seuil des Maisons, les habitants se tenaient silencieux, en noir. Les camions lugubres continuèrent. A deux jours près, ils auraient croisé une autre file, celle des autocars et des ambulances transportant les réfugiés de La Roseraie évacuée en ordre. Les croix gammées l'investirent aussitôt.

Un mois plus tôt, face à l'avance affolante de l'armée allemande dans l'été moite, on avait réduit le personnel. Déjà des réfugiés s'enfuyaient. Aujourd'hui, pour l'évacuation définitive de l'hospice et de son annexe, le baroque édifice du baron de l'Espée ouvert devant l'afflux des Basques revenus de Catalogne en juin 39, Germaïna organisait le transport. Elle connaissait.

En soutane sur le parvis de l'hôpital, Tchema attendait qu'on l'emmène. Arrivée devant l'entrée, dans sa robe grise à manches longues, serrée au cou, une croix de bois pendant sur la poitrine, avec sur la tête un foulard gris maintenant, Germaïna le fixa. Ils ne souriaient pas, immobiles un long moment. Les seuls mots que dit Germaïna furent :

— Nous partons ensemble.

— Mais où ?

— A la Maison.

Tchema monta dans le car avec les autres. Germaïna se tenait à l'avant, guidant le chauffeur. Quand elle fermait les yeux, elle voyait un autre engin, brinquebalant sur une route – plus sonore, avec des rires d'enfants, des comptines... et un goût âcre dans la bouche. Elle prononça trois syllabes, sans faire attention : Guer-ni-ca.

Tout à côté, le chauffeur s'étrangla :

— On va à Guernica ? Pas question.

Germaïna secoua la tête : de quoi parlait-il, celui-là ?

Elle lui indiqua une route, par la droite. Ils s'enfoncèrent dans le pays, presque aux Landes. Ils y déposeraient ces réfugiés, elle ne savait pas bien où, comment...

Ils descendirent après deux heures de route. Germaïna confia sa troupe encore orgueilleuse à des gardiens armés. Ils désignèrent une suite de baraquements, de fers barbelés, d'un triste silence. Il ne lui fit pas bonne impression, ce camp. Quel nom ? Elle n'avait pas bien vu, Gurs peut-être. Un autre ? Elle ne laissa pas Tchema descendre du car, affirmant qu'il avait une place ailleurs, celui-là.

Au retour, le chauffeur les laissa au bas de la Maison.

Germaïna garda un instant les yeux fixés sur la bâtisse silencieuse. Personne n'était prévenu de son retour et encore moins de l'existence d'un séminariste. Elle revenait à la Maison pour la première fois depuis son coma, neuf mois plus tôt.

Germaïna et Tchema montèrent doucement le chemin, en soutane de curé, en robe de sœur, lui avec un béret, elle un foulard. Le soleil de fin d'après-midi, tapant de face, n'éclaircissait pas leurs quatre yeux noirs. Seuls leurs visages se cuivraient sous la lumière, chair lisse et pleine pour elle, sèche et creusée pour lui, comme des peaux d'enfants sur des os d'homme, et de femme.

Interrompus dans leurs travaux par le bruit de pas sur le gravier, Maritchu, Mattin, Jon, Goïzane et Nabar virent les deux silhouettes approcher, ignorant qui était l'un, reconnaissant à peine l'autre.

Germaïna passa devant eux, sans parler. Tchema restait empoté dans la cour, le béret à la main.

Pendant que dehors il expliquait vaguement aux autres ce qu'il faisait là, elle entra dans la Maison. Iloba glapissait sur sa petite chaise. Elle le saisit, le leva au ciel, bras tendus. Il avait bien grandi. Il s'agitait de plus belle.

Le petit avait peur de cette grande femme qu'il ne connaissait pas, en gris et la tête couverte d'un foulard. Il criait au bout de ces longs bras, pris de vertige. Germaïna le ramena contre elle. Elle promena son visage sur le sien et le neveu se calma, reconnaissant l'odeur.

13

Pour la première fois depuis tant d'années, la mère, Maritchu, avait retrouvé sa démarche de poule à poussins. La vie allait en brinquebalant peut-être, en guerre depuis trois ans, mais la vie s'imposait contre la pente morbide des années passées. Au moment où le monde abandonnait ses certitudes, Maritchu retrouvait les siennes. Autour d'elle, dans la Maison, elle avait calmé le chaos.

Jamais les rêves n'avaient embarrassé sa vie, que des petites bouffées d'espoir : qu'ils mangent, et qu'elle s'agite sans maladie ; qu'ils dorment, et qu'elle range ; qu'ils aient chaud, et qu'elle tricote ; qu'ils enfantent, et qu'elle rie.

Rien ne s'était vraiment passé comme voulu, et alors ? Maintenant, ses deux filles jumelles l'entouraient. Que l'une, la plus coriace, ait cessé sa folie de Vénus vagabonde pour redevenir une Vierge blanchie (les mots du maire) : tant mieux. Si Maritchu avait rêvé d'un gendre, elle prenait le substitut comme il venait, ce séminariste aux yeux ronds, si jeune et si inapte aux travaux de la Maison qu'il l'émouvait. Puisque Germaïna et lui formaient un couple sans se toucher, elle s'y faisait. Quelque chose lui revenait sur ce que disait sans cesse l'abbé à propos des « voies du Seigneur qui sont... » et là, un mot compliqué. Allons ! Ils vivaient autour d'elle et elle avait ressorti ses chiffons.

Ah ça ! Maritchu ne négligeait plus rien. Elle avait retrouvé le goût d'astiquer. La Maison toute fraîche sentait l'encaustique. Dans les chambres flottait l'odeur des savonnettes.

Mattin trop vieux, Nabar benêt, Jon chargé de famille, Tchema curé espagnol, tous avaient échappé à la réquisition. La Maison elle-même, trop loin de la frontière et de la ligne de démarcation, n'avait pas été occupée par les soldats allemands. Du poste de radio grillagé qui trônait sur le coffre sortaient de sales nouvelles dites par un speaker à la voix déformée. La guerre durcissait. Mais quelle guerre ? Il n'y avait plus de combats. Le maire, que Mattin rencontrait souvent en ville, l'avait cependant prévenu : « Préparez-vous, il n'y aura plus de ligne bientôt. Tout sera occupé. » Maison débordante : outre la mère, Germaïna en nonne, Goïzane en épouse couvant Iloba et son mari Jon, outre l'oncle Mattin, le simplet Nabar, maintenant Tchema, d'autres attendaient en plus, avant qu'on les passe, la nuit, *tras los montes*, peureux.

Beaucoup moins nombreux qu'on allait le prétendre ensuite, les vrais passeurs basques étaient aussi les plus sûrs, après des siècles de contrebande. Les Allemands s'en arrachaient le casque, et souvent ne poursuivaient plus. Il fallait une bonne dénonciation pour qu'ils en attrapent. Toutefois, s'ils se mettaient à occuper tout le pays, comme annoncé, il fallait arrêter. Les héros – ce qu'ils n'avaient à aucun moment eu le sentiment d'être – n'étaient que des veinards, et la Maison Etcheverry n'aimait pas le hasard.

Maritchu avait donc décidé que ce convoi serait le dernier : un homme brun et bouclé, une femme jeune et maigre, un vieux pas rasé, et un bébé sans berceau, emmitouflé dans la fourrure de sa mère. On les ferait passer ceux-là, qui tremblaient dans un coin, habillés comme des touristes. Sur les manteaux se voyait encore une trace de couture en forme d'étoile.

Ils seraient en Espagne à l'aube si le miracle continuait. Pauvres persécutés échoués dans la Maison Etcheverry, un soir de novembre 42, sortis de vingt cachettes successives. Une fois au sud, leur sort serait peut-être d'être arrêtés par la *guardia civil* et placés entre Burgos et Bilbao au camp de Miranda. La Gestapo y passait, avec ses listes bien tenues et ses dossiers à jour. Certains réfugiés se transformaient en « Canadiens français » et pouvaient partir, pas les juifs. Encore quelques miracles et, peut-être, atteindraient-ils l'Afrique du Nord. Pour certains, les Américains intervenaient. Le gouvernement franquiste admettait leurs requêtes, payées en blé ou en phosphates marocains. Les *yankees* remplissaient les silos espagnols.

— Vous avez vos papiers ? demanda Jon.

L'homme se tassa. Cette phrase l'avait toujours terrorisé. Ses doigts tremblants eurent du mal à extraire d'une mallette les laissez-passer et les passeports de sa petite famille. Jon les examina. Neufs, parfaits : faux.

En soupirant, il les passa à Germaïna qui les glissa dans sa robe grise, sous l'aisselle, à même la peau. Blême, l'homme tendit la main, suppliant qu'on les lui rende. Sa femme se mit à pleurer en silence.

Jon les calma de la main :

— C'est une sécurité. Vos papiers sentent le neuf. Vous ne passerez jamais un contrôle. Je ne parle pas de la montagne cette nuit. Là, si une patrouille déboule, on nous dira bonjour à coups de fusil. Mais demain, en Espagne, sans nous ? Il faut qu'ils puent la sueur, vous comprenez ? L'usure, des vrais, quoi ! Après la frontière, Germaïna vous les rendra.

— Vous ne venez pas ? demanda le vieux, très inquiet à son tour.

— Non. J'en ai fait trois, des convois, depuis une semaine. Je n'en peux plus. Ne vous inquiétez pas, elles vont aller avec vous, dit-il en désignant Maritchu et Germaïna. Elles en ont passé plus que moi !

Les réfugiés observèrent les deux femmes. Des femmes... pour sauver leurs vies ? Ils n'étaient pas d'ici.

⋆

Mattin ne se montrait pas ce soir, peut-être en ville avec le maire, dans quelque réunion. Il semblait s'intéresser à la politique, l'oncle. Maritchu détestait qu'il quitte la Maison, surtout « pour ça ». Elle préférait encore qu'il soit à Bayonne – peut-être y était-il –, comme avant, même si elle détestait aussi qu'il y voie des Allemands, habitués des bordels. Elle jeta un coup d'œil au linteau de la cheminée où trônait l'énorme pipe en bois qu'il avait sculptée avec son petit canif, là-haut à Verdun, durant l'autre guerre qui devait pourtant être la dernière. Il l'avait offerte à Jon – premier homme venu dans la Maison – le soir de son mariage. Sur le tuyau s'alignaient des encoches, taillées chaque fois qu'il allait voir les filles, naguère. Des encoches, il n'y en avait pas tant que ça. Des Allemands, beaucoup.

— Tu n'en as pas assez vu, des Boches, là-haut ? lui reprochait Maritchu quand il évoquait les tranchées. Ils ne t'ont pas fait assez mal ?

— C'est pas les mêmes, grognait l'oncle. D'abord ceux-là, ils nous débarrassent des juifs.

— Ah bon ? Ils t'ont beaucoup embarrassé ?

— C'est à cause d'eux, cette guerre.

Maritchu haussait les épaules. Qu'est-ce qu'il savait, l'oncle, de cette guerre et du pourquoi ? On l'avait devant sa porte, et voilà. Elle ne les gênait pas trop.

Absent ce soir, Mattin, tant mieux... Il aurait repéré comme elle les traces des étoiles décousues sur les manteaux. Surtout, pas d'histoires ! Passer rapportait un peu d'argent.

— Et ça, tu n'es pas contre ! avait ricané Maritchu. Avec le rationnement, voilà une semaine qu'on n'a plus de sucre, le peu qui reste, c'est pour les soupes au lait d'Iloba.

— Je m'en fous, avait rétorqué Mattin, empoignant son béret à la porte, enfilant sa canadienne et sortant dans la nuit.

Parfois, il rapportait de Bayonne des livres ornés de lettres gothiques en forme de serpent. Des livres, ici ! Il n'y en avait qu'un seul auparavant, un vieil atlas où les filles avaient appris la géographie et où Mattin suivait parfois, de son gros doigt, les mouvements de la guerre en écoutant le poste de radio. Maintenant, Germaïna le feuilletait chaque soir avec Iloba sur ses genoux. Le gamin, qui restait collé à sa tante, promenait son petit doigt sur les pays, sur le sien « ici, en bas à gauche, dans le creux tout rond », expliquait Germaïna.

Iloba se lassait vite et s'amusait alors avec la croix marron que sa jeune tante portait sur la poitrine au bout d'un chapelet. Le gamin passait la main sur les perles en bois. Germaïna lui apprenait à compter.

« *Bat... Zazpi...* Un, sept. » Ils jouaient. A quatre ans, Iloba montrait déjà ses petits muscles. Goïzane peinait à l'arracher à sa sœur pour le mettre au lit.

Sûre comme les filles des autres Maisons que les enfants poussaient seuls, Goïzane profitait de la passion unissant son enfant à sa sœur jumelle. Ça l'allégeait. Il y avait tant à faire ici. Cependant, son visage restait triste au réveil et triste le soir. Il lui tardait qu'ils s'en aillent, tous. En contemplant la jeune femme maigre qui portait son bébé, au chaud dans la fourrure, Goïzane avait mal. Jon la prit par les épaules et elle y blottit sa tête.

Elle y étouffa un instant sa souffrance : deux mois plus tôt, son deuxième petit était né mort. Le médecin l'avait examinée et avait confié à Maritchu que sa fille ne pourrait plus en avoir d'autres. Résolue à la gaieté en bas, Maritchu serrait les dents, seule dans sa chambre. Elle appelait Dieu elle aussi, mais pour se plaindre, comme on réclame auprès d'un mauvais fournisseur. Avec une fille stérile et l'autre nonne, la Maison allait bien, va !

*

Minuit, à la pendule qui sonnait les quarts et les heures contre son mur. Nabar remontait le mécanisme en se levant, tournant la clé et lançant le balancier, son jeu de la journée.

Comme toujours, Maritchu allait en tous sens, préparant un ballot, s'équipant pour la nuit. Le petit Iloba suivait des yeux sa grand-mère, fasciné. Jamais il ne l'avait vue autrement qu'agitée. Quand elle faisait une pause, par exemple en buvant son bol de café au lait, les coudes sur la table, il se figeait, les yeux ronds. Dès qu'elle repartait, entre cuisine et vaisselle, dans la cour avec les poules, traversant le chemin en poussant sa brouette débordante de linge mouillé, interpellant tout ce qui passait, reniflant, toupie, alors il était bien content.

A son tour, Germaïna se leva et décrocha le fusil de son clou, au-dessus de la cheminée. Elle enfila une grosse veste rembourrée de laine de mouton, comme celle que Maritchu venait de boutonner sur elle. Elle la serra avec un ceinturon de cuir, puis ouvrit le tiroir de la commode. Sous les papiers, elle trouva le revolver, celui qu'elle avait rapporté d'Espagne, bien entretenu. Elle le glissa sous la ceinture, puis tendit le fusil à Maritchu qui le mit en bandoulière dans son dos.

Des mois plus tôt, lors du premier passage qu'elle avait assuré ainsi harnachée, Jon s'était interposé à la vue des armes. D'un regard, Germaïna l'avait fait asseoir.

Penchée sur lui, à toucher son front du sien, elle lui avait précisé d'un ton glacé :

— J'en ai tué, davantage que toi des palombes.

Jon n'avait plus bronché. Elle était folle... sorcière. Aujourd'hui, en nonne armée, avec sa robe grise et ses godillots, un foulard sombre aplatissant sa tête, haute dans sa veste de mouton, il en avait peur. Mais tous ses passages vers l'Espagne se déroulaient sans encombre. Les siens aussi, jamais pris. Mais lui comptait des années de contrebande dans ses mollets. Comment avait-elle appris ?

— Il est temps, décréta Germaïna.

Ils avaient choisi une nuit de quart de lune, à la lueur suffisante pour aller dans des chemins bien connus, mais à l'obscurité efficace pour n'être pas vus. Du vent poussait les nuages qui masquaient le croissant bleuâtre. Alors on accélérait le pas pour profiter de l'obscurité provisoire. Dès que la lune revenait, Germaïna ordonnait de la main qu'on se mît à couvert. Elle repérait les bosquets futurs, la colline qu'il fallait contourner, une autre à gravir, rassurée. Les Allemands ne bougeaient qu'à heures fixes. Ils savaient qu'on « passait » et n'avaient plus envie de se battre. Rondes immuables à dessein ; ronde du soir, bruyante et rotante ; ronde du matin, embuée.

Germaïna marchait en tête devant les trois réfugiés – quatre avec le bébé qu'on avait gavé pour qu'il dorme. Sa jeune mère l'avait enfoui en entier sous son manteau. Maritchu fermait la marche, fusil à l'épaule, une bonne arme à deux canons, fabriquée à Eibar.

En montant, ils atteignirent la neige.

— Ça étouffe les bruits, rassura Germaïna pendant une pause sous des branches.

— Mais c'est affreux, j'ai froid... gémit la jeune femme.

Germaïna observa ses pieds. Les petits escarpins de cuir, jolis petits bouts pour la ville, tremblaient.

— Vous n'aviez rien d'autre ?

Le mari prit la main de sa femme et souffla sur ses doigts. Ils ne portaient même pas de gants. Germaïna baissa la tête, malheureuse pour eux. A côté ahanait le vieil homme – le père de l'un sans doute, de qui ? sous sa barbe, les traits s'estompaient. Mieux valait repartir tout de suite.

Germaïna sentit une odeur. Pas celle d'un bois ou d'un vautour, ni d'un ours, car la neige et le vent des cimes gommaient les parfums naturels. Une autre odeur. Elle ne s'en inquiéta pas et remit tout le monde en marche.

Si Jon avait dirigé le passage, ils n'auraient plus bougé. Lui connaissait tous les parfums, dont cette odeur, celle du tabac des Allemands, même fumé une heure plus tôt : ils étaient là.

— *Raus !*

L'ordre avait claqué devant eux, à dix mètres. Trois uniformes avaient surgi d'un bosquet, découpant la pénombre, leurs casques ronds, leurs fusils pointés. Sur la poitrine des *Feldgrau* luisait leur plaque de métal, « des plaques de vaches primées », ricanait-on dans la vallée. Germaïna se jeta à terre et roula aussitôt sur elle-même pour s'abriter derrière un tronc, dégageant son revolver dans le mouvement. Les gestes de la guerre l'Espagne lui revenaient, même si elle en avait chassé le souvenir. Elle tira au jugé, vite.

Un soldat s'effondra. En quelques secondes, le feu partit des deux côtés. Germaïna entendit des cris derrière, d'autres détonations. Maritchu, avec son fusil, venait d'abattre le deuxième soldat. Le dernier courait pour contourner la rangée d'arbres qui protégeait les fuyards. Germaïna le visa, et le rata. Elle jeta un coup d'œil dans son dos. Tout ensemble, elle vit le jeune père, la tête dans la neige déjà rouge, la femme sur le dos, bras en croix, du sang coulant de la tempe, et le vieux dressé debout, qui levait les bras, comme s'il avait l'habitude. Elle lui fit signe de s'accroupir, avec rage. Mais il ne bougea pas.

A côté, Maritchu progressait à genoux, rechargeant son fusil, cherchant le dernier soldat à travers les branches. Soudain, elle le vit, devant elle, à trois mètres. Il visait le vieillard et le coup de feu partit. Le vieil homme tomba à la renverse, les bras toujours levés. Le soldat orienta aussitôt son arme sur l'une des formes allongées à terre, celle de la jeune femme. Elle bougeait. Des tremblements nerveux agitaient encore son corps mort. L'Allemand la crut vivante. Il avait déjà épaulé, canon pointé sur le ventre de la femme d'où sortaient des cris.

Tout se passa en même temps. Maritchu, qui savait que le bébé gigotait sous le manteau, vivant, se jeta de tout son long sur le corps de la femme. Germaïna avait roulé sur elle-même, et elle tira à bout portant sur le soldat. Il tomba en appuyant sur la détente.

Sa balle entra dans le dos de Maritchu, traversa son cœur, et finit fichée dans la cuisse de la jeune femme qu'elle protégeait, provoquant un dernier soubresaut.

Le silence s'abattit sur le plateau.

Même le sang sortant de tous les morts coulait sans bruit.

14

Sorti des bois, apeuré par les coups de feu puis intrigué par le silence brutal, un chien s'était collé à elle, après l'embuscade de la patrouille allemande. Il avait reniflé les corps, et il suivit les vivants. Seule Germaïna avait survécu, et le bébé.

Elle était redescendue tout de suite à la Maison. Les autres attendaient, debout. La porte avait grincé et Germaïna leur était apparue, mouillée et sale, seule. Ils avaient compris.

Enveloppé dans le manteau de fourrure qui, quelques heures plus tôt dans cette même pièce, couvrait les épaules de sa jeune mère en fuite, un bébé dormait.

Le vent de novembre s'engouffrait. Germaïna avait refermé la porte. Se faufilant à temps, le gros chien avait rasé le mur et filé vers la cheminée. Iloba le rejoignit et enfouit son nez dans sa pelisse moelleuse. Les autres fixaient Germaïna.

Elle tremblait, de froid et de rage :

— *Ama* est morte.

A part Goïzane, qui plaqua ses mains sur son visage, personne ne pleura, mâchoires serrées. Pas tout de suite, ni ici : quand ils pourraient, seuls.

— *Ama,* et tous les autres.

Germaïna avait traversé la pièce, secouant sa sœur au passage, lui faisant signe de la suivre. Goïzane avança d'un pas mécanique. Au bout de la pièce, Germaïna lui parla à voix très basse, lui mettant le bébé dans les bras :

— C'est le tien. On ne sait pas qui il est, on ne sait pas d'où il vient, ses papiers sont faux.

Elle entrouvrit le haut de sa robe et tira les documents cachés sous son aisselle. Elle les jeta au feu.

Puis elle fixa sa sœur avec dureté :

— C'est ton bébé, c'est celui que tu as perdu, c'est Dieu aussi – regarde-moi dans les yeux ! Désormais, c'est le frère d'Iloba. Je l'appelle Anaï... le frère.

Des larmes inondaient les joues de Goïzane. Elle avait pris le bébé en reniflant, réchauffée.

Germaïna, revenue près des autres, avait désigné Jon et Nabar :

— On y retourne.

Dans les collines, courant souvent, haletante, Germaïna avait expliqué :

— J'ai voulu la tirer, mais trop lourde. Et tu imagines, les traces dans la neige ! Il nous reste du temps. Les Allemands vont s'inquiéter plus tard, quand ils ne verront personne revenir. On sera loin.

— Ils vont nous retrouver ! s'affola Jon.

— On n'est pas les seuls à passer. Ils verront quoi ? leurs soldats morts et trois juifs. Loin d'ici.

— Mais, des représailles...

— Ah ça !

Nabar les suivait, comme en jouant – on ne le laissait jamais aller seul en montagne. Jon s'inquiéta :

— Et lui... Tu n'as pas peur de sa réaction ?

— On n'a pas le choix.

Ils avaient retrouvé le chemin et bientôt l'amas des cadavres. Vérifiant que rien ne bougeait alentour, ils s'étaient approchés et Nabar, tout près, reconnut enfin le corps de Maritchu, allongée sur le ventre, couvrant toujours la jeune femme. Il s'était retourné vers les autres, montrant de son gros doigt le corps immobile.

Tendus, Jon et Germaïna avaient retenu leur souffle. Il pouvait devenir fou d'un coup en découvrant la mère morte.

Nabar resta figé un moment. Le temps pressait, mais Germaïna préférait ne rien brusquer. Un mauvais geste et Nabar détalait, droit devant, à hurler à travers les bois et rameuter tout ce qui traînait dans ces collines, et des Allemands avec.

Ils avaient vu alors Nabar s'abaisser lentement, se mettre à genoux contre le corps de Maritchu et croiser les doigts sur sa poitrine. Il ne disait rien, ne savait même pas prier, ne bougeait plus.

Lentement, Germaïna s'était approchée. Penchée sur le corps de sa mère, elle avait soulevé la tête, tourné vers Nabar le visage déjà bleui. A genoux à son tour, elle avait porté la croix de bois qui pendait à son cou sur les lèvres sèches de Maritchu, et appuyé. Puis, avec la même lenteur, elle avait approché le crucifix des lèvres de Nabar, et appuyé. Le simplet avait levé les yeux vers elle, calme.

Jon avait commencé à soulever les jambes de Maritchu et fait signe à Nabar de la prendre par l'autre bout, mais le simplet avait chargé d'un coup de reins, comme un fétu, le corps sur ses épaules. Le retour avait été rapide. Germaïna avait ouvert la marche, son revolver toujours accroché à la ceinture. Elle avait préféré ne pas vérifier s'il restait des balles. En arrivant à la Maison, le corps de Nabar ruisselait de rouge, sang et pluie.

*

Au petit matin, ils veillaient la mère après l'avoir lavée. Iloba, bien campé sur ses jambes de cinq ans, se collait à la cuisse de Germaïna, fixant le corps immobile, immobile comme lui. Il tirailla avec deux doigts la robe de sa tante, qui baissa les yeux et rencontra le regard morne de son neveu.

— Qu'est-ce qu'elle a ? chuchota-t-il.

Germaïna s'accroupit. Maintenant, la tête du petit bonhomme la dépassait. Il avait poussé comme un arbrisseau sain.

Elle le prit aux épaules :

— Elle va partir se reposer, *amatxi*... grand-mère.

— Mais elle se repose, là. Elle ne bouge plus.

Germaïna serra les lèvres et décida de lui dire :

— Elle est morte. Elle ne bouge plus, c'est pour ça. Quand on est mort, on ne bouge plus.

— Elle n'a pas mal ?

— Pas mal du tout.

— Elle va bouger ?

— Non. Mais elle n'a pas mal.

Pourtant Iloba les voyait tous pleurer.

Germaïna se remit debout et Iloba regarda le visage tranquille de sa grand-mère, soucieux. Il ne l'avait jamais vue dormir.

Soudain, le commandant de la *Feldgendarmerie* de la vallée investit la Maison avec quelques hommes. Surgissant au plein milieu de la mise en bière de Maritchu, il se figea devant la famille. Ses soldats, jambes écartées et fusil en biais, gardaient la porte. Le chien – baptisé le Moelleux par le petit Iloba – renifla leurs guêtres.

L'abbé, interrompu dans son office, devint fou de rage :

— Cognac !

Surpris au début par l'irruption des *Feldgrau*, les autres reprirent leurs prières et leurs pleurs, laissant l'abbé régler la situation. Tchema se cachait comme il pouvait derrière le dos de Mattin. Oh, il n'aimait pas ces uniformes !

— Cognac ! s'emporta l'abbé, tu vas me foutre le camp d'ici avec tes singes vert-de-gris. On veille une morte, ça ne te suffit pas, abruti ?

Mais il avait hurlé en basque, que l'autre ne comprenait pas. C'était plutôt rare, car les nazis installaient souvent des soldats parlant la langue locale, avec ordre de s'en cacher pour surprendre les conversations. Si on surnommait celui-ci Cognac, c'est qu'il enfilait jour et nuit des verres d'anis parfumé, l'*Izarra*, qu'il prenait pour de l'orangeade un peu alcoolisée. Ivre souvent, il tenait son commandement « à l'inertie ». Sans doute les Allemands n'avaient pas trouvé mieux. Des soldats, il en fallait beaucoup dans le pays, entre les côtes farcies de bunkers et les points de contrôle – près d'Arnéguy, village frontière troué comme une passoire, plus de cent cinquante soldats s'étalaient sur moins de huit kilomètres. Beaucoup partaient vers la Russie. A Bayonne, sur le pont de l'Adour, s'entassaient des troupes équipées, des attelages de soldats mornes qui savaient déjà où on les envoyait. Alors, dans la vallée de la Maison et sur les collines autour, la surveillance s'allégeait.

Souvent, les occupants installés depuis trop longtemps avaient pris leurs aises. Bien sûr, les Allemands rugissaient après la découverte de leur patrouille abattue. Les trois juifs : ça leur avait plu.

Ils ignoraient qu'un bébé avait survécu, qu'il dormait là, dans le berceau, sous leurs yeux. N'ignorant pas que les fuyards avaient été « passés » par des Basques, ils n'avaient pas les moyens de les découvrir. Le pays ne parlait pas, le pays vivait dans le secret. Pas beaucoup de résistants, pas beaucoup de collaborateurs, des traîtres en proportion légère. Les plus lettrés des Allemands comprenaient pourquoi les Basques étaient toujours là : ils avaient été envahis quatre cents fois dans l'histoire et s'en foutaient royalement.

On menait tout de même une enquête : c'était tombé sur Cognac. Celui-ci n'était pas un féroce. Il aimait trop le jambon, l'omelette, le foie gras et « l'orangeade ». Depuis des années, on calmait ses contrôles avec de bons paquets, ficelés devant sa porte. Trois jours plus tôt, quelqu'un lui avait dénoncé un résistant. Quel tracas ! Il avait tout de même fallu l'arrêter. Et maintenant, visiter les fermes de ces paysans féroces pour les arrêter avec ses petits bras ? Il en avait de bonnes, le *Führer*.

Cognac recula, comme aplati par la masse de l'abbé qui lui désignait la porte. Il fit vite un signe de croix vers le cercueil et repartit avec ses hommes. Plus tard, pour fignoler son rapport futur, il assista même à l'enterrement de la mère, à l'écart, ses hommes au garde-à-vous, comme s'ils maintenaient l'ordre. « Crise cardiaque », avait expliqué l'abbé qui avait pourtant reconnu les blessures et vu le sang. « La pauvre femme, trop de soucis. Son cœur a lâché, on est d'accord. »

*

Et la vilaine vie avait repris à la Maison.

Iloba bougeait tout le temps. Même le Moelleux s'en irritait, retroussant une babine aux passages incessants de l'enfant au ras de ses pattes tendues vers la cheminée pour chauffer ses coussinets.

Partout, le gamin s'agitait. Il ne restait plus en place, filant de la Maison à la grange et là, il trouvait Germaïna et Tchema en prières. Il déplaçait une botte de foin, courait autour d'eux, se mettait à genoux comme eux, se relevait, partait. Jamais il ne demeurait immobile plus de quelques secondes. Germaïna s'en inquiétait sans pouvoir mettre un nom sur cette agitation – sauf qu'il fatiguait tout le monde. Lui ne flanchait jamais, animé d'une énergie insondable. Alors, elle priait pour lui.

Tchema avait installé une chapelle de prière au fond de la grange. Le petit autel trônait sur une caisse couverte d'un tissu de velours, avec l'un des crucifix de la Maison fiché dedans. Qui aurait empêché ? La famille, très chrétienne, obéissait à Dieu. Si la fille, de sorcière était devenue nonne, Dieu était bon.

Tchema les gênait. Germaïna l'avait imposé. Très exalté, presque en transe plusieurs fois par jour, il ne savait pas faire grand-chose, travaillant avec volonté aux champs ou avec les bêtes, sans grands résultats. Heureusement, un bout de fromage suffisait à ses repas.

Quant au Moelleux, il dévorait tout ce qui traînait, gentille masse de bourrelets. Comme pour les autres bêtes, son physique avait créé son nom. Iloba était tombé dedans, enfouissant son visage et ses petites mains dans la graisse du chien, tout de suite heureux.

— Il sera à toi, mon chéri, avait dit Germaïna. On va le partager, mais il sera un peu plus à toi. Tu pourras le prendre sur ton lit.

— Pas question, s'était insurgée Goïzane. Pas de chien dans les chambres.

Germaïna soupira :

— Mais ce n'est pas un chien, c'est de l'amour. Il n'y a pas d'amour dans ta chambre ?

Le Moelleux était resté, s'amusant avec tous les animaux, et surtout avec Iloba. On ne savait même pas s'il savait chasser. On le testerait quand le droit serait rétabli de partir en montagne avec un fusil. Jon et l'oncle Mattin doutaient qu'il sache faire autre chose que manger. Ses babines étaient toujours auréolées de miettes, sous ses bons yeux marron. S'ils avaient pu, ils l'auraient vu sourire car les chiens pleurent et rient, mais il faut les observer longtemps et qui avait le temps, ici ? Quand Germaïna et Tchema priaient dans la grange, le Moelleux se postait à l'entrée, bien assis sur ses grosses fesses, l'air sérieux, échine raidie. Il tenait son rôle, sans savoir lequel, mais il le tenait par instinct. Il aurait sans doute empêché quelqu'un de pénétrer, mais personne n'allait à la grange quand les deux autres priaient, à part Iloba toujours courant. Le Moelleux le laissait passer, grognon.

Germaïna ne conduisait plus la voiture du maire. Elle allait à vélo. Tout était rationné. Elle ne passait plus par la montagne. Le flot s'était tari. Depuis l'occupation de la zone libre à quelques kilomètres de là, la frontière n'offrait plus ses passages presque libres naguère, si l'on savait comment éviter les points de contrôle où résidait le vrai danger.

Mais Germaïna prenait sa part dans la Résistance. Des réseaux se formaient et des réfugiés qu'elle avait passés en Espagne avaient parlé d'elle, « la Religieuse blanche ». Naguère son commando de Bilbao l'appelait « la Vierge Brune ». Elle ne l'avait jamais su, pas plus qu'ici. Elle ne l'aurait pas toléré.

Des émissaires discrets, qui deviendraient puissants après la guerre, l'avaient contactée et elle, d'instinct, avait agi. Souvent, au milieu de la nuit quand chacun dormait, elle recevait des colis à garder, des hommes à cacher, des réunions à abriter. Ça lui rappelait... elle avait déjà eu des guerriers sous ses ordres... loin, là-bas.

*

Dans le secret, début 44, les opérations finales se préparaient. Trois jours plus tôt, un message l'avait informée de l'arrivée de quatre Américains, parachutés d'Espagne. Ils devaient passer la journée cachés à la Maison, puis repartir dès la nuit suivante vers le nord – Bordeaux sans doute.

Ici, la nature avait horreur du plat. Impossible d'atterrir. Jusqu'alors il n'y avait eu que des parachutages de colis. Souvent, il fallait les retrouver accrochés aux arbres, ou bien dans la rivière après avoir roulé le long des collines rases où paissaient des moutons, certains assommés au passage. Alors des hommes !

Mlle Maylis tomba pourtant du ciel. Plusieurs tuiles de la Maison Etcheverry volèrent en éclats.

Accouru ventre à terre, le Moelleux en reçut une sur le crâne et jappa de douleur.

Le parachute restait accroché à un coin du toit. La

femme pendait dessous, entortillée dans les sangles. Son béret beige dessinait une tache dans la nuit claire, une auréole sur ses cheveux blonds.

A l'intérieur, Anaï se réveilla dans son berceau et se mit à brailler.

Plus loin, trois autres parachutes s'affaissaient dans les prés. Les hommes arrachaient leurs harnais et aplatissaient les corolles blanches, roulant la toile. Courbés, ils se mirent à courir vers la Maison.

— *Help*..., souffla Maylis à voix basse.

L'un des hommes surveilla autour, puis leva les yeux. Maylis gigotait comme une poupée. L'homme, un grand gaillard à cheveux courts, éclata de rire.

Mais le bruit de la chute avait déjà secoué la Maison et l'homme, qu'avaient rejoint les deux autres, vit s'aligner sur le seuil, en chemise et décoiffés, un jeune couple serré (Jon et Goïzane), un grand vieux sec (Mattin), et un type bien jeune, aux yeux tout ronds (Tchema). En retrait, un colosse, qui n'avait pas l'air malin (Nabar).

Germaïna sortit juste derrière eux, tête nue. On leur avait dit : « Une femme, jeune, très belle, avec des cheveux blancs. »

L'homme pointa son doigt sur elle :

— *Okay, it's you*.

On leur avait dit aussi : « Pas d'histoires, c'est une religieuse. »

Le Moelleux reniflait les jambes des inconnus, passant de l'un à l'autre, s'habituant, bon chien noir, gras comme un ours.

Dans la Maison, les vagissements d'Anaï continuaient et Goïzane, sortant de sa stupeur, se détacha du bras de Jon et rentra. Elle trouva son fils Iloba, debout en pyjama de laine, occupé à balancer en douceur le berceau pour calmer son petit frère. Puis il courut autour.

Dehors, Germaïna s'était avancée et salua les trois hommes de la tête :

— Ça ne risque pas beaucoup, mais faisons vite.

Elle prit leurs parachutes roulés en boule et demanda à Jon d'aller les enfouir derrière la grange. Il s'y dirigea, mais Nabar se précipita, lui barrant le chemin. Jon fit un pas de côté, Nabar aussi.

— Mais... qu'est-ce qui te prend ?

Le simplet arracha les toiles des bras de Jon – pourtant sec et solide, mais l'autre semblait faire deux fois sa largeur. Il partit à l'opposé, sous le chêne où il commença à creuser avec les mains. Soupirant, sans vouloir le contrarier, Jon le rejoignit avec une bêche et creusa à son tour. Germaïna les avait suivis des yeux, pensive.

L'homme qui commandait montra du pouce Maylis toujours là-haut, gémissante. On sortit une échelle, on défit ses sangles et elle se laissa tomber sur les épaules de l'homme, les jambes de chaque côté de son cou. Quand elle posa le pied par terre, elle hurla.

— *Christ !* parvint-elle à souffler en se tenant la cheville. Je me suis cassé le pied, ou quoi !

En basque !

Ils se figèrent, ceux de la Maison parce qu'ils comprenaient bien ses mots, les trois Américains parce qu'ils ne comprenaient rien.

— On va te soigner. Il fallait sauter plus loin, c'est tout. C'est d'ailleurs ce qu'on m'avait annoncé, persifla Germaïna dans la même langue.

— *Hey !* Parlez français, protesta l'homme avec un fort accent américain. C'est une règle, on doit se comprendre.

— Mais on se comprend, dit Germaïna en français, désignant l'Américaine blonde et elle. Rentrons tous. Moelleux, au pied! cria-t-elle derechef en basque : on avait toujours parlé au chien dans cette langue. Germaïna les attendait plus tôt dans la nuit. Sans doute l'avion avait-il tourné avant de repérer le lieu. Toutes les fermes se ressemblaient, les vallées s'incrustaient les unes dans les autres. Peut-être l'avion largueur avait-il attendu l'éclaireur, un autre engin qu'on envoyait en avance, moteurs à fond mais très haut, pour faire diversion en couvrant le bruit du second qui suivait très bas, moteurs réduits, et larguait sa cargaison en faisant aussitôt demi-tour pendant que le premier pétaradait au-dessus, pris dans les faisceaux de la DCA, mais trop haut pour être atteint.

En tout cas, mission réussie. Mais il y avait une femme, pas prévue... et le pied cassé dans sa chute.

— Tu t'appelles comment ?

— Maylis. Eux, c'est...

— Pas de noms.

— Mais moi alors, pourquoi ?

— Eux repartent demain. Toi..., ricana gentiment Germaïna en désignant le pied de la jeune Américaine.

Elle ne pourrait pas repartir, celle-là.

15

Parfois, Germaïna se relevait la nuit et descendait prier dans la grange, butant contre le corps de Tchema allongé sur le sol froid. Mais le Moelleux ne la suivait pas. La nuit, il dormait au pied du matelas installé pour Iloba devenu grand, à côté de son ancien berceau désormais occupé par le petit Anaï, l'enfant recueilli, son frère.

Germaïna quittait sa chambre sans bruit, pour ne pas réveiller Maylis qui partageait son lit. On l'avait placée là en attendant qu'elle guérisse et s'en aille rejoindre au maquis les trois Américains parachutés avec elle. Eux s'étaient éclipsés comme convenu dès la nuit suivant leur arrivée à la Maison.

— Moi, je venais prendre des photos, expliquait Maylis, sincère. Je suis correspondante de guerre, pour des magazines qui appartiennent à mon père, en Amérique. Il en a beaucoup, il a plein de choses ! C'est un Basque qui a réussi, pas un berger crotteux, s'esclaffait la jeune blonde au torse orgueilleux découpé par une chemise militaire, son béret beige en biais sur la tempe et les jambes serrées dans un pantalon – ce qu'on ne voyait jamais ici.

Elle ramenait ses cheveux en chignon sur la nuque, mais parfois les laissait en cascade, une belle crinière qu'elle jetait d'une épaule à l'autre.

Puis elle comprit que cela choquait la famille, austère.

Après avoir reposé son pied emmailloté sur un tabouret, elle parlait avec Germaïna. Un soir, directe, elle interrogea :

— Pourquoi as-tu les cheveux blancs ?

Refaisant leur lit, Germaïna continua à tirer sur les draps et à border les côtés, évitant ainsi de se raidir.

— Ça ne te plaît pas ?

— Au contraire.

— Ah ?

— Tu as l'air d'une grande vierge sainte !

Cette fois, Germaïna gloussa.

— Ne ris pas, gronda Maylis.

Germaïna avait cessé de faire le lit. Elle se retourna :

— Je ne ris pas. Mais vierge... sainte, tu sais ! Je veux dire : si tu savais.

Maylis changea de position pour soulager son pied, grimaçante :

— Moi, je viens de Chicago.

Germaïna ne dit rien, mais Maylis remarqua qu'elle s'était tournée brusquement, arrangeant un oreiller pourtant bien en place.

— C'est mon grand-père qui est parti d'ici, bouh... au siècle d'avant ! Mais ainsi je parle basque. Il n'a pas fait le berger longtemps : à peine un an plus tard, il a épousé la fille du propriétaire des ranches ! Il savait y faire. Maintenant la famille est riche, tu sais. On achète des maisons, on les revend... *real estate*.

— Quoi ?

— Comment on dit ?... de l'immobilier.

— Je ne vois pas. Tu t'appelles comment ?

— Maylis, voyons tu le sais ! On a tous des prénoms basques dans la famille.

— Mais le nom ?

— Ibarra.

— C'est tout ?

— Comment ça, c'est tout ?

— C'est pas raccourci ?

— Non.

Germaïna avait senti un curieux claquement à l'arrière de son crâne. Elle ne savait pas encore pourquoi.

— Remarque, j'en ai connu là-bas, dit Maylis avec une légèreté qui sonna mal. J'en ai connu qui venaient d'ici avec des noms pas possibles. En Amérique, on fait court.

— Par exemple ? demanda Germaïna en affectant à son tour l'indifférence, mais continuant de s'activer de dos pour ne pas montrer ses yeux durcis.

— Des tas, je ne sais pas... les Mendiramburu, devenus les Mendi, par exemple un copain d'université, Berro : eh bien, c'est Berrotaranegutxi, tu vois ? Les Ferben aussi... continua-t-elle en observant Germaïna du coin de l'œil, puis laissant un silence.

— C'était quoi ? interrogea Germaïna, la voix plus sèche.

— Ferbentxajaurregui.

L'avalanche de syllabes fut comme un électrochoc. Le même claquement, comme un coup d'élastique sous le crâne, secoua Germaïna.

Cette fois, tout revenait, en bloc : Ferben l'assassin... tête coupée, dans le sol... Guernica, le bateau, le père massacré.

— Connais pas, dit-elle.

Maylis massait les gros pansements de son pied, tous sens alertés.

— Couche-toi si tu veux, dit Germaïna. Je vais descendre.

— Aide-moi à me mettre sur le lit, quémanda Maylis en désignant son pied cassé.

Elle s'accrocha aux épaules fortes de Germaïna, qui la traîna sur une jambe, l'autre ne pouvant même pas encore effleurer le sol.

— Ça fait mal, *Christ* !... Ça va durer des mois encore ?

Sans répondre, Germaïna installa Maylis sur le lit, frôlant le pied cassé. L'Américaine poussa un cri, vite étouffé par son poing sur la bouche. Des larmes montaient à ses yeux.

Germaïna mit son foulard religieux sur sa tête. Elle portait toujours sa robe grise de nonne à la Maison ou en ville, s'habillant autrement quand elle devait encore aller en montagne pour la Résistance. Elle enfila chaussettes et godillots : dans la grange il ferait froid. Elle s'y réchaufferait en se frappant des petites chaînes qu'elle portait sous sa robe à la taille, discipline qu'elle ne subissait plus dans sa chambre depuis que Maylis la partageait.

Elle descendit. Elle ne retint surtout pas ses bruits. Peut-être l'entendit-on dans les chambres, on s'y était habitué.

Mais elle n'alla pas à la grange.

*

En bas de l'escalier, elle fit demi-tour pour remonter sur la pointe des pieds. Cette fois, elle ne provoqua pas le moindre craquement. Elle savait par cœur quelles lattes grinçaient.

Tout doucement, elle revint jusqu'à la porte de sa chambre, resta un moment à écouter, l'oreille près du montant. Ses lèvres s'étaient serrées.

Lentement, elle souleva le loquet, puis poussa fort.

La porte s'ouvrit en grand. Au fond, Maylis fouillait dans des tiroirs ouverts. Elle se retourna d'un bloc et découvrit la haute silhouette de Germaïna encadrée dans la porte.

Affolée, Maylis fit deux pas lestes vers le lit, poussant un cri de douleur :

— Je... J'ai mal, je cherchais des médicaments.

Germaïna entra sans se presser. Elle marcha vers Maylis, transie debout, sa cheville en l'air.

Germaïna s'arrêta à un mètre et, sans la quitter des yeux, lança son pied en avant.

Le bout du gros godillot heurta la cheville cassée de Maylis avec une violence inouïe. Germaïna avait tapé de toutes ses forces. Maylis hurla, avec une seconde de retard.

D'un coup d'épaule, Germaïna la projeta sur le lit. Maylis tomba en se débattant, toute tordue, haletante :

— Tu vas réveiller tout le...

— Tais-toi alors.

S'asseyant sur les jambes de Maylis, Germaïna fit sauter la grosse épingle de nourrice qui maintenait la bande en place et elle arracha les pansements. Vite, habituée, elle mit à l'air l'emplâtre mou qui maintenait le pied en place et l'arracha avec ses ongles. Bientôt apparut la peau, blanche et striée.

Maylis gémissait, avec des petits cris étouffés dans les draps où elle avait enfoui son visage.

Ayant tout dégagé, Germaïna serra le mollet de Maylis. Puis elle fit tourner brusquement le pied autour de la cheville, en tous sens.

— Il n'a rien, ton pied.

Maylis sanglotait maintenant.

Germaïna lui tira les cheveux :

— Je ne sais pas ce que tu es venue faire ici, mais tu me le diras. En attendant, viens.

Elle la força à se lever et la guida ainsi, par les cheveux, jusqu'en bas.

— Mes chaussures, pleurnicha l'Américaine.

— ... y penser avant, marmonna Germaïna.

Claudiquant sur un pied nu, mais de froid cette fois, Maylis fut poussée dans la cour. Germaïna s'arrêta devant la remise où dormait Nabar. A peine eut-elle heurté la porte que le simplet ouvrit, hirsute. Germaïna désigna une bêche posée contre le mur. Nabar s'en saisit et suivit. Ils passèrent derrière la grange, entre les premiers arbres et la cloison de bois, sur une langue de terre en friche, envahie d'herbes mauvaises. A cet emplacement exact, Germaïna avait surpris Nabar creusant, des années plus tôt, au matin de son retour de Guernica. Elle n'y était jamais revenue. Au jugé, elle désigna le carré et ordonna à Nabar de creuser. Il tremblait.

— *Zilatu...* Creuse !

Avec des grognements, le simplet s'y mit. Dès qu'il sentit une résistance dans le sol, il laissa tomber la bêche et détala. Germaïna lui cria :

— Une torche !

On n'y voyait rien.

Maylis, toujours tenue serrée, ne pleurait plus. Quelques instants plus tard, Nabar revint, un gourdin allumé dans la main. Des chiffons huilés brûlaient au bout. Il le tendit à Germaïna et refit demi-tour, se réfugiant dans sa remise dont la porte claqua.

Germaïna promena la torche au-dessus du trou. La flamme faisait danser les ombres d'une tête redevenue un crâne, avec la bouche ouverte, pleine de terre. Des lambeaux s'accrochaient encore aux orbites. Dérangées, des bestioles déguerpissaient, retournant dans les replis de la terre. Une tête seule, décapitée.

Maylis se tordit sur le côté et vomit.

Germaïna lâcha son bras et la saisit par la nuque, la forçant à regarder le crâne décomposé. L'autre se débattait, mais la poigne de Germaïna la contraignit.

— Tu le reconnais, ton ami ?

A nouveau, Maylis eut un spasme et vomit. Maintenue fortement par Germaïna, elle éclaboussa la tête morte, la maculant sous la lueur de la torche qui rendait tout jaunâtre.

Quand elle n'eut plus rien dans le ventre que de la bile, Germaïna la redressa et l'entraîna vers la Maison. Elle la poussa à l'intérieur :

— Remonte. Je vais prier. On parlera après, ou bien demain. A propos, si tu penses t'échapper, tu ne feras pas cent mètres. Tu n'es jamais sortie de la Maison, tu ne connais pas un seul chemin, les Allemands sont partout, avec ta gueule d'Américaine et ton accent, compris ?

Maylis secoua la tête, abattue :

— Mais... ce n'était pas un ami.

Germaïna n'entendit pas, ayant déjà refermé la porte. Au passage, elle enfonça la torche dans le tas de terre molle qui servait d'étouffoir et se dirigea dans le noir vers la grange. Que Nabar enfouisse demain le morceau de cadavre ou pas, peu lui importait.

Elle se sentait tranquille. Lui restaient de belles heures de prière jusqu'à l'aube, qu'elle commença debout, puis à genoux, enfin allongée sur le sol, bras tendus vers la croix. Elle sentit à peine Tchema qui, plus tard, s'allongea à son tour, le long d'elle sans la toucher. Depuis quelque temps, il venait plus souvent, il restait plus longtemps. Mais il lui parlait moins. Cependant, ils murmurèrent longtemps à l'unisson.

⋆

Les yeux cernés, Germaïna revint dans sa chambre au petit matin. Maylis se tassa sur le lit quand elle la vit entrer. Elle n'avait pas dormi.

Germaïna la fit s'habiller, et bien se chausser cette fois.

— On va marcher.

Le jour venait de se lever et tous les autres buvaient, en bas, du café âcre. Un vieux pain rond entaillé trônait au centre, dont le Moelleux avait déjà volé un bout qu'il mâchouillait devant la cheminée.

Incrédules, ils découvrirent que Maylis marchait sans peine.

— Jamais vu de miracle ? Moi si, lança Germaïna en passant. Gloire à Dieu.

Il n'y avait pas d'ironie dans son ton.

Elles enfilèrent chacune un gros manteau, accroché à des patères derrière la porte, et sortirent. Tchema avait baissé la tête, presque enfouie dans son bol. Peu après, les autres s'étant éparpillés pour leurs divers travaux, il monta à son tour à l'étage.

Dehors, Germaïna entraîna Maylis vers les collines. Craintive au début, persuadée que Germaïna allait la faire disparaître, Maylis retrouvait son assurance. Depuis qu'elle avait été recueillie dans la Maison, s'était soudée avec la fille Etcheverry l'amitié de deux jeunes femmes que tout séparait – ou grâce à cela, comme les faces inverses d'une médaille qui vont toujours ensemble. Entre l'Américaine et la Basque, rien n'était commun sauf la langue. Pourtant, elles se seraient comprises sans se parler. Ce que Maylis ignorait, c'est que Germaïna avait été naguère une même femelle, brune autant que l'autre était blonde, sensuelle tout comme elle. Par intuition, Maylis avait décelé que Germaïna et elle respiraient le même air de vie, soufflant sur des chemins différents, mais le même air. La nuit dernière, il avait fallu tout de même que Maylis réussisse ce qu'on lui avait ordonné. Sans doute à contrecœur, elle avait essayé, et raté.

Dès qu'elles eurent dépassé le premier mont qui cachait la Maison, Germaïna parla :

— Tu n'es pas plus photographe que je suis pape, je veux dire... se reprit-elle en mordillant ses lèvres.

— Mais si.

— Allons.

— Je suis vraiment venue accompagner ce commando qui doit s'infiltrer derrière les lignes. Je suis vraiment correspondante de guerre, et même réputée dans ma ville. Je suis vraiment Maylis Ibarra – Ibarra tout court –, petite-fille d'émigrés basques, des bergers qui ont fait fortune en vendant des maisons. Mon père possède vraiment des journaux dans l'Illinois et dans le Nevada, une immense propriété avec six domestiques et des Cadillac, et il fait de la politique, il est puissant. Vraiment. Voilà.

— C'est tout ?

— Non.

— Evidemment.

— Le seul mensonge, c'est le pied cassé. Il ne fallait pas que je reparte avec les trois autres. Mais je vais le faire.

— C'est moi qui décide.

— Il fallait que je reste près de toi, pour savoir.

— Quoi ?

— Mon père m'a simplement dit : « Tu vas en Europe. Je me suis débrouillé pour t'intégrer dans un parachutage au Pays basque, chez nous. On a bien fait de continuer à parler la langue ici, non ? »

— Abrège.

— Il m'a parlé de ta Maison, montré des plans. « J'ai un bon ami, m'a-t-il dit, qui a envoyé son fils là-bas. Et maintenant il n'a plus de nouvelles. Renseigne-toi. » Alors, il m'a parlé des Ferben. Je les connais à peine, ces gens ! Ce sont des... enfin, je n'aime pas. Mon père les fréquente, entre Basques, quoi, surtout pour ses affaires, ça doit l'aider. Moi, je devais simplement apprendre ce qu'est devenu le fils. Voilà pourquoi j'en ai parlé hier soir.

— Mal.

— Je ne suis pas une espionne. Mais le temps passait. J'ai essayé. Il fallait que je sache, avant de partir.

— Tu aurais fait quoi ensuite ?

— Tout simplement, j'aurais téléphoné à mon père à Chicago, pas d'ici, mais de Bordeaux – parce que finalement, on doit vraiment aller jusqu'à Bordeaux et rejoindre une armée. Tu sais, la fin de la guerre est proche. On a des renseignements. Des commandos comme eux s'infiltrent de plus en plus et...

— Je connais la guerre. Ne change pas de sujet.

— Je n'ai même pas entendu quand tu es remontée. Je fouillais dans les tiroirs pour essayer de trouver quelque chose, n'importe quoi. Je savais bien que tu ne parlerais plus.

— Oh si, je vais te parler.

*

Germaïna parla d'une traite.

Le jour s'était levé, gris. Il se mit à pleuvoir. Maylis enfonça son béret beige jusqu'aux yeux et croisa les bras sur sa poitrine en marchant, grelottante.

Bientôt trempée, Germaïna parla les yeux au ciel, peut-être pour que la pluie masque ses larmes. Elle raconta tout à Maylis : son amour pour un jeune Allemand, enceinte de lui à dix-huit ans et, le soir où elle l'annonçait, son père l'avait chassée de la Maison ; la fuite en Espagne et les jours heureux, « on partait pour une belle vie, la vie a été courte » ; l'assassinat à San Sebastián de son fiancé allemand passant pour un traître ayant dénoncé des Basques en lutte contre Franco ; sa fuite à Bilbao avec son bébé Eder, « tu sais que ça veut dire Le Beau » ; son refuge dans une caserne-orphelinat de la ville où elle s'était transformée en guerrière dans les dernières batailles de la guerre civile ; enfin l'évacuation des enfants vers Guernica, « tu as entendu parler ? Vous êtes au courant, dans vos ranchs, d'une ville-martyre aplatie sous les bombes, comme cela ne s'est jamais produit dans l'histoire ? J'y étais. Là, pendant que les bombes massacraient des milliers de gens, quelqu'un a poignardé mon bébé. Crucifié. Je l'ai vu. Je suis tombée, comme morte. C'est le lendemain au réveil que mes cheveux étaient blancs » ; puis elle termina d'un ton calme par sa fuite d'Espagne sur un bateau de pêche où l'assassin avait été enfermé, son retour à l'aube dans la Maison où les noces de sa sœur Goïzane venaient de s'achever, « la même nuit, quand je coupais la tête de l'assassin de mon bébé, ma sœur fabriquait le sien. C'est comme le mien » ; enfin la tête, posée sur le fauteuil du père pour qu'il la trouve à son réveil, une signature.

Maylis avait du mal à avaler sa salive :

— Mais vous êtes terribles, ici.

Germaïna prit son bras et l'obligea à lui faire face :

— Terribles ? C'était peut-être un ange qu'on avait envoyé de ton Chicago ? L'ange, c'était mon bébé, l'archange, c'était mon amour.

Elle employait des mots religieux, qui troublaient davantage Maylis, car une nonne à la voix sourde racontait l'horrible.

Et la voix martelait :

— Qui a tué le père de mon enfant ? Qui a tué mon bébé ? Qui a eu la tête coupée par ma main ? Qui est enterré, rien que la tête, derrière la grange, sur laquelle tu as vomi ? C'est lui : c'est le fils Ferben.

— Oh non !

— Qui avait organisé cette horreur ? Mon père.

Maylis mit brusquement ses mains devant ses yeux.

— Tu le leur diras, cingla Germaïna. Il ne fallait pas venir.

Germaïna la lâcha et redescendit la colline. Maylis la suivait, abattue. Les trombes de printemps n'avaient pas cessé et elles se crottèrent dans la cour détrempée. Juste avant d'arriver, Maylis la rattrapa par la manche :

— Si je raconte tout ça, ils vont venir, envoyer des gens...

Le rire que lui renvoya Germaïna la glaça.

Ruisselantes, elles entrèrent dans la Maison. A cause de la pluie, les autres avaient quitté les champs. Tous attendaient, se séchant près de la cheminée. Germaïna ne vit pas Tchema.

— Il est parti, annonça l'oncle Mattin.

— Ah bon. Il va se tremper avec ce temps.

— Non, je te dis : il est parti. Il a pris ses baluchons, tout. Il nous a dit *agur*... adieu.

Germaïna les toisa un par un. Elle ne comprenait pas. Puis elle cavala dans les escaliers. Le petit Iloba voulut la suivre, toujours agité, se prenant les pieds dans le Moelleux et tombant. Sa mère, Goïzane, le releva. Il criait de rage. Il passa de l'un à l'autre, de Jon à Nabar, se cognant à l'oncle, donnant des coups de pied à Maylis qui l'observait, pensive.

La porte en haut claqua. Germaïna s'était enfermée dans sa chambre.

Sur la table, une lettre l'attendait.

16

Tous ici avaient dans le corps les stridences des *txistus*, les flûtes à trois trous qui vrillaient. Mais en haut, un ronflement ouaté bourdonnait dans les oreilles de Germaïna. Seul le tocsin sonnait aussi bas.

Prostrée sur son lit, elle avait lu déjà dix fois la lettre de Tchema.

En bas, le bruit ne cessait pas. Entre les vagissements du bébé Anaï dans son berceau et les sauts sans fin d'Iloba sur les bancs et les chaises, tous auraient dû s'énerver. Mais tous étaient abattus. Sans y être invitée, Maylis enjamba le banc pour s'asseoir au bout de la table et empoigna la cafetière de métal pour se verser un bol. Le liquide noir fumait, il était infect. Fait de racines de chicorée, il arrachait le palais. On ne trouvait plus rien chez l'épicier. Heureusement, dans les fermes, les animaux et les champs nourrissaient les familles. Le reste, il fallait tenter de se le procurer, parfois loin, et si l'on savait où. Germaïna passait des heures sur son vélo lourd, à gravir des kilomètres de routes entre les collines. Elle trouvait par chance quelques oranges dont Iloba avait besoin. Maylis avait vu Jon et l'oncle Mattin gratter avec leurs dents les peaux où s'accrochait encore un morceau de pulpe, après que le petit neveu eut avalé le jus. Et parfois, il le recrachait ! Perturbé du matin au soir, il dévorait, vomissait souvent.

Exaspéré, l'oncle Mattin aurait voulu le gifler, mais les regards croisés de Jon et de Goïzane devant sa main levée le retenaient.

Maylis les observait. Front bas, épaules rentrées... cette Maison pesait sur eux, Maison triste. Peu avant, l'oncle Mattin, qui écoutait la radio le soir, l'avait fermée quand retentissait *Le Chant des partisans*, diffusé pour la première fois en février. Mais il coupait souvent le poste, sur la cheminée, dès qu'on n'entendait plus de chansons. Nabar venait de sortir, indifférent aux trombes d'eau qui inondaient la cour. Les bêtes aussi vivaient dehors.

Devant eux, Maylis devenait barbare. Seul Iloba se montrait tendre avec elle, un instant, et pétrissait ses hanches de ses doigts courts, déjà costauds, puis reprenait son agitation affolante.

Elle le suivait des yeux, attentive. Elle avait compris depuis longtemps : le petit bonhomme de six ans n'était pas plein de vie, comme son énergie le laissait croire. Au contraire, il charriait la mort. Cela portait un nom qu'elle avait appris à l'université. Et c'était une maladie. Donc cela se soignait.

Cela n'empêchait pas le gamin de l'adorer, de l'appeler « ma tata d'Amérique » quand sa vraie tante, Germaïna, lui avait montré sur l'atlas familial le pays d'où venait la visiteuse. Elle ne le grondait jamais. Elle jouait avec lui et Iloba ne bougeait plus, fasciné par le petit appareil que la « tata d'Amérique » lui montrait, en métal gris, avec un gros œil devant, des boutons autour, un modèle réduit comme on n'en avait jamais vu ici, et qui servait à « prendre des photographies ».

— Et on les rend à qui ? répliquait justement Iloba, les yeux brillants.

— On les rend, on les rend... toi alors ! s'esclaffait Maylis.

— A qui ? trépignait Iloba.

— Eh bien... on ne les rend pas. On les prend.

— C'est bien.

Tranquille le temps d'une minute avec l'objet dans les mains, appuyant sur les boutons (Maylis se gardait d'y mettre une pellicule), Iloba reprenait ensuite sa course folle. Rien ne l'empêchait d'être câlin, mais des câlins agités. Grimpant sur les épaules de cette grande dame blonde, il tirait les longs cheveux, troublé par cette couleur presque inconnue ici. Il montait sur ses genoux, il descendait, prenait sa main pour l'entraîner, en riant ou soudain en pleurant. Maylis connaissait ces symptômes. Ils « transfiguraient la mort ». Pas celle d'Iloba, même si l'agitation permanente allait user son corps. Non, une autre mort rôdait dans Iloba et qu'il rejetait en bougeant tout le temps. Maylis ignorait le reste. Mille fois elle avait voulu en parler à Goïzane, mais la jeune mère ne se montrait jamais disponible, ou pas charmante. Mille fois elle aurait voulu en parler à Germaïna. Tant pis, il était temps de les quitter.

Elle n'avait plus rien à faire ici – et elle avait décidé de ne rien révéler à son père de ce qu'elle venait d'apprendre, ou bien elle lui mentirait.

— Je vais vous quitter aussi, annonça-t-elle.

Ils hochèrent la tête, satisfaits. Ces deux-là, Tchema parti à l'aube et celle-ci bientôt, n'étaient pas utiles dans la Maison, pas d'ici.

Emballer quelques effets, coiffer son béret beige, et adieu. Maylis monta à l'étage pour demander un dernier service à Germaïna : qu'elle la conduise au relais dont elle avait les plans dans une doublure de son sac à dos. De là, elle rejoindrait le maquis des autres.

Mais dans la chambre, elle trouva Germaïna prostrée. Assise en tailleur sur le lit, le foulard gris trempé toujours sur la tête et les mains jointes sur le ventre, Germaïna ne broncha pas. Dans le creux de la robe gisait un papier déplié. Elle semblait lire, mais Maylis remarqua qu'elle avait les yeux fermés.

Elle s'assit sur le bord du lit et attendit.

Rien ne vint.

*

Germaïna resta prostrée pendant deux jours. Maylis lui prenait la main, aux bouts froids. Elle montait ses repas, une pauvre soupe, du fromage, essaya un verre de vin. Germaïna délaissa tout. Elle demeurait dans la même position. Pour dormir, elle se jetait en arrière contre l'oreiller. Quand Maylis revenait, le seau au pied du lit était parfois empli, qu'elle vidait en bas, dans la cabane au coin de la grange. En passant, elle expliquait aux autres de ne pas bouger, de ne pas monter. Pas un ordre, juste un conseil qu'ils suivaient. Depuis toujours, ils ne comprenaient pas cette jumelle, cette nièce, cette belle-sœur. Peut-être redevenait-elle *zorgina*... sorcière que la religion avait pourtant délivrée ?

Même Iloba ne pouvait pas entrer dans la chambre. Il cognait à la porte, s'abîmait le pied dessus, s'acharnait sur le loquet fermé à clé. Dépité, il dévalait l'escalier et embêtait le Moelleux, montant sur son dos. Le gros-gras était assez puissant pour le soutenir, mais lui aussi grognait, morose. Il s'étalait devant le feu, refusant de jouer.

Au troisième jour enfin, Germaïna leva ses yeux noirs devant ceux, si bleus, de l'Américaine. Elle lui tendit le papier, toujours entre ses genoux écartés, sur sa robe grise de nonne.

C'était une lettre d'une belle écriture ronde, à l'encre noire. Maylis chercha la signature. Il n'y en avait pas. A la fin, deux grosses lettres achevaient le texte écrit en basque.

— Tchema ?

Germaïna fit signe que oui, faible.

« C'est amusant, remarqua Maylis en elle-même, les lettres sont rondes comme ses yeux, et serrées comme s'il n'y avait aucun espace pour le doute. »

— Je peux lire ?

Germaïna haussa les épaules, pour signifier « évidemment... », et elle se renversa sur l'oreiller, les yeux clos, respirant court comme une étouffée.

Maylis découvrit un psaume en vers. Mais autant qu'elle le comprit, car elle connaissait mal les Saintes Ecritures, pas un psaume recopié, mais composé pour Germaïna :

« Pendant longtemps j'ai cru m'être rempli du désir de Dieu en toi.

« Pendant longtemps je t'ai parlé de Dieu et Dieu me disait : Toi.

« Pendant longtemps j'ai demandé à Dieu de me faire souffrir en toi.

« Pour longtemps je vais dire qu'Il est Dieu, qu'Il est moi, qu'Il est Toi.

« D.A. »

Maylis relut le texte à haute voix – que cette langue craquait bien, comme un gâteau à la croûte sèche, rempli de miel. Mais si elle comprenait les mots, elle ne saisissait pas le sens. Pragmatique, elle demanda :

— D.A. ?

— *Deo Adjuvante*, répondit faiblement Germaïna, les yeux toujours clos. « Avec l'aide de Dieu. »

— Bien. Tout de même, reprit-elle avec hésitation, c'est compliqué.

— C'est tout simple, il est parti.

— Parti où ? Comment ? On ne s'en va pas comme ça !

— Il est parti, cria soudain Germaïna en arrachant le papier de ses mains.

Maylis la laissa faire. Puis elle reprit d'une voix douce :

— Soyons précis. Chez moi, quand on s'en va, on ne laisse pas... ça, souligna-t-elle en désignant la lettre. On laisse une adresse.

— Comme si Dieu avait une adresse ! ricana Germaïna.

— D'accord.

— Dieu est cette lettre, Dieu est toi, tout, ce papier, lui, moi, tout. Tu ne comprends pas ?

— Non, dit-elle, vexée. A ta place, je voudrais simplement savoir où il est parti.

— Mais je le sais.

— Ah, voilà. Où ?

— En Indochine.

— On y arrive. En Indochine ? Qu'est-ce qu'il va faire là-bas ?

— Dieu y est évidemment.

— Evidemment.

— Il m'en a parlé souvent, expliqua Germaïna comme on le fait à une élève obtuse. Missionnaire là-bas. J'espérais qu'il n'irait pas. Dieu est partout ici, pourquoi là-bas ?

— Effectivement. Reste claire. Alors ?

— Il est parti.

— En te laissant simplement cette lettre ? Et tu as tout compris avec ce... – elle allait dire : fatras, mais se retint à temps. Excuse-moi, concéda-t-elle, je ne suis pas religieuse moi, à peine chrétienne.

— Mais je ne te parle pas de religion ! tempêta Germaïna, hargneuse.

Maylis cligna des yeux. Elle perdait pied de nouveau.

Germaïna trembla pendant un long moment, et souffla à la fin :

— Je suis seule.

Elle s'était mise à pleurer, recroquevillée. Maylis observa avec stupeur cette grande jeune femme au bord de la crise de nerfs, qu'elle savait dure, souvent cruelle, qui avait dû courir tous les dangers, dont elle connaissait l'histoire atroce et le courage inouï, cette nonne ramassée sur elle-même, enfantine. Il n'y avait qu'une explication.

— Que je suis bête : tu es amoureuse, toi.

Maylis ne vit pas venir la gifle, mais elle la sentit. Germaïna avait frappé très fort.

— C'est bien ce que je disais, soupira Maylis en se massant la joue.

— Est-ce que ça va s'arrêter un jour ?

Maylis dénoua les doigts toujours croisés sur le ventre, raides et froids. Elle força, enfin elle serra à les briser, plantant ses yeux dans ceux de Germaïna :

— Non.

Ce soir-là, Germaïna pleura au fond de la grange, devant leur autel. Elle tenta de se calmer sous le cilice, sans violence. Elle y parvenait souvent, la nouvelle douleur occultant la première. Rien n'y fit. Ses pleurs devinrent sonores et déchirants. Peut-être personne, à part sa jumelle, n'entendit ses cris dans la Maison. Mais Goïzane se boucha les oreilles et mit longtemps à trouver le sommeil, sans se rendre compte qu'Iloba, sur son matelas, tremblait jusqu'à l'aube.

17

— Germaïna, tu dois venir avec nous.

— Je ne reçois pas d'ordres.

Le *gudari* sourit dans la nuit : elle ne changeait pas.

Il l'avait attendue avec un autre homme armé, en bas du chemin de la Maison Etcheverry. A l'heure prévue, une silhouette noire et haute avait surgi devant eux. Germaïna se cachait là bien avant, dans un bosquet.

Quand les deux hommes engoncés dans des canadiennes à col fourré étaient apparus, ses yeux habitués à la nuit de printemps en avaient reconnu un : le *gudari,* le combattant basque du Sud au temps de sa guerre d'Espagne, de Bilbao et Guernica. L'autre portait un béret et elle vit son fusil en bandoulière dans le dos. Il se retournait souvent, scrutant la nuit, protégeant celui qui allait nu-tête, les cheveux toujours lissés, séparés par une raie tirée au cordeau.

— C'est toi, avait-elle murmuré avec lenteur. Je m'y attendais. Enfin, c'est faux, non...

Il ne l'avait pas revue depuis l'étonnant banquet de La Réserve à Ciboure, des années plus tôt. La femme déchaînée sous lui, cuisses nues, il la retrouvait en religieuse portant une robe sombre jusqu'aux chevilles. On l'avait prévenu, heureusement.

— Viens avec nous, Germaïna. La fin est proche.

Comme tant d'autres passés au nord après la fin de la guerre d'Espagne, il avait enchaîné un combat à un autre, toujours le même, dans la Résistance. Jusqu'alors, les réseaux restaient étanches. Maintenant, il fallait les regrouper. Ordre d'en haut.

Elle non plus ne l'avait pas revu, mais elle l'avait oublié. Seulement leurs yeux ne se quittaient pas.

— Venir ?

— Au maquis. C'est le moment. Bientôt ce ne sera plus dans l'ombre qu'on se battra.

— C'est ce que tu es venu me dire ?

— On peut partir tout de suite. J'ai besoin de toi, comme j'avais besoin en Espagne.

— Ne parle pas de ça.

— Mais j'ai eu raison de te faire confiance.

— Pour voir le résultat ! Franco a massacré tout le monde. Vous avez perdu la guerre.

— On va gagner celle-ci. On l'a déjà gagnée. Il faut venir.

— Je n'irai ni là ni ailleurs.

— Franco nous a battus : il sera balayé. Les Américains arrivent.

Germaïna baissa la tête pour ne pas montrer son sourire : « J'en ai déjà une à la Maison », faillit-elle dire.

— ... balayé ! Tu ne penses pas qu'ils vont s'arrêter à Hendaye. Ils vont foncer, dévaler sur l'Espagne et remettre la république d'aplomb.

— Peut-être.

— C'est sûr, Germaïna.

Elle avait envie de lui dire : « Toi et les autres, les nôtres, les tiens, les miens, on s'est tous bien trompés et c'est bien mauvais signe. »

L'homme qui l'accompagnait commençait à

s'inquiéter. La nuit avançait et ils avaient du chemin à faire pour rejoindre leur maquis, avec ou sans la sœur.

— *Kasu*... on passe trop de temps, danger.

Le *gudari* soupira.

— Vraiment non ?

— J'ai peut-être mieux pour toi, lâcha Germaïna. Mais il faudra revenir demain.

— Difficile. On prend déjà tant de risques.

— Reviens demain.

Le *gudari* se retourna vers son garde et lui dit quelques mots en basque. L'autre rouspéta mais céda devant le ton de son chef.

— On sera là, conclut celui-ci.

— *Bihar arte*... à demain.

— *Bihar arte*, et il s'enfonça dans la nuit.

Au bout de deux pas, il se retourna et appela sourdement :

— Germaïna...

Celle-ci revint en arrière :

— Oui ?

— Je suis gêné... je voudrais que tu... m'excuses pour... l'autre... fois, tu sais ? à La Réserve quoi, la nuit du banquet ! insista-t-il en s'énervant devant ses sourcils levés.

— De quoi parles-tu ?

Elle était sincère.

*

L'avant-veille, on avait prévenu Germaïna que deux hommes passeraient. Elle allait souvent en ville sur son vélo, figure habituelle même pour les Allemands. Ils saluaient la jeune bonne sœur soignant les malades, apportant des victuailles de sa ferme aux plus pauvres et parfois à eux-mêmes. Une partie du cochon de l'hiver passait dans leurs panses. Ça les calmait.

Entre deux visites, Germaïna recevait des messages clandestins à l'auberge. Le patron l'accueillait, rebondi derrière son bar, se retenant de toiser quelques soldats vert-de-gris qui jouaient aux cartes. On évitait les pires du coin, disait-on. Vers Saint-Jean-Pied-de-Port, ils se montraient féroces. Ici... la douceur du pays arrangeait, même si depuis quelques semaines l'atmosphère s'alourdissait. Leur guerre n'était pas finie mais perdue.

— Votre limonade, ma sœur.

Germaïna saisissait le verre, avec le support en carton qui absorbait les gouttes. Dessous était collé un morceau de papier qu'elle glissait dans ses doigts tout en buvant, avant de le reposer sur le comptoir. Puis elle passait à l'arrière, s'enfermant dans un cabinet où, grand luxe, trônait la première chasse d'eau de la ville. Elle éclaboussait partout et Germaïna en sortait avec ses grosses chaussures mouillées. Mais entre-temps elle avait lu et fait disparaître le message dans la cuve creusée au ras du sol. La méthode fonctionnait car les Allemands fouillaient le local, cherchant des documents qu'on aurait pu cacher derrière un tuyau ou au-dessus du bac d'eau. Moins bonasses depuis quelque temps, ils multipliaient les contrôles, les sens aux aguets.

De retour dans la salle, Germaïna saluait le patron, enjouée :

— Allez ! Je continue ma tournée en bas.

Tel était le code : si elle disait « en bas », c'est qu'elle recevrait ceux qu'on lui envoyait, les colis ou les armes, au bout du chemin qui menait à la Maison. Le message remontait par le patron de l'auberge, un maillon. Germaïna refusait d'en savoir davantage. Mais la Maison Etcheverry devenait plus que celle de la Religieuse Blanche, réellement la maison du bon Dieu. Combien s'étaient réfugiés là en attendant un passage ! Combien de vies sauvées, et jamais de vies prises : elle ne suivait pas les hommes quand ils allaient saboter, quand ils allaient abattre. Elle connaissait des surnoms, Cisaille... Pioche... ceux qui mettaient hors circuit l'armement ou le matériel des Allemands ; si on lui indiquait un contact portant un nom de province, c'est que l'homme travaillait dans les aérodromes. Il y avait là de quoi saboter, et bien. Mais de quoi retrouver des otages alignés contre un mur deux jours plus tard, et fusillés. Or, il lui semblait qu'un tonneau dans sa tête débordait déjà de sang.

Si elle avait dit. « Je continue ma tournée en haut », c'est qu'elle accueillerait à l'intérieur de la Maison. « En haut », elle ne le disait plus depuis des mois. La Maison vibrait d'une mauvaise onde.

Plus question de passer dans la montagne, depuis la tuerie où Maritchu, sa mère, était morte pour sauver le bébé Anaï. Celui-ci trottait sur ses petites jambes maintenant.

Le regard sombre de l'oncle Mattin s'éclairait seulement au passage du bambin qu'il prenait dans ses bras et faisait sauter sur ses genoux. Cela durait peu, mais il souriait enfin. Tout le monde jurait qu'Anaï était le deuxième fils de Jon et Goïzane. L'enfant mort-né n'avait pas été dévoilé, même à l'abbé. On restait longtemps sans parler à quelqu'un qui ne posait jamais une question.

Après avoir soigné Germaïna, Maylis vivait encore là. Germaïna n'avait pas voulu la conduire dans la montagne, assurant qu'elle trouverait mieux pour elle. « Trop dangereux. Tu n'y connais rien. » Mais Mattin lui jetait des regards en biais. Il fallait que l'Américaine s'en aille. « Pas avant d'avoir fini quelque chose », avait supplié celle-ci devant Germaïna. Et Iloba courait toujours, autour d'elle, partout, jamais en paix.

*

De retour à la Maison, Germaïna ne chercha pas à étouffer les bruits. La Maison savait, le village savait : quelques pas la nuit dans les cours ou à travers les ruelles, cela s'entendait, avec l'ouïe fine qui guettait depuis des millénaires les bêtes, le vent et l'eau. Personne ne s'étonnait d'une absence. La vie continuait, il ne s'était rien passé.

Elle réveilla Maylis :

— Tu vas partir.

— Maintenant ?

— Demain, la nuit.

— Tu me chasses ?

— Je te sauve. Regarde-moi un peu : j'ai fait une autre guerre que toi, moi. Tu arrives de ton Amérique dans un pays où tu ne connais rien, tu es repérable à cent pas avec ta tignasse et ton accent. Ce n'est pas tout de parler le basque : il faut parler le bon.

— *Okay*... et alors ?

— Tu m'as dit que tu connaissais un relais et de là tu rejoindrais les hommes de ton groupe ?

— Exact.

— Bien. Tu vas survivre deux heures. De toute

façon, depuis le temps, les autres ont bougé. Tu ne les retrouveras pas. La Libération approche, ce n'est pas un jeu pour une gentille photographe, en tout cas pas seule.

— Qu'est-ce que je dois faire ?

— Demain, tu partiras dans un maquis, un vrai, avec un homme, un vrai. Après, si tu veux te battre ou prendre des photos, tu verras.

— Merci.

Germaïna acquiesça, froide. L'épuisement la prenait. Trop de mois durs, trop de drames, la Maison qui se recroquevillait, malsaine... Tchema, sa révélation, parti, enfui, disparu, exilé... son neveu Iloba, sa passion, dont elle s'occupait moins, qui l'inquiétait à toujours s'agiter...

— Dormons.

— Il me reste encore la journée de demain pour essayer, dit Maylis.

— De quoi parles-tu ? marmonna Germaïna déjà abrutie de sommeil.

— Je crois que je peux sauver Iloba.

Mais Germaïna avait fermé les yeux, n'entendait plus.

18

Elles emmenèrent Iloba dans les collines. Le gamin de six ans allait comme un petit taureau. Il courait autour d'elles, grimpait la moitié d'un arbre, sautait et repartait. Sans s'éloigner, il parcourait dix fois plus de chemin que les deux femmes, comme tournoie un chien fou. Mais lui, c'était tout le temps, sauf quelques heures par nuit. Le Moelleux suivait, beaucoup plus calme, grognant quand Iloba s'accrochait à son cou, tirait sa queue, le poussait à le faire rouler. Avant que le chien épais ne se relève, il galopait déjà à dix mètres.

— Il me rend folle, il rend fou tout le monde, ce gosse, soupira Germaïna.

— Il est fou.

Germaïna se tourna violemment :

— Comment tu peux dire...

Maylis leva la main pour la calmer :

— Fou, ce n'est pas grave. Je vais te dire à quoi je pense.

— Il vaut mieux, parce que ta promenade... Qu'est-ce que ça change, à la Maison ou ici ? il n'arrête pas.

Tout en se baissant pour ramasser les premières fleurs dans le sentier, mâchouillant un brin d'herbe sous le soleil, Maylis expliqua :

— Tu connais Sigmund Freud ?

— Euh... non, admit Germaïna. C'est allemand, je ne sais pas. Ceux d'ici, on ne connaît pas leurs noms, à part celui de la *Feldgendarmerie*, Apfenzuller... Mais on le surnomme Cognac. Freud, non, c'est quoi, un caporal ?

Maylis avait le fou rire :

— Un médecin. Et il est loin, chassé par un... caporal ! Bref, je veux dire qu'à l'université, on étudie son enseignement. C'est très nouveau. On essaye de comprendre ce qui se passe quand on ne pense pas.

— Il ne se passe rien.

— Oh si ! J'ai eu le temps de réfléchir. Ce qui est sûr, c'est qu'Iloba est un « hyperactif ». Il est fou, c'est très banal.

— Ah bon !

— Tu m'as bien dit qu'il était devenu agité d'un seul coup.

— Enfin, on s'en est vite aperçu. Je ne sais pas si c'est venu en une seconde.

— A la mort de ta mère ? Comment tu m'as dit... Mirentxa ?

— Maritchu, précisa Germaïna, gorge serrée.

— Il l'a vue morte ?

— Bien sûr. On ne cache pas, ici.

— Que lui as-tu dit ?

— « *Amatxi* est morte. » Qu'est-ce que je pouvais dire ?

— Qu'a-t-il répondu ?

— Je ne sais plus. Oui : si elle avait mal.

— Normal.

— Si elle allait revenir.

— Bien. Je crois que c'est ça, approuva Maylis après avoir réfléchi un moment. Maintenant, je te demande de faire ce que je dis, une dernière fois.

Germaïna appréciait peu. Elle faillit refuser, à la fois parce que les ordres la hérissaient, et parce qu'elle résistait à tout dans sa fusion avec son petit neveu. Toutefois, si l'Américaine bien savante pouvait aider... après tout, elle partait le soir même :

— Vite alors.

Maylis sortit de sa poche le petit appareil photo qui ne la quittait jamais, le jouet qui fascinait Iloba et les autres. On n'avait jamais vu d'objet si compliqué sur leur terre. D'ailleurs, Iloba s'approcha, les yeux impatients, plus calme enfin.

— On va s'amuser, lui dit Maylis.

Iloba tendit la main vers l'appareil.

— Non, refusa Maylis. C'est moi qui joue.

Cette fois, elle avait chargé une pellicule.

— Toi, va te cacher. Quand je t'appelle, tu reviens. D'accord ?

Iloba se mit à courir, suivi du Moelleux, et se dissimula derrière un arbre.

Une minute plus tard, Maylis lui cria de revenir.

Le gamin jaillit, toujours sautillant, puis se fixa soudain : à quelques pas, allongée sur un muret de pierres, gisait Germaïna. Immobile, les bras le long du corps, respiration bloquée, elle gardait ses yeux fermés.

Iloba s'approcha, inquiet. Il tourna autour d'elle. Le Moelleux reniflait le corps allongé. Maylis eut une brève angoisse : « Pour de vrai, il hurlerait à la mort... heureusement, le gamin l'ignore. »

Mais le gamin se jeta sur elle, agrippant son pantalon, glapissant :

— Elle ne bouge plus ! Elle ne bouge plus !

Il enlaçait ses jambes, tournant le dos pour ne pas voir Germaïna, à qui Maylis fit un signe convenu.

— Si, regarde.

Iloba jeta un coup d'œil apeuré, par-dessous son bras. Germaïna, debout, s'avançait vers lui. Aussitôt, c'est contre elle qu'il se jeta, enfoui dans sa robe grise, au chaud.

Germaïna lança un regard furieux à Maylis :

— Magnifique, il est encore plus fou, grinça-t-elle entre ses dents.

— Non, tu verras. Enfin, j'espère. Maintenant, il faut que tu restes avec lui. Laisse-moi une heure, et un coin tout noir à la Maison, un peu d'eau aussi.

— Va derrière la cuisine, dans la remise. C'est noir.

*

Maylis rentra dans la Maison vide. Tous travaillaient au loin. Elle monta dans la chambre et sortit de son sac à dos deux fioles, des manchons de tissu noir, une petite boîte de métal. De retour en bas, elle emprunta deux plats de cuisine, un broc d'eau, et s'enferma dans le séchoir à victuailles, simplement éclairé par un losange découpé dans le mur. Elle le masqua. Après avoir attendu pendant une minute, les yeux fermés, elle les ouvrit et constata qu'elle n'y voyait rien. Parfait : elle travailla en aveugle.

A tâtons, refaisant tous ses gestes de mémoire, elle versa la poudre des fioles dans les plats remplis d'eau. Elle enfila ses mains dans les manchons de tissu, avec l'appareil photo qu'elle ouvrit, sortant la pellicule et la trempant dans un des liquides. Elle compta mentalement le temps du développement du cliché. Ensuite, elle sortit à l'air le petit film, souffla dessus et le laissa sécher. Elle transpirait.

D'une main, elle saisit une lampe portative, carrée, qu'elle avait glissée dans sa poche avant de descendre. Des rainures devant la vitre de l'ampoule se terminaient en crochets. Toujours aveugle, elle y fixa le bout de film, bien à plat. Elle ouvrit enfin la petite boîte en fer et, d'une main, déchira l'emballage métallisé à l'intérieur. Elle en sortit un morceau de papier froid, glissant sous ses doigts. Elle le posa sur un rebord, puis mit son coude dessus, l'avant-bras à la verticale et l'index dressé. A la hauteur du bout de ce doigt, elle amena la lampe, face vers le bas. Venait le moment délicat.

Retenant sa respiration, elle appuya sur un bouton à l'arrière de la lampe. La lumière jaillit, dirigée vers le papier. Le faisceau tombait pile, Maylis eut envie de soupirer mais il ne fallait pas bouger d'un millimètre. Elle compta mentalement jusqu'à cinq. Malgré le noir absolu, elle fermait les yeux durant l'opération, un réflexe pour aider sa concentration. Seule la mémoire des gestes devait actionner son cerveau.

Elle coupa la lumière de la lampe – une sorte de projecteur de poche mis au point par les Américains pour leurs agents en mission. Précise, elle saisit le papier par un coin, le trempa dans l'un des liquides, l'agitant dans le fond. Encore, elle compta mentalement, puis sortit la feuille et la retrempa dans l'autre liquide préparé auparavant avec la poudre de la seconde fiole. Elle attendit plusieurs minutes. Le cliché se fixait, mais elle ne voyait rien, peut-être serait-il tout blanc, ou tout noir, ou tout flou, ou pire.

Le délai écoulé, Maylis essuya son front trempé et se décida à décrocher le tissu masquant l'ouverture de la remise. Le jour entra. Anxieuse, elle se retourna vers le récipient où flottait le papier.

Elle fut au bord des larmes, de joie. Sur le cliché gris-noir et blanc apparaissait Germaïna allongée sur son muret, les bras le long du corps. Elle semblait encore plus morte que tout à l'heure, quand Maylis avait pris cette unique photo, sans qu'Iloba le sache.

*

Quand elle sortit de la remise, Germaïna entrait dans la Maison. Le petit neveu ne marchait pas à ses côtés : il était accroché à sa robe, tétanisé. Elle le traînait, saisi, la bouche déformée avec de la salive au coin.

— Bravo ! grinça Germaïna. Tu le vois ?

Maylis sourit et fit signe à Iloba de venir près d'elle. Le gamin refusa, la tête enfouie dans la robe de sa tante. Alors, Maylis s'approcha, s'accroupit devant lui, à sa hauteur, et lui tendit la petite photo :

— Tu te souviens, tout à l'heure ?

Iloba ouvrit un œil, en biais, vers le papier. Il reconnaissait le muret, le corps allongé. Il leva son visage triste vers Germaïna, si haute là-haut, si bonne, qui caressait ses cheveux, qui bougeait donc. Et sur le papier elle ne bougeait pas, tout à l'heure elle ne bougeait pas.

Ses yeux firent quelques allers-retours entre la photo et sa tante :

— Tu as mal ?

— Pas mal du tout, mon chéri.

Germaïna sentit les petits doigts puissants du gamin serrer moins fort sa cuisse à travers la robe rêche.

— Ça vient de là, lui dévoila Maylis en montrant à Ibola le petit appareil photo, le jouet qui devint en cet instant l'objet le plus magique de son univers.

Iloba s'en saisit, moins impatient que d'habitude. Pour la première fois, après l'avoir tourné et retourné, il trouva le cliquet qui ouvrait le dos. Il n'y avait rien dedans, que des minuscules ressorts, des petits volets noirs. Il le referma tout de suite, mal à l'aise. Puis il avisa un carré de verre et approcha son œil. Il regarda à travers : au bout, il voyait une partie de la pièce, bien cernée aux bords, comme sur le papier que lui avait montré Maylis à l'instant. Il dirigea le viseur ailleurs, la pièce bougea. Il fixa la cheminée, revint au centre, s'arrêtant sur le Moelleux. Il regarda au-dessus, le chien dormait comme d'habitude. Replaçant son œil derrière le carré de verre, il glissa et le chien glissa, pareil. Il continua son exploration et arriva sur Germaïna et Maylis côte à côte, comme agrandies parce qu'il les voyait du bas.

— Ne bouge surtout pas, susurra entre ses lèvres Maylis à Germaïna.

Iloba baissa l'appareil : elles étaient là, vraies. Maylis fit un pas de côté, entraînant Germaïna dès qu'Iloba eut remis son œil derrière le viseur. Elles cessèrent de nouveau quand il les regarda directement.

Un sourire de soleil illumina soudain son visage rond, un sourire comme ni Germaïna, ni les autres n'en avaient vu depuis la mort de Maritchu. Une lumière venait de ses yeux. Germaïna fut bouleversée.

— Je n'aime pas ces miracles, précisa-t-elle pourtant à Maylis.

— Ce n'est pas un miracle. C'est mécanique. J'ai essayé de comprendre le choc initial qui l'avait mis dans cet état. J'ai essayé d'inventer un choc, pas contraire : un choc parallèle.

— Tu m'embrouilles.

— Je pouvais tout rater – et d'abord la photo. C'est très nouveau, ces appareils. Mais je crois que j'ai réussi.

— Tu veux dire qu'il n'est plus fou ?

— Je ne sais pas encore, s'esclaffa Maylis. Mais je pense que non.

— Maintenant ? s'étonna Germaïna qui surveillait Iloba, pas très calme, essayant de coincer l'appareil entre les pattes du Moelleux, qui avait peur de cet objet inconnu, froid.

— Dans une heure, dans dix ans, qui sait ?

— Formidable, ironisa Germaïna. Il va continuer à tout casser ici pendant dix ans.

— Je suis sûre que non, dit Maylis, joyeuse, et elle osa poser un petit baiser sur la joue de Germaïna, bien appliquée et fière.

Iloba continuait de sourire, irradiant la pièce.

— Il est à toi maintenant, lui dit Maylis en désignant l'appareil. Et ça aussi, en lui tendant la photo.

Iloba vérifia une fois encore, sa tante qui ne bougeait plus sur le papier, mais qui allait et venait dans la pièce.

— Fais-moi une promesse, proposa Maylis.

Iloba fit oui de la tête, assis contre le Moelleux par terre, l'appareil serré sur son ventre.

— Tu ne le diras à personne, tu ne le montreras à personne. Tu vas le mettre en haut, dans ta boîte avec tes affaires. Tu le garderas toujours, promis ?

Iloba refit oui. Il monta aussitôt, quatre à quatre. Il

redescendit, moins vite. Tout au long de la journée, et même au dîner, il refit le voyage. Il grimpait en courant, restait quelques minutes, mais redescendait sans dévaler les marches. C'était déjà mieux pour les autres, moins épuisant.

Il allait voir l'objet, la photo, vérifier qu'ils étaient toujours bien cachés dans sa boîte à jouets. Tout au long de sa vie, il le toucherait, il le contemplerait : ça empêchait la mort.

*

Ensuite, Germaïna tenta de rattraper le temps. Elle alla en ville, où le patron de l'auberge lui fit le signe convenu : le rendez-vous du soir était confirmé. Elle revint à la Maison en passant deux barrages où on l'arrêta, ce qui était devenu plus fréquent depuis quelques mois. Les contrôles étaient nerveux. Les pires étaient ceux de la Milice. Ceux-là vibraient de peur haineuse.

Après avoir soigné quelques bêtes et rentré du foin, elle monta dans sa chambre pour souffler. Maylis bouclait ses sacs.

Plutôt assommée, Germaïna prit sur elle pour demander :

— Je n'ai quand même pas bien compris.

Maylis vint s'asseoir sur le bord du lit. Dans quelques heures, elle quitterait cette femme. Elle n'aurait même pas une photo d'elle ! Ni de rien, de la Maison, des autres... Aux Etats-Unis, les magazines se seraient rués sur cette famille, son histoire, sur cette guerrière mystique.

— Pas compris quoi ?

— Iloba. A moins que Dieu...

— Quand il a vu ta mère morte, il ne réalisait rien, sauf qu'elle ne bougeait plus. Tu m'as dit qu'elle était infernale d'énergie, toujours active.

— Oh oui !

— Il ne l'avait vue qu'ainsi, en mouvement. Je suis sûre qu'il n'était jamais entré dans sa chambre.

— Evidemment.

— Tu lui as dit : elle est morte.

— J'ai eu tort ?

— Non. Il faut dire les mots, mais on ignore quels chocs ils provoquent. Pour lui, être « mort », c'est ne plus bouger. Mais pour lui, être immobile, ça rend les autres malheureux puisqu'il a vu toute la famille pleurer. Alors, il s'est mis à bouger tout le temps : il voulait vous rendre heureux.

Germaïna digéra tout cela, un peu écœurée de fatigue.

Plus tard, alors que Maylis bouclait son sac, elle planta ses yeux dans les siens :

— Tu as guéri Iloba. Je n'oublie pas pourquoi tu venais ici. Je n'oublie rien. Alors, nous sommes quittes.

— Non. J'ai une dette, je l'aurai toujours. Et j'ai une bonne mémoire.

Maylis se leva et prit dans son sac à dos une enveloppe fermée, rien d'écrit dessus :

— Prends cette lettre. Si tu as besoin de moi un jour, ouvre-la.

Puis elle se décoiffa :

— Et ça, dit-elle d'une voix tremblante en offrant son béret beige à Germaïna, porte-le. Pour nous deux. Merci du fond du cœur. Tu sais ce que c'est, le fond du cœur : c'est le dernier bout qui bat juste avant la mort. Alors merci, jusqu'à la mort.

Emue aux larmes, Germaïna se détourna en marmonnant des « mouais... c'est compliqué ».

Et à la fin du dîner, elle sentit que Maylis allait annoncer son départ à la famille. Elle lui donna un petit coup de pied sous la table, bloquant ses mots dans la gorge. D'un signe de tête, elle montra les assiettes, pour débarrasser. Près de l'évier, Germaïna ouvrit l'eau en grand pour couvrir sa voix :

— Ne dis pas au revoir ni adieu.

Maylis voulut protester, mais Germaïna retournait déjà à sa place.

La nuit venue, Germaïna la fit s'habiller chaudement : « C'est bientôt l'été, mais il faut que tu portes le maximum sur toi. D'abord, tu vas dormir à la belle étoile. Ensuite, si tu dois fuir, autant emporter ta maison sur tes épaules. » Elles descendirent les escaliers en chaussettes. Germaïna ne voulait aucun bruit. Devant l'air étonné de Maylis, elle précisa :

— Ça vaut mieux, je pense.

Elles se chaussèrent dehors.

Au bas du chemin, le *gudari* sortit du bois, comme la veille, avec le même homme. Germaïna lui dit à l'oreille qui était cette blonde, et ce qu'il devait faire. Puis elle poussa Maylis vers lui.

Elle la laissa avancer. Alors, faisant demi-tour sur le bas-côté pour ne pas faire crisser le gravier, elle remonta vite vers la Maison.

Maylis la croyait toujours derrière elle. Après avoir salué à voix basse le *gudari* en basque, elle se tourna pour dire adieu à Germaïna.

Elle ne vit rien, que la nuit rabattue sur eux, noyant le toit de la Maison là-bas, rien d'autre, pas un mouvement. Germaïna s'était évanouie.

De grosses larmes jaillirent des yeux de Maylis, que vit le *gudari* tout près. Il la prit par les épaules et l'entraîna :

— Pleurez cette fois. Vous ne la reverrez sans doute jamais. Ensuite, ne pleurez pas.

Maylis renifla et essuya ses joues en marchant entre les deux hommes.

Germaïna s'était allongée dans la grange, bras tendus au-dessus de sa tête. Elle pria jusqu'à l'aube.

19

Germaïna refusa la médaille. L'éclat de rire qui répondit à la proposition, le même qui avait sanctionné la « demande en mariage » de l'ancien maire, le même qui avait répondu à Maylis inquiète du « retour » des Ferben, eut un effet identique, glaçant.

Non, pas de breloque de madame Résistante ; pas de ruban de Libératrice. Rien. Que lui avait-on offert pour l'Espagne ? Son bébé mort. Merci.

Fin août, Bordeaux avait été libéré. Peu après, les Alliés dégageaient le pays. Le soir où ils passèrent au village, ils tendirent un grand drap blanc entre deux poteaux et projetèrent un film, le premier que les enfants voyaient ici. Un film de guerre et les gens adorèrent. Puis on dansa, en mâchant des chewing-gums, et quelques femmes fumèrent des cigarettes d'un tabac blond et douceâtre, qui les firent tousser.

Les Allemands avaient déguerpi vite, semant la terreur ailleurs, pas ici. La liesse de la Libération accommodait ses sauces de sauvageries répétées : femmes tondues, collaborateurs encadrés vers les postes de police, mal en point. Germaïna avait vu passer Monsieur le maire dans un cortège braillard, les bras dans le dos et les cheveux hirsutes, costume déchiré. Sa poitrine se serra, voilà tout. Plus tard, elle apprit « qu'il était du côté des Allemands ». Sans doute une exagération. Il était certainement du côté des plus forts, comme à l'ordinaire. Il aurait « donné des noms » au début de la guerre, nourrissant les listes d'un député local qui organisa une rafle de juifs et de « pourriture rouge ». Banalité de l'homme.

Plus tard, les trains de Paris déverseraient à Bayonne les prisonniers et les premiers déportés. On mesura mieux l'échelle du malheur. On se calma.

Dans le bureau de l'ancien, le nouveau maire, haute taille surmontée de cheveux grisonnants, expliqua à Germaïna les petits secrets de ce passé. Elle aurait pu le clouer sur son fauteuil en lui expliquant le sien. Pourtant, l'homme n'était ni naïf ni doux. Il lui apprit qu'il avait été le responsable des réseaux de la vallée, son chef en somme.

— Le réseau Comète, ça vous dit quelque chose ?

— C'est un joli nom.

— Katalin Aguirre, dure comme vous. Elle en a passé, des dizaines elle aussi. Vous connaissez ?

— Joli prénom.

Le maire soupira. Il n'en tirerait rien. Dommage pour elle. Eux sortaient de l'ombre, victorieux au soleil, tous les pouvoirs dans leurs mains, d'un seul coup nombreux.

— Alors, dit Germaïna, je prendrai la voiture.

— C'est-à-dire ?

— Pas de médaille, mais la voiture. La Traction. Ça, j'en ai besoin.

Il ne se risquerait pas à argumenter, évoquer les réticences... Conseil de la Ville... Comités Ceci-Cela... Avant la fin, elle serait partie. Si Germaïna ignorait jusqu'à ce jour que le nouveau maire avait été l'un des chefs de la Résistance, lui savait tout d'elle, la Sainte-Folle, la fille Etcheverry, pivot silencieux de leur bataille, même si cette pauvre famille s'effritait, sans père ni mère, sans Maîtres Vieux. Un seul couple de jeunes, un enfant, un bébé, un vieil oncle, et leur ouvrier simplet. Et elle, qu'allait-elle faire maintenant, avec sa croix de bénitier sur sa robe grise ? Avec son béret beige qu'elle portait à la place du foulard gris de son ordre ? Labourer toujours ? Traire les vaches ?

— Vous allez garder la Maison ?

— Bien sûr, s'insurgea Germaïna.

— Il reste tant à faire maintenant, ma...

Il marqua un temps puis, avec un sourire navré, il avoua :

— J'ai du mal à vous appeler « ma sœur ».

— Tant mieux. Il n'en est pas question.

— Soit. Je disais : tout à faire. On va reconstruire. Les Américains ne sont pas venus qu'avec leurs chars et leurs *boys*, mais avec leurs dollars.

— Oh, les Américains...

— Sans eux...

— Quand je vois toutes ces filles qui les embrassent, seins en avant ! Et puis, je vais vous dire : je déteste le chewing-gum.

Le maire s'esclaffa et il vit pour la première fois Germaïna rire.

— Pourquoi se sont-ils arrêtés à Hendaye ? reprit-elle, de nouveau sérieuse. Pourquoi n'ont-ils pas traversé, et balayé Franco ?

— Qui vous a mis ce fantasme en tête ? Renverser le caudillo ? Au contraire, ils l'ont payé, fourni en blé. Si beaucoup de ceux que vous avez fait passer par la montagne sont encore en vie, c'est parce que les Américains pouvaient l'exiger.

— Au prix du massacre des Basques ?

Le maire soupira :

— Ce n'est pas lié.

Germaïna se leva :

— On ne peut pas s'entendre.

Elle fit demi-tour. Arrivée près de la porte, elle entendit le maire l'appeler. Il lui tendait un trousseau de clés, souriant :

— Prenez la voiture.

Germaïna s'en saisit et le salua de la tête en sortant, sans merci.

★

De retour à la Maison, la Traction fit la joie d'Iloba, de lui seul. La liesse des villages n'atteignait pas la bâtisse isolée, masse de pierre au toit rouge que la gaieté avait rarement envahie. Seule Maritchu naguère créait des vibrations chaudes, par ses phrases en rafales et ses mots inventés, ses chansons sifflées au lavoir, sa cuisine grésillante. Depuis la mort de la mère, la Maison Etcheverry ternissait de nouveau. Jon et Goïzane en étaient les Maîtres désormais, mais sans mutation, sans le lent relais du temps comme vingt générations l'avaient vécu. L'oncle Mattin n'invoquait pas son âge, son aînesse n'en faisait pas un Maître. Frère célibataire de l'ancien, à ce titre seulement il avait pu rester. Se fût-il marié qu'il aurait dû partir, comme les autres, militaires ou curés, ou pêcheurs. Sans doute traînait-il sur le port de Bayonne afin de respirer l'odeur des bateaux, caresser sa nostalgie.

Sans en informer les autres, Germaïna disparaissait. Abrutis de fatigue pour maintenir la Maison à flot, aucun n'entendait dans la nuit le moteur de la voiture, garée plus bas dans le chemin trop étroit. Elle revenait un mois plus tard.

Ce mois, elle le passait au couvent. Un mois de « pénitence » dont elle sortait tranquille. Entre les travaux, les heures de marche, pieds nus sur le carrelage du cloître, lui chauffaient la tête. Le silence à table ou les prières murmurées en pleine nuit dans la chapelle formaient une harmonie plus douce que les berceuses de son enfance. On lui aurait parlé de bonheur qu'elle aurait nié. On lui aurait dit que Tchema lui manquait qu'elle aurait ri, ventre noué.

S'il fallait tuer le cochon, ses mains trempaient dans les viscères aussi bien que les mains des autres. A la Maison, les gifles partaient de son poing s'il fallait, et le Moelleux avait reçu plus d'un coup de pied s'il barrait le passage, ce dont ce gros poussah de chien se moquait, ses coussins de graisse amortissant le choc. Il déplaçait sa masse et se rendormait, déjà bienheureux que le petit Iloba ait cessé de lui courir après.

Le neveu grandissait, fort et vif, mais calme désormais. Son jeu préféré consistait à tourner pendant des heures autour de la voiture de Germaïna, le petit appareil photo à la main. Il ne savait pas s'en servir, mais il faisait les gestes comme avait fait Maylis, la « tante d'Amérique », l'œil collé sur le petit carré de verre à travers lequel on voyait la vraie vie. La vie qui bougeait quand on bougeait l'appareil. Sinon, en vrai, la voiture ne bougeait pas. En vrai, c'était mort.

Et comment le Moelleux pouvait-il être si gros ? Germaïna se le demandait parfois, en observant le chien massif, repu devant la cheminée. Sa gamelle, certes... ce qu'il grappillait partout... sa paresse, évidemment... Tout de même ! Par une logique inverse à celle d'Iloba, le bestiau mettait un peu de joie dans la

Maison à force de ne rien faire, alors que chacun s'épuisait, tous les jours, de l'aube à la nuit. Lui, rien.

Parfois, il partait en promenade, jusqu'au jour où le paysan voisin, le premier, celui de la Maison à droite, surgit dans la cour en glapissant :

— Ton chien vient bouffer dans l'auge chez moi !

Jon s'appuya sur sa fourche, cessant d'entasser le fumier :

— Jamais. Il ne fout rien, ce chien. Il ne va pas aller manger chez toi, il a ce qu'il faut.

— Il me bouffe tout. C'est lui, je te dis.

— Jamais.

— J'en ai marre ! La prochaine fois, je lui fous un coup de fusil.

Fou de colère, l'homme repartit, costaud dans son pantalon de velours et sa grosse blouse, le béret ramené sur le front d'un coup sec.

Le lendemain, il revint en gesticulant aussi fort que la veille. Ses gros poings s'agitaient. A peine aperçut-il Jon qu'il se remit à glapir :

— C'est lui, je te dis ! C'est ton con de chien. Il m'a encore tout bouffé.

— Ça va maintenant, laisse-moi. J'ai du travail, pas toi ?

— Où il est, ton Moelleux ? On ne le voit pas, hein ? Il a honte. Honte !

De fait, le Moelleux n'était pas visible, alors que d'habitude il ne perdait jamais la Maison de vue, ou alors pour courir une chienne, mais le voisin n'en possédait pas.

— Eh... tu ne me l'as pas tué au moins ?

— Oh ! pas la peine, bien mieux ! Où il est, ce gros con ?

Jon siffla. Au bout d'un moment, dos rond et oreilles basses, le Moelleux fit apparaître son vaste museau au coin de la grange.

— Té ! s'exclama le voisin, il est là.

— Bon, et alors ?

— Appelle-le.

Voulant en finir, Jon ordonna fort au chien de venir. Le Moelleux avança en rasant le mur, mal à l'aise.

— Et alors, tu ne vois pas ? triompha le voisin.

Jon fit non de la tête et puis soudain découvrit les pattes du chien noir : tout le bas était blanc.

— Ça alors... qu'est-ce que...

— J'vais te dire moi, ricana le voisin. Pas besoin de fusil. Hier, j'ai préparé une gamelle, une bonne grasse tu vois, de la viande, de la sauce, même du fromage dessus. Nom de Dieu, ça sentait bon... j'ai fait chauffer, pour qu'il renifle de loin. Je l'ai posée au bout de la cour, le soir. Seulement, tout autour, j'ai mis des papiers.

— Je vois.

— Non, tu ne vois pas. Ton gros bestiau non plus, il n'a rien vu.

— Alors ?

— Sur les papiers par terre, j'avais versé de la peinture blanche, toute fraîche. Tu comprends le coup ? Ton gros con de chien, tu parles, il s'est précipité sur la gamelle ! Même moi, j'en aurais mangé. Il a tout avalé, le salaud. Seulement voilà, hé hé... ses pattes trempaient dans la peinture. Tu la vois, la peinture, là, sur ses pattes ? Tu la vois maintenant, hein ! C'est lui, je te dis, c'est lui ! finit-il en pointant son poing vers le chien qui, oreilles basses, avait reniflé au ton des voix une ambiance assez contraire pour lui.

Jon ne put faire autrement que s'excuser. Le paysan s'en alla, content de son astuce. Ça lui suffisait, il avait eu raison. Le Moelleux continua de rôder là-bas, chassé à coups de bâton, sans plus. On n'empêchait jamais ni bête ni homme de manger, ici. La terre était grasse. Mais ne pas être cru, s'écorcher l'honneur, non.

20

Il ne fallait faire qu'un aller-retour, ne rien voir, prendre l'argent. Cela ne s'appelait pas l'Espagne, où Germaïna allait : c'était un coffre-fort. Il fallait le vider, sinon la Maison Etcheverry disparaissait.

Une semaine plus tôt, à table, Jon avait refermé le cahier de comptes, puis bu un verre de vin, ce qui lui arrivait de plus en plus souvent. Iloba et le petit Anaï dormaient en haut ; l'oncle Mattin avait les coudes sur la table, Nabar la tête dans les mains. Une fois les plats débarrassés, Goïzane se colla à son mari Jon. Germaïna tournait mollement sa cuillère dans son bol de café au lait.

— J'ai tout vérifié, avoua Jon. On ne peut pas y arriver. Il faut vendre.

Germaïna tapa du plat de la main sur sa cuisse :

— Jamais.

L'oncle Mattin approuva de la tête, et Goïzane serra le bras de Jon, peu rassurée. Depuis des semaines, les scènes se succédaient, les cris parfois.

— Jamais, redit Germaïna. La Maison reste. Ce n'est pas la tienne, c'est la nôtre... Ne m'en veux pas, enchaîna-t-elle en voyant les mâchoires serrées de Jon. On trouvera une solution.

— Quelle solution ? s'emporta Jon. On peut à peine vivre sur la Maison. On n'a pas d'argent pour les réparations, ni pour acheter des machines. Je suis allé dix fois à la banque. Goïzane aussi. C'est « non » pour le prêt.

— D'abord, comment on rembourserait ? grogna l'oncle Mattin.

— Mais surtout, reprit Jon, on ne veut pas nous prêter. Il doit y avoir des ordres. Mais regardez donc ! On construit des routes partout, on agrandit. Alors ils attendent. Ils veulent qu'on se ruine et récupérer la Maison pour rien. Je ne sais pas moi, ils veulent en faire une colonie de vacances, un hôtel. Ce ne sera pas la première Maison qui...

— Peut-être. Mais ce sera la dernière, coupa Germaïna.

Le silence pesa. Elle avala une cuillerée de café :

— Un hôtel, tu dis ?

— Je dis ça comme ça, soupira Jon. Oui, j'en ai entendu parler.

— On va le faire.

— Ah oui ? Avec nos gros doigts et pas d'argent ?

— L'argent, je sais où il y en a. Peut-être.

Elle n'avait rien expliqué, comme d'habitude. Après un moment d'hésitation, elle avait même renoncé à confier à Goïzane la lettre de Maylis, la lettre « au cas où »... Ce que Germaïna allait faire en Espagne, si elle le ratait, elle ne voulait aucune aide.

⋆

Elle avait passé des jours à obtenir du maire les papiers et des bons d'essence. Il en fallait des formulaires : le pont de Béhobie, hérissé de barbelés, barrait la frontière mieux qu'un mur. Mais Germaïna fut en règle à la fin, et insoupçonnable, religieuse en béret beige au volant d'une voiture lustrée, portant des vieux vêtements et des victuailles à des pauvres au sud, comme elle l'avait expliqué en laissant un panier de jambons et de saucissons devant la guérite, comme oubliant de le remettre dans le coffre après l'inspection. On l'avait laissée passer, et même fait un signe de croix lorsque la Traction avait redémarré.

Elle connaissait bien le chemin, près de la baie de San Sebastián. Ses phares n'éclairaient qu'un morceau de route et tant mieux si elle ne voyait rien de plus, elle n'y tenait pas. Tant d'années avaient passé... Etait-elle toujours en vie, Magdalena ? Etait-il toujours collée à elle, l'Espagnol répugnant qu'elle cherchait ?

Quelques réverbères fatigués n'ourlaient de jaune que des portions de la promenade déserte. On veillait tard sous Franco, mais chez soi.

Après avoir ôté son béret beige au pied de la villa qui donnait sur la Concha, Germaïna sonna.

Avant que la porte s'ouvre, elle put voir les murs défraîchis, l'escalier sale, une maison vieillie. Elle avait vécu là, et cela avait été flamboyant. Elle fit un énorme effort pour ne pas penser à ces jours heureux, réfugiée avec Maximilien et leur bébé Eder dans son ventre, au cœur de cette villa de folies où habitait Magdalena, connue lors des fêtes de la côte avant-guerre – celle d'Espagne. Magdalena folle et belle aussi, rousse et irréelle.

La porte s'ouvrit et Magdalena surgit, ridée et grise.

Germaïna lui sourit et l'autre faillit tomber à la renverse, cramponnée au loquet. Sur le moment, elle ne l'avait pas reconnue. Mais les yeux flamboyants, la peau pleine et lisse l'avaient frappée comme une gifle, et plus encore les cheveux blancs.

— Mais je rêve : tu t'es teinte ? balbutia-t-elle.

Elle lâcha le loquet et tomba dans les bras de Germaïna, qui la retint. Elle titubait, comme si elle n'avait jamais quitté son ivresse, d'après ses poches sous les yeux et sa rousseur filasse.

— Mais entre ! On va boire du vin, tu m'expliqueras tout.

Elle entraîna Germaïna à l'intérieur, remarquant la grosse croix de bois qui pendait à son cou, au bout d'un chapelet.

— Oh ! c'est joli, ça ! dit-elle en la tripotant. J'en voudrais une.

Folle Magdalena, qui l'avait tant fait rire. Mais c'était fini.

— Je ne reste pas, dit Germaïna. Ton ami est toujours là ?

— Celui-là ! Je n'en peux plus. Il me bat. Mais je n'ai plus d'argent, alors... Mes parents sont morts... en Argentine... ce qu'on m'a dit. Lui, il en a de l'argent, ah ça ! Sa banque, tu te souviens ? Il en ramène comme avant. Voilà.

Germaïna sentit un grand calme dans sa poitrine. Ainsi, les liasses qu'elle avait vues ici dans le temps, l'autre continuait à les entasser. Le coffre devait déborder.

— Peux-tu me rendre un service ?

— Mais Ger chérie...

Germaïna se crispa. Elle avait toujours eu horreur de ce diminutif. Le son ramenait un mauvais goût dans sa bouche.

— On va boire du vin d'abord, reprit Magdalena.

— Non.

— Ah ! Tu es pénible. Tu n'as pas changé. Raconte-moi.

— Après, fit semblant de céder Germaïna. Peux-tu aller dans ta chambre et y rester ? Et lui dire de descendre. Quoi qu'il se passe, tu ne sors pas, promis ?

— C'est excitant, oui, oui ! Après on boira, tu me diras tout.

Germaïna lui désigna l'escalier de la tête. Comme une enfant mal assurée sur ses jambes, Magdalena monta les marches en rotonde que Germaïna et Maximilien avaient souvent gravies, enlacés, pour s'aimer dans leur chambre au bout du couloir. Elle se retourna vers l'entrée. Elle tremblait. L'envie folle de courir, d'ouvrir la porte et de filer la traversa. Du haut de l'escalier, dans son dos, retentit une voix :

— Mais c'est la Basque, c'est bien vrai !

Elle fit demi-tour et se trouva face à l'homme qu'elle détestait le plus.

Il avait peu changé. Le visage moins sec, l'œil aussi méchant et toujours le sourire en coin. Il avait été des fêtes naguère. Il dirigeait donc encore la banque où Maximilien avait travaillé après leur départ d'ici pour les nourrir, et le petit Eder qui venait de naître. Et de là, et depuis lors, et sans cesse, le malheur avait roulé.

L'Espagnol tombait des nues. Magdalena venait de le réveiller en le secouant, le forçant à descendre, tout amusée. Il avait enfilé une robe de chambre élimée et arrangé ses cheveux du plat de la main, en vain. Il se dégradait à l'image des murs, des meubles, et de la femme ivre avec qui il logeait. Sa guerre gagnée, et Franco avait bien eu raison, l'argent détourné qu'il cachait lui revenait. Pas à elle, pas pour la villa, pas pour le personnel, chassé. Qu'elle nettoie et fasse chauffer les plats, bonne à rien !

L'Espagnol descendait les marches en se dandinant, la main courant sur la rampe. Germaïna s'approcha en même temps. De loin, il ricana :

— En bonne sœur maintenant ? Je t'ai connue plus élégante, et plus excitante. C'est vrai que les Basques adorent les curés.

Germaïna pencha la tête, faussement indulgente. Elle était tout près maintenant et lui presque en bas, la main sur le pommeau de la rampe. Il restait sur la dernière marche et elle, plus grande que lui, le dominait encore. Un bras à moitié en arrière, elle tendit l'autre comme pour lui serrer la main. L'Espagnol se redressa en reniflant, hautain. Il ne serrerait pas cette main basque. Elle s'en doutait.

Ainsi ne vit-il pas jaillir l'autre bras de Germaïna, caché dans son dos.

Il hurla, sauta en arrière comme sous une décharge électrique. Ses jambes lâchèrent et il tomba sur la marche de pierre, la main toujours accrochée au pommeau : elle venait de la lui clouer d'un croc de boucher, dissimulé au creux de sa paume.

Le premier pic de douleur passé, atroce, l'Espagnol, les yeux révulsés, s'évanouit. Très vite, Germaïna en profita pour le décrocher de la rampe, dénouer la ceinture de sa robe de chambre et lui lier les mains dans le dos. Elle avait senti le sale petit claquement sec à l'arrière de son crâne, qui lui rappelait... elle ne savait quoi.

Elle serra fort, qu'il ne puisse plus bouger. Le sang coulait de la main, tachant tout le pan de la robe de chambre. Elle essuya dessus le croc, qui servait d'habitude à suspendre un jambon à la Maison. Après avoir hésité, elle avait renoncé au revolver, toujours caché dans un tiroir. Les contrôles ne cessaient pas. Religieuse ou pas, on l'aurait arrêtée si on l'avait trouvée en possession d'une arme. Un croc dans le coffre de la Traction traînait comme un morceau de ferraille parmi d'autres objets disparates. Les douaniers n'y avaient prêté nulle attention.

Germaïna tira l'Espagnol par les pieds pour l'adosser au montant de la rampe et le gifla pour qu'il se réveille. Il ouvrit les yeux et grimaça, se sentant lié. La douleur revint. Il vit Germaïna au-dessus de lui, immense.

— Saloperie... cracha-t-il.

Germaïna haussa les épaules.

— Toujours pareil, hein ! On a bien fait... on a bien fait de tuer ton Boche ! éructa l'Espagnol.

— Je sais. Tu ne mérites même pas de mourir. Je ne veux que les chiffres, là.

Elle désignait le coffre, derrière la porte du meuble qu'elle venait d'ouvrir.

L'Espagnol se demandait pourquoi Magdalena n'arrivait pas. Elle aurait dû entendre. Bonne à rien.

Magdalena avait bien entendu. Elle attendait la suite, comme promis. Ça la réjouissait, ce nouveau jeu. Sa chère Germaïna, l'amie des fêtes d'antan, était de retour : on allait s'amuser !

Mais au bout d'un très long moment, elle eut envie de s'endormir. On n'entendait rien en bas. Quand on rigole, le silence ne fait pas partie du jeu. Elle se décida à descendre. Peut-être l'avait-on appelée ? Parfois, elle n'entendait plus. Et puis elle avait soif.

Quand elle parvint en bas des marches, le jeu avait l'air terminé. Dommage.

Elle scruta la grande pièce qui donnait sur la terrasse et, là-bas, la baie noire.

— Ger ?... lança-t-elle en tremblant.

Un grognement lui répondit. Au bout, près d'un coffre ouvert, gisait l'Espagnol, les mains liées, du sang partout.

Magdalena vit d'abord la porte du meuble béante, les papiers jetés et rien d'autre. Toute la fortune, les centaines de liasses qu'il entassait, avait disparu.

Un linge enfoncé dans la bouche, les yeux fous, il gigotait.

Elle revint sur lui.

Tout tordu, il soulevait sa poitrine par saccades. Il pleurait. Magdalena l'avisa mieux et une nausée lui arracha la gorge : il n'avait plus d'oreilles.

Elle se précipita en couinant :

— Mon Dieu, trésor... mais qu'est-ce que... je ne... tu es... mélangea-t-elle avec des gestes désordonnés. On a pris tout l'argent ? Qu'est-ce que... On devait jouer !

Elle tira plusieurs fois pour arracher la serviette enfoncée dans la bouche de l'Espagnol qui étouffait. La gorge enfin libérée, il aspira une goulée gigantesque, pendant qu'elle tapotait son front trempé. Il la regarda, incrédule – et lui cracha au visage.

*

Elle l'avait bien toréé, le salaud cloué d'un croc à la villa. Corrida.

— D'où vient cet argent ? demanda Goïzane.

— Il est à nous, se contenta de lui répondre Germaïna. Ils nous en ont assez pris, au sud.

Les paquets, si serrés qu'on aurait dit des briques, s'entassaient sous des couvertures dans le grand *kutxa*, le coffre en bois de Jon.

— Mais... ces *pesetas*, ici en France...

— Et alors ? La moitié des ouvriers que tu feras travailler viendront de là-bas et y retourneront, poches pleines. Pour le reste, tu as vu un banquier refuser ? Ça suffit. Il y a tout ce qu'il faut pour tes travaux, tes chambres, tout ! Et puisque ça ne sera plus une ferme, tu vendras les bêtes, les prés, les machines. C'est ce que tu voulais.

— Non. C'est ce que, eux, voulaient faire ici.

— On le fera nous-mêmes.

Par devoir, Germaïna passa quelque temps à régler les procédures urgentes : déposer un dossier, sonder les architectes, convaincre le maire : « C'est un héritage, on l'a trouvé sous la grange. C'est tout. » Le maire avait hoché la tête, résigné. Tout le pays bougeait en désordre. Les lois valsaient. Les règlements flottaient. Lui-même serait bientôt élu député, il n'allait pas anéantir ses efforts en s'opposant à la fille Etcheverry. Le projet se révélait important pour la vallée. D'autres, aidés par Germaïna pendant la guerre, occupaient déjà des postes, haut placés, députés, pas moins, ministres un jour.

Les travaux purent commencer. Le premier matin, en bas du chemin menant à la Maison, Germaïna vit arriver des engins monstrueux et des camions chargés d'hommes. Ils purent à peine se croiser avec la Traction. Des maçons et des charpentiers de la vallée la saluèrent au passage, ôtant leurs bérets. D'autres, venus souvent du sud, écarquillaient les yeux devant cette grande femme jeune, lumineuse et vêtue de gris religieux, portant béret beige au volant d'une voiture noire. Ils n'avaient jamais vu un tel attelage.

— La Sainte-Sorcière, précisa, sans rire, l'un des hommes.

Les Espagnols plus âgés se signèrent. Puis ils tournèrent leur foi vers la bâtisse : leur travail.

La vieille Maison Etcheverry deviendrait l'Hôtel Etcheverry.

Germaïna la quittait.

« Elle part dans son couvent, comme souvent, admit Goïzane en ne voyant plus sa jumelle. Elle reviendra. »

Cette fois, elle ne revint pas.

21

La reine d'Espagne fusilla Iloba du regard. Chez elle, ses yeux féroces eussent ordonné de vraies balles. Mais plus grand monde ne s'occupait de monarchie en France, sauf les grooms des palaces, comme Iloba.

Eux seuls saluaient avec respect les altesses exilées, comme naguère sur la Riviera on avait bichonné des ducs de Russie. Les dynasties espagnoles prenaient leurs aises avec l'or qu'elles avaient emporté en exil.

Le regard de la vieille reine transperçait Iloba. Il barrait son chemin, devant la porte à tambour de l'hôtel du Palais à Biarritz. Il ne s'effaçait pas assez tôt à son gré. Iloba garda son sérieux. Svelte et rapide, brun comme son père Jon et sa mère Goïzane, et comme l'avait été sa tante Germaïna avant que ses cheveux ne blanchissent, il aurait pu sauter sans élan par-dessus le fauteuil roulant de la douairière. Il se colla contre le montant de la rotonde et laissa passer le cortège. La grande dame, les officiers en file, les dames de compagnie, puis le ballet des malles et des domestiques s'engouffrèrent dans le palace rose et blanc qui avait abrité naguère Napoléon III et la compatriote de la reine exilée, Eugénie de Montijo. Ils s'installaient pour la saison d'hiver, douce ici.

Avec leur maisonnée, les sérénissimes occupaient un étage entier du bâtiment, massif comme un bateau géant, face à l'Atlantique. Les rouleaux se fracassaient à ses pieds. Les jours de tempête, l'eau éclatée retombait en gerbes sur la première terrasse. Aujourd'hui, l'océan se reposait sous le soleil d'hiver, après sa marée.

A midi, Iloba terminait son service. Dans une demi-heure, il ôterait son gilet rouge et son bonnet carré de groom, avalerait du pain et du fromage dans la rue montant vers le centre. Vêtu d'un pantalon à grosses côtes et d'une veste épaisse, il prendrait l'autocar longeant la côte. Durant tout l'après-midi, il porterait d'autres sacs et serait sans doute fusillé par d'autres regards.

Après les valises monogrammées des Espagnols fortunés à l'hôtel du Palais, ses épaules s'écorcheraient au service de riches Anglais sous le poids de sacs cliquetant d'instruments. Le jeune homme gagnait quelques sous dans un golf, à faire caddy. Ses mains déjà noueuses à quinze ans ne chômaient jamais. Si les clients désertaient, il lancerait un défi aux autres caddies. Ils taperaient des petits coups, au plus précis possible, avec des vieux clubs abandonnés par un touriste l'été précédent, rafistolés de fil de fer. L'un des gamins faisait le guet. Si le professeur du club les surprenait à jouer, ils étaient mis à pied pendant huit jours, une paire de gifles en prime.

Le soir, il rentrait à pied à la Maison – il l'appelait toujours ainsi –, pourboires en poche, qu'il posait sur la table devant sa mère, Goïzane. Il demandait des nouvelles de sa tante Germaïna, mais n'obtenait jamais de réponse.

Le jour de ses quinze ans, Iloba avait quitté l'école. « Presque trop doué, beaucoup trop malcommode », avait grincé l'instituteur. Quant à l'ancien champion qui dirigeait le golf, il pensait : « Des mains d'or. » Derrière ses jumelles, il observait les jeunes. Certains revenaient à la nuit tombante et plantaient des bougies sur un trou éloigné pour s'entraîner à leur lueur. Encore fallait-il ne pas être découvert ! Le vieux champion observait ce manège avec malice, repérant vite les vivaces, les adroits. Mais si on les surprenait, il ne levait pas un doigt pour pardonner. Les clients jouaient et payaient, les caddies portaient les sacs pour être payés. Une fois par an, l'ancien champion organisait un petit championnat pour ses jeunes. A qui s'étonnait que des gamins qui n'avaient pas le droit de jouer puissent déjà taper si bien, il renvoyait : « C'est dans le sang. Par la pelote, ils naissent avec un instrument au bout des mains et une balle sous les yeux. »

Un jour, il avait appelé Iloba, simple silhouette parmi d'autres qui attendaient l'arrivée des clients, en rang sur un banc. Il espérait être choisi d'emblée et effectuer ainsi deux parcours à la suite, épuisants pendant près de quinze kilomètres, croulant sous le poids du sac, mais doublant le gain d'une journée. Iloba promenait une belle carrure sur le gazon. L'ancien champion l'avait remarqué, mains d'or...

Il le héla :

— Hep, toi, là-bas !

Iloba releva la tête, coiffée comme les autres d'un béret, qu'il ôta.

— Tu t'appelles comment ?

— Iloba.

— Et puis ?

— Iloba Etcheverry.

Venu de Paris pour diriger ce club réputé dans la région, l'ancien champion ne parlait pas le basque. Il ne s'étonna pas de ce nom si répandu, ni de ce prénom qui n'en était pas un, signifiant « le neveu ». Neveu de qui ? Il n'aurait pas su le dire. Germaïna, la tante dont Iloba était le neveu, il n'en avait jamais entendu parler. On lui aurait dit à voix craintive que la Sorcière Religieuse n'apparaissait plus dans la vallée.

— Tu joues bien, toi.

— Merci.

— Mais c'est interdit.

— Je sais, dit Iloba sans se troubler.

— Tu diras à ton père de passer me voir.

— Si c'est pour me mettre à la porte, je peux y aller tout seul, rétorqua Iloba sans baisser les yeux.

Le vieux champion retint un sourire :

— Pas du tout, au contraire.

— Je lui dirai. Pas sûr qu'il vienne, monsieur.

L'homme haussa les épaules. Son club faisait vivre une partie de la contrée, les touristes millionnaires y passaient de longs séjours, les gamins y dénichaient un travail qui leur évitait l'autre, meurtrier, celui de matelot – une loterie, il fallait être né « du bon côté de la Nive » car on allait au travail à pied. Bref, qui aurait pu refuser de passer le voir ?

Jon refusa.

⋆

— Je sais ce qu'il veut, expliqua-t-il à son fils Iloba le soir. Si tu es doué, il veut te pousser vers cette carrière. Tu veux ?

— Pas trop, *aïta*.

— Moi non plus.

Voyant son fils troublé, Jon le prit par les épaules et l'entraîna dans son bureau - il avait un bureau maintenant.

— Fils, si tu continues le golf, tu finiras professeur. C'est bien, si l'on ne peut pas faire autrement. Toi, tu peux. Etre champion, pas question. Il faudrait aller en Angleterre, et je n'ai pas les moyens.

— Lui pourrait m'aider.

— T'aider ? On ne te suffit pas ici ? La famille, l'hôtel qu'on a fait, c'est pas assez bien pour toi ? répliqua Jon.

— Je ne voulais pas dire...

— Alors, ne le dis pas.

Jon laissa passer un silence. Aux murs de la pièce, l'ancienne remise transformée en bureau, s'étalaient les photos des travaux de transformation de la Maison Etcheverry en Hôtel Etcheverry, prises par Iloba qui avait reçu à Noël un gros appareil, une boîte noire dont il se servait à merveille. Le petit boîtier de Maylis et le premier cliché, Germaïna allongée sur le muret, reposaient toujours dans sa chambre, reliques adorées.

Son père, Jon, laissa glisser son regard sur les cadres, fier :

— Lui, il est venu de Paris, il repartira un jour. Il n'est pas d'ici. Je sais, poursuivit-il en passant sa main dans ses cheveux qui devenaient plus rares chaque jour, il nous envoie des clients de son golf parce qu'il n'y a pas beaucoup d'hôtels ici. Mais j'ai entendu dire qu'ils allaient en construire un à côté de leur terrain, alors...

— *Hobe*... Tant mieux.

— Quoi ?

— Ça amènera d'autres clients, dit Iloba, et ainsi de suite, d'autres encore, tu verras.

Jon observa son fils. Il n'avait peut-être pas tort. Il sortit une bouteille du bureau et un verre, qu'il remplit à ras bord et avala. Du whisky, que des clients écossais avaient offert. Depuis cette découverte, Jon en rachetait, beaucoup.

— Bon. Maintenant il faut s'occuper des nôtres, de clients. Continue au golf l'après-midi, à l'hôtel du Palais le matin. Apprends, observe. Ça sera ton tour de diriger un jour ici, conclut-il en désignant les bâtiments repeints et la façade où s'étalait en lettres droites « Hôtel Etcheverry ». Si tu sais jouer au golf en plus, ça te fera des relations.

Ils sortirent pour aider au service du dîner, dans la grande salle à manger – l'ancienne étable – où plusieurs couples, certains en nœud papillon, s'attablaient chaque soir. Les nappes, striées de bandes vert et rouge, les murs ocre, les chaises capitonnées et les buffets de bois ciré donnaient chaud aux visages. Ceux des femmes resplendissaient à la lumière des bougeoirs placés sur chaque table. Nabar s'affairait à l'arrière, à la plonge. On avait engagé un cuisinier et deux commis, deux femmes de chambre le matin. Goïzane décorait les pièces, recevait les clients, aussi fatiguée qu'heureuse. Elle prenait les allures de sa mère défunte, Maritchu. Elle parlait vite, allait et venait, la tête surmontée des crans de sa chevelure brune.

L'oncle Mattin faisait les comptes avec Jon, les paperasses, et les fournitures. L'argent extorqué par Germaïna en Espagne n'était même pas épuisé, et il avait pu acheter deux petits camions. Puisqu'on lui demandait souvent, dans les Maisons, d'assurer des chargements, il songeait à créer une société de transport. Dans l'atelier réservé au bout de l'ancienne grange, il entretenait les moteurs, aménageait l'arrière en cloisons, les planchers aussi. Tous les jours, il partait au marché, envoyait le second charger des meubles ou autres.

Après le dîner, le petit Anaï jouait parfois un air de piano dans le salon – l'ancienne pièce du bas, coupée en deux pour créer une vraie cuisine. Devant une tisane ou un *patxaran*, les clients souriaient en admirant les petits doigts du gamin de dix ans qui couraient sans accroc sur les touches. Depuis la cuisine, Mattin l'entendait, ébloui. C'est lui qui l'avait initié à la musique en lui chantant des berceuses basques, épaté par la justesse de ton de l'enfant et sa mémoire absolue : chanté une fois, l'air était répété aussitôt, exact. Il l'avait présenté à l'école de musique de Bayonne. Après des progrès prodigieux, on avait décidé qu'un vieux piano d'étude dont l'école voulait se séparer trônerait dans un coin du salon de l'hôtel Etcheverry, pour Anaï.

Ils inventaient le monde de leur Maison neuve.

22

Vieux immeubles, caniveaux sales et détritus ; accoudées aux fenêtres sous des lumignons, des femmes interpellaient les rares hommes qui rôdaient : vieux Bayonne et nuits de tristesse.

Sous les arceaux qui abritaient naguère des entrepôts d'armateurs, des cafés aux tables noires de crasse obstruaient leurs fenêtres par des panneaux en bois et éteignaient leurs lampes. Après des conciliabules mornes et des verres de vin fort, des hommes partaient, lourds. Leurs silhouettes s'estompaient dans le labyrinthe des rues minuscules, suivies par l'odeur fétide du fleuve qui séparait la ville. Les prostituées tiraient leurs rideaux. Un chien fouillait dans les poubelles et jappait sous le seau de saletés qu'on jetait depuis une fenêtre. Le quartier se fermait sur lui-même dans le noir, comme mort. C'est alors que le *gudari* recommençait à vivre.

« La guerre est finie ». Contre les Allemands, oui. Contre Franco, jamais. Tant que le caudillo faisait souffrir de l'autre côté, il n'y avait aucune paix.

Ils étaient nombreux, les réfugiés basques en France. Beaucoup s'installaient vers Toulouse ou Paris et certains, plus tôt, avaient libéré la capitale sur les chars de la 2e DB du général Leclerc. Ils persistaient dans leurs combats de l'ombre, absorbés par des réseaux souvent communistes. Quelques-uns avaient repassé la frontière. Ils tentaient de se fondre dans la « nouvelle » Espagne, plus rude et figée que l'ancienne. Ils y parvenaient s'ils gardaient le silence absolu. Tant qu'ils allaient dans leurs champs, dans les usines, en famille, ils duraient. Tête basse, humiliés, ils enrageaient. On ne pouvait pas se faire idée de toutes ces humiliations. En face, on cherchait l'offense. Pour eux, si brutaux, la douleur cuisait comme celle d'une blessure qu'on fouaille par plaisir. Franco le savait. Il attendait leur hurlement. Il les attendait au tournant.

Côté sud, le nombre des lutteurs se réduisait. La *guardia civil* les cherchait. Si elle les trouvait, on ne les récupérait plus – ou en charpie, dans un fossé. Le *gudari* vivait en France, mais il passait en Espagne, certaines nuits. Risquer sa vie ne posait pas de problème. Il avait peur comme tout le monde, à vomir. Et alors ? « *Gerla ez da bukatua*... la guerre n'est pas finie. »

Fatigants, ces survivants d'années sanglantes... Côté nord, le temps revenait de danser, gagner de l'argent, acheter des voitures et construire des hôtels. Les réfugiés restaient pauvres. Alors, leurs yeux piquaient, à retenir leurs larmes devant ce bonheur qui les tolérait face au malheur de leurs frères au sud et leurs cris suppliciés. Ici, ils vivotaient, main-d'œuvre mal payée. Le *gudari* conduisait des camions.

Lui qui avait été sur le front pendant la guerre civile en Espagne, puis associé au gouvernement basque en exil pendant la guerre mondiale, se cassait maintenant le dos derrière un volant. Il songeait à ses études à Paris, où il avait frôlé les « rouges », dégoûté, mais sans plaindre les vaincus d'alors, ces ducs russes qui conduisaient des taxis dans la capitale. A son tour désormais, sans plainte. Eux ne bataillaient plus contre Staline, lui continuait contre Franco. La nuit, il s'occupait de ses frères et il remerciait Germaïna qui lui avait obtenu cet emploi.

En ville, quittant l'école où elle enseignait aux enfants deux soirs par semaine, Germaïna croisait, au volant de sa Traction noire bien poussive maintenant, des camions à bâches marron sans savoir qu'ils appartenaient à l'oncle Mattin.

Un soir d'hiver, dans les rues mal éclairées, elle faillit emboutir l'un d'eux. L'aile racla le gros museau et Germaïna jaillit. Plantée sur ses jambes, haute dans sa robe de religieuse, les bras croisés sous sa poitrine aux seins écrasés par le tissu épais, elle attendait les excuses du chauffeur. C'était Mattin ! Il sauta du marchepied, ébaubi de la trouver là. Il ne l'avait pas revue. Depuis le premier jour des travaux de l'hôtel, Germaïna tournait le dos à la Maison.

— Je le conduis parce qu'un chauffeur est malade. Mais ils m'appartiennent, expliqua-t-il fièrement.

— Tu cherches un chauffeur ? Fais vite parce qu'à ta façon de conduire, tu n'auras bientôt plus de camion.

Mattin s'était renfrogné. Sa nièce Germaïna, on aurait dû la gifler toute petite, et bien des malheurs seraient passés à côté. Dieu ne l'avait pas guérie de son effronterie.

— Tu veux conduire à ma place ? ironisa-t-il en désignant le camion.

— Oh, je pourrais. Mais si tu cherches un chauffeur, je t'en amènerai un.

— Bien aimable.

Elle lui avait parlé du *gudari*, lui expliquant son rôle, ce qu'il faisait – et qu'il faudrait lui laisser faire... la nuit.

Ils avaient fixé rendez-vous, et Germaïna avait filé en voiture sans dire au revoir, sans demander de nouvelles.

⋆

Ainsi, depuis des mois, le *gudari* livrait des marchandises dans la campagne et rentrait le soir dans le vieux quartier, garant le camion au coin d'une place qu'il pouvait voir depuis sa petite fenêtre. Commençait un autre travail : réunions avec des clandestins, récupération d'armes et d'hommes échappés par la montagne, organisation d'un convoi vers l'Espagne, ce qui était le plus dangereux. Les réfugiés possédaient encore le savoir-faire de la Résistance, fabriquer de faux papiers ou de fausses plaques d'immatriculation, se cacher.

Le plancher d'un camion avait été aménagé en trappe étroite. Au reste, les véhicules étaient jumeaux. Souvent, les transferts réussissaient ainsi. Un camion « propre » passait par le pont international de Hendaye. Tout étant en règle, papiers tamponnés, inspection passée, il continuait vers Pampelune. Un autre, « transformé » mais d'aspect identique, attendait en Espagne. Au retour, plaques échangées, c'était le camion transportant des clandestins sous le plancher qui revenait. On connaissait les horaires des douaniers : il fallait qu'ils fussent les mêmes qu'à l'aller. Ils avaient déjà inspecté le camion et ne vérifiaient que l'état des bordereaux, monceau de paperasses, ça suffisait ! Personne ne pouvait déceler le plancher aménagé. L'illusion était parfaite. Le *gudari* conduisait grimé : moustaches et lunettes, béret sur les yeux, tout à fait ordinaire, et se gardant de parler basque. Flairant le piège quand on l'interpella une fois dans cette langue depuis la guérite, il avait crispé ses mains sur le volant, réussissant à ne pas broncher. En espagnol ou en français, il répondait. Ça ne durerait pas toujours. Qu'importe !

Germaïna ne passait jamais plus. Elle servait au gré des urgences, pour aider les plus démunis. Alors, elle sortait de son couvent, chargeait des victuailles et des vêtements dans le camion du *gudari*. Elle n'ignorait pas qu'il passait la frontière, mais ne lui en parlait jamais. Le reste du temps, elle enseignait à l'école de la ville deux fois par semaine, sorte d'institutrice religieuse. Ses vêtements de sœur ne choquaient pas ici.

A la demande du nouveau maire, elle s'occupait des petits. Elle leur disait les rivières et les oiseaux, les bêtes et les fleurs. Ils l'adoraient, sauf qu'elle jouait rarement avec eux et tirait les oreilles. Tout valait mieux que les coups de règle sur le bout de leurs doigts tendres quand ils parlaient basque devant les autres professeurs à l'école. Devant elle, si. « *Hori da edo deus...* Ça ou rien », avait exigé Germaïna du maire. Elle racontait aux enfants l'univers dans la langue qu'ils parlaient tous à la maison, et ça faisait scandale, ce qui était le moindre de ses soucis. Le maire devenait sourd, tant qu'il le pouvait encore. La France et l'Espagne renouaient des relations apaisées. Le basque y serait sacrifié ici au nom de la République indivise ; les Basques en seraient martyrisés là-bas au nom de la vengeance franquiste. Les yeux se fermaient.

23

Germaïna démarra du couvent en pleine nuit. La Traction vide s'arrêta au bas du chemin de la Maison Etcheverry, cachée désormais par une grande haie de hêtres. Où s'étendait naguère le pré des vaches, aujourd'hui s'alignaient dans une cour les voitures des clients de l'hôtel.

Mattin l'attendait, des sacs et des caisses empilés devant lui. Sans un mot, ils chargèrent la voiture jusqu'au toit et prirent la route de Bayonne.

De sa fenêtre, le *gudari* les vit arriver sur la place où il garait son camion. Il descendit vite, équipé, prêt à partir.

Ensemble, ils remplirent l'arrière. Les caisses s'empilaient, sans cadenas. En cas de contrôle, il fallait justifier le chargement correspondant aux bordereaux.

Le *gudari* monta dans le camion, béret sur les yeux. Il les salua d'un signe de tête et ferma doucement la portière. Germaïna et Mattin regagnaient déjà la Traction. Moins on s'attardait... Ils n'avaient pas échangé un mot. Chacun faisait ses gestes, sûr de lui.

Le moteur du camion renâcla. Le *gudari* s'y reprit à trois fois, pestant. L'engin avait beaucoup servi, passé des cols en hiver sur ces routes en lacets, interminables. Enfin, la mécanique démarra, comme une vieille toux.

Derrière les fenêtres, quelques-uns observaient sans doute, insomniaques. Ils s'endormiraient, indifférents. Les hommes ne manquaient pas, qui sillonnaient la nuit des routes connues d'eux seuls. On ne disait jamais un mot de cela, le matin au café.

Mattin et Germaïna sursautèrent : un cri énorme venait du camion. La portière s'ouvrit aussitôt et le *gudari* tomba de guingois, serrant les dents pour ne pas hurler à nouveau. Plié en deux, il tenait son bras collé contre son ventre.

Germaïna se précipita. Elle vit la chair bleuie de la main.

— ... levier de vitesses. Il a sauté, haleta l'homme.

Par réflexe, Germaïna jeta un coup d'œil dans la cabine du camion. Le grand levier, avec son pommeau large, se dressait tout bête, immobile. Comme souvent, il était revenu en arrière après la vitesse enclenchée, qui tenait mal. Si l'homme avait encore la main dessus, le retour du pommeau pouvait briser un poignet – l'avait sans doute brisé.

— C'est malin, grogna Mattin.

— Assieds-toi, là sur le marchepied, ordonna Germaïna.

L'homme, secouant la tête pour supporter la douleur, se posa lourdement. Germaïna saisit la liasse de papiers à moitié sortie de sa poche :

— Où devais-tu livrer les caisses ?

— Mais... les caisses on... s'en fout, souffla-t-il, exténué.

— Bien. Tu vas m'expliquer et remonter chez toi te soigner. Je vais faire le convoi.

L'homme fit non de la tête, et non encore !

— Comment ça ? dit Germaïna.

— N'y va pas, dit Mattin en s'approchant de

Germaïna, maintenant accroupie devant le *gudari* assis.

Elle lui fit signe de s'éloigner.

— N'y va pas.

Cette fois, Germaïna claqua sa main contre sa cuisse et fixa Mattin :

— Je vais y aller.

L'oncle se retint. Confit en dévotion, il ne pouvait répondre à une religieuse, même sa nièce. Les mots se bloquaient. Mais il était blême.

— Sinon, on ne fera plus jamais rien, enchaîna Germaïna. Dis-moi où tu dois livrer.

L'homme la regarda fixement. Ces yeux... jamais il ne supporterait leur brûlure, ni à Bilbao des années plus tôt quand elle lui avait imposé la création d'un groupe de combattants basques, ni depuis lors. En tant d'années, il avait appris quel bloc d'airain la constituait. Elle ne céderait pas.

— Ce n'est pas une livraison. C'est un chargement.

— Explique.

— Les caisses et les sacs, c'est un leurre, soupira-t-il résigné, à voix basse. On va les déposer comme indiqué sur les papiers. Mais on ne reviendra pas avec le camion vide : je devais récupérer deux hommes à nous, qui doivent absolument s'enfuir.

— Absolument ?

— Sinon, demain, ils seront morts.

— S'enfuir ?

— Oui.

— Alors, ce n'est pas en France ?

— Non.

— Où ?

— A Pampelune.

— Ah !

Germaïna se mordit les lèvres. Elle avait cru qu'il passerait peut-être un bout de frontière, déposerait les caisses et vite ! de retour. Elle aurait imaginé des armes, au pire. Plus simple encore, qu'il aurait avancé dans la montagne et là, d'autres hommes à pied auraient chargé le matériel sur leurs ânes, pour filer *tras los montes*, comme jadis. Mais Pampelune... Mais des hommes à ramener de ce côté...

— J'ai dit : j'y vais. Tu me dis où. Et comment.

A quoi bon répliquer qu'il risquait sa vie en sachant pourquoi, et qu'elle allait risquer la sienne sans savoir pour qui ? Elle ne changerait pas d'avis. Au matin, si les deux hommes n'arrivaient pas sains et saufs de ce côté de la frontière, la *guardia civil* les arrêterait. Les informateurs que le *gudari* entretenait de l'autre côté, si mal et en désordre, l'avaient supplié : « Cette nuit ou jamais plus. »

Il tendit les lèvres vers son oreille :

— Après Pampelune, tu t'arrêtes à un petit village, Olite. Tu livres le chargement. Pas de problème, tout est en règle. Ensuite, si on t'arrête, tu diras que tu t'es perdue, la nuit.

L'homme suait, haletant sous la douleur.

— Ne te fatigue pas. Dis seulement où ? et comment ?

— N'oublie pas... C'est en Navarre. Ce sont les seuls Basques que Franco supporte car...

— Où ? Comment ?

— Tout plein sud. Il n'y a qu'une route. Au bout d'une demi-heure, une autre route à gauche. Eteins les phares, avec la lune ça ira. C'est un désert, les *Bardeñas Reales*. Rien, du caillou à perte de vue. Pas la peine d'y mettre des policiers, personne ne peut y vivre à part quelques bergers. Justement, ils sont là.

— Dans les cailloux ?
— Presque. Au bout du chemin, il y a une bergerie. Ils attendent.
— Combien ?
— Deux.
— Sans armes.
— J'espère.
— Non, j'ai dit sans armes. Ils les laisseront.
— Tu les mets dans le camion, sous le plancher, tu...
— Je suis au courant.
— Le plus difficile commence, quand il faudra retraverser Pampelune avec ces hommes cachés.
Germaïna n'attendit même pas la fin de la phrase pour aider le *gudari* à se relever. Elle le poussa dans les bras de Mattin resté près de la voiture, les poings serrés au fond des poches, irrité jusqu'à donner des coups de pied dans les pneus.
— Soigne-le, des pansements, dit-elle à l'oncle. Tu n'as pas oublié, tu pansais les bêtes à la Maison, alors ? Prends la voiture, gare-la en bas du chemin. Quand je reviendrai, je laisserai le camion là-bas et je reprendrai la Traction. Salut.
Empêtré avec le *gudari* qui s'appuyait sur son épaule, Mattin voulut rattraper Germaïna :
— N'y va pas...
Mais son appel fut noyé par le bruit du camion. Germaïna avait déjà démarré. Mattin vit disparaître la bâche marron au coin, et la nuit se referma sur eux.

⋆

Germaïna choisit la route bordant la Bidassoa. Même encaissée et mouillée, elle menait mieux, en hiver, que celle passant par le centre et les cols. Peu à peu, elle se faisait à la lourdeur de l'engin. Crispant ses muscles pour passer les vitesses et ôtant sa main tout de suite pour que le levier ne revienne pas casser son poignet à son tour, elle commença à maîtriser le camion au bout d'une demi-heure, le temps d'atteindre la douane. Le contrôle dura peu. Leur première stupeur passée, une nonne au volant imposait le respect aux gabelous. Ici, un curé batailleur ou une religieuse guerrière avaient été choses courantes. On entretenait l'admiration.

Germaïna continua sa route jusqu'à Pampelune sans rencontrer de barrages. Comme convenu, à Olite, elle fit décharger les caisses et continua son chemin au sud.

Le *gudari* l'avait bien informée : avait surgi devant elle, très loin dans le bleu clair de la nuit, un paysage inouï, jamais vu. La terre d'aucun homme, une aridité silencieuse, hérissée de colonnes de granit comme des pieux mesurant deux cents mètres de haut et attendant la fin du monde. On aurait dit qu'un géant avait écrasé la terre. Germaïna roulait au fond d'un océan disparu depuis des millénaires. Quelques touffes d'herbes perçaient le sol, juste bonnes aux moutons. Elle en aperçut, boules laineuses et dormantes. Au bout, un amas de pierres disjointes, un toit déformé : la bergerie.

Les deux hommes sortirent au bruit du camion.

En haillons, cachés là depuis des semaines, barbus, ils saluèrent Germaïna. Leurs yeux brûlaient de fièvre en embrassant ses mains. Ils n'attendaient pas une religieuse, pour eux elle venait de Dieu. Germaïna retira ses doigts bien vite et, sans un mot, décrocha l'arrière du camion, révélant la cachette sous le plancher. Les deux hommes s'y glissèrent, à plat ventre. Ils n'avaient plus peur.

Elle si. Elle prit le chemin du retour.

Le camion allait sur la route de terre et de pierres sortant des *Bardeñas Reales*, plus vite qu'à l'aller. Germaïna, de mémoire, retrouvait les passages difficiles.

Une boule lui crispait l'estomac. Mais elle n'eut pas à s'inquiéter longtemps : le camion fut arrêté tout de suite, bien avant Pampelune.

Une herse se dressait en travers de la route. Roulant à la lueur de la lune, phares éteints, Germaïna ne l'aperçut qu'au dernier moment. Elle pila, tout juste. Bras tendus sur le volant, elle ferma les yeux un instant et souffla. Elle ne voyait rien d'autre que ces rouleaux barbelés au milieu. Personne, pas un cri. Mais elle savait, ils étaient là.

La portière fut ouverte avec violence. Avant d'avoir pu tourner la tête, elle sentit le canon d'un fusil sur sa tempe.

A l'arrière, la plaque dissimulant le fond du plancher fut décrochée sans hésiter. Les hommes cachés virent des armes pointées sur leurs fronts. Ils distinguèrent trois soldats. Un quatrième, derrière eux, gardait Germaïna, droite et triste, les mains liées dans le dos.

Les deux réfugiés commencèrent à ramper pour sortir.

— *Ez du balio*... pas la peine, ordures ! grogna un soldat en refermant d'un coup de pied la plaque, qui vint heurter le front de l'un des hommes, déjà à moitié extrait de sa cachette.

Dans le noir, ils entendirent le crissement de ferraille quand les soldats replièrent la herse, quelques ordres graves, des pas et quelques coups au-dessus de leurs têtes. Puis ils sentirent le camion démarrer, et le bruit d'un autre, qui suivait. Pour eux, la douleur commençait.

Germaïna avait été hissée à l'arrière, entravée sur le plancher. Un soldat la gardait, fusil pointé. Un autre avait pris le volant, un troisième à ses côtés. Le dernier conduisait leur camion militaire, fermant la marche. Bien réjouis. Bonne trahison, bonne prise.

24

Iloba photographiait ce qui ne bougeait pas, pour redonner la vie. Puis il rangeait son appareil à côté du petit gris offert par « la tante d'Amérique », Maylis, dont les traits s'estompaient dans sa mémoire. Mais il se souvenait d'elle comme d'une fée de l'enfance.

Le reste du temps, il travaillait.

Au golf, il ne bronchait pas. A l'hôtel, le feu le dévorait.

Durant ses heures de caddy, Iloba essayait de ne pas voir les femmes dont il portait le sac. Rarement jeunes, leurs gestes pour frapper la balle ne l'inspiraient pas, dans ces jupes marron et sous le genou volontairement informes. Leurs œillades l'attiraient, mais il avait peur de s'isoler dans les bois avec une cliente. Même en s'abritant dans une cabane supposée protéger des orages, il restait debout, mains croisées devant lui. Dans le local où se réunissaient les caddies du club, les autres racontaient sans pudeur leurs exploits avec des touristes qui s'offraient un jeune garçon derrière les bosquets. Iloba ne s'y mêlait pas, et les autres avaient scandé un jour, cruels : « Puceau !... oh-le-pu-ceau ! ». Le premier tomba à terre, assommé d'un seul poing.

Iloba avait repris son travail. Il devinait dans le golf une sorte d'assurance vers son futur. Il ne côtoyait que riches et puissants ici. Ce jeu possédait donc la magie du pouvoir – et il s'y amusait.

D'aussi riches et puissants logeaient à l'hôtel, revus l'après-midi au golf, ou soutenus au petit matin en revenant du casino, pâles et fripés. Durant ses heures de groom, la tentation était plus intense qu'au golf. Ces clientes demi-nues quand il frappait à la porte pour déposer sur leur lit un plateau d'argent, dans un fumet de thé et de marmelades... Bien sanglé dans son pantalon noir et son gilet rutilant, il devenait rouge parce que les parfums dans ces chambres sentaient les corps de femmes.

Ces peaux lisses provoquaient des picotements. Il se crispait sur les anses du plateau pour calmer ses mains. Les chevelures dénouées formaient des vagues sur les oreillers. Elles lissaient le drap sur leurs cuisses avec les gestes courbes d'un vol de sirènes, et leurs seins entrevus attendaient la caresse. Lui, il serrait les lèvres pour éviter d'y passer la langue tant son palais séchait. Elles distinguaient à peine le groom, silhouette à jamais anonyme. Certaines l'avaient pourtant reluqué, en souriant. Il n'avait jamais osé.

L'excitation l'assaillait dans le hall. Car là-haut, les femmes restaient seules parce que leurs maris partaient tôt, faire du bateau, du golf, traiter des affaires et des contrats. Elles se pomponneraient, elles déjeuneraient sous les parasols de l'océan, puis les maris les rejoindraient pour le thé, le whisky, le caviar du soir. Mais le matin, certaines s'offraient, elles aussi, un jeune garçon. A l'inverse des caddies du golf, les grooms restaient muets sur ces aventures, entre eux. Sans doute l'amour dans les bois réveillait le chasseur chez l'homme : il prenait. Sans doute dans le satin les femmes faisaient de l'homme un jouet dont elles se servaient.

Détournant son regard, Iloba posait le plateau sur le drap puis courait à la fenêtre, tirait les rideaux, inondant la chambre du soleil marin, et là-bas, le plus loin possible, il fixait l'océan jusqu'à entendre : « Merci. Ça sera tout. » Il partait, affolé et libéré jusqu'au prochain supplice, dix minutes plus tard dans la chambre suivante.

— Non, n'ouvrez pas.

La femme dans le lit était blonde et avait la peau très blanche. Depuis le début, Iloba baissait les yeux quand il la servait.

Arrivée depuis quatre jours d'Amérique, elle occupait une suite avec son mari. Ils devaient quitter l'hôtel en fin de matinée. « Clients importants... *businessman*... futur sénateur... très riches, gentils, attention... », les conseils avaient fusé à la direction.

Chaque matin, l'époux bronzé au visage carré démarrait à l'aube des journées qui duraient tard. Elle l'accompagnait parfois, l'après-midi. Iloba ne les avait jamais vus au golf.

— Ne tirez pas les rideaux, la lumière me fait mal.

Les autres jours, il avait ouvert, elle n'avait pas protesté, « la Superbe », comme l'avait baptisée le personnel quand elle traversait le hall, serrée à la taille, la poitrine tendue sous un immense col blanc relevé sur sa nuque platinée.

Elle parlait en découpant les mots, et le son rappelait à Iloba ceux de son enfance, comme un air qui trotte dans la tête, le son qu'avait jadis sa « tante d'Amérique », Maylis. C'était une Américaine, elle aussi.

Il suspendit son geste, empêchant le passage du jour entre les plis et s'inclina.

— Donnez-moi ça.

La femme désignait un flacon de parfum avec une poire au bout. Iloba se faufila entre les malles ouvertes, qu'on avait ressorties la veille pour préparer leur départ, à midi. Il le tendit à l'Américaine, mais elle ne le prit pas :

— Appuyez, doucement, vers mes mains.

Elle les tendait vers lui. Gêné, distinguant mal dans la demi-pénombre, il appuya sur la poire et un nuage bref s'échappa de l'embout. La femme frotta ses mains l'une contre l'autre et les porta vers son visage, yeux fermés. Le fort effluve se répandait jusqu'à Iloba.

Puis elle ouvrit les yeux, tendit la main vers lui et ne dit plus un mot.

Il se dandinait. Elle attendait, doigts tendus. Les yeux fixés sur cette main, le bras, l'échancrure, la peau douce, Iloba commença à respirer fort. La femme referma les yeux et entrouvrit ses lèvres. Iloba avança ses doigts en tremblant. Dès qu'il toucha la main, elle serra. Il fut électrisé. Il n'entendit même pas le flacon tomber sur la moquette.

Quand Iloba redescendit, à peine dix minutes plus tard, il lui semblait que tous savaient. Fier ! Fier d'être un homme, *hombre*... Que lui avait-elle dit quand il courait vers la porte en se rajustant ? « ... je connais ce pays, tu sais... », ou des mots ressemblants, il n'avait pas bien saisi. Il n'avait en tête que le rire gentil de la femme blonde, parce qu'il se pressait trop, la pétrissait sans reprendre son souffle, et elle l'avait caressé – très peu –, embrassé – très peu –, l'avait simplement enfoui en elle très vite, avait ronronné quand il avait jailli, avait murmuré quand il s'était effondré entre son cou et son épaule, le calot éjecté depuis longtemps : « C'était la première fois, *yes* ? », et elle avait senti son menton sur sa peau faire « oui ».

⋆

Plus tard, la limousine déposa l'époux devant la rotonde. Iloba se dissimula derrière un pilier quand l'homme traversa le hall. Puis il échangea sa place avec un collègue, prenant son service en cuisine. Il ne voulait pas la croiser quand elle partirait. C'était une fée. Il savait simplement qu'il n'aurait plus assez de toute sa vie pour posséder toutes les fées du monde.

Le mari pénétra dans l'ascenseur et rejoignit sa femme dans leur suite. Elle l'attendait, prête, splendide et lisse, les cheveux blonds et ondulés, vêtue d'un tailleur de voyage. Il embrassa ses deux mains, sentit son parfum si intense qu'il eut envie d'elle, comme toujours.

— Il faut y aller maintenant, *darling*.

Qu'elle aimait cet homme ! si carré, si rassurant. Qu'il savait l'aimer ! attentif et lent. Qu'il avait été rapide, le groom ! pressé, émouvant. Si puissant. Le soleil inondait la pièce.

Dans un ballet réglé, les porteurs entassèrent leurs malles dans un fourgon stationné à l'arrière de l'hôtel. Les époux quittèrent leur suite quelques minutes plus tard. Ouvrant la porte de la limousine pour guider sa femme, l'homme la retint un instant par le bras :

— Pas de regrets, vraiment ?

Elle lui sourit et déposa un baiser sur sa joue. Les employés en rang devant la rotonde agitèrent leurs mains émues de pourboires mirifiques.

— On peut prendre l'autre train, insista le mari. Je m'arrangerai avec Paris. Tu ne veux vraiment pas retrouver ces gens ? Leur Maison ?

Elle fit non de la tête :

— Je suis très bien. J'ai passé un excellent séjour.

— Alors, cela me suffit pour être le plus heureux des hommes, Maylis.

25

Les hurlements résonnaient dans les couloirs et rebondissaient sur les portes en fer des cellules. Germaïna ne savait pas d'où ils surgissaient, comme un vent fait vibrer des tôles sans qu'on devine d'où il souffle. Des hurlements, chaque nuit les mêmes.

Les siens, elle les poussait au petit matin, quand ils l'emmenaient à l'interrogatoire.

Au début, elle avait mis cette régularité au compte de leur discipline militaire « à l'allemande », une bonne école. Après, elle les avait compris plus pervers. L'extraire de sa paillasse chaque matin à la même heure l'affaiblissait d'avance. Le premier jour, exténuée par le transfert au *Cárcel Provincial*, la prison de Pampelune, ils l'avaient réveillée. Le lendemain, ils l'avaient trouvée yeux grands ouverts, les défiant. Le troisième jour, elle hurlait déjà en entendant claquer la serrure – et ainsi chaque matin.

Se débattant, recroquevillée dans un coin, elle vomissait sur elle quand on la traînait par les épaules, ses pieds raclant le sol du couloir. On ne lui donnait rien pour se changer ou se laver. Elle suintait d'un amas de sang, de matières, de chairs gonflées. « Au moins... répugnante, ils ne me violeront pas. »

Les coups passaient, ils ne la violaient pas. Elle ignorait que le commandant du *Cárcel* vivait en fervent fanatique, soldat de Dieu. Il n'aurait pas toléré de voir le sexe d'une femme, et religieuse, et de la pire espèce basque, pire que la pire espèce de serpent venimeux. Si de tels sacrilèges se produisaient, pas là. Si d'autres atrocités s'étaient produites, plus maintenant. Voilà le credo ! L'ordre d'Espagne était rétabli, gloire au caudillo, vive Franco ! Mais *viva la muerte*, c'était hier. *Todo por la patria*, aujourd'hui.

Pourquoi les communistes, et les Basques, et les Catalans, même les curés, maintenant des religieuses, s'obstinaient-ils à ne pas voir la lumière ? A ne pas savoir que le saint nom de Dieu signifiait le saint nom d'Espagne ? Que les clés de sa prison ouvraient les portes du Juste ? Il en souffrait pour eux. Alors, qu'ils soient brûlés ! Ou garrottés. Qu'ils alimentent les chaudières de l'Enfer qui réchauffent le Paradis. Il le récitait chaque soir à genoux, en uniforme, dans la chapelle de la prison avant d'embrasser ses deux enfants mignons sur le front, et dormir.

Certes, il fallait assurer l'ordinaire, son travail, faire manger les prisonniers en sections, hommes dans deux ailes, femmes dans une autre, remplir des registres et signer des rapports, obtenir des aveux, torturer, être un fonctionnaire. « Quelle atrocité », lâchait-il parfois, comme une prière.

Cette Basque venue du nord sans papiers personnels, les poches pleines de bordereaux estampillés pour des orphelins à Olite, pour qui agissait-elle ? Pourquoi deux hommes cachés dans son camion dont on ne retrouvait pas l'origine, les plaques étant fausses ? Où les emmenait-elle ? Vers qui ?

Eux n'avaient pas répondu. Il regrettait, le commandant, que ces deux clandestins soient morts de leurs tortures avant d'avoir dit un mot. Vraiment, la vie s'amollissait. Il en avait découpé en morceaux de plus coriaces pendant la guerre. Sans doute ces deux abrutis dénoncés n'auraient rien dit, car n'ayant rien à dire. Tels qu'on les avait récupérés sous le camion, dépenaillés, ils avaient dû se cacher dans la bergerie depuis assez longtemps pour que ceux qui les renvoyaient au nord se soient déjà évanouis. Tout de même, leur cœur était bien mou d'avoir lâché si vite. Il avait sermonné ses hommes : « *Cabrones !* Idiots. Il fallait les nourrir avant, les requinquer ! Vous avez vu leur bergerie ? Ils n'avaient rien à manger là-dedans, que de l'herbe, comme leurs moutons. Incapables ! Et toi : tu arraches trois ongles à un type qui crève de faim, alors il meurt. Toi ! Tu casses toutes les dents à un type qui n'a rien dans le ventre, et quoi ? Il crève. »

La Basque, elle, parlerait. Ce serait long. Elle avait dans les yeux une autre lueur que les éclairs apeurés des bergers, mais elle parlerait. Et elle ne mourrait pas. Après peut-être, après le procès... Ce ne serait plus son choix, à lui. Un joli rapport, bien écrit, pas trop long, avec les détails sur son réseau, leurs cachettes et leurs armes, un travail très lissé. Puis quelques soins pour qu'elle ait bonne mine, et elle partirait devant ses juges.

— Que dit-elle ?

— Rien, *jefe*.

— Ça viendra. Vous contrôlez.

— Oui, *muy bien*.

— Qu'elle ne claque pas dans vos mains ! Elle est nourrie ?

— Oui. Ce qu'il faut.

— Bien. En bonne santé ? continua le commandant, un doux sourire aux lèvres. Il pensait à ses deux enfants : « ... pleine santé ». La vision de ses anges avait traversé son esprit à l'instant, sans autre motif que l'association d'idées, peut-être celle d'« Ange » et de « Religieuse ».

Le voyant sourire, l'un des hommes hocha la tête, heureux que l'algarade ait pris fin. Retour aux soldats, *Madre de Dios !*

— Oui, répondit-il. *Señor*, elle a des seins magnifiques.

Il vit le commandant, proche de son bureau où il jetait un œil sur la photo de sa petite famille, se tourner d'un bloc. La cravache arriva en sifflant sur sa joue qui s'ouvrit d'un trait rouge, boursouflé de sang. Il se força à ne pas y porter la main, serrant la mâchoire à s'en casser les dents. Les autres se mirent au garde-à-vous.

Le commandant ordonna qu'on recommence ce matin à frapper la Basque sur les pieds, avec une badine cinglante, qu'on tape, qu'on retape sur les plaies qui éclateraient, qu'on tape sans poser de questions, jusqu'à ce qu'elle s'évanouisse : « Il faut la briser. Et pas que les os. »

*

Il demanda à Mattin de « faire le marché » pour l'hôtel Etcheverry pendant quelques jours, fatigué des gros transports d'une ville à l'autre :

— Livrer des légumes et la viande, ça me changera. Lever tôt... mais je ne dors pas en ce moment.

— Moi pareil, admit Mattin.

Ils savaient de qui ils ne parlaient pas.

Il ne dormait plus, le *gudari*. Qu'y pouvait-il ? Se sentir coupable de s'être blessé au moment de partir en Espagne ? Germaïna l'avait remplacé, il n'avait pu s'y opposer, ni Mattin. Depuis, plus rien. Le transfert s'était donc mal déroulé.

Aucun signe. Ici, et maintenant, pas de nouvelles indiquait une très, très mauvaise nouvelle.

Or, depuis la veille il savait, le *gudari*. Il en savait un peu, il en savait assez. Par réflexe de réfugié, il n'en avait rien dit à Mattin. Un secret partagé n'en est plus un. Chez les cachés, le rat qu'il se sentait devenir, la seule certitude est de n'être sûr de rien, sauf d'accomplir soi-même la besogne.

— Faire le marché, deux, trois jours, c'est possible ?

Mattin accepta sans plaisir. Mais lui-même respirait mal.

Le *gudari* perçut l'hésitation chez son employeur. Le vieil oncle, devenu peu à peu entrepreneur, ne se livrait toujours pas. Jamais un mot ou presque, un crachat dès qu'il entendait « communiste » – le village en riait, pas lui. On disait que seul le déridait le dernier de la famille Etcheverry, cet Anaï, fils de Jon et Goïzane, que beaucoup n'avaient découvert qu'après la guerre. Le vieux Mattin fondait.

On le croisait parfois au bord de la rivière, tenant le gamin par la main. Ils s'installaient sur la butte et il pêchait pour lui, le dimanche. C'était après la messe, durant laquelle il expliquait au petit que « les juifs ont tué le Seigneur, et il faut bien prier pour le venger ». Anaï hochait la tête sous ses cheveux noirs et bouclés, et son teint un peu jaune qui ressemblait peu aux peaux très blanches de ses parents. Il semblait plus frêle que ses copains de l'école. « Il est né de la guerre, il n'a pas eu à manger comme il fallait, il va se faire, allez quoi », expliquait Mattin. Les gamins des autres fermes avaient le même âge, et déjà bien rebondis, les muscles épais, mais on ne pipait mot car le petit enchantait les chorales à l'église d'une voix si juste et tendre que les femmes pleuraient. Et à l'hôtel de la famille, les clients qui l'avaient entendu racontaient en ville qu'il était un vrai acrobate au piano. Certains vieux en traduisaient qu'il effectuait des sauts périlleux sur le couvercle...

— Viens donc, fils.

Fils ? Simple mécanique des âges. Puisqu'il n'était pas encore père – à dix ans, pardi ! – et tant qu'il ne serait pas père, il serait « fils », comme tous les gamins, même d'une autre famille. Lui-même, Mattin, avait été appelé « le petit » par Maritchu, la mère, malgré son quintal de chair, simplement parce qu'il était le cadet de Mikel, son mari.

— Viens donc, fils. On va chanter.

Ixil Ixilil dago Kaïabarrenean
Untzi xuri polit bat uraren gaïnean
Amarré au port en silence, un petit bateau flotte dans l'eau...
Le pêcheur se lève, attristé, pour partir loin.

Le gosse modulait, avec une voix de verre, et l'oncle sentait presque vibrer l'arête de son nez, sèche et traçante comme une lame.

Après, quand il fallait faire tourner les camions, Mattin reprenait sa peau morose.

⋆

Au premier matin de ses « jours de marché », le *gudari* gara le camion à l'entrée de la Maison Etcheverry, le plateau tourné vers la porte des cuisines de l'hôtel. Il voulait respirer d'abord cette Maison, ses gens. Il ne savait pas s'il pouvait leur dire une terrible nouvelle.

Goïzane apparut. Il huma cette femme.

Elle ne le connaissait pas et le regarda à peine, lui si. Il la savait jumelle de Germaïna.

Tout en déchargeant les cageots, il scrutait son visage et ses gestes. Elle portait la tête haute mais légère. Même en nonne, à cheveux blancs, Germaïna semblait plus femme que sa sœur, épouse et mère. Tout se décalait ici. Il revint le lendemain, pas certain qu'il parlerait.

Il se décida le dernier jour :

— Vous manquez un peu de bras, ça doit être dur.

— Ça va. Tu cherches une place ?

— Non.

— Tant mieux, on n'en a pas.

— Avant, il y avait du monde, hein ? On m'a dit... une sœur, le père, la mère...

— Et le Saint-Esprit ? coupa Goïzane d'un ton sarcastique. Ne perds pas de temps. Les cuisines attendent.

Ils avaient presque fini de vider l'arrière du camion.

Le *gudari* reprit, en chargeant un sac sur son épaule :

— Je ne suis pas d'ici mais...

— Ah ça ! avec ton accent...

— ... mais ta sœur, je la connais.

Empilant des boîtes dans la réserve, sans se retourner, Goïzane marqua un temps.

— ... et j'ai vu le bout de sa voiture, cachée là-bas, dans la remise, précisa le *gudari*. C'est pour ça que je t'en parle.

Goïzane continuait de ne pas le regarder, feignant l'indifférence :

— Tu m'en parles juste comme ça ? Tu me prends pour une idiote ?

— Oh ! sûrement pas, murmura le *gudari* d'un ton humble.

Une fois le camion vidé, il fallait partir, et il ne s'y était pas bien pris. Cette famille décidément, des rocs, même la jumelle. On la disait douce et gentille. Il n'avait pas eu cette impression.

Il revint vers l'avant du camion, ouvrit la portière, prêt à se hisser sur le marchepied, ralentissant ses gestes. Il fallait parler, mais c'est Goïzane qui l'interpella en s'approchant :

— De quoi tu te mêles, toi ? Germaïna est dans son couvent, comme toujours. La voiture, c'est l'oncle Mattin qui l'a rangée là, qu'elle ne s'abîme pas avant qu'elle revienne. C'est tout. Il n'y a pas de quoi cancaner en ville comme vous faites tous.

Elle lui tendait la main, pas pour la serrer mais pour y glisser deux pièces de pourboire. Le *gudari* retint ses doigts dans les siens et se mit à lui parler en basque, très vite, par réflexe, au cas où un « étranger » aurait pu entendre :

— *Germaïna ez da serorategian...* Germaïna n'est pas au couvent, elle est au sud. En prison. Tu as compris : elle ne reviendra pas.

Le *gudari* eut vraiment la sensation que la main de Goïzane dans la sienne refroidissait. En tout cas, son visage venait de blêmir. Oui, elle avait compris : tomber entre les griffes des franquistes, c'était être aspiré dans un trou sans fond, disparaître. On racontait des horreurs de ce côté. Oui, elle savait, Goïzane ; mais elle n'avait pas « compris ». Seuls les réfugiés retournaient au sud, en se cachant. Pourquoi sa jumelle y était-elle ? Pourquoi en prison ? Elle ne le demanda pas, sachant que l'homme ne dirait rien. Elle serra simplement sa main, sans doute pour ne pas tomber. Son sang ne passait plus. « Elle ne reviendra pas... » avait-il dit.

— ... sauf si on va la chercher, poursuivit-il.

26

Elle avait les os brisés, c'est tout. On lui avait lacéré le cerveau bien avant, mais ils ne le savaient pas, ses geôliers. Ils ignoraient, ses bourreaux, que son âme avait déjà été striée d'autre façon et plus saignante que ses pieds et ses seins après des centaines de coups de badine.

Qu'ils brisent jusqu'à l'infiniment petit à l'intérieur de son corps, ils n'atteindraient jamais le centre de sa douleur. Celle-ci ne cessait jamais.

Si la souffrance des chairs frôlait l'atroce, Germaïna remarquait qu'elle stoppait un instant. Pendant qu'ils frappaient, elle ne sentait parfois plus rien ; puis un cri long repassait dans son corps pendant qu'ils ne frappaient plus. Les coups revenaient, à faire vomir, à tétaniser chaque fibre (« Dieu ! pourquoi ne m'abandonnes-Tu pas ? »), à tout distendre ensuite par réflexe, y compris les sphincters. Telle était la torture, bestiale. On supportait, ou pas. Cela tenait à des détails, l'heure, la lumière, un mot de trop... Durant sa vie, elle n'avait jamais connu le mal physique, oh ! bien sûr, des douleurs infinies à l'échelle de l'enfance, des rages de dents de fin du monde, des apocalypses de piqûres d'insectes. Aujourd'hui, elle découvrait la barbarie, et comment s'y glisser : en l'acceptant en amie. L'illumination divine de Tchema arrivait. Les douleurs semblaient inhumaines, parce qu'elles menaient à Dieu, surhumain. Que ce ne soit pas simple, mais ainsi soit-il.

Germaïna supportait, réduite à l'état de bête. Une certitude la rassurait : le provisoire de la torture. Elle avait ses hauts, ses bas, sa fin. Or, que pesait un fouet face à son bébé poignardé, crucifié à Guernica ? Ce supplice persistait sans fin, lui. Celui d'une mère au bébé massacré, moins qu'une bête. Ils ne le savaient pas !

Ô misère des bourreaux...

Vos tenailles désespérées ne tenaillent que du sang.

Sanglante, Germaïna gisait sur sa paillasse. Tout était silence dans la prison, que des cliquetis de chaînes et de serrures, et ses propres gémissements sortant d'elle, litanie parfois hissée au hurlement si elle tentait de bouger son corps cassé, et hurlements issus d'autres cellules, donc le silence, celui qui n'est peuplé que de bruits d'habitudes.

Ils ne venaient pas la chercher à la nuit. Elle fut alors étonnée d'entendre, dans sa semi-inconscience, s'ouvrir la porte du cachot. Elle souleva une paupière tuméfiée, et tout devint verdâtre, sous la lumière de l'ampoule nue à son fil, qu'on n'éteignait jamais.

Un homme en blouse blanche, dont le col d'uniforme dépassait, se pencha vers elle et appliqua un objet froid sur son cou. Elle trembla. C'était plus terrifiant que leurs matraques. Elle tourna un œil sans bouger la tête et vit deux petits tuyaux de caoutchouc, fichés dans les oreilles de l'homme et se rejoindre jusqu'au rond qu'il appliquait sur sa peau, sans appuyer. L'homme consultait sa montre et en même temps, il comptait. On l'auscultait, comme l'avait fait cent fois le docteur à la Maison, de rougeole en grippes. Elle sentit battre ses veines, terrorisée. L'homme hocha la tête, une moue sur les lèvres bientôt dégoûtées quand il souleva de deux doigts réticents le bord de la chemise grisâtre et maculée de Germaïna, et vit des plaies dessous. Il se redressa, alla vers les pieds nus, marron de sang séché.

Il se redressa et murmura quelques mots aux gardiens à la porte :

— *Rapido... matarse...* L'hôpital... peut crever.

Puis il les planta là, comme après une corvée, pressé de finir la suivante.

Germaïna rabaissa sa paupière en se forçant à ne pas crier. Devant ses yeux clos dansaient des images, toujours verdâtres.

Pourquoi personne ne la délivrait-elle ? A quoi servait la lettre que l'Américaine, Maylis, avait laissée pendant la guerre « au cas où... si tu as besoin, fais appel à moi » ? Mais Germaïna n'en avait parlé à personne, ne l'avait jamais montrée, têtue. Elle ne savait même plus où elle était.

Plus tard – elle ne comptait pas depuis combien de jours elle souffrait ici –, elle entendit un nouveau brouhaha métallique et sentit qu'on la soulevait. Elle ne hurlerait pas ! Elle gémit, fort. On la déplaçait à travers des couloirs puants, jusqu'à un air frais, l'air de la nuit. Sous une paupière morne, elle vit le même vert sale sous les lampadaires. Sur le dos, elle entrevit de hauts murs, des miradors flous dans la brume, une cour de prison, la nuit.

On la hissa à l'arrière d'une camionnette, pieds devant, tête vers l'arrière. Au passage, elle avait reconnu une croix rouge sur la portière.

Le gardien qui finissait de glisser le brancard sur le plancher de l'ambulance l'entendit murmurer :

— *Lo siento*... je regrette...

Il ne comprenait pas. Les prisonniers haletants disaient n'importe quoi après des jours d'interrogatoire. Que pouvait-elle regretter, cette femme dont la poitrine tendait le tissu de la blouse pleine de taches, la grande Basque aux cheveux blancs ? – bon sang ! elle occupait le brancard d'un bout à l'autre.

Il fit un signe de croix et posa le bout de son pouce à la racine des cheveux, se penchant vers son oreille, vite, sans être vu des autres :

— *Suerte*... bonne chance.

Il referma la portière sans la claquer.

Avec les cahots de la route, les douleurs revinrent, plus molles. Son corps s'affaissait. Elle pleura sans le savoir, tombant dans un bref évanouissement. Le gardien assis sur une banquette rabattue le long de la cloison intérieure aperçut les larmes, indifférent. Le trajet ne durait que vingt minutes chaque fois qu'on transportait une suppliciée à l'hôpital de la *guardia civil*, mieux équipé que l'infirmerie du *Cárcel Provincial*. Trajet de routine. On n'emportait là-bas que ceux qu'il fallait rétablir, soit pour de nouveaux interrogatoires s'ils n'avaient encore rien avoué, soit qu'ils aient tout dit et qu'on préparât leur procès en les mettant d'aplomb d'abord. Leurs chefs conseillaient d'être attentifs à ces prisonniers, tous dangereux. Dangereuse, cette loque ?

On s'arrêta, une fois. Un bruit en haut, comme si une branche avait raclé le toit, l'alerta. Le gardien tourna la tête vers la vitre qui communiquait avec l'avant. Le visage de son collègue assis près du chauffeur s'encadra, souriant. Il levait le pouce. Tout allait bien.

Le gardien souffla de fatigue en disposant sa mitraillette en biais sur ses cuisses et leva les yeux, exaspéré.

Et ce qu'il vit au plafond de l'ambulance le terrifia.

*

Dans la cabine, le gardien avait posé sa main sur sa mitraillette, un bon sourire aux lèvres. Il se tourna vers le chauffeur, qui levait les sourcils et attendait des ordres, la suite au moins de celui qu'il avait reçu quelques secondes plus tôt dès que la rambarde d'un pont avait surgi dans le faisceau de ses phares :

— Arrête, là.

A côté de lui, le gardien avait fait signe à l'arrière en levant le pouce. Et il souriait toujours. Mais le sourire disparut lentement, remplacé par un canon, le canon de sa mitraillette qu'il levait, sans hâte, vers le visage du chauffeur.

Celui-ci ne pouvait détacher ses yeux de l'arme de son collègue. Au prix d'un gros effort, il remonta jusqu'au visage de l'autre. Son regard le renseigna : fini. Il secoua la tête, malheureux. Catastrophe... Pourquoi lui ? Soudain, il était seul au monde, en pleine nuit dans les faubourgs de Pampelune sous couvre-feu. Lui aussi avait entendu un raclement comme si une branche heurtait le toit de l'ambulance. Catastrophe... Vivant encore, mais déjà condamné, il le savait.

*

Deux jours jusqu'au pont ! D'abord, le *gudari* avait sillonné la montagne avec un homme, un sec et souple, et un autre, massif. Tous avaient fait halte à l'abbaye de Roncevaux, souvent fréquentée par de faux pèlerins, des hommes à lui. Sur place, il avait endossé des habits de marcheur, comme ceux qui allaient à Saint-Jacques-de-Compostelle. Un fusil avait été démonté et disséminé dans plusieurs poches. L'astuce n'aurait pas trompé la police longtemps, mais fait gagner deux minutes, le temps d'une vie.

Ensuite, par les sentiers, le bâton à la main, la Bible et de vieux lainages entassés dans un sac à dos, il avait suivi la descente par la vallée d'Erro jusqu'au village d'Agoreta. En autocar, il arriva à Pampelune le soir suivant.

Dans la bodega qu'il connaissait au coin d'une rue d'où partait un pont bas, il avait mangé d'un appétit solide. A l'heure dite, il poussa un soupir quand il vit des phares dans la nuit. Tous les réverbères étaient éteints à cette heure. Mais ses yeux accoutumés voyaient clair. Le fusil, reconstitué plus tôt à l'abri d'un pilier, pendait en travers de sa poitrine.

Il sauta sur le toit de l'ambulance qui passait.

*

Au plafond de l'ambulance, le chef de l'Etat, le caudillo, généralissime Francisco Franco, fixait le garde avec trois yeux.

Deux bien sombres clignaient au fond d'un visage totalement figé, et un troisième tout rond et tout noir au bout d'un canon.

Ça lui décrocha la mâchoire, au garde. La balle sortie du troisième œil s'engouffra dans sa bouche. Sa tête partit en arrière et explosa contre la cloison de l'ambulance, au moment où celle-ci stoppait net. Le brancard de Germaïna buta contre l'avant et ses pieds brisés, juste au bout, heurtèrent la tôle. Elle hurla en reprenant conscience.

Là-haut, sous le vasistas du toit, le visage du général Franco tangua, puis disparut.

Quelques secondes plus tard, la portière arrière s'ouvrit et le caudillo Franco vérifia que rien n'avait bougé à l'intérieur, le garde mort et Germaïna sur son brancard. Rassuré, le *gudari* souleva alors le masque de carnaval fixé sur son visage, très ressemblant, sur lequel il aurait voulu cracher, sous lequel il transpirait.

Essuyant son menton de la main, il grimpa dans l'ambulance. Se penchant sur Germaïna, il s'assura qu'elle respirait, avec un haut-le-cœur devant la blouse sale et les traces de coups.

Il posa son doigt sur le front de la jeune femme. La peau brûlait. Il suivit l'arête du nez, les lèvres, jusqu'au menton, dessinant son profil. Silence d'amour bref.

Vite, il se détourna. Tirant le corps du garde à l'extérieur, jusqu'à le faire tomber sur la route, il le poussa à coups de pied dans le fossé. A chaque tour, la tête éclatée laissait une empreinte de sang, mais la nuit les cachait.

Le *gudari* alla à l'avant, fusil vers le sol. Il rabaissa son masque sur son visage. Dans la pénombre, le chauffeur vit à son tour son général Franco qui le fixait à travers la vitre. Mais lui avait déjà les mains en l'air sous la menace de la mitraillette de l'autre gardien. « Franco » fit signe au chauffeur de descendre. Il lui ôta son revolver fixé à sa hanche et l'enfouit dans sa poche.

L'autre gardien fit le tour du véhicule et se posta à côté du *gudari*. Il leva sa mitraillette. Le chauffeur, discernant le corps de son collègue dans le fossé, tomba à genoux. Dans le mouvement, son képi noir brillant de cuir bouilli aplati à l'arrière roula en zigzag vers le fossé. L'homme avait perdu ses cheveux, un peu épais, imbécile agenouillé qui ne faisait plus peur sans sa coiffe redoutée :

— *Por favor*..., bredouilla-t-il.

Ses dents claquaient et il ne reconnaissait pas vraiment Franco. Il sombrait. Et puis il ne voyait que le canon dirigé vers son front, mais qui s'abaissa, enfin, détourné par la main du *gudari*.

Le gardien tourna la tête, sourcils en l'air. Pourquoi épargner un témoin ? Mais il obéit au *gudari*.

Celui-ci avait déjà filé vers l'arrière. Il saisit des sangles sur des crochets contre la cloison. Elles servaient à maintenir les brancards en cas de transfert toutes sirènes hurlantes sous escorte. Ce n'était pas prévu ce soir. Il en avait été prévenu par l'autre gardien, l'un des rares hommes « à eux » dans le nid franquiste.

Revenu à l'avant, il fit baisser les bras au chauffeur qui avait déjà la tête en avant, les yeux vers la terre. Il lia ses bras dans son dos et le fit basculer sur le côté pour attacher les jambes, très serré. Puis il prit le foulard militaire de l'homme et lui enfonça dans la bouche, comprimant ensuite celle-ci avec la ceinture. Il le fit rouler dans le fossé, presque sur le corps de son collègue mort, et l'autre, le nez dans du sang, se mit à gigoter. On le laissa là.

Sans s'attarder, ils remontèrent dans l'ambulance et démarrèrent. Le *gudari* repoussa à nouveau son masque en haut du front et s'essuya encore le visage.

Aucun mot n'avait été échangé. Aucun son de voix ne resterait dans les souvenirs du chauffeur quand on le découvrirait dans le fossé.

Maintenant, ils pouvaient parler, mais peu :

— Il reste une demi-heure.

*

Que se dire d'autre ? Les bavards se battent mal. Le *gudari* se souvenait d'une phrase entendue en France quand il allait à l'université : « Les révolutions dont on parle avant sont celles qu'on n'accomplit pas ensuite. »

L'astuce du masque de carnaval, de Franco ou d'un autre, avait déjà servi. L'adjoint d'un potentat détesté par la population avait échappé un jour au lynchage en filant dans une voiture, affublé du masque d'un ministre. Derrière les reflets des vitres, l'illusion avait duré, figeant quelques secondes le groupe qui le pourchassait, suffisantes pour lui sauver la vie. On trouvait ces masques en France, que les Basques adoraient car ils s'accordaient à leur goût de la mascarade et des carnavals. Celui-ci, sans doute de fabrication américaine, s'adaptait bien, souple et fidèle.

Quoi d'autre qu'ils savaient déjà ? Que le gardien s'était fondu dans sa ville natale après la guerre civile, se tenant coi ? Qu'il avait sur ordre passé le petit concours de gardien de prison un an plus tôt ? Qu'il gardait des contacts brefs avec certains rescapés du commando d'antan, mais n'avait jamais été soupçonné ?

La Navarre avait soutenu Franco, mais sa police n'ignorait pas que certains le servaient dans la haine.

Comment les découvrir, tous ? Lui avait été surveillé. Or, il vivait sans histoires, rentrant chez lui après le service sans s'attarder dans un bar, et retrouvant sa jeune épouse, pas encore d'enfants.

En place, il attendait le signal.

Cinq jours plus tôt, le signal était arrivé dans un journal qu'un gamin avait glissé dans la boîte aux lettres. La police ouvrait le courrier. Elle pouvait fracasser la boîte aux lettres et vérifier le contenu. Qu'aurait-elle vu ? Que l'article sur la tauromachie à l'avant-dernière page avait des lettres marquées au crayon, à peine. Ils n'étaient pas si pointilleux.

Mais le soir, chez lui, le gardien nota dans l'ordre de sa lecture les lettres marquées. Il reconstitua le message qu'on lui avait envoyé. Sans éveiller les soupçons, il se renseigna à la prison et apprit le jour où l'on transporterait à l'hôpital la Basque désignée. Il s'inscrivit pour le transfert, mission la moins recherchée car nocturne. Il se portait volontaire – les ordres ! Les deux autres, le chauffeur et le gardien à l'arrière, il ne les connut qu'en prenant son service. Des Espagnols, qui buvaient de la bière, parlaient gras et se conduisaient mal. Le chauffeur n'avait même pas fait le signe de croix avant de démarrer.

Le trajet vers l'hôpital ne variait pas. La dictature s'endort vite sur ses certitudes. Le message signalait le pont très bas sous lequel passaient les ambulances : il faudrait stopper là. On se chargeait du reste.

Le gardien envoya son épouse à Hendaye, renseignements appris par cœur. Des cousins vivaient de l'autre côté et elle passait souvent, subissant de longs contrôles à la frontière. Le soir, elle rentrait, fouillée de nouveau, bien sage, papiers en règle, épouse d'un militaire... Au pont frontière, elle portait son sac sur l'épaule, rien de plus quand on vient saluer la famille. Parfois, au retour, elle rapportait une housse de jambon avec une bouteille de vin. Du côté nord, ils regorgeaient. Les douaniers laissaient passer, à condition que la bouteille restât dans leur poche.

Cette fois, elle ne reviendrait plus. Ni lui.

Et ils partaient sans rien. Si le trajet s'achevait comme prévu, ils seraient en France demain, sans rien. L'exil était une fuite, pas une croisière. Mais le paradis les attendait en comparaison de leur sort côté sud après la disparition de la Basque.

*

Moins d'une demi-heure. Au-delà, l'hôpital donnerait l'alerte. Par bonheur, les communications restaient paresseuses, les téléphones rares, et la nuit complice. Quant aux contrôles, il était probable qu'on dégage les barrières à l'arrivée d'une ambulance militaire plutôt qu'on les tracasse. Ils seraient loin avant que l'alerte ne passe de l'hôpital à la prison, de la prison au centre de police, de celui-ci aux commissariats, puis que des patrouilles retrouvent l'ambulance cachée dans un bois, vide. Du temps encore avant d'entendre les gémissements du chauffeur recroquevillé sur le corps de son collègue mort. Du temps toujours, pour comprendre que le pauvre homme ne disait rien parce qu'il n'avait rien à dire : ses agresseurs n'avaient pas prononcé un mot et l'un était Franco ! On le mettrait au cachot.

Peut-être dans quelques jours irait-il à son tour dans une ambulance, brisé. Le *gudari* le savait. En l'épargnant, il le condamnait à la souffrance. Mais en l'abattant, alors qu'il n'était plus dangereux, contrairement à son collègue à l'arrière qui aurait tué Germaïna si le *gudari* n'avait pas tiré d'emblée, il serait un assassin. La jolie guerre.

Ils filèrent vers la montagne. En remontant par l'intérieur, ils passèrent un barrage, mais on ne les arrêta pas. Un camion au contrôle occupait la brigade. On fit signe à l'ambulance militaire de continuer. Seul un jeune garde resta bouche bée en se demandant pourquoi il avait vu Franco au volant.

Quelques kilomètres plus loin, le *gudari* s'engagea dans un chemin, au pas, phares éteints. Autant l'ambulance dans les rues faisait illusion, autant la même dans la montagne ne pourrait tromper une patrouille. Tendu, il évita plusieurs fois le ravin, pas certain d'être sur le bon trajet. De son côté, le gardien avait baissé la vitre. Tête dehors, il tentait de distinguer le fossé, les virages d'un chemin rétrécissant de plus en plus. Le *gudari* pensa s'être perdu. Dans ce cas, ils mourraient tous.

Il avait l'impression que ses yeux s'arrachaient de leurs orbites tant il les écarquillait pour distinguer le tracé. Dix fois, il eut la main sur la manette qui rallumerait les phares, ne serait-ce qu'une seconde. Dix fois, il résista. A bout de forces, il stoppa et posa le front sur le volant.

Le rond appuyait sur le masque, dont le *gudari* avait presque oublié la présence, si concentré sur sa conduite. Il l'arracha et le froissa entre ses mains, voulut le déchirer. Mais le visage haï reprenait sa forme aussitôt, caoutchouc flexible dont il ne se débarrasserait donc jamais ?

Il se renversa sur son siège, tête en arrière, et respira un grand coup. Avant de repartir, il descendit et, à tâtons, coinça le bord du masque sous un pneu de l'ambulance. Puis il remonta et enclencha la vitesse. La roue avança, écrasant lentement le visage de Franco, parvenant enfin à le réduire en loques. En cas de capture, le *gudari* aurait au moins eu cette joie dérisoire. Une vague fraîche le traversa. Etait-ce la nuit qui avançait ? Peut-être la montagne qu'ils gravissaient, où l'air piquait.

Au bout de cinquante mètres, il stoppa à nouveau. Le gardien à côté soupira comme pour dire : « Quoi encore ? » Le *gudari* se tourna vers lui :

— Va à l'arrière. Tiens-la.

A regret, l'autre descendit et s'installa sur la banquette, le long de Germaïna. Il se pencha. Elle respirait. Il frappa sur la vitre de séparation et leva le pouce comme tout à l'heure, de l'autre côté. Ça lui paraissait loin, lent. Chaque geste durait une heure.

L'ambulance redémarra et le gardien s'accrocha au brancard pour éviter qu'il ne bouge. Dans les rues, les cahots ne faisaient pas sursauter. Sur le chemin défoncé de la montagne, le lit pouvait glisser et la fille tomber. Le *gudari* avait raison, mais il n'allait pas vite, pire qu'en plein brouillard ! « A pied, on nous dépasserait », songea le gardien. A pied, il faudrait continuer tout à l'heure.

Même tout de suite : le gardien entendit des raclements de branches sur la tôle, du bruit de bois cassé, et aussitôt le moteur s'éteignit. Il s'agenouilla vite, fusil pointé sur la porte arrière.

Celle-ci s'ouvrit :

— *Hemen da*... C'est là.

Il s'en était fallu de peu. Une seconde plus tard, il tirait.

Le *gudari* lui faisait signe de descendre. Rassuré, il entendit des pas autour de l'ambulance et découvrit deux hommes dont il distinguait mal le visage dans la nuit. Ils se saluèrent de la tête.

*

Les deux hommes portaient des bérets et des vêtements sombres. L'un bougeait peu sa masse imposante. L'autre semblait sec. Il monta à l'arrière.

Il décrocha le brancard de ses rails et le poussa. Le très fort l'empoigna d'une main pour le poser à terre. Le plus sec déroula une couverture nouée en boudin autour de sa taille. Il en couvrit le corps de Germaïna. L'autre, penché en avant, mains sur les genoux, essayait de voir dans le noir. Ses yeux s'habituant, il aperçut les cheveux blancs, il distingua le visage. Le gardien tout proche l'entendit pousser une plainte, tomber à genoux, commencer une prière, mains jointes.

— Allez ! allez... on n'a pas le temps.

Mais l'autre marmonna jusqu'au dernier mot, sans bouger d'un centimètre. Comment le déplacer... cette masse ? Le gardien interrogea du regard l'autre inconnu, qui lui tapa sur l'épaule pour le rassurer.

Puis ils se mirent en marche sur le chemin escarpé. L'homme sec allait en tête d'un pas sûr, habitué à la montagne noire. Derrière lui, bras tendus dans son dos, le *gudari* avait empoigné les montants du brancard. A l'autre bout, le massif avait posé les poignées sur ses épaules, plaçant ainsi le lit à l'horizontale pour annuler la pente du chemin. Le gardien fermait la marche dans son uniforme de garde civil, mitraillette au bout du bras. Il avait eu envie de jeter aux orties son chapeau noir de cuir bouilli, mais une pensée l'avait retenu. S'ils tombaient sur une patrouille, les autres verraient un collègue dans ce convoi. Ils seraient dupés peut-être, quelques secondes, le temps de les abattre.

Pendant deux heures, ils montèrent sans une pause. On aurait dit que l'homme en tête voyait comme en plein jour. Sans doute avait-il parcouru ces chemins mille fois.

Sans pause, mais avec de brefs arrêts qu'il imposait en levant la main. Tous arrêtaient. L'homme tournait la tête, essayait de discerner un bruit. Deux fois même, il colla son oreille sur le sol. Puis ils repartaient.

Un peu plus tard, nouvel arrêt. Cette fois, l'homme fit signe à chacun de s'accroupir, de se fondre sur la terre. Sous des arbres, ils ne firent plus un mouvement. L'homme se retourna vers eux et montra du doigt la colline, plus haut. Un bruissement, quelques petites branches écrasées, des bribes de voix leur parvinrent. Au-dessus passait une patrouille. Leurs chemins parallèles ne se croiseraient pas, ou très loin. L'homme secoua la tête, comme pour dire : pas de risque si l'on ne fait aucun bruit. Ils progressaient sur un autre trajet.

On avait posé le brancard le plus à plat possible. Chacun se tassa au sol. Silence absolu, que brisa un premier gémissement. Ballotté par la marche, le corps inconscient de Germaïna avait enregistré le changement de rythme. Le mal lui arrachait un bref cri. Encore un, un de plus, porté par la nuit, et la patrouille plus haut allait les repérer...

Le *gudari* tendit sa main pour la plaquer sur la bouche de Germaïna. Pris d'une intuition, il suspendit son geste : cette main-bâillon pouvait réveiller ses terreurs de prisonnière. Elle hurlerait.

Alors, en rampant, il approcha son visage de celui de Germaïna au sol. Au lieu de sa main sur sa bouche, il posa sa bouche.

C'était invraisemblable, sinon, d'embrasser une religieuse. Mais il ne croyait pas vraiment en Dieu. Il croyait en elle.

Il absorba ses cris. Elle ne gémit plus. Pour elle, sans savoir ce qui se passait, le moment fut sucré – sa première douceur depuis des jours.

L'autre porteur, le massif, avait baissé la tête et mordait son poing. Puis il enfonça son béret jusqu'au milieu du front.

Existait un langage de la coiffe, appris comme la langue. Ramené vers l'avant : travail. Rejeté en arrière : détente. Sur le côté : charmeur. Haut et bien plat : en avant la musique.

⋆

Ils attendirent plus de vingt minutes avant que l'homme ne redonne le signal du départ. Les jambes devenaient lourdes et les mains crispées sur les poignées du brancard cuisaient. L'aube commençait à éclaircir le sommet des collines. L'homme en tête prit en biais pour éviter toute crête qui les aurait découpés en ombres chinoises contre le ciel naissant. Ils continuèrent à flanc, où la lumière prendrait du temps avant d'arriver. Ils essayaient de glisser plutôt que de marcher.

Après une nouvelle heure, alors que les arbres recevaient de vraies lueurs, ils distinguèrent plus bas des toits d'ardoise noire couvrant de lourds bâtiments. Le gardien qui fermait la marche soupira d'aise. Puis il se renfrogna en constatant que l'homme de tête prenait de biais, comme pour éviter le lieu. En fait, ils le contournèrent pour y aboutir par l'arrière au lieu de suivre le chemin direct vers la route, trop exposée. Mais il leur fallut vingt minutes de détour.

Le long de l'église, plusieurs bâtiments aplatis et percés de petites fenêtres en ligne formaient un bloc assoupi. La masse d'une église et son clocher silencieux les flanquaient. Guidé par l'homme sûr de lui, le convoi fit halte devant une porte basse sur le côté, dérobée. Il y frappa plusieurs coups, espacés comme un code. Une lucarne de bois s'entrouvrit sur un œil. Puis un loquet fut soulevé à l'intérieur. La porte s'ouvrit – pas en grand, juste pour laisser passer les hommes et le brancard de Germaïna.

Ils venaient d'arriver à l'abbaye de Roncevaux.

A travers couloirs et escaliers, un moine à capuche les amena dans une pièce close, où ils s'effondrèrent sur de petits lits alignés le long des murs, fous de fatigue.

Sans dire un mot, ils avaient laissé Germaïna à d'autres, qui l'installèrent dans une chambre éloignée. Le médecin et l'apothicaire, toujours présents au monastère, l'examinèrent et décidèrent qu'elle n'irait pas plus loin.

27

Les murs et le toit, on aurait dit qu'ils se crispaient d'attendre comme les hommes. Dans ce pays où les maisons donnent leur nom aux familles, elles absorbent l'angoisse de leurs habitants. Des vieux savaient renifler ça, capables de dire de loin ce qu'une Maison vivait dedans, par un bruit autour, un volet qu'on fermait, en voyant les animaux dans la cour, leur tenue. Comme les hommes, les Maisons avaient bonne mine certains jours.

La Maison Etcheverry suait la fièvre.

L'inquiétude les rendait fous. Même les clients parlaient bas dans la salle à manger. Goïzane et Iloba allaient partout, mal aidés par des serveurs engagés dans l'urgence.

En ville, Iloba n'osait plus croiser le maire.

Le neveu avait assuré la seule mission autorisée par Goïzane et Jon : lui demander d'intervenir pour qu'une place soit libre à l'hôpital militaire de Bayonne.

— Mais quand ? avait interrogé le maire, surpris.

— C'est Germaïna qui le demande, avait rétorqué Iloba, mal à l'aise face au notable.

— Germaïna ? Pourquoi ne le demande-t-elle pas elle-même ?

— C'est Germaïna qui le demande.

— Je n'y comprends rien. C'est pour qui, cette place ? rouspétait le maire.

— C'est elle qui demande, monsieur.

Il avait inventé cela comme argument, répété à satiété.

En soupirant, le maire avait promis de faire son possible.

Quand le jour de l'évasion avait été fixé, Iloba était revenu pour vérifier, sans davantage lui dire pourquoi. Le maire, ignorant tout, l'avait cependant rassuré :

— Tu diras à Germaïna qu'un lit est réservé là-bas. Mais ça ne me plaît pas d'ignorer pour qui. Tu le lui diras aussi. Je ne le ferai qu'une fois. Parce que c'est elle ! Pas deux fois.

Le jour prévu, personne. Le lendemain, pas davantage.

— Alors ? avait glapi le maire. C'est une histoire de fous, ou quoi ?

— Excusez-nous. On est très inquiets, nous aussi.

Devant le visage défait du jeune garçon, le maire s'était radouci :

— Le lit est toujours libre. Mais il ne faut pas exagérer. Demain, ils vont le reprendre. C'est normal. On ne sait même pas pour qui il est retenu ! Tu le diras à Germaïna – et que je n'aime pas qu'elle ne demande pas elle-même. Où est-elle d'abord, hein ? Ta famille... pas possible d'être têtus comme ça !

⋆

A l'abbaye, les hommes s'éveillèrent en milieu d'après-midi, l'heure en Espagne où l'on mange bien. Dans un réfectoire silencieux, on les gava d'omelette, de fromages secs sentant fort et de vin épais. L'attente serait longue jusqu'à la nuit, avec Germaïna.

— Plus longue que vous ne pensez, mes fils, soupira un moine plus tard.

Tous avaient rapproché les tabourets pour former un cercle dans une autre pièce, nue sauf des crucifix aux murs blancs. A gauche du *gudari* se tenait le jeune homme puissant et massif, pas bien malin. Il débordait du tabouret et triturait son béret. A côté, l'homme sec qui avait dirigé le convoi, puis le gardien complice en uniforme vert. Il avait posé son képi noir brillant sur le dallage. Enfin, le moine et le médecin de l'abbaye. Leurs cuisses se touchaient, le cercle était clos. Penchés en avant, les coudes sur les genoux, ils parlaient entre leurs dents, à voix grave :

— Comment est-elle ?

— Lavée, pansée. Elle va. Mais si faible.

— Les pieds sont mal. L'un surtout.

— Il faut couper ?

— Non. Mais elle boitera. On a mis du plâtre.

— Et des attelles, serrées. Elle a souri au réveil.

— C'est miracle qu'elle soit encore en vie.

— Dieu est là.

— Si elle repart tout de suite, elle ne tiendra pas.

— Vous n'êtes pas prisonniers. Partez si vous voulez.

— Combien de temps faudrait-il ?

— Il faudrait des semaines. Ne riez pas.

— Deux jours, pas plus. On ne peut pas plus.

— Vous êtes trop pour aller ensemble, tous.

— Elle ne peut plus passer par la montagne.

— Un brancard, par la route ?

— Autant prévenir la *guardia civil* !

— On peut la cacher ici. Vous pourriez revenir.

— On ne tente pas le Diable deux fois.

— Le Diable est chassé de nos murs.

— Mais il rôde. Il aime les sentiers.
— C'est pour ça : restez.
— Non.
— Alors partez.
— Des fermes alentour, près de la frontière ?
— Oui. Un moine peut vous accompagner.
— Vous avez un tombereau ?
— Je vois ce que vous voulez.
— Alors, le tombereau.

*

Ils se séparèrent en deux groupes. L'homme sec et le *gudari* partirent la nuit dans la montagne. Le très fort et le gardien restèrent à l'abbaye pendant les deux jours promis. On soigna Germaïna avec acharnement.

Les moines exploitaient une ferme adjacente au monastère pour leur propre usage. Ils en possédaient d'autres dans les collines, dont ils vendaient le lait, la viande, les fromages, les œufs. A l'abri de l'étable, on accrocha deux bœufs sous un joug. On fixa les longs montants d'un tombereau à leurs flancs. Sur le plancher, on aménagea une sorte de caisse en bois à trois côtés, sous laquelle on glissa Germaïna sur son brancard et un sac de vêtements. Le gardien songea à un cercueil, bientôt recouvert.

Mais pour enfouir l'évadée, on ne recouvrit pas sa cachette sous un bloc de terre. On dressa une montagne de fumier. Un énorme tas, puant à cent mètres. Même les moines avaient hâte qu'ils partent, et ils se bouchèrent le nez longtemps.

Un attelage allant d'une ferme à une autre, mené par un moine et un paysan, ne surprenait personne.

Plus rare qu'ils soient accompagnés d'un policier en uniforme... Ils avaient discuté pour savoir si le gardien n'irait pas mieux, vêtu en moine. Finalement, tant qu'ils allaient sur ce versant, l'uniforme pouvait encore servir.

Partis au petit matin, il leur fallait la journée pour passer le col puis descendre vers la frontière. L'homme fort et simple guidait à l'avant les bœufs en tapotant le joug avec un bâton. A l'arrière, le gardien surveillait une ouverture qu'on avait dégagée pour que Germaïna puisse respirer. Le moine accompagnateur marchait à côté, lui aussi avec un bâton.

Sans cesser sa marche, il s'en servit pour redisposer le fumier et masquer l'ouverture dès qu'il aperçut un barrage.

Ils étaient trois, avec des fusils. Le premier avait fixé une baïonnette au bout du sien. Les deux autres s'approchèrent du tombereau mais, suffoqués par l'odeur odieuse, firent deux pas en arrière, écœurés.

Pendant ce temps, le gardien remonta à l'avant, s'avançant vers son collègue dans le même uniforme. La crainte que Germaïna ne gémisse, suffoquée, lui fit presser le pas.

Il prit un air sérieux pour s'adresser en espagnol et à voix forte :

— *Holà !*... Quels sont les ordres ?

— *Holà*... Tu es seul ?

— Mon collègue est à l'abbaye, dit le gardien. On cherche une évadée.

— Tout le monde cherche. Tu as pu entrer au monastère ?

— Non, pardi. C'est sacré. L'autre est planté devant. On attend des renforts. Personne ne pourra s'échapper.

— *Muy bien*. Et tu vas où ?

— A leur ferme, ricana-t-il en désignant le moine, humble sous son capuchon. Je dois fouiller là-bas.

— Quelle ferme ?

— Aphecetcheaborda.

L'autre le toisa, soupçonneux. Il avait bien prononcé.

— Je dois vérifier le chargement, déclara-t-il.

— Bien sûr, *hombre*. Je l'ai déjà fait. Vois comme je pue !

Il se colla à l'autre, tirant sa vareuse vers son nez. Le garde civil eut un haut-le-cœur.

Il tourna autour du tombereau de fumier, la main sur la bouche, dévisageant le moine et le colosse qui menait les bœufs, tout en jetant des regards exaspérés à ses collègues qui grimaçaient. Pour faire bonne mesure envers eux, il enfonça sans pousser la baïonnette à l'avant du fumier. Mais le tas était si épais qu'il n'atteignit pas la cage, au plus profond, sous laquelle gisait Germaïna. Près des bœufs, le colosse se mit à gémir, les yeux un peu fous.

Le soldat fut surpris :

— Qui c'est, lui ? demanda-t-il au moine.

— Un simple de la ferme. Il n'aime pas les uniformes, hein !

Le soldat refit face brusquement au gardien et très vite demanda :

— *Euskalduna ?* Un Basque ?

En un dixième de seconde, le gardien faillit se trahir. Mais il soutint son regard et répondit du tac au tac en espagnol :

— Qu'est-ce que tu dis ? Je ne comprends pas.

A l'avant, le colosse se dandinait, tout heureux :

— *Baï*... oui, basque !

Le soldat tourna les yeux vers le moine, qui haussa les épaules :

— Un simple que Dieu a choisi.

L'autre hocha la tête, comme pour signifier : « Tous des abrutis. » Il se dit que leur odeur épouvantable allait l'imprégner pour la journée s'ils ne s'éloignaient pas.

Il leur fit signe de passer.

*

Le moine les laissa à la dernière ferme, à quelques kilomètres de la frontière. Là, le gardien abandonna son uniforme et enfila les vêtements cachés contre Germaïna, qu'on sortit aussi du brancard.

Elle avait les yeux bien ouverts, elle souriait un peu.

Ils mangèrent et burent à la ferme. Le colosse ne quittait pas des yeux Germaïna, fasciné par les pansements, le plâtre aux pieds et les attelles qui enserraient les mollets. Elle lui fit un petit signe de la main et il sembla tout réjoui.

Désormais, il mènerait seul le tombereau à la frontière. Il était si fort, et si simple, qu'il constituait la meilleure assurance – la moins mauvaise. Plutôt que d'être pris, il tuerait Germaïna, se ferait embrocher par leurs baïonnettes.

Maintenant en civil comme un paysan, le gardien serra la main du colosse, tétanisé par la poigne inouïe et les gloussements de l'autre béat. Finalement, l'homme sec avait sans doute eu raison en décidant ce plan : « C'est tout droit, la frontière. Ça passera ou rien : on ne discute pas avec lui ».

Le gardien ne pouvait pas s'y présenter, lui. Alors,

quand les autres avaient quitté l'abbaye deux jours plus tôt pour franchir la montagne, l'homme avait assuré qu'il reviendrait et le ramènerait à son tour à travers les bois jusqu'en France.

Il commençait à trembler, mais le soir, l'homme apparut au détour du chemin convenu – semblant sortir de nulle part, toujours, souple et musclé, bien tranquille, comme si la montagne était en lui, qu'elle ressemblait à l'eau pour un poisson.

— Ils sont bien partis ? demanda-t-il.

— Oui, en milieu d'après-midi. Il est tout seul maintenant, le simple, là... Tu le connais assez ?

— Pas de questions.

Depuis le début de l'évasion, ils n'avaient pas échangé trois mots, sauf des ordres. Il ne savait rien d'eux. Même le *gudari*, c'était un chef dont il avait découvert l'existence sur le toit de l'ambulance, et grimé en Franco ! Il ne savait pas leurs noms, d'où ils venaient, où ils allaient. Aucun renseignement tant qu'ils marchaient sur le versant d'Espagne. En cas de prise, il ne dirait rien car il ne savait rien. Maintenant il grelottait. La nuit l'enveloppait et ses nouveaux vêtements le couvraient mal.

Il eut du mal à suivre l'autre, qui courait dans le noir. Ne sachant pas, bien entendu, à quel moment ils avaient passé la frontière que rien n'indiquait ici, il comprit, après avoir longtemps descendu des collines, lorsque l'homme le stoppa :

— C'est fait.

Le gardien lui serra les deux mains. L'autre ne s'attarda pas :

— J'ai la voiture.

Bien enfouie sous des arbres, à peine révélée par quelques reflets de métal, attendait une Traction noire. Ils ôtèrent les branchages qui la recouvraient. S'installant près de l'autre qui avait pris le volant, le gardien faillit s'endormir aussitôt. L'intérieur sentait si bon le velours...

Ils remontèrent aux abords d'Arnéguy, le premier village du côté nord. L'homme gara la voiture à l'entrée d'un chemin. A l'écart sous des arbres, il attendit pendant plusieurs heures adossé à un tronc, mâchouillant des fleurs. Sur la banquette arrière, le gardien dormit comme un enfant.

Le soleil brillait haut quand un petit vent passa dans les arbres et signala avant qu'on le vît l'arrivée du tombereau de fumier. Dans la voiture, le gardien se battait contre des cauchemars de latrines... Il avait presque oublié l'odeur qui le réveilla en sursaut. Il distingua le bruit de roues cahotant sur le chemin, puis aperçut le colosse devant les bœufs et tapotant leur joug, enfin la masse puante du fumier.

L'homme sec courait déjà à l'arrière du tombereau. Il le rejoignit, nauséeux.

Ils dégagèrent le fond et tirèrent le brancard de Germaïna qu'ils installèrent doucement sur la banquette de la voiture. Elle serrait leurs mains, elle allait mal et bien, elle souffrait et irradiait, elle sentait mauvais, elle était sauvée, ses yeux noirs renaissaient ; puis ils la virent les fermer et dormir.

L'homme sec ne demanda rien au colosse : qu'il soit là suffisait. Le tombereau-cachette avait souvent fonctionné. Un vieux paysan l'avait enseigné, jadis. « Je n'ai vu qu'une fois quelqu'un se faire prendre... par un douanier qui puait encore plus que le fumier ! Sinon, ça éloigne, té ! et loin, et longtemps, crois-moi, fils. »

Germaïna bien calée à l'arrière, l'homme sec se tourna vers le gardien :

— Je suis Jon. C'est Nabar, lui.

— Nabar, *baï*... oui, certifia le simplet en portant son doigt à la pointe du béret.

Le gardien ne demanda pas de nouvelles du *gudari*. L'autre pouvait en parler, et s'il ne disait rien, c'est qu'il était passé. On ne le reverrait peut-être jamais, ou bien on ne le reconnaîtrait pas.

— Tu sais où aller ? reprit Jon.

— Oui. Ma femme m'attend. C'est fini.

— Allez, ça commence, non ? sourit Jon.

C'étaient les seuls mots charitables entendus depuis des jours. Il sourit à son tour :

— *Milesker. Agur*... Merci. Adieu.

*

Le lit réservé à l'hôpital militaire de Bayonne fut occupé : par Germaïna.

Directement transportée depuis les abords de la frontière dans la Traction conduite par Jon, elle y fut déposée tôt dans la nuit qui tombait vite. « La malade pour le lit réservé par le maire », glissa Jon. Puis il repartit.

Les infirmières tiquèrent en s'approchant. La femme dégageait une odeur de fumier. Tout de suite, on la dévêtit, on jeta la blouse à la poubelle, on la lava. L'un des médecins de nuit, habitué aux corps meurtris des blessés de guerre qui emplissaient l'hôpital, reconnut l'origine des blessures. La femme tremblait de fièvre. Il examina les attelles, des mollets jusqu'aux pieds :

— Bon. On l'endort et on refait tout ça.

Après son réveil, Germaïna délira un moment. Puis, sous l'effet des calmants qu'on lui administra à nouveau, elle s'endormit, en sueur.

A part la famille Etcheverry, personne ne savait qui elle était. A part le *gudari*, personne ne savait où elle était.

28

Un murmure, un feulement doux. On aurait dit une chanson pour ne pas déranger. Germaïna se réveilla, mais garda les yeux clos. Quand on sort du sommeil qu'aucun bruit ne perturbe, on prend contact avec le regard. Quand c'est un son qui titille le cerveau, on garde les paupières baissées. Le monde entrait dans Germaïna par les oreilles.

Un murmure oui, mais chanté. Elle distinguait à peine les mots... *ikhusten duzu goizean...* plutôt la lancinante succession des notes. Bercée, elle se détendit, ne sentant pas de douleurs mais un engourdissement dans le corps jusqu'à ses pieds lourds. Elle serra les poings pour sentir ses muscles. Puis elle tenta de bouger ses orteils, mais ils faisaient mal d'un seul coup, engoncés dans une gangue dure. Elle soupira et laissa encore entrer en elle la chanson qu'elle devinait... *argia hasten denean...* Respirant fort, elle sentit ses seins gonfler. Lèvres serrées, elle murmura à son tour les sons. Ça résonnait sous son crâne, bien sourd. Elle filait, douce, la berceuse qu'elle susurrait jadis à son bébé Eder pour l'endormir. Alors, elle ouvrit les yeux brusquement.

Le *gudari* se tenait debout, au pied du lit.

Les mains croisées devant lui, comme à l'église, il bougeait doucement les lèvres. C'est lui qui chantait, si doucement que Germaïna l'entendait à peine. Mais la ferveur de la complainte la baignait. Elle tourna les yeux, à droite, à gauche, découvrant d'autres lits comme le sien, la couleur blanche d'un hôpital, partout. Elle connaissait. Il lui semblait qu'elle passait sa vie allongée depuis des années. Puis elle revint sur le *gudari*, dont les habits sombres et les cheveux noirs, lustrés en arrière, tranchaient sur le blanc de la salle. Il ne chantonnait plus et souriait.

— Pourquoi ne chantes-tu plus ? demanda Germaïna d'une voix pâteuse.

— C'était pour te réveiller, doucement.

— Mais pourquoi cette chanson, celle-là ?

Elle avait envie de se rendormir et qu'il murmure à nouveau.

— J'ai dormi longtemps ? demanda-t-elle en bâillant.

— Une nuit et demie.

— J'aurais cru des semaines...

Il contourna le lit pour s'approcher. Prenant une de ses mains, il la porta à ses lèvres qu'il posa au bord des doigts, sans embrasser, rien qu'à sentir sa peau. Germaïna se laissa faire. Puis elle leva les yeux pour dire doucement :

— Gudari.

Elle ne connaissait pas son nom, son prénom, pas grand-chose de lui, sauf qu'il apparaissait, chaque fois. Elle le baptisait.

Sous ses doigts, elle sentit bouger sa bouche. Il allait parler. Surtout pas ! Elle appuya, pour lui indiquer de se taire.

— Gudari, on a réussi.

Il hocha la tête.

Germaïna sentit gonfler ses yeux. Elle mordilla son autre poing, tournant la tête vers l'oreiller :

— J'ai eu tellement mal, dit-elle d'un ton haché, au bord des larmes.

Elle ramena son bras vers elle, mais pas pour se détacher de lui, pour qu'il suive au contraire, et se penche. Il comprit et sa tête se trouva près de la sienne. Germaïna colla ses lèvres à son oreille :

— Chante, encore.

A travers ses lèvres serrées, le *gudari* reprit l'air, au vol, plus loin, comme si la berceuse avait roulé dans leurs têtes tout au long de la scène et qu'ils la rattrapaient. Après quelques instants, Germaïna se rendormit. Le *gudari* reposa le bras sur le drap et partit sur la pointe des pieds, craignant de la réveiller. Au milieu de l'allée, il se retourna pour la regarder encore : sa bouche dessinait un sourire. Cela le surprit car il n'en avait jamais vu sur ce visage.

⋆

Le *gudari* revint le lendemain. Cette fois, Germaïna était éveillée. Elle lui fit signe de loin, si grande dans son lit blanc, si légère. Germaïna n'avait pas d'aiguilles fichées dans les bras, rien de ces mécaniques pesantes qu'ont ceux dont la vie semble tenir au seul tuyau d'où sort le sérum. Sa pâleur de la veille persistait et, en s'approchant, le *gudari* remarqua ses yeux gonflés. Elle avait dû pleurer peu avant. Il se félicita d'être arrivé après, découvrant aussi ses lèvres bien rouges, comme si elle les avait mordues, peut-être en sanglotant. Sa bouche brillante contrastait avec la peau blanche et, quand elle lui sourit, les joues ne s'arrondirent pas mais se creusèrent. Elle avait maigri. Il se pencha pour poser ses lèvres sur son front, à la racine des cheveux. Germaïna avait déjà reçu cette chaleur. Mais elle ne savait ni quand, ni pourquoi. Le *gudari* sentit la peau sèche : elle n'avait pas chaud.

Il s'assit sur le bord du lit, l'obligeant à se pousser, ce qu'elle fit en se crispant pour ne pas réveiller de douleurs, surtout dans les pieds.

Germaïna remarqua alors qu'il tenait à la main une canne, un *makila* plutôt, dont elle vit le pommeau arrondi et luisant. Le *gudari* le posa à plat sur le lit, le long de son corps, entre elle et lui. Il lui prit la main, la glissa dans l'anse tressée qui pendait à la poignée et referma les doigts autour.

Elle l'interrogea du regard.

— Il est à toi maintenant, expliqua-t-il.

Germaïna amena le pommeau devant ses yeux et lut, sur la plaque de métal qui entourait le bout, la devise gravée :

« *Nere laguna eta laguntza...* mon ami et mon soutien. »

— Je connais, dit-elle en soupirant. C'est le *makila* de Jon.

Elle ajouta après un temps :

— Une femme ne porte pas de *makila*.

— Est-ce qu'une femme fait tout ce que tu as fait ? répliqua le *gudari* en souriant.

— La preuve.

Pâlichonne et amaigrie, elle ne semblait pas avoir perdu un iota de son caractère.

Le *gudari* soupira et caressa le bout du drap, où les pieds pointaient, grosses masses :

— Tu es blessée, là.

— Tais-toi. Je sais très bien que je ne marcherai plus comme avant.

— Le médecin ne dit pas ça ! s'insurgea le *gudari*.

Le regard de Germaïna se durcit. Elle n'aimait pas qu'on parle à sa place.

Il vit que ses lèvres tremblaient et qu'elle mordait la chair. Soudain, il réalisa qu'elle avait pleuré, avant qu'il arrive, à cause de cela, de la visite du médecin sans doute, de ce qu'il lui avait annoncé. Le *gudari* l'avait croisé dans le hall de l'hôpital en partant, la veille. Ils se connaissaient. L'autre venait d'Espagne aussi. Grâce à lui, les réfugiés du franquisme trouvaient souvent des lits qu'ailleurs on leur refusait – même si, dans cet hôpital militaire, les blessés de la guerre d'Indochine commençaient à surcharger les effectifs. « Elle boitera. Mais un peu, beaucoup ? Ça dépend d'elle. Elle a souffert, mais n'est pas très cassée. Beaucoup de douleur, peu de traces : ces salauds savent faire. C'est plus présentable en vue d'un procès », avait-il assuré.

Le *gudari* reprit le *makila* et le posa droit, à la tête du lit :

— Quand tu te lèveras, tu seras contente de t'en servir.

Germaïna ferma les yeux, essayant de ne pas pleurer de nouveau. « Boiteuse, cheveux blancs... Je suis magnifique », ricana-t-elle dans sa tête.

En même temps, elle sentit les lèvres du *gudari* près de son oreille, comme s'il devinait ses pensées :

— Tu es magnifique.

Elle n'ouvrit pas les yeux, laissant les paroles glisser en elle, bien douces, et son cerveau tournait moelleux. Par réflexe, elle demanda :

— Comment va le chien ?

— Quoi ?

— Le Moelleux.

— Ah, le gros noir là-haut à la Maison ?

— Oui.

— Mais j'y vais rarement, je ne sais pas trop. J'y passe quand il faut livrer, avec le camion.

— Mais... comment tu as eu le *makila* ?

— C'est Goïzane qui me l'a donné, ce matin, quand j'ai livré pour l'hôtel justement.

— Pas Jon ?

— Je ne l'ai pas vu.

— Je me disais bien...

Un moment de tristesse passa en elle. « Ils doivent aller très mal pour ne pas venir », songea-t-elle. Pendant un instant, elle aurait eu envie de les voir ici, entourant le lit, Goïzane, Jon, Mattin, le petit Iloba – petit ? elle ne l'avait pas vu pousser comme un athlète –, même Nabar, même le gros Moelleux qu'on n'aurait pas laissé entrer mais qui aurait trouvé le chemin des cuisines, elle en riait.

— Tu ris enfin. J'aime.

Elle ouvrit les yeux. Le *gudari* lissait ses cheveux noirs en arrière, si brillants qu'on aurait dit qu'il sortait d'une douche. Germaïna avait besoin de s'accrocher à cette poitrine, de sentir des muscles sous la peau de ses mains. Elle ne broncha pas.

— Je ne veux pas les voir, dit-elle brusquement.

— Qui ?

— Tous.

A quoi bon lui rappeler son départ de son plein gré. A quoi bon lui avouer que les autres, tous, ne demandaient pas de ses nouvelles et qu'il avait simplement confié à Goïzane, après une livraison, que sa sœur allait bien... enfin, pas tout à fait mais... bref, qu'elle ne s'inquiète pas... pas trop, il s'en occupait. Ce matin, Goïzane lui avait tendu le *makila* de Jon : « Pour elle. Ne pose pas de questions. »

Il se leva :

— Je viendrai. Tous les jours.

Germaïna prit son temps pour répondre :

— Oui.

*

Il vint, et tous les jours. Parfois, Germaïna dormait et le *gudari* se plantait au bout du lit sans un bruit, les mains croisées devant lui, recueilli comme on l'est devant une tombe. Elle avait les yeux clos, pourtant elle vivait bien. Même endormie, elle dégageait une énergie, peut-être à cause de la poitrine qui soulevait le drap, peut-être à cause de brefs frémissements quand un rêve la traversait. Une énergie dont s'emplissait le *gudari* en ne quittant pas des yeux la forme de ce grand corps sous le drap.

Parfois, sentant une présence, elle soulevait vite les paupières mais ne bougeait pas, ne souriait pas. Elle le dévisageait. Il était là, chaque fois.

Un jour, il déposa, en silence pour ne pas la réveiller, une grande azalée, arrachée en arrivant dans un massif du jardin de l'hôpital. Il la dressa dans un verre sur la table de nuit puis repartit. Le lendemain, il la vit de loin, réveillée, assise, la fleur dans la main dont elle écartait les pétales. On aurait dit qu'elle lisait un petit livre rose.

Il s'approcha en souriant et se plaça comme toujours au bout du lit. De près, il remarqua que la masse des pieds sous le drap avait diminué. Il leva les sourcils.

— On m'a enlevé le plâtre, expliqua Germaïna.

Elle repoussa le drap et la couverture. Sa blouse de malade la couvrait jusqu'aux genoux. En dessous, des bandes serraient les chevilles et le bout des pieds en sortait, gonflé, rouge. Elle les exposa, presque réparés, comme un trophée, fière.

— Deux, trois jours, et tu commenceras à marcher, approuva le *gudari*.

— Non. Tout de suite.

Il la vit pousser ses jambes hors du lit mais sans oser les poser à terre. Il se récria :

— Mais... attention !

Germaïna lui jeta un regard noir et lui fit signe d'approcher. D'une main, elle saisit le *makila* à la tête du lit et affirma sa paume sur le pommeau. De l'autre bras, elle entoura le cou du *gudari* et, d'un coup de reins, elle se redressa, agrippée à lui, appuyée sur la canne, les pieds rasant le sol. Il se tenait très droit, à sa hauteur.

Il passa un bras autour de sa taille pour la soutenir mais elle grimaça :

— Tss... tss !

Il laissa tomber son bras, ne sachant pas si elle refusait qu'on la touche ou si elle exigeait simplement de marcher seule. En tout cas, son bras sur son cou serrait fort, et il vit la main sur le *makila*, blanchie à force de se crisper.

Germaïna n'allait même pas d'une marche hésitante, mais d'un glissement minuscule, un centimètre après l'autre. Elle se mordait les lèvres et le *gudari* la vit transpirer, son visage presque collé au sien. Des larmes se mêlaient à la sueur. Il ne pouvait rien dire. Elle restait absorbée dans son effort, tout entière concentrée sur ses pieds.

Ils n'allèrent qu'au bout du lit puis revinrent de cette immense randonnée. Il leur fallut longtemps. Certains malades les observaient, plutôt indifférents, d'autres même pas. A part les infirmières ou les médecins qui, eux, couraient tout le temps, qui donc ici marchait sans cri ?

Le *gudari* la reposa assise sur le bord du lit puis commença à soulever les jambes sous les genoux pour l'aider à s'allonger. Elle brandit le *makila* et le menaça de lui taper sur les bras. En soupirant, il s'écarta et Germaïna s'allongea seule et tira le drap et la couverture sur elle, épuisée.

*

Chaque jour, avec lui, elle accomplit sa grande promenade de quelques mètres, poussant peu à peu jusqu'au lit voisin comme si elle découvrait un nouveau pays. Des jours, des semaines sûrement, s'enchaînèrent jusqu'à retrouver l'usage encore hésitant de ses jambes. Il la prenait par le coude parfois, au retour, quand elle semblait exsangue. Sinon, il marchait à côté d'elle, au même rythme lent, tandis qu'elle s'appuyait d'une main sur le *makila* quand elle butait au bout de sa douleur.

Germaïna parlait peu, et jamais de la Maison Etcheverry. Lui-même ne brillait pas par son bavardage. Sans réfléchir, il comprenait que les mots seraient vitaux, à ne pas gâcher.

Parfois, en arrivant, le *gudari* surprenait Germaïna en grande discussion avec d'autres infirmières, riant. Une fois, elle n'était pas dans son lit et il mit du temps à la découvrir, aidant à des soins pour un autre malade. Il s'approcha et elle le fit attendre. L'hôpital débordait.

Pourtant, dehors, en ville, la joie gagnait les rues. Le printemps revenait. Mais le *gudari* s'y sentait étranger. Depuis sa jeunesse, il n'avait connu que la guerre, celle d'Espagne, puis la mondiale, le maquis, et même aujourd'hui, en se cachant, celle contre Franco, plus féroce parce que interdite. Autour de lui, la vie explosait, mais il n'y trouvait pas sa place. Pendant ses journées, entre deux transports au volant des camions de Mattin, seule la halte à l'hôpital le soutenait. Il se demandait avec rage s'il aimait la souffrance ou Germaïna. Il s'imagina venir ici quand elle n'y serait plus, et cela le mit en colère.

C'est d'ailleurs avec un brin de hargne dans la voix qu'un matin il dit à Germaïna :

— Viens avec moi.

Elle s'était recouchée après sa marche quotidienne et les soins qu'elle prodiguait de plus en plus souvent, soulageant les infirmières de leur travail auprès d'autres blessés, auxiliaire volontaire se lovant dans la douleur comme dans les bras d'une amie.

Elle se souvenait des mêmes mots prononcés en bas de la Maison pendant la Résistance, à la fin de la guerre : « Viens avec nous. » Elle l'encouragea d'un regard pour qu'il continue, mais il ne dit rien. Elle ne répondit pas davantage.

Mais le lendemain lorsqu'il revint, Germaïna se tenait droite devant le lit, habillée, prête, un sac à ses pieds.

Elle marcha devant lui, rectifiant son boitement en s'appuyant sur le *makila*, ferme jusqu'à la sortie. La nuit, le jour, le soir, à l'aube, il ne fallait pas la toucher.

29

Quand le *gudari* gara son camion sur la petite place du vieux Bayonne, Germaïna ferma les yeux un instant. Elle avait quitté cette même place des semaines plus tôt, le soir où elle avait pris sa place pour passer en Espagne. Elle y revenait pour la première fois, boiteuse. Elle avait l'impression d'avoir accompli un si long chemin, et que le bout n'apparaissait pas. Mais elle se sentait en paix.

Quand elle avait rouvert les yeux à l'hôpital et avait vu le *gudari* au bout du lit, le choc avait été si doux.

Elle descendit avec peine du camion, et le *gudari* savait qu'elle le ferait seule. Il lui désigna deux petites fenêtres aux volets rouges, à l'étage d'un immeuble étroit et gris, collé à d'autres comme des épis étouffés.

— C'est là.

Ils mirent du temps à monter un escalier de bois sale. Un chat déboula entre leurs jambes, manquant de la faire tomber. Sur le palier, il ouvrit avec une vieille clé une porte qui n'aurait pas résisté longtemps à un coup d'épaule. Mais qui aurait volé ici, et quoi ? Et la police, qui surgissait parfois au petit matin dans ce quartier connu pour ses refuges antifranquistes, avait de gros gourdins en guise d'épaules. Ne pas se faire mal pour ces salauds.

Sur le seuil, Germaïna découvrit le petit appartement que le *gudari* payait avec les subsides fournis par le gouvernement basque en exil, améliorés par son salaire de camionneur. Deux pièces : une chambre, la porte ouverte, avec au bout un grand lavabo et – elle le remarqua tout de suite – une sorte de douche artisanale, un seau percé et un rideau de nylon sur une tringle, avec une bassine par terre. Devant elle, une pièce avec un canapé dans un coin, une table en bois au milieu, deux chaises et un buffet. Au fond, un réchaud près de l'évier, bien blanc. Elle ne fut pas surprise par la propreté, et même par une odeur d'encaustique bon marché. Rien ne traînait, quelques objets alignés, sans doute des souvenirs volés de sa vie passée. De la vaisselle dépassait d'une étagère près du réchaud.

Le *gudari* entra et alluma une lampe sur le rebord du buffet. L'abat-jour couvert d'une dentelle espagnole diffusa sa lumière basse sur un tabouret. Germaïna y vit quelques livres empilés.

Elle entra à son tour, sans se presser. Posant son sac et son béret beige sur le canapé, elle prenait possession du lieu. Puis à petits pas, en boitant, elle fit le tour, déplaçant un objet, redressant le châle de dentelle, jetant un coup d'œil dans la chambre et remettant les chaises d'aplomb devant la table, sous l'œil amusé du *gudari*.

Celui-ci alla au buffet dont il sortit deux petits verres et une bouteille de liqueur translucide. Il eut du mal à en extraire le bouchon, grippé par du sucre séché. Il ne devait pas en boire souvent.

Germaïna s'assit et le *gudari* remplit les deux petits verres, puis s'assit face à elle, de l'autre côté de la table. Ils trinquèrent sans se quitter des yeux.

Germaïna prit une grande aspiration :

— Tu ne me toucheras pas. Tu le sais.

Il attendit la suite.

Elle continua d'une voix calme :

— Mais je te rejoindrai. Je le sais.

Il lui semblait avoir tout dit. Pourtant, elle continua :

— Quand ? Un soir, ou dans dix ans. Enfin non ! pouffa-t-elle, dix ans peut-être pas. Et tu me reconduiras à l'hôpital chaque matin.

Il dissimula mal sa surprise et voulut s'insurger, mais Germaïna le coupa avant :

— Je vais y travailler. Ils manquent de bras comme on dit. Il vaut mieux parce que mes jambes, ce n'est pas encore la gazelle... Mais je sais faire. Tu m'as connue à Bilbao, tu as vu. Ensuite La Roseraie, puis l'hôpital à Bayonne. Entre tes visites, je ne flânais pas. J'aidais. Finalement, j'ai été infirmière toute ma vie.

Il remarqua soudain qu'elle ne portait pas sa robe grise de nonne, le dernier habit dans lequel il l'avait vue. Des années plus tôt, à Bilbao, il l'avait connue en vareuse kaki, revolver à la hanche, ceinturée de cuir, et pour cause : il avait fourni lui-même l'équipement de son commando basque. Plus tard, elle avait surgi, moulée dans un tailleur noir brillant, des escarpins à talons aux pieds, cuisses ouvertes... puis nonne ! Ensuite, il l'avait retrouvée dans l'ambulance de Pampelune, avec une blouse de prisonnière sale et sanguinolente, puis empestant alentour quand il l'avait extraite du tombereau de fumier après l'évasion ; enfin, dans la chemise blanche de l'hôpital à Bayonne quand elle avait ouvert les yeux sur lui. Maintenant, elle portait une blouse, blanche encore, sous une cape bleue, nouée au cou, qu'elle n'avait pas encore ôtée. A quel moment n'avait-il plus pu se passer de sa folie ?

Il se leva et, derrière elle, dégrafa le col. Puis il plia la cape et la posa sur le canapé. Passa dans sa tête d'Espagnol l'image d'une arène où le taureau déboulant choisit d'abord son coin, et tous les matadors savent qu'il est impossible à déloger de là, de force.

Il revint s'asseoir et leur versa encore une gorgée de liqueur. Germaïna y trempa ses lèvres, passant sa langue dessus :

— Bonne *manzana*.

L'alcool de pomme, bien doux et liquoreux, la comblait.

— Je n'ai rien bu de si bon depuis... (Elle laissa passer un temps.) Je n'ai rien bu d'aussi bon, c'est tout.

La fatigue la saisit soudain. Elle avait mal à sa jambe. Trop d'efforts : à cette heure, à l'hôpital, elle dormait déjà. Elle avait envie de se jeter sur le canapé, mais elle se leva avec peine et vint à petits pas derrière le *gudari*, puis posa ses mains sur ses épaules et son menton, sur les cheveux noirs lustrés, raides sous sa peau. Elle n'hésita pas :

— J'aime être là. Dors bien.

Il redressa son torse et elle sentit ses muscles rouler sous ses paumes. Elle semblait ne pas se rendre compte du supplice qu'elle lui imposait, mais le *gudari* se demanda si au contraire elle ne le faisait pas exprès.

30

Le bonnet blanc rehaussait encore sa taille. Mais il ne tranchait pas sur les cheveux, de la même couleur. Il oscillait, signalant le pas haché, car Germaïna boitait.

Les chirurgiens avaient remis à peu près d'aplomb ses pieds meurtris. Subsistait une claudication du pied droit. Au lieu de pointer un peu vers l'extérieur, celui-ci s'avançait dans la ligne de la jambe et parfois vers l'intérieur, quand Germaïna accusait la fatigue. Chaque pas déclenchait une douleur jusqu'au genou. Quand elle avait trop marché ou que le temps tournait à l'orage, la tension se transformait en piqûre d'aiguille. Alors, elle s'aidait d'une canne, son *makila*.

Mais elle refusait de s'en servir dans l'enceinte de l'hôpital. Parfois, tordue de douleur, elle devait s'appuyer contre un mur, le front en sueur, laissant la crise passer.

A l'extérieur, le plus souvent, en fin de journée, elle marchait en s'appuyant sur le bâton de néflier pour soulager sa jambe. Sinon, elle le tenait curieusement par le milieu, collé à son bras qui se balançait contre elle, raidi.

Ce léger boitement provoquait un déhanchement sensuel car elle bougeait très peu les épaules afin d'économiser son corps. Ainsi, seules les jambes et les hanches balançaient, faisant saillir ses fesses sans qu'elle le cherche – sans qu'elle le sache.

Alors, elle baladait devant tous son grand corps plein, aux seins lourds mais immobiles, et au ventre valsant au-dessus des jambes, dont le pas partait parfois en désordre, presque drôle. Mais entre les joues à nouveau lisses claquait un sourire inouï, presque carnassier, en tout cas avide sous les pommettes moins creusées qu'à son arrivée. Il fallait soutenir son regard pour déceler le voile de tristesse qui y stagnait. Peu s'y risquaient.

*

Germaïna pénétra dans la salle des nouveaux arrivants. Elle en avait souvent la charge car elle prenait son service avant l'aube. Ils étaient peu nombreux ce matin, trois ou quatre à première vue. Deux attirèrent son attention, d'abord parce qu'ils grognaient.

Des infirmières s'affairaient déjà. Elle les rejoignit et prit le relais, nettoyant les blessures de l'un, et la saleté de l'autre. Elle poussa le lit roulant du premier dans un coin de la salle, hors du passage.

Une autre infirmière prépara les flacons et les compresses pendant que Germaïna redressait doucement la tête du blessé. Il avait du sang séché sur tout le visage.

— Bagarre... soupira l'autre. C'est toujours pareil. Chaque année, je me demande pourquoi on appelle ça les « Fêtes ».

Redoutables Fêtes de Bayonne... Litanie des alcools rendant fou... Razzia des parachutistes, en bataillon disciplinaire, descendant de la citadelle à la vieille ville avec du feu dans les yeux, en attendant mieux.

Germaïna n'avait jamais beaucoup aimé ces fêtes. Plus jeune, elle suivait volontiers celles de Pampelune, violentes et folles. Le lâcher des taureaux le matin dans les rues, *l'encierro* redouté où l'on trouvait parfois la mort, régulait la férocité des hommes. Ça dessoûlait. A Bayonne, rien de ça. Ici, on lâchait les paras, calots rouges et poings serrés sur les tessons des bouteilles qu'ils venaient de boire et qu'ils avaient déjà fracassées sur un crâne ou un autre. Les taureaux étaient vus de loin, l'après-midi aux arènes.

Sous les traînées de sang, Germaïna enleva quelques débris de verre de la tête du blessé. L'autre, tout sale, n'avait pas de sang sur lui. Mais ses cheveux emplissaient son visage. Il en avait partout. En mèches raides, sa toison masquait les yeux, le nez, puis se mélangeait à une barbe hirsute qui couvrait les joues, jusqu'au cou qu'un pull-over serrait, noir de crasse et de débris. Il dégageait une odeur rance et tremblait en grognant, recroquevillé sur son lit, les mains enfouies devant, sous la ceinture du pantalon fripé.

— Un poème celui-là, grinça Germaïna. Qu'est-ce qu'il pue !

Elle détournait son regard, comme si elle voulait empêcher l'odeur de l'atteindre. Habituée, l'autre infirmière haussa les épaules, tout en l'aidant à pousser le lit dans un coin.

— Un clochard. Dans la rue, il s'est mis à trembler comme un épileptique. Ça faisait hurler les enfants qui partaient à L'Argenté, le collège. On nous a demandé de le prendre.

Germaïna songea à tous ces vrais blessés d'Indochine qu'on rapatriait, parfois en morceaux. Beaucoup mouraient ici. Ceux qui récupéraient peu à peu leur corps, même cassé, ne retrouvaient derrière leurs yeux que du vide. Ils en avaient trop vu. Les plus sages parvenaient à ne pas crier. Les autres hurlaient toute la nuit, même pas de douleur, mais de peur.

— Ils sont cuits, marmonnait un médecin militaire qui examinait quelques arrivants.

Au fond d'elle, Germaïna se sentait mal de penser qu'« ils auraient mieux fait d'y rester, là-bas » entre Tonkin et Saigon, et qu'il valait mieux mourir en regardant le soleil que vivre ici dans le flou, jusqu'à la fin des jours. D'ailleurs, certains avaient, au sens propre, perdu la vue, brûlés.

Elle savait que l'hôpital offrait un havre paradoxal : réduits à leurs souffrances, les blessés ne voyaient pas plus loin que le bout de leur chair écrasée. Leurs gémissements s'estompaient matin après nuit, de mois en mois. Un jour, ils sortiraient à peu près rétablis, tordus ou amputés, mais ils sortiraient. C'est alors, dérangeant le monde des heureux, qu'ils entameraient leur calvaire.

Et plus on les entourait, plus on les réconfortait, on les choyait, plus ils auraient mal. Et plus tôt cette guerre serait perdue – car ils savaient, en revenant, qu'elle ne pouvait pas être gagnée –, plus vite on les plaindrait ; plus vite alors on les détesterait d'être les survivants d'un massacre inutile, un reproche sur béquilles. Les blessés d'Indochine étaient plus à plaindre que ses cadavres.

Sous son extérieur rose et blanc, l'hôpital militaire jouxtait le cimetière dont les longues allées de gravier crissaient sous les pas des cortèges. L'incessant charnier grouillant sous les dalles de marbre était alimenté chaque jour, bref chemin du drap au ciment.

Les deux blessés que Germaïna soignait n'allaient pas mourir, eux. Un bagarreur violent... un clochard affamé... Elle s'en voulait presque de ne pas les prendre au sérieux. Il ne lui revenait pas de dresser la hiérarchie des souffrances. Elle avait eu les siennes, étalonnées. Mais ceux-là la dégoûtaient. Ils sentaient fort.

— A la douche d'abord, glissa-t-elle à l'autre infirmière. Moi, je ne peux pas travailler dans ces conditions.

— D'accord.

En outre, après les heures passées sous le tombereau de fumier lors de son évasion quelques mois plus tôt, il lui semblait que son nez serait irrité à jamais. Elle se soûlait du moindre parfum. Il lui fallait souvent serrer les mâchoires dans les odeurs d'éther, de formol, et de toutes les substances effrayantes qui, d'une salle à l'autre, se battaient contre l'air pur. En revanche, elle aimait bien les effluves de l'alcool à 90° , purifiant.

— Je vais raser sa tignasse, précisa l'autre infirmière en désignant le clochard tremblant dans sa position de fœtus.

Germaïna continua de nettoyer le sang séché sur la tête de l'autre, à petits coups, doucement, sans s'inquiéter des grognements qu'il poussait quand l'alcool atteignait une plaie.

Derrière, elle entendait les ciseaux qui taillaient dans la masse énorme de la barbe et des cheveux du clochard, que sa collègue tentait de calmer par des murmures distraits.

Germaïna soupira. Pénibles, ces déchets...

Après avoir à peu près nettoyé son blessé, elle se pencha vers lui :

— On va vous mettre des pansements. Et vous pourrez sortir ce soir.

Elle n'allait pas lui dire bien sûr : « Ne recommencez pas, soyez sage, ne vous bagarrez plus », et pourquoi pas : « Gentil garçon » en lui tapotant l'épaule. Elle en avait d'autres à soigner, en attente. La journée n'y suffirait pas, sans manger à midi.

Tout en repoussant le lit dans son coin, elle aperçut sa collègue qui coupait maintenant le pull-over ignoble enserrant le torse du clochard. Celui-ci gardait toujours les mains enfoncées sous son pantalon et elle ne pouvait pas faire passer le vêtement par-dessus sa tête – que Germaïna ne vit pas tout de suite.

— Allez, allez ! il faut sortir ces mains, quoi ! riait l'infirmière en tirant sur les bras du clochard, qui refusait.

Elle tira encore, plus fort, s'énervant. L'homme poussa un hurlement. Puis, entre borborygmes et mots articulés, il l'insulta. En basque.

Rien de surprenant ici. Germaïna s'adressait ainsi à sa collègue toute la journée, mais elle se figea : elle connaissait cette voix.

Eraillée maintenant, comme hors d'usage, la même voix pourtant. Elle se retourna d'un bloc.

D'abord, Germaïna vit les deux mains que sa collègue avait réussi à tirer hors du pantalon et comprit pourquoi l'homme avait hurlé, puis, de souffrance rageuse, éructé ses insultes : les doigts se courbaient en tous sens, brisés. Gonflés, bleus, cassés.

Avalant sa salive, elle remonta le long du corps toujours recroquevillé, au torse décharné et sale où trainaient des lambeaux du pull-over découpé, qu'on jetterait tout de suite dans la poubelle aux déchets, et elle arriva au visage. L'homme cherchait à s'enfouir dans le drap, mais Germaïna voyait.

Elle faillit s'évanouir et s'accrocha à l'infirmière en sentant sa jambe droite lâcher. Ça lui arrivait lors de fortes émotions. Elle en avait connu, par exemple en découvrant le *gudari* devant son lit, ici même, des mois plus tôt, quand elle avait enfin ouvert les yeux après son évasion d'Espagne et qu'il était là, aussi doux que ferme. Elle s'était sentie paralysée.

Se tenant toujours au bras de l'autre infirmière, elle se pencha sur le côté pour mieux voir le visage que l'homme, à bout de forces, avait cessé de frotter contre le drap et qu'il tournait enfin vers elle, yeux fermés.

Barbe taillée court, cheveux coupés ras en ligne toute droite d'une tempe à l'autre, ces yeux noirs, immenses, inoubliables, qu'elle devinait sous les paupières, Germaïna vérifia avant de murmurer, si bas que l'autre n'entendit même pas :

— Tchema.

Elle vit les yeux s'ouvrir, toujours ronds et grands, et cette fois deux énormes larmes sortirent, roulant vers les premiers poils de la barbe.

Tchema aurait bien voulu sourire, mais il ne pouvait pas.

31

Le jet décapait, et l'eau ruisselait en filaments noirs qui s'allongeaient et se courbaient en spirales jusqu'à être engloutis dans la bonde. Tchema rentrait son menton dans sa poitrine, à vouloir que toute sa tête soit absorbée par son torse.

Sombre de crasse, recroquevillé sur le carrelage mouillé, il aurait fait penser à un cancrelat qu'on chasse avec une lance à eau. Les mains, au bout de ses bras croisés sur lui, avaient été entourées de sacs imperméables, bien serrés aux poignets, faisant comme des gants brillants. A travers, Germaïna voyait le bout des doigts se crisper et les pieds trembler.

Nu par terre... replié... Les poils de son corps, à peine distingués de la crasse les collant à la peau, apparaissaient maintenant comme des fils noirs bien alignés, luisants, dérangés parfois en épis quand Germaïna l'aspergeait en va-et-vient.

A trois mètres de lui, dirigeant le jet dont on se servait pour des massages brûlants, nécessaires à certains convalescents, ou pour calmer des agités, d'eau glacée dans ce cas, Germaïna serrait les mâchoires. Elle tournait le dos à la porte, masquant la lucarne. La douche créait de la vapeur et embuait la vitre. Par terre, Tchema couinait parfois sous un pic de la lance.

Elle ne l'avait évidemment jamais vu nu, et jamais la forme de son corps ne l'avait tracassée, à part la tête, à part les yeux. D'ailleurs, elle ne ressentait rien, face à ce dos et ces épaules, ces fesses où l'eau projetée détachait des croûtes de crasse, laissant apparaître une chair blanche et fumante. Le plaisir de la purification, connu et appliqué à d'autres taches, Tchema le lui avait appris des années plus tôt. Là, c'était un plaisir de lavandière. Quant au visage, quant aux yeux, elle ne les voyait pas, mangés par la barbe, même courte, et les paupières closes.

Quand elle eut fini de l'asperger de tous côtés, tournant autour de lui, l'obligeant à déplier ses jambes pour en nettoyer l'intérieur, et puis le ventre, la poitrine, fouillant avec le jet sous son menton, Tchema trépignait sur le sol carrelé de la douche, comme un animal à la toilette qui rechigne mais ne peut s'échapper. Elle ferma enfin le robinet. Tout devint calme.

Dès qu'il sentit qu'on ne l'aspergeait plus, Tchema reprit sa position recroquevillée, tout rose. Après le sifflement du jet et les trombes d'eau, le silence sembla plus impudique que le vacarme du nettoyage.

Germaïna raccrocha le tuyau à son support et prit une très grande serviette accrochée avec d'autres autour d'une canalisation le long du mur, où passait l'eau chaude qui avait tiédi le tissu. Celui-ci grattait, rêche comme un gigantesque gant de crin. Elle le saisit aux deux bouts, le fit claquer devant elle pour l'assouplir, puis le laissa descendre sur le corps de Tchema, comme une voile blanche qui s'affaisse.

La serviette le recouvrit entièrement. Germaïna en rabattit les coins sur lui pour qu'ils ne baignent pas dans les flaques, puis roula un bord pour dégager le visage. Elle frotta les épaules, le dos, prenant soin de ne pas toucher les mains. Puis elle lissa les cheveux en arrière. Coupés court et si drus, ils revenaient en brosse. Elle posa la main sur les paupières pour qu'il ne les soulève pas.

— Sèche-toi tout seul, glissa-t-elle à son oreille. Tout va bien ? Crispe tes paupières, je le sentirai.

La peau bougea sous sa paume.

— Je t'attends dehors.

Germaïna se releva, laissant le plus longtemps possible la main sur les yeux, puis fit demi-tour brusquement et sortit.

Le long du couloir, appuyée aux montants du lit sur lequel elle avait amené Tchema dans cette salle isolée pour les puissants lavages, demandant à une jeune soignante de dénuder le jeune homme, de jeter ses hardes puantes et de l'amener au centre de la pièce à douche, prétextant un soin urgent dans une chambre voisine, après l'avoir retrouvé comme un tas noir et tremblant, tête cachée, après l'avoir décapé, lavé, rincé, séché, Germaïna le vit enfin sortir, tenant mal sur ses jambes.

Seuls le bas des mollets et les pieds émergeaient de la longue serviette qu'il avait serrée sous les aisselles. Mouillée, elle collait à des parties du corps.

Germaïna réalisa qu'elle le voyait pour la première fois en blanc. Il lui parut moins maigre que tout à l'heure, à terre. Il resta là, devant elle, yeux baissés. Il n'osait plus avancer. Elle le laissa un moment debout, douce et ironique à la fois, puis se détacha du lit pour le guider jusqu'au bord, le faire asseoir doucement, puis saisit les jambes et les remonta pour le faire pivoter sur les fesses et l'allonger. Il gardait les yeux clos, et il valait mieux sans doute. Germaïna craignait de replonger brutalement dans ces globes noirs et immenses. L'avait-il seulement reconnue ?

Ses cheveux blancs avaient allongé, mais enfouis sous le bonnet d'infirmière, s'en rendait-il compte ? Son corps s'épanouissait, moins creusé qu'à son départ. Surtout, lui était à moitié évanoui, blessé, souffrant, tandis qu'elle était lucide, très vigilante. Non, il ne devait pas savoir... sa voix peut-être ? Elle lui avait parlé. Il avait acquiescé par gestes : oui, sa voix, sûrement.

Il était parti depuis plus de huit ans... Missionnaire exalté, elle le retrouvait clochard exténué. Revenait-il vraiment d'Indochine ? Qu'avait-il vécu ? Elle n'était plus nonne, il n'était plus curé... Elle soignait des blessés, c'était un mort-vivant... Mille questions se bousculaient sur ses lèvres. Il répondrait, mais elles ne changeraient rien : c'est bien Tchema qu'elle poussait vers le dortoir sur un lit roulant ; c'est son Tchema qu'elle installait au bout d'une rangée comme sur une place enfin libre devant un magasin ; son Tchema qui dormait. Elle colla une oreille près de sa bouche, le souffle était régulier, bien chaud et d'une odeur forte. Elle songea tout de suite à ajouter le nom de « Tchema » sur la liste du dentiste de l'hôpital.

Puis elle le laissa dormir. Elle ne revint que le soir, une fois les repas servis. Elle avait faim aussi, presque à bout de forces, mais elle revint d'abord le voir.

*

Le soir tombait et le dortoir devenait sombre. Les lueurs bleuâtres des veilleuses au plafond et aux coins de la salle donnaient aux corps sous leurs draps des formes de linceuls, comme si l'on pénétrait dans une gigantesque morgue. Les malades, s'ils ne dormaient pas, baignaient dans leur souffrance, preuve qu'ils étaient vivants.

Dans la demi-pénombre, Germaïna se dirigea à travers les rangées, jusqu'au bout, au lit de Tchema. Elle l'observa un moment, à quelques mètres. Il ne bougeait pas, bien allongé, les bras sous le drap. Germaïna voyait les bosses que formait le plâtre autour des mains, comme s'il s'était couché avec des gants de boxe. Elle remarqua tout de suite qu'il avait les joues glabres à nouveau. Une autre infirmière avait dû passer – à sa demande ? Et puis non : ses yeux s'habituant dans le noir, elle remarqua qu'on avait laissé une fine moustache descendant sur le côté des lèvres, formant un bouc entourant le menton. Sur sa bouche petite et fermée, ce rond de poils donnait une image... elle ne savait trop comment se le dire... une image répugnante. Elle décida de le faire raser dès le lendemain matin.

Elle fixa enfin les yeux seuls. Il semblait dormir. Avec délicatesse, elle tira le haut du drap, découvrant une ample chemise blanche d'hôpital qui recouvrait son torse. Elle alla jusqu'aux mains et, très lentement, une par une, glissant les siennes sous le plâtre, les souleva et les remit sur le drap, qu'elle remonta jusqu'au menton. Elle le regarda à nouveau, il n'avait pas bougé. Mais elle n'entendait pas son souffle. Elle se pencha avec lenteur comme si elle avait voulu éviter le moindre craquement de ses os et, dans le silence total de la salle, elle effleura la racine de ses cheveux, si basse sur le front, en retenant son souffle. Pas un baiser, un frôlement.

Puis elle quitta le grand dortoir. Elle aurait juré qu'il l'avait entendue, peut-être aperçue en soulevant une paupière. Elle était certaine qu'il ne dormait pas.

Elle quitta sa blouse blanche et l'accrocha dans le vestiaire de fer où elle laissait ses affaires, puis enfila une cape bleu marine qui servait en toutes saisons, sauf au plus chaud de l'été, et sortit de l'hôpital. Elle traversa les cours. Tout dormait. Les chaussures en caoutchouc chauffaient ses pieds et ne faisaient aucun bruit le long du trottoir longeant le mur du cimetière, et à peine davantage sur la terre gravillonneuse qu'elle descendit tout au long des allées Paulmy jusqu'au pont et jusqu'au petit Bayonne, le vieux quartier.

Elle avait faim, mais la marche l'avait occupée. Quand elle entra chez elle, le *gudari* mangeait.

Il lui sourit et après avoir accroché sa cape, Germaïna s'assit en face de lui, de l'autre côté de la petite table en bois au centre, pas loin de son lit.

Elle remarqua sa chemise blanche aux manches retroussées sur ses avant-bras bruns, bien repassée. Elle jubilait en taillant un triangle de fromage de brebis et un morceau de pain à l'huile d'olive, ce *txapata* qu'elle adorait. Elle se servit un fond de vin rouge dans un verre plat sans pied. Puis elle leva les yeux en mastiquant sa dernière bouchée :

— Tchema est revenu.

Absorbé à piquer un morceau de fromage de la pointe du couteau, il grogna :

— Qui ?

— Tchema.

Il leva les sourcils, sans comprendre, mais Germaïna vit ses mâchoires se crisper.

— C'est vrai, tu ne le connais pas ! dit-elle en riant.

— Et qui sait ? Des Tchema, j'en connais, j'en ai connu.

— Celui-là, il est unique.

Elle se leva et vint vers lui, le forçant à se reculer sur sa chaise. Puis elle s'assit sur ses cuisses et passa la main sur cette joue que la barbe ombrait en fin de journée. Elle la caressa, aimant le râpeux, et le bruit. Elle passa son doigt sur le front du *gudari*, à la racine des cheveux toujours lustrés vers l'arrière, séparés par une raie comme une cicatrice blanche de couteau. Puis elle lui tint le menton entre le pouce et l'index :

— C'est un curé, alors tu sais...

Sous ses cuisses, elle sentit vraiment celles du *gudari* se détendre.

— Ç'a été le grand amour de ma vie. Ce n'est pas le mot, continua-t-elle en se levant comme si elle ne voulait pas les sentir aussitôt se crisper.

★

Le lendemain matin, en prenant son service, Germaïna se rendit d'emblée au grand dortoir. Déjà les infirmières allaient et venaient dans les allées. On réveillait les malades. Sans doute, plus loin, on dresserait un paravent pour isoler un mort de la nuit.

Le lit de Tchema occupait la dernière place de la rangée. Elle ne le voyait pas encore, puis soudain fit demi-tour en songeant à ce bouc et ces moustaches qu'elle détestait et qu'elle allait demander qu'on rase tout de suite – ou elle le ferait elle-même, allez !

Demi-tour, puis elle se figea, alertée. Ses yeux avaient enregistré...

Elle inspecta mieux le fond de la salle, et le lit où elle avait laissé Tchema la veille. Il était vide.

Elle s'approcha en courant, bousculant d'autres soignantes. Il n'y avait rien, personne. Le lit était refait. La table de nuit et la chaise nettoyées. Au pied, plus de feuille blanche, mais le carton marron et la pince où l'on accrochait la fiche du patient, disparue.

Germaïna agrippa le bras d'une infirmière qui passait, manquant de lui faire lâcher sous sa forte poigne le flacon qu'elle tenait.

— Le malade, là ! haleta-t-elle en désignant le lit.

L'autre sembla faire un effort de mémoire. Il y en avait tant, de ces corps sous leurs draps. Enfin, elle se souvint :

— Parti.

— Parti ? Mais où ? Quand ?

— Parti, à l'aube.

— Mais il pouvait à peine marcher !

— Ah ça ! On ne l'a pas retenu. Ça fait un lit pour les autres. Tu le connaissais ?

— Non, non... fit Germaïna avec brusquerie.

— Bon alors, s'impatienta l'autre, se dégageant et filant.

32

Il rôdait devant la Maison, sans la reconnaître. Pourtant, Tchema ne doutait pas d'avoir suivi le bon chemin. Alors, sa fatigue extrême l'avait égaré ? Ou bien ces années passées loin, et ce qu'il avait vu et subi, brouillaient sa mémoire ? Il montait l'allée en titubant. En haut, l'hôtel Etcheverry ne l'attendait pas, mais se dressait quand même devant lui, plutôt comme un rempart. C'était bien la Maison et ce n'était plus la Maison, mais était-il encore lui-même ?

Un bruit de moteur lourd et un coup de klaxon le firent se pousser sur le côté. Un camion le doubla, sa bâche marron battant ses flancs. Dans l'entrebâillement, à l'arrière, il aperçut des cageots. Puis la poussière soulevée dans l'allée et les effluves âcres brouillèrent sa vue et le firent tousser. Le camion lui faisait penser à ceux des militaires qui l'avaient si souvent dépassé dans le vacarme, là-bas sur les routes indochinoises. Tous les camions se ressemblaient sur terre, tous laids.

Tchema s'essuya les yeux et la bouche de sa grosse veste de velours, trop ample, puis remit sa main dans le bout de l'autre manche et grimpa l'allée, chaque main dans la manche de l'autre bras, comme liées par une camisole de force. Il portait un pantalon luisant d'usure et des chaussures qui avaient beaucoup marché. En s'habillant à l'hôpital, il avait renfilé ses frusques, sauf le pull-over qu'on lui avait découpé avant de le doucher. Il portait sous sa veste celle du pyjama qu'on lui avait fourni, boutonnée jusqu'au cou. Il n'avait pas retrouvé ses chaussettes et allait pieds nus dans ses croquenots.

Marchant dans Bayonne, se figeant chaque fois qu'il apercevait un groupe de parachutistes montant vers la citadelle après la dernière nuit des Fêtes, il se mettait à trembler. Mais personne ne s'intéressait à lui. Propre et rasé, à part le bouc qu'on lui avait laissé autour de la bouche, un béret sur la tête, bas sur le visage, il se tenait debout. C'est à terre, clochard hirsute jusqu'à la veille, qu'on lui aurait tapé dessus. Maintenant, son allure imposait l'indifférence car l'habit fait le moine : il n'était d'ailleurs plus moine, ni curé, ni séminariste. Dieu l'avait abandonné dans les rizières. Il ne l'aurait pas cru capable – Dieu avait aussi abandonné Germaïna dans les prisons de Pampelune... Tchema cherchait sa dignité, et ne pas être revu par Germaïna à l'hôpital, nu sur un carrelage. Au contraire, avancer droit, vers sa Maison.

Il venait de suivre une route par instinct, comme un chien retrouvant son chemin. Longtemps après, il cherchait la Maison Etcheverry. Il savait à peu près, pas trop, reconnaissant un hameau ici et là, se trompant de colline, croisant des voitures qu'il n'avait jamais vues et des carrefours goudronnés qu'il reconnaissait à une vieille croix de pierre devant laquelle il avait dû s'arrêter jadis pour prier, sans doute.

Puis la Maison surgit enfin dans la lumière matinale qu'il aurait reconnue entre mille parce qu'une lumière, depuis que Dieu l'a faite, ne change plus. Il avait marqué un temps en bas de l'allée, tout de même surpris par les couleurs vives des murs et des volets, et ces lettres droites qui barraient la façade : « Hôtel Etcheverry », juste au moment où le camion avait klaxonné derrière lui.

Maintenant, il arrivait dans la cour et passa devant les voitures alignées, de belles autos aux capots clairs. Son regard glissa sur ces tôles lustrées. Sans doute les lavait-on le matin avant le réveil des clients ? Qui tenait cette Maison maintenant, cet hôtel ? Il n'y avait plus de bêtes, tout dormait.

Il faillit faire demi-tour. Ah si ! un vieux chien énorme balançait ses besaces de bourrelets à chaque pas en s'approchant de lui. Tchema le reconnut et fit quelques pas de côté. Du coup, il aperçut au coin de l'hôtel la pointe du camion qui l'avait doublé. Tchema vit un homme grand et brun, aux cheveux lustrés, qui tirait des cageots de sous la bâche. D'autres bras s'en saisissaient et, en plissant les yeux car le soleil commençait à le frapper de face, Tchema reconnut Goïzane. Germaïna devait encore dormir, en haut. Il ignorait qu'elle ne vivait plus ici et n'avait jamais vu la Maison transformée. Comment avaient-ils arrangé à l'intérieur ? Qu'étaient devenues leurs chambres ? Pour des clients ? Elle lui ferait visiter.

Il avança encore. Cette fois, le chien reniflait ses talons, très intéressé. Tchema s'arrêta et observa la masse de poils qui dépassait la hauteur de ses genoux.

— Le Moelleux, dit-il doucement.

Sa voix était moins éraillée quand il parlait bas.

— Tu vis encore ! Tu as cent ans, pauvre chien.

Il aurait voulu le caresser, mais il n'osait sortir ses mains, craignant le moindre contact sur ses doigts blessés.

La voix, et l'odeur enfin, même si mille autres s'y mélangeaient, réveillèrent l'énorme chien qui reconnut Tchema. Sa queue se mit à battre, entraînant son gros arrière-train dans une danse comique. La graisse des bourrelets tremblant comme une onde jusqu'à la tête, il essaya de se soulever avec des mouvements curieux, les quatre pattes sursautant ensemble, trop lourd pour se hisser et en poser deux sur les épaules. Il se contenta de balancer ses babines. Tchema sourit en constatant la constellation de miettes qui voletaient. Le chien lui rappela les bouddhas, ceux qu'on voyait en statues dans les temples au Tonkin, si délirants dans une population aussi maigre et sèche que lui.

Il avait tourné le coin de la Maison et Goïzane le vit la première, sans le reconnaître. Elle fit un signe de tête en posant un cageot par terre et s'approcha en essuyant ses mains sur son tablier.

— Bonjour, dit Goïzane. Vous voulez ?

Tchema, le béret bas sur le front, baissait la tête.

D'abord surprise de voir le chien manifester de la joie devant un étranger, Goïzane le rappela :

— Moelleux ici ! ordonna-t-elle en basque.

Mais le chien levait son large museau vers Tchema puis vers elle, dans un va-et-vient qui semblait interroger : « Tu ne le reconnais pas ? » Tchema releva la tête et Goïzane vit enfin les cheveux bas sous le béret et les yeux ronds et intenses qui la fixaient. Elle en oublia le bouc qui le défigurait :

— Ça alors !

Elle s'avança, la main tendue. Mais Tchema gardait les siennes enfouies dans les manches.

Goïzane resta un peu bête, la paume en l'air, et Tchema sortit alors les siennes lentement pour lui montrer ses doigts entourés de bandes. Mais il lui souriait en même temps et elle lui trouva l'air bien triste. La vieille veste de velours et le pantalon usé, tout trop grand, n'inspiraient pas la gaieté, ni ce béret ramené devant comme un paravent.

— Tchema ! Ça alors, mais je ne m'attendais pas... mais je...

Agitée, elle se tourna vers les cuisines et cria :

— Jon, viens voir ! Tu ne devineras jamais... Mattin... Iloba, venez voir !

A la fenêtre du bas apparut le visage épais de Nabar. Goïzane l'interpella avec gaieté :

— Nabar, regarde. C'est Tchema. Tu te souviens ?

Le simplet le fixa puis émit un borborygme content.

Sans doute fier d'avoir eu confirmation de son odorat en entendant le nom, le chien se mit à remuer ses babines grisonnantes, se cognant aux jambes de Mattin, de Jon et d'Iloba qui venaient d'apparaître sur le seuil, passant de l'un à l'autre en attendant la récompense de son bon flair.

Ils n'avaient pas changé. Sauf Iloba : Tchema écarquillait les yeux devant ce jeune homme haut et fort, dont il reconnut aussitôt le sourire, un rayon illuminant les lèvres. Il avait doublé de taille en quelques années. Jon peut-être avait perdu des cheveux... Goïzane ressemblait à la mère dont il se souvenait maintenant, les crans bruns étagés sur le crâne... Mattin restait en retrait. Tchema vit qu'il tenait un enfant par la main. Son fils ? Où était l'épouse alors ?

Il restait devant eux, planté, comme au centre d'une scène. Il commença à se sentir mal à l'aise. Heureusement, la porte du camion, qui venait de claquer, détourna l'attention. L'homme au volant avec ses cheveux bien lustrés sortit la tête par la portière et agita le bras pour dire au revoir. Puis il démarra, envoyant un nuage de fumée d'huile vers le groupe. Chacun rentra la tête dans les épaules.

— Tu nous empestes avec tes camions, Mattin ! rouspéta Goïzane.

Le bruit de tôle s'estompa tandis qu'il descendait l'allée vers la route.

— Rentrons, proposa Goïzane.

Elle fit demi-tour en murmurant encore des « Ça alors... Ça alors », mais Tchema ne bougeait pas. Elle se retourna et l'interrogea du regard.

Tchema toussota pour éclaircir sa gorge :

— Germaïna est là ?

Ils furent surpris par sa voix cassée, comme celle d'un vieux qui aurait trop fumé, beaucoup bu, beaucoup crié peut-être.

— Elle n'est pas là, dit Jon.

— Elle va venir ? Quand ?

— Elle ne vient pas.

— Ah !

Tchema tourna sur lui-même, tapant dans un caillou :

— Je croyais qu'elle était là.

Il avait senti une gêne s'installer, plutôt une froideur, comme s'il avait entrouvert la porte d'une pièce mal chauffée.

— Rentrons, ordonna cette fois Goïzane.

*

Dans la cuisine, ils s'assirent autour de la table et Goïzane apporta une cafetière. Elle remplit un bol pour chacun. Tchema restait debout, comme s'il n'osait pas se joindre à eux.

— Alors tu t'assois ou tu vas nous faire la prière ? le moqua gentiment Jon.

Tous venaient de prendre conscience qu'il ne portait plus de soutane, l'habit dans lequel ils l'avaient toujours vu. Il ne leur rappelait pas des souvenirs vraiment chers, mais ils ne lui en voulaient pas, c'était loin.

Jon lui désigna une chaise. Tchema s'y assit, se tortillant pour la bouger et coinçant ses jambes contre les pieds pour la faire avancer en quelques petits coups jusqu'au bord de la table. Il gardait toujours ses mains cachées dans le bout des manches. Goïzane glissa vers lui un bol de café noir. Il se pencha pour souffler et le refroidir. On l'aurait dit manchot.

Jon et Goïzane se regardèrent, gênés. Elle s'apprêtait à prendre le bol et à le lui monter jusqu'aux lèvres pour qu'il boive, lorsque Tchema sortit lentement ses mains. Les autres découvrirent ce qu'elle avait vu plus tôt, les doigts entourés de bandes, et ils eurent un mouvement de recul.

Tchema coinça ses poignets contre les bords du bol et très lentement le monta jusqu'à sa bouche pour avaler une gorgée. Il le reposa doucement dans le silence qui s'était installé autour de la table.

Ils eurent hâte de le briser :

— Alors, tu vas nous raconter maintenant.

— Tu es parti comme un voleur, tu sais !

— On se demandait si tu n'étais pas mort.

— Où habites-tu maintenant ?

— Tu ne mets plus ta soutane ?

— Qu'est-ce que tu as fait pendant tout ce temps ?

— Ha ! Il ne veut pas répondre...

— Tu es peut-être marié ?

— On en a vu, hein, des prêtres, finalement... Pas vrai ?

— Tu travailles ? Tu fais un métier ? Enfin, je veux dire, curé, c'est pas comme un métier...

— Tu as peut-être des enfants, farceur !

Ils étaient joyeux. C'était pénible.

— Laissez-moi, laissez-moi... s'effondra soudain Tchema, les coudes sur la table et les poignets contre les yeux. Le bout de ses doigts heurta le bord du béret, lui arrachant un cri de douleur mélangé au sanglot.

Tous s'étaient figés. Goïzane, assise à côté de lui, mit sa main sur son épaule qu'elle sentit tressauter sous la trop grande veste, mal remplie. Elle remarqua combien il était décharné, le cou étroit.

— Mais vous l'embêtez aussi ! reprocha-t-elle injustement aux autres. Laissez-le. D'abord, on a du travail, c'est l'heure. Tu as faim, tu veux une omelette ? demanda-t-elle en essayant de voir sous les mains pansées de Tchema.

Il fit non de la tête, en reniflant.

— Bon, de toute façon, tu vas rester là. On parlera ce soir si tu veux. Ou bien on te ramène chez toi ? Tu reviendras après, quand tu pourras. Mattin te ramène en ville. Tu habites où ?

Sous cette voix douce, Tchema avait encore plus envie de pleurer. Mais il prit sur lui, avala sa salive et les yeux toujours cachés dans les poignets, répondit doucement :

— Je n'habite pas.

Après un silence ahuri, Goïzane ordonna :

— Bien. Alors reste un peu ici. Iloba, tu vas lui indiquer la chambre, donne-lui... attends que je me souvienne, la 6, oui, elle est libre. D'accord ? insista-t-elle auprès de Tchema en tapotant son épaule.

Mais elle n'attendit pas la réponse et se leva comme les autres. Des clients descendaient pour le petit déjeuner. Certains, qu'on voyait par la fenêtre, chargeaient des valises dans leurs voitures. Soudain, l'hôtel s'animait. Deux jeunes servantes venaient de pénétrer dans la cuisine et, sans faire attention à l'assemblée sauf à saluer de la tête, se dirigeaient vers l'office où elles allaient se changer pour le service.

Chacun s'éparpilla et Tchema monta derrière Iloba jusqu'à la chambre. Le jeune homme lui montra le cabinet de toilette, les serviettes, l'armoire, tira les rideaux pour éclairer, puis, se ravisant, les referma.

— Je travaille à l'hôtel du Palais, tu sais, annonça-t-il avec pas mal de fierté.

Tchema hocha la tête, comme impressionné. En fait, il ignorait de quoi parlait Iloba. Il lui tardait qu'il sorte et qu'il puisse s'effondrer sur le lit, un vrai lit, des draps, un oreiller, et une odeur fraîche comme il n'en avait pas connu depuis des années.

Jusqu'au soir, il resta allongé sur la couverture, les bras le long du corps et les yeux ouverts. Pourtant, il préférait dormir en d'épouvantables cauchemars, plus supportables que les images ignobles qui passaient dans sa tête, comme pendant toutes les autres journées depuis son retour d'Indochine.

⋆

A la fin de ce même jour, le *gudari* gara le camion sur la place en dessous de ses fenêtres. Il lui fallait parfois tourner un moment avant de trouver un emplacement. Les soirs semblaient paresseux à se coucher, comme les gens. Des femmes sur des chaises prenaient le frais en bas des immeubles. Dans le très vieux quartier, que la lumière abandonnait avant les autres, des fenêtres brillaient. Il leva les yeux vers les siennes et reconnut, contre le rideau tiré, le buste et le visage de Germaïna.

Son service à l'hôpital durait parfois toute la nuit, ou débutait très tôt. Alors, elle rentrait avant lui, et il la découvrait d'en bas, derrière la vitre. De temps en temps, elle souriait. Ses cheveux avaient poussé. Elle les coiffait souvent en tresses blanches, juvénile soudain, avec un air de petite fille immense que démentait le regard.

Malgré sa fatigue, le *gudari* monta les escaliers quatre à quatre pour la retrouver, sans doute occupée déjà à cuisiner. Parfois, ils descendaient dans les *bodegas* sous les arceaux ; souvent, elle préparait un plat, rarement succulent. Faire la cuisine l'ennuyait.

Quand il entra dans la pièce, Germaïna n'avait pas bougé de la fenêtre, de dos. Les tresses traçaient deux traits en biais, et la tête semblait toute ronde au-dessus, mais une raideur s'en dégageait. Il vint à ses côtés et frotta son bras, pour un bonsoir pudique. Il essayait de deviner ce qu'elle surveillait dehors. En bas, il n'y avait que des gens qui passaient en groupes, des couples enlacés, le brouhaha tranquille d'un soir d'été après les Fêtes.

Il la détailla de profil. Rien que la ligne de son front, du nez et de la bouche, dénotait la tristesse.

Il passa dans la chambre et referma la porte. Puis il remplit le seau d'eau, le suspendit au crochet du plafond et se mit nu. Tirant le rideau, les pieds dans la bassine, il fit glisser la plaque de métal qui obstruait les trous du fond et se laissa asperger d'eau fraîche avant de frotter tout son corps.

Un quart d'heure plus tard, il ressortit, vêtu de frais. Germaïna était toujours devant la fenêtre.

— On descend dîner ?

Elle se tourna lentement, et là, il vit son regard vide.

— Franchement, je n'ai pas faim.

— Moi si ! s'esclaffa-t-il pour alléger son ton. Je mangerais la terre entière.

Elle ne répondit pas et alla s'asseoir sur son canapé, en traînant presque la jambe, ce qu'il mit sur le compte de ses pieds encore de travers.

Elle changeait rarement d'humeur si vite. Or, la veille encore, presque tendre pour une fois, s'étant assise sur ses genoux, très molle d'un coup, elle avait l'air gai.

Tout en enfilant une veste, parce qu'il mourait vraiment de faim et avait décidé de manger tout de suite pour la laisser seule, il descendit dans un bistrot tenu par un Espagnol, un réfugié avec lequel il n'évoquait jamais le passé. Quant au présent... Les passages côté sud présentaient trop de danger depuis l'évasion de Germaïna. Il aidait, lui, pour des papiers, des cachettes. La guerre n'était pas finie mais les rangs s'étaient clairsemés.

Quand il remonta assez tard, Germaïna dormait – du moins la vit-il allongée sur son canapé, la tête tournée vers le mur. Il entra dans sa chambre et se coucha.

Les mains derrière la nuque, les yeux au plafond, il n'arriva pas à trouver le sommeil. De l'autre côté de la cloison mince, vieille, il entendait Germaïna bouger. Les ressorts grinçaient. Lui, il avait bu du mauvais vin, ça l'énervait.

Au bout d'un long moment, il se leva, peut-être en pleine nuit car il faisait noir. Sans rien allumer, il sortit de la chambre et s'approcha du canapé de Germaïna.

Elle aussi sur le dos, elle aussi les mains sous la nuque, les tresses défaites... Les longs cheveux blancs, qui semblaient blonds dans la pénombre, masquaient à moitié son visage. Germaïna ne dormait pas. En l'entendant s'approcher, elle dégagea une mèche devant ses yeux. Elle n'éprouvait pas d'angoisse, sachant qu'il ne la toucherait pas. Ce n'était pas ça...

Le *gudari* s'accroupit à la tête du canapé, près de son visage.

— Tchema ? demanda-t-il.

Elle se contenta de faire oui de la tête et parvint à ne pas broncher, attendant la suite. Mais la suite ne vint pas. Germaïna maugréa enfin :

— Il est parti. Il a disparu.

Le *gudari* soupira puis, tournant sur lui-même, il s'assit sur le parquet, le dos contre le montant du canapé. Il préférait parler sans la voir, parce que la voir valait une caresse comme en vrai, et elle n'avait pas encore accepté.

Il croisa ses jambes en tailleur et parla, avec sa voix lente, presque monotone, la seule qui rassurait par moments Germaïna :

— Tu parlais du grand amour de ta vie.

— Faut-il en parler ?

— Décide.

— Je vais te dire la phrase la plus idiote et en même temps la plus vraie : tu ne peux pas comprendre.

Germaïna sentit contre le bord du canapé le dos du *gudari* se raidir.

— Ne te vexe pas. Tu ne peux pas comprendre pour la raison la plus simple du monde : moi-même, je ne comprends pas.

— Alors ?

— Tu sais que je suis folle.

— Pardi !

Il se retenait de lui parler comme à une enfant. En tresses et dans sa robe légère, elle évoquait cet âge, mais le reste détonnait. Il connaissait sa vie : elle avait perdu ses jouets depuis longtemps. Lui-même avait appris très jeune que le bandeau de colin-maillard dans leurs jeux d'adultes précoces rougissait souvent du sang des fusillés liés à un poteau, et que les vrais voleurs ne s'en tirent pas avec un « c'est pas d'jeu » contre les vrais gendarmes. Elle avait tué, et pas avec un couteau en carton de carnaval. Il avait compris qu'elle serait de ces femmes qui toute leur vie sont des petites filles beaucoup plus courageuses que les hommes adultes.

D'une voix monocorde derrière sa tête, Germaïna continuait :

— Chaque fois que j'ouvre les yeux, j'ai l'amour en face.

Il ne sut quoi répondre. D'ailleurs, elle ne semblait rien attendre.

— Et chaque fois, continuait-elle, je suis dans un lit. Tu vois, c'est ça être folle : être dans un lit face à l'amour et ne jamais le faire.

Il sentit un frisson le traverser parce qu'elle disait ces mots-là pour la première fois. Lui-même se raidissait tant dans sa pudeur d'Espagnol qu'il n'avait jamais employé un terme cru devant une femme. Entre hommes parfois, et il en goûtait peu.

Il entendit Germaïna déglutir derrière lui et soliloquer :

— Je sors du coma et je vois deux immenses yeux ronds qui barrent tout le paysage ; je suis allongée dans un lit blanc, et des malades autour ; ensuite je rentre au couvent. Je sors de l'évanouissement et je vois deux larges épaules qui barrent tout l'espace ; je suis encore allongée dans un lit blanc, et des malades autour ; ensuite je rentre chez toi. Tu vois ?

— Je vois.

Mais elle semblait ne pas l'entendre, continuant sur le même ton :

— Je suis glacée.

Il s'inquiéta :

— Tu as froid ?

— Mais non, au contraire on crève de chaud, tu ne trouves pas ? Je suis glacée. Dedans.

Il ricana :

— Va le retrouver.

En tendant le bras, elle agrippa son épaule :

— Gudari, ne joue pas. De quoi on a l'air ? On est des vieux combattants, on est un peu morts.

Elle ramena son bras sur ses yeux, s'allongeant plus sur le canapé, bien seule :

— Je n'ai rien à expliquer. Je suis simplement poursuivie. Mais aussi... c'est probable que je t'aime.

— Aussi.

— Je sais. On verra.

Après un long silence, le *gudari* se leva – ses muscles ankylosés depuis le temps qu'il était resté assis en tailleur lui firent mal : la vie morne passait, qui l'usait. Il prit les deux mains de Germaïna dans les siennes et y posa ses lèvres doucement.

Il se coucha et, pendant la nuit, il entendit du bruit à côté. Il savait qu'elle partait.

Après de pauvres heures de sommeil, il se leva à l'aube. Sortant de la chambre, il jeta tout de même un coup d'œil vers le canapé. Il était vide. Plus de sac, pas de béret, ni le *makila*, ni elle. Comme avant, elle avait tout rangé avant de partir.

Il s'habilla vite, à jeun. Il prendrait un café en bas,

avant de grimper dans son camion. Il devait être six heures à peine et les rues seraient encore bleues. Au moment de sortir, il entendit des coups à la porte. Il devina qu'elle ne revenait pas, alors c'était triste ; d'ailleurs, sur le seuil, ils lui apparurent ordinaires, les deux gendarmes, pas bien joyeux.

L'un tenait sa capote à la main, roulée. Le *gudari* savait qu'elle était lestée de plomb, pour le frapper s'il résistait. Ils rêvaient ?

Ils lui présentèrent un papier, qu'il lut à peine. Qu'importe ! Ils lui demandèrent de prendre quelques affaires. Avant de quitter la pièce, il éteignit, et les fenêtres restèrent longtemps opaques.

33

Sans le savoir, ils se croisaient dans un labyrinthe dont bien des passes restaient à explorer : Tchema attendait Germaïna à la Maison, le *gudari* croyait qu'elle y était revenue, Germaïna ignorait que Tchema y demeurait et que son *gudari* avait été arrêté...

A l'hôtel Etcheverry, le néon de la cuisine éclairait comme jamais les visages de la famille attablée. Le support blanc en formica brillait, nettoyé après le repas. Les meubles en bois, les coffres, même l'ancien *kaiku* de la mère, le pot en bois pour le lait des vaches, tout cela trônait maintenant dans la salle à manger des clients. Dans l'entrée, le vieux *zuzulu* du père, le banc avec sa planchette au milieu, suscitait l'admiration quand ils arrivaient, tellement authentique, n'est-ce pas... A se demander s'il n'aurait pas fallu garder un vieux cheval et une carriole, tout hérissé de pompons et de clochettes pour leur faire croire qu'on vivait « comme avant »... immémorial, le pays... Mais la cuisine brillait en blanc, en plastique facile à laver, avec des chaises plates aux pieds d'aluminium. On s'équipait de meubles sortis d'usine, en série. On glissait sur les murs lisses maintenant, blanchis. On ne voyait plus l'ancien alignement des pierres, brisé mais beau, parce qu'elles avaient été posées une par une par les hommes.

Ils parlaient de Tchema – toujours pas descendu.

— Avec ses doigts en compote, qu'est-ce que vous voulez qu'il fasse ? soupira Goïzane.

— Déjà qu'avant, à la ferme !... l'empoté. Tu te souviens quand il fallait rentrer le foin ?

— Misère ! s'esclaffa Jon. Au bout de la fourche, le paquet pesait si lourd qu'il est tombé vingt fois en arrière, la soutane dans les épis.

— Il couinait, je me souviens. Ça lui piquait les fesses.

Goïzane arrêta le fou rire :

— On ne peut pas le renvoyer non plus, vous avez vu son allure ?

— Oui bon, grogna Mattin, on est un hôtel, pas l'auberge du bon Dieu.

— Tant mieux, ironisa Goïzane, puisqu'il n'est plus curé, il semble.

— C'est curieux, remarqua Jon.

Du salon, des notes de piano leur parvenaient depuis un moment. Le petit Anaï faisait ses exercices, si agile déjà qu'on aurait dit de vrais morceaux, et les clients restaient à l'écoute jusqu'à la fin, repus au fond des fauteuils.

En haut dans sa chambre, Tchema entendait lui aussi la musique, sans savoir qui jouait. Les notes roulaient comme une pluie de perles douces. Il avait l'impression qu'une liqueur chaude traversait son corps à la place de son sang, glacé depuis longtemps. Il se leva comme un somnambule et descendit, laissant la porte de sa chambre ouverte, guidé par un fil jusqu'au salon où il découvrit le petit bonhomme qu'il avait vu en arrivant, tenant Mattin par la main. Il s'approcha du piano et appuya ses avant-bras sur le rebord, au-dessus du clavier. Ses doigts enserrés dans leurs bandes pendaient au bout, presque devant les yeux du petit Anaï. Fasciné par ces mains mortes, le gamin les fixait tout en continuant ses gammes à vive allure et très fort, sous le reproche silencieux des clients découvrant cet homme en vieux pantalon usé, portant une veste de pyjama rayée, les mains bandées et les cheveux drus, en ligne basse sur le front.

Dans la cuisine, le son les empêchait de se concentrer – à part le Moelleux, digérant avec sérieux. Eux, en fin de journée, s'irritaient vite.

— Oh, ce piano ! Me fatigue à force, grogna Goïzane. Il joue bien oui, mais quoi... il ferait mieux de travailler à l'école. Il sait à peine lire à son âge.

— Il sait lire la musique, rectifia Mattin d'un ton dur.

Goïzane ne releva pas, mais se tourna vers Iloba :

— Va dire à ton frère d'arrêter.

Iloba déplia sa grande carcasse d'adolescent, sous le sourire fier de sa mère. Lui au moins travaillait, et il était beau, son fils, le vrai.

En arrivant dans le salon, Iloba vit d'abord les yeux des clients, éblouis, gais comme chaque soir pendant le « concert » du petit. Puis, près du piano, il découvrit Tchema, et ses doigts dépassant du rebord, qu'Anaï fixait tout en continuant à jouer sans regarder le clavier. La tenue de Tchema le choqua. On aurait dit un vagabond. Au Palais, il n'aurait même pas franchi la porte à tambour.

Ils allaient encore se récrier, les touristes, quand la musique cesserait.

— Allez, tu arrêtes maintenant, Anaï.

Mais le gamin continuait, comme hypnotisé.

Iloba saisit le lourd couvercle remonté devant le clavier et fit mine de l'abaisser sur les doigts d'Anaï :

— Je t'ai dit d'arrêter ! Sinon... tiens, tu auras les doigts comme Monsieur, menaça-t-il en désignant Tchema.

Anaï cessa aussitôt et recula ses mains, pour les mettre à l'abri sous le clavier. Puis il ouvrit ses grands yeux vers l'homme au-dessus de lui :

— Tu joues du piano toi aussi? demanda-t-il à Tchema.

— Bien sûr, mentit celui-ci. Et je n'ai pas été sage, tu vois ?

Il agitait faiblement ses mains blessées.

Anaï baissa les paupières, les joues gonflées. Iloba le força à se lever et referma le piano, doucement. Les clients, dans un murmure déçu, revinrent à leurs tisanes.

Iloba guidait Anaï vers la cuisine.

— Tu as fait tes devoirs ?

— Ben voui...

— Huit fois huit ? demanda Iloba par surprise.

— Cinq ! lança Anaï au hasard.

Parfois à l'école, il tombait juste, mais rarement. En général, il recevait plutôt un coup de règle sur les doigts et il savait combien cela faisait mal. En biais, il fixa encore les doigts blancs de Tchema, comme des gants que les bandes serraient. Il avait dû en recevoir, des coups...

Et Tchema se penchait vers lui, pour glisser à son oreille : « Soixante-quatre ».

Anaï leva les yeux vers son frère Iloba, si haut au-dessus de lui, et lança, fier :

— Soixante-quatre, tu parles !

Iloba éclata de rire et lui ébouriffa les cheveux, qu'il avait bouclés et noirs, un visage d'ange à la peau un peu jaune. Puis il le précéda vers la cuisine.

Anaï le suivit, en disant à Tchema :

— Tu sais tout, toi.

— Toi aussi, tu le sais maintenant. Combien ça fait ?

— Soixante-quatre.

— Tu vois.

— Tu as mal aux mains ? interrogea le gamin.

— Très mal. Tu auras mal, si tu n'apprends pas.

— Mais pourtant tu sais tout. Alors ? rectifia Anaï avec le bon sens immédiat des enfants.

— C'est que je n'aurai plus mal bientôt.

Près de la porte de l'office, Iloba s'impatientait :

— Vous venez, oui ?

Tchema se baissa à la hauteur des yeux d'Anaï. De loin, la tête bouclée noire et celle drue et raide, chacune sur un visage rond, formaient une double croche sur une portée. Tchema demanda à voix douce :

— C'était quoi, ta leçon aujourd'hui ?

— Les fleuves.

— Euh... tu leur diras : *el Bidasoa* commence à Elizondo et finit à Hondarribia, et relie nos deux pays.

Le visage intelligent d'Anaï s'éclaira. Tchema le poussa vers l'avant, insistant :

— Tu te souviendras ?

— Oui, oui.

Ils entrèrent dans la cuisine. Anaï avait enfoui ses petits poings au fond de sa culotte courte, que des bretelles continuaient sur les épaules. Tandis qu'Iloba reprenait sa place près de son père à table et que Tchema restait dans l'encoignure de la porte, le petit récita :

— La Bidossaoua commence à Elizondo et finit à Hondarribia, et c'est nos deux pays.

— Allons bon, pouffa Goïzane. D'où tu sors ça ?

— Mais c'est vrai ! trépigna le petit.

— D'accord. Enfin... c'est la Bidassoa, mais ce n'est pas grave. Et la Loire, la Seine ?

Anaï se retourna pour chercher Tchema des yeux. Ça ne fonctionnait plus. Il savait, sûr et certain, il savait tout, mais il avait oublié de lui dire pour la Loire et la Seine. Dommage.

— C'est dommage, répondit-il.

— Plutôt, grogna Jon. Tu vas encore recevoir une fessée.

Anaï se tassa, avançant une épaule contre son menton, comme s'il voulait déjà se protéger. Le geste frappa Tchema, le faisant trembler. Il osa s'avancer :

— S'il le sait demain matin, ça ira ?

Tous le toisèrent, surpris. Et puis Goïzane vit les grands yeux d'Anaï levés vers Tchema. Elle interrogea du regard son mari Jon, qui haussa les épaules, signifiant qu'il s'en moquait. Elle s'adressa à Tchema :

— Tu peux essayer, mais... il a une tête de mule.

Guidé par Iloba jusqu'à la chambre que les deux frères partageaient, tout en haut sous les combles aménagés – on y faisait sécher jadis les légumes, les jambons, une odeur aigre y persistait –, Tchema fit asseoir le gamin sur son lit. Iloba était redescendu, il fallait tout ranger après le service du dîner, mettre en place pour le petit-déjeuner, balayer, astiquer.

Sur la petite table, Tchema ouvrit le cahier de devoirs d'Anaï et lut la leçon en silence. Sans se retourner, de dos, il prononça les réponses, demandant au petit de répéter, sans plus, sans le faire s'abîmer les fesses sur un banc de bois, sans le menacer comme l'institutrice à l'école, sans règle à la main, sans cris – elle criait faux en plus ! Anaï avait souvent envie de crier à sa place, mais juste. Une fois, il avait essayé, sans la narguer, simplement pour qu'elle le dispute sans fausses notes... et les gifles, et les coups sur les doigts ! Il n'avait plus recommencé, ce n'était pas une musicienne.

L'autre, là, avec ses mains dans les bandes, était un gentil. Il ne le grondait pas quand il mordait son pouce parce qu'il se trompait, et sa voix sonnait bien juste. On aurait dit qu'il chantait en parlant. Ce n'était pas difficile alors de retenir. C'était même amusant, comme si Anaï jouait enfin du piano avec un autre pianiste. La Seine, la Loire, le mont Gerbier-de-Jonc, Nantes et la Maine, Langres et la Manche, Rouen, une chanson, tous les quarts de ton et les appogiatures joyeuses en harmonie. La voix hypnotique – comme elle avait jeté jadis Germaïna à Dieu – berçait Anaï. Il se souvenait des mots comme des notes.

Le lendemain matin, avant de prendre son chocolat, Anaï récita tout, sans erreur. Les autres applaudirent, à la fête. Il aurait préféré des baisers. On l'applaudissait toujours quand il faisait résonner le dernier accord au piano, c'était un bruit ordinaire. Tchema, lui, s'avança et l'embrassa sur une joue. Les poils de la moustache et du bouc piquaient – personne n'en portait ici – mais Anaï s'illumina.

A l'école, il n'apprit rien durant toute la journée, mais le soir, à nouveau tout, et le récita sans erreur.

Alors, Goïzane prit Tchema à part :

— Tu peux rester, si tu apprends comme ça au petit. Mais on n'a pas de quoi te payer.

Tchema la remercia d'un signe de tête. Il montra ses mains pansées :

— Ça va s'arranger. Bientôt, je pourrai aider mieux.

Goïzane étouffa un petit rire. Qu'est-ce qu'il savait faire, l'ancien curé ?

— Et puis... reprit Tchema en hésitant, je préfère qu'elle ne me voie pas comme ça.

— Qui ?

— Germaïna. Elle vient quand ?

— Elle ne vient pas. Déjà dit.

— Ah !

Il fit quelques pas dans la cour, tandis que Goïzane alignait des chaises sur la terrasse. Puis il revint :

— Anaï... en arrivant, j'ai cru que c'était le petit de Mattin.

— Non, non.

Elle répondait bas, semblant s'irriter. Elle reprit d'une voix claquante :

— Tu le sais bien, Anaï, ça veut dire le Frère. Alors le frère de qui, toi qui sais tout ? D'Iloba, bien sûr. Ça ne peut pas être autrement.

— C'est ton fils.

— Voilà.

Elle rentra à l'office, toujours affairée.

Tchema flâna dans les allées, jusqu'à une remise débordante de vieux objets, à l'abri sous une tôle ondulée, loin de tout. Il distingua, sous des caisses, des branchages, un bric-à-brac, l'arrière poussiéreux et moitié rouillé d'une vieille voiture noire. Il y reconnut le bout de la Traction qu'il avait vue ici, lustrée, pendant la guerre.

Il pensait à Anaï, à cette famille tourneboulée. Il savait aussi qu'on employait parfois ce nom pour désigner : « le faux... le bâtard ».

34

A l'administration de la police à Bayonne, on avait mis le marché en main au *gudari*. Un commissaire, d'à peu près son âge, le toisait. On l'avait poussé sur une chaise, les mains menottées dans le dos. Personne ne l'avait frappé.

L'homme avait parcouru un document sorti d'une chemise marron, et maintenant le fixait droit dans les yeux :

— Tu es accusé, allez disons : soupçonné pour l'instant, de... boh ! la liste est longue. Travail clandestin, faux papiers, contrebande, passage de la frontière, j'en saute.

— Non. J'ai un travail régulier. Je suis également collaborateur du gouvernement en exil et...

— Les gouvernements en exil, ça ferme sa gueule.

Ni le ton ni le tutoiement ne surprirent le *gudari*. En Espagne, ce dernier était d'usage et le « vous... *usted* » une forme de grand respect. Ici, en France, le « vous » était l'usage et le tutoiement un signe de mépris. Et il ne lui avait pas parlé en basque : rien de surprenant. On nommait le plus souvent possible des policiers d'autres provinces ou de Paris, afin qu'ils ne soient pas mêlés à la population, qu'ils n'aient pas trop de cousins à droite, à gauche, au sud, au nord, dans les villages ou dans les ports. Beaucoup rentraient d'Indochine. Plusieurs calculaient qu'on les enverrait bientôt par un autre bateau vers l'Algérie. On murmurait dans les états-majors que les Arabes se chauffaient dans leurs casbahs. Vite aux bateaux... Après du Viet, qu'on casse du fellagha. Ici, on ne touchait pas trop aux détenus, un peu quoi... enfantillages comparés aux joyeusetés de Poulo Condor et bientôt de la Villa Blanche.

Cependant, ils avaient évoqué entre eux la possibilité de ramollir, un peu, le *gudari*. Une petite « prière pour les juifs » par exemple, à genoux sur une règle en bois. Plusieurs avaient appris la leçon pendant l'Occupation. « Mais tu sais, avait objecté un collègue, ces gars-là sont têtus. Ils sont mauvais, les Basques. Je n'ai pas envie de brûler vif dans ma voiture parce qu'un gros pêcheur de sa famille m'aura retrouvé. Moi, je m'en fous de leurs histoires. On fait notre boulot, et un rapport. S'il ne dit rien, on le garde ici. D'autres s'en chargeront. »

— Bon, il y en a pour dix ans, avait repris le commissaire en glissant son doigt jusqu'au bas de la liste, mais ça peut s'arranger. Toi, c'est à part. On a une autre demande, et on dirait bien que ça se croise. Ce n'est plus toi qu'on cherche. On t'a. C'est elle.

Le *gudari* ne releva même pas les yeux.

— Tu m'as compris, dit l'autre. Ta gonzesse. La Basque.

Il avait décelé la fierté du *gudari*. Il cherchait à le faire réagir, l'humilier un peu. Mais le *gudari* garda les yeux fixés sur le bord du bureau en métal verdâtre, comme tout le mobilier ici, les classeurs, les chaises ; seules les grosses machines à écrire, grises, donnaient au décor sinistre une étrange clarté.

Le commissaire feuilleta un dossier, s'arrêtant sur une feuille de pelure jaune :

— Germaïna Etcheverry.

Le *gudari* fit l'étonné :

— Et alors ?

— Où est-elle ?

Le *gudari* fit semblant de tomber des nues.

— C'est qu'on le sait, martela le commissaire, soudain sec. Elle habite chez toi.

— Je m'en serais rendu compte.

Enervé, le commissaire tapotait du bout des doigts sur son bureau :

— Ça va comme ça ! Elle n'y est plus. On a dû la rater de peu d'ailleurs.

« Quelques minutes », songea le *gudari*. Une heure peut-être, quand elle avait quitté l'appartement à l'aube, peu avant qu'on frappe à sa porte.

— Tu nous dis où elle est, on arrange le reste, proposa le commissaire.

— Je ne sais pas où elle est.

Et il était sincère. Inutile d'agir comme s'il ne la connaissait pas. Ils en savaient beaucoup.

— Allez voir chez elle, c'est tout de même le plus simple, énonça-t-il enfin d'une voix lente.

— Elle n'y est pas.

— Alors, franchement, je ne peux pas vous aider.

— Il vaudra mieux pourtant. C'est grave, elle s'est évadée d'Espagne. Il paraît que tu étais dans le coup. Non ? Vraiment ? Allez, on s'en fout ! Elle, en revanche... sérieux. Ça se serait passé vers... – il chercha, ou fit semblant, une date dans le dossier –, il y a des mois. Ça ne te dit rien ?

— Vous n'êtes pas rapides, dites.

— C'est tes copains en Espagne qui sont lents. Ils arrêtent tout le monde, mais les dossiers, ça met des mois à nous parvenir. Et ça nous casse les pieds.

Tiens... on a même une autre plainte, pour cambriolage à San Sebastián. Dis... c'est une drôle, ta... – il rechercha le nom – Germaïna Etcheverry. Ecoute-moi : je viens d'Auvergne. Alors, vos trucs de Basques, de frontière, de langue à la con, ça me sort par les oreilles et les yeux. En plus, il pleut tout le temps. On doit retrouver cette fille, elle vivait chez toi, tu nous dis où elle est, et on se quitte bons amis.

« C'est ça, songea le *gudari*, bons amis jusqu'à me livrer à Irún entre deux gendarmes, et *hasta luego* pauvre con. »

L'autre avait parlé beaucoup pour l'attendrir. Le *gudari* haussa les épaules pour lui faire croire à son succès :

— Je voudrais bien. Je vais essayer.

— Réfléchis. On n'a pas beaucoup de temps.

Le commissaire appuya sur un bouton au coin du gros téléphone noir à cadran sur son bureau. Presque aussitôt, la porte s'ouvrit. Deux gendarmes entrèrent.

— Emmenez-moi ça, ordonna le commissaire en désignant avec négligence le *gudari*, et la tête déjà plongée dans un autre dossier.

Il marcha, encadré par les deux pandores, croisant d'autres prévenus. L'un s'agitait beaucoup au bout du couloir. Les matraques lui coupèrent vite la parole. Tout le monde allait tête basse. Dans l'escalier qui menait à la cour intérieure, le bruit des pas résonnait comme un bruit de chaînes, surtout quand les matraques accrochées aux flancs heurtaient les barreaux de la rampe en fer.

Le *gudari* monta dans un fourgon avec d'autres. A travers les deux vitres grillagées, hautes, il vit défiler la ville, ou plutôt le milieu des arbres, les premiers étages des immeubles. La cloche d'une église sonna au loin pour la première messe.

*

On le ramena le lendemain pour un deuxième interrogatoire. La faim le tenaillait, qu'une seule soupe claire avec trois morceaux de pain surnageant n'avait pas calmée. Cette fois, il demanda à joindre un avocat.

— Tu en as un ?

— Je vous l'ai dit : le gouvernement en exil qui...

— Oui ça va, on sait.

En même temps, le policier jouait la prudence. Le mot gouvernement, chez les fonctionnaires de toute la planète, transforme leur cerveau en parapluie.

— Un coup de fil, pas plus. Sinon, direction la frontière.

Le *gudari* avait un numéro gravé en tête, et on décrocha au bout. Il dit qui il était, où, prononça le nom d'un responsable, demanda qu'on l'envoie ; par habitude, il parlait en basque. Un coup de poing énorme s'abattit sur le bureau devant lui, faisant sursauter jusqu'à la machine à écrire.

— Qu'est-ce que tu dis ? hurlait le commissaire.

Et il avait déjà appuyé sur le combiné pour couper la conversation.

Le *gudari* haussa les épaules. Il en avait dit assez au téléphone, on avait dû le comprendre, l'avocat viendrait vite. Mais en parlant sa langue et sans rien traduire, il avait repris l'avantage. Tous les points comptaient, il s'attendait à être enfermé longtemps.

Le commissaire, fou de rage, le renvoya aussitôt dans sa cellule. Le même trajet à travers la ville reprit, pas plus gai, pas plus triste. Les gens dehors ne savaient pas que la guerre continuait.

Telle qu'il connaissait Germaïna, elle pouvait être déjà très loin, dans un bateau vers l'Amérique, ou un train vers Paris. Ou bien à quelques mètres.

Elle était à quelques mètres.

Peut-être vit-elle passer sans le remarquer le fourgon noir grillagé qui remontait les allées et le boulevard et qui longeait l'hôpital militaire où elle avait repris son travail, jour et nuit, logeant sur place, totalement isolée, quasi anonyme dans le caravansérail des malades, des blessés, des services, des bureaux, retirée du monde dans un couvent de souffrance comme elle l'avait été naguère dans un couvent de prière.

35

— Ça va vous coûter cher !

Iloba décolla son œil du viseur et se retourna brusquement.

La jeune fille agitait son doigt comme pour le gronder. Mais elle souriait, les yeux brillants sous des lunettes teintées qu'elle avait remontées contre son front assez bombé. Elle tenait serré contre elle un gros cahier, et un stylo pendait à son cou au bout d'une ficelle. Cela rappelait à Iloba la croix de bois de sa tante Germaïna sur sa robe de nonne.

Mais la fille portait un pantalon de corsaire serré aux fesses, des sandales à lanières montant sur ses mollets nus. Ses yeux délurés, que n'ont jamais les religieuses, fixaient Iloba. Tout autour, la frénésie régnait, à l'opposé du silence d'un couvent.

Depuis trois jours, l'hôtel du Palais était envahi de câbles, de caméras, d'énormes projecteurs et d'une troupe extravagante qui s'interpellait à longueur de journée sans jamais attendre la réponse aux questions. Cela tenait du cirque, et soudain de la grand-messe lorsque l'homme qui dirigeait cette armée bariolée – le *director*, avait appris Iloba, le metteur en scène, un rougeaud à la voix grasse – hurlait : « *Action !* » Alors, tout le désordre des minutes précédentes pendant lesquelles on aurait dit une fourmilière attaquée à l'acide se figeait, et ne vivaient que les acteurs au centre d'un rond de lumière visé par l'énorme œil noir de la caméra. Personne ne bougeait et eux vivaient par elle. Cela fascinait Iloba.

Profitant d'une pause, alors que la fourmilière replongeait dans l'hystérie, il rôdait autour de l'engin monté sur des rails. N'y tenant plus, il avait collé son œil au viseur et poussé le corps de la machine pour la faire avancer de quelques centimètres. Magique... Ce qu'il voyait dans un cadre lumineux et mort à l'instant vivait bien mieux qu'en tenant son appareil photo. Celui-ci donnait la vie : la caméra était la vie.

Pendant quelques secondes, il avait frissonné. Au milieu du brouhaha, il était seul au monde et le monde existait dans son œil. Un bourrelet en peau de chamois entourait le viseur, et non seulement la vie entière tenait dans le rectangle, mais en plus c'était doux sur la peau.

Il allait pousser à nouveau, tant pis ! Il n'avait rien à faire ici, il le savait, simple groom délégué aux corvées de cette smala vociférante et américaine qui tournait un grand film dans l'hôtel, puis aux arènes plus tard. Il en portait des cafés ! Il en soulevait des câbles, en essuyait des verres depuis que ces furieux d'Hollywood avaient investi le Palais.

Il allait à nouveau faire vivre le rectangle translucide en poussant discrètement la caméra sur ses rails, puisque personne ne s'occupait de lui, lorsque la voix joyeuse l'avait interpellé :

— Ça va coûter vous cher !

Elle parlait français en inversant souvent les mots. Iloba l'avait remarqué en lui adressant la parole de temps en temps, suivant les directives qu'elle lui donnait quand venait son tour d'aider. Elle laissait son chemisier bien entrouvert et Iloba y plongeait ses yeux en passant. Ensuite, quand il croisait son regard, elle clignait de l'œil. Il en avait des sueurs. Dans les salons où ils tournaient, d'autres filles voletaient d'un appareil à l'autre, fraîches comme en sortant de l'océan. D'ailleurs, murmuraient les serveurs, on les avait vues s'y baigner à minuit, nues.

Dans son joli charabia festonné par l'accent, la jeune fille le grondait. Iloba fit un pas en arrière, contrit.

Depuis trois jours, il avait pu les observer tous, et mille fois avait failli crier : « Calme ! » En général, la fille devant lui restait collée au metteur en scène, qui la traitait durement, mais elle semblait habituée. Elle riait toujours :

— Interdit c'est là mettre l'œil.

Jolie, elle agitait toujours son index en signe de reproche. Iloba remit automatiquement les mots dans l'ordre quand elle continua :

— Si quelqu'un est surpris à mettre son œil sur le viseur, il doit payer à boire à toute l'équipe. Ça va vous coûter cher, pouffa-t-elle en détaillant le jeune homme aux hanches bien serrées dans son pantalon noir, le torse rehaussé par le gilet rouge de service que ses larges épaules gonflaient.

Elle avait l'œil gourmand, et Iloba se détendit :

— Je ne savais pas, murmura-t-il.

— Je rien dire, conclut-elle en lui donnant carrément une petite tape sur le ventre.

Puis elle se détourna, interpellée de loin par le metteur en scène qui hurlait de nouveau, on ne savait pas contre qui.

Iloba reprit sa place au fond du salon, les mains dans le dos.

Le *director* s'était rassis sur sa chaise pliante, la jeune fille à ses côtés consultant son cahier ouvert sur ses genoux, les lunettes au bout du nez. Derrière la caméra avait repris place l'homme qu'Iloba enviait le plus, celui qui filmait, qui faisait la vie.

Le silence tomba soudain sur le plateau. Au centre, l'actrice levait les yeux vers un projecteur comme si elle découvrait l'amour. Plus tôt, on avait filmé son partenaire qui regardait vers le bas, les yeux fixés avec ferveur sur les pieds d'un assistant, comme si, lui, dominait le monde.

Et la caméra avança. Iloba voyait très bien dans sa tête la vie naissant derrière l'œil noir qui, sur ses rails, s'approchait puis tournait autour du visage de l'actrice.

Près du metteur en scène, la jeune fille avait retrouvé le sérieux qu'Iloba avait observé chaque fois que la vraie vie s'imposait dans le silence du tournage. Pourtant, dès que le metteur en scène lançait : « *Cut !...* Coupez ! », chacun semblait retrouver une existence normale, entre les ordres, les cris, les pleurs, les accolades, les maquillages, les accessoires remis en place, mais Iloba les trouvait morbides.

Avant de reprendre sa place pour le plan suivant, la fille lui adressa de loin un petit signe coquin. Son menton pointu donnait à son visage la forme d'un cœur.

Ils étaient bizarres ces gens, s'embrassant pour un rien, buvant sec, les filles décolletées. Les Américains festoyaient dans ce pays austère. Quand il prenait son service le matin, Iloba apprenait de ses collègues du service de nuit les joyeux va-et-vient entre les chambres. Peut-être exagéraient-ils ?

Le tournage de la matinée s'achevait. On éteignit les projecteurs et soudain le salon, pourtant clair, sembla plongé dans la pénombre, le temps que les yeux s'habituent. La vie était finie. Le metteur en scène continuait à gesticuler au centre. Sa nouvelle victime baissait la tête. Iloba l'avait vu tenir un micro à bout de bras, au bout d'une perche, pendant toute la matinée. Les autres sortaient du salon, se dirigeant vers une pièce où l'on avait dressé depuis trois jours de grandes tables autour desquelles ils dévoraient leur déjeuner. Durant tout l'après-midi, on tournait encore, mais Iloba n'était plus là. Son service s'achevait. Il fallait prendre la suite au golf, jusqu'à la fin de la journée.

La jeune fille s'approcha :

— Allez, c'est moi qui un verre vous offrir.

Iloba écarta les bras :

— Je ne peux pas.

Il désignait son uniforme.

— Ah oui, ai compris, soupira la fille. *Bad luck*... pas de chance.

Elle repartit, balançant ses hanches sous les yeux d'Iloba, puis elle fit demi-tour, l'œil tout joyeux :

— Et au soir ?

— Ce soir ?

Elle lui tapota la joue en vitesse. Il rougit. Elle avait les lèvres comme des fraises mouillées.

— Six, quatre, deux... la chambre, dit-elle avant de cligner de l'œil et de rejoindre les autres.

Durant tout l'après-midi, Iloba fut distrait au golf. C'est juste si un client n'alla pas se plaindre au directeur de ce caddy qui restait dans ses pattes au lieu de s'écarter, bayant aux corneilles, et qui se trompait une fois sur deux en lui indiquant la ligne de jeu.

Heureusement, il l'employait régulièrement et préféra en rire – tout en supprimant son pourboire –, lui lançant : « Tu es amoureux ou quoi ? »

Le dîner sembla interminable à Iloba, qui demanda à son père, Jon, s'il pouvait ensuite rejoindre quelques amis en ville pour… fêter, voilà, un anniversaire.

— Ne rentre pas tard.

Iloba sauta dans le dernier autocar de la journée qui faisait la liaison jusqu'à la ville. Habillé de sombre, il portait son béret en essayant de ne pas se faire remarquer. Il passa par l'arrière de l'hôtel, se faufila dans les couloirs de service dont il connaissait tous les recoins et prit le monte-charge vers l'étage. Quand la porte s'ouvrit sur le palier, il se trouva nez à nez avec un collègue qui poussait un chariot de victuailles. Iloba le coupa en se faufilant dans le couloir : « Ta gueule. » Ses pas ne faisaient aucun bruit sur la moquette. D'une chambre à l'autre fusaient des rires, de la musique aussi. Ils possédaient des tourne-disques et dansaient en se renversant les uns sur les autres, les chanteurs faisaient un bruit d'enfer. Iloba se planta devant la 642 et frappa.

Personne ne répondit.

Il frappa encore, plus fort. Toujours rien. Rageur, il allait donner un coup de pied dans le chambranle lorsque lui parvinrent des gloussements venus du fond du couloir. Affolé, il courut jusqu'à l'autre bout et se dissimula au coin, passant juste un œil pour voir qui arrivait.

C'était elle, titubante et accompagnée. Accrochée au bras d'une autre fille, elle avançait en parlant fort. Iloba colla sa nuque contre le mur. Qu'allait-il faire maintenant ? Il passa à nouveau le bout de son nez au coin. Elles campaient toujours là, à s'amuser. La fille regardait vers le bout du couloir : il se recula aussitôt. Puis après un dernier rire, il entendit une porte claquer, et une autre s'ouvrir. Puis plus rien. Doucement, il jeta un œil sur le couloir, vide. Mais on pouvait venir, surgir... Il se risqua à avancer, terrorisé à l'idée qu'on le surprenne.

En quelques enjambées, il fut à nouveau devant la porte de la chambre, déchiré entre l'envie de s'enfuir et celle de frapper. Il n'eut pas besoin de choisir : d'autres portes claquaient plus loin, et celle-ci était entrouverte. Après un dernier coup d'œil, à droite, à gauche, il s'engouffra, referma derrière lui et s'appuya contre le montant, le souffle court.

Il n'eut pas le temps de respirer : la bouche de la fille se collait déjà à la sienne. Sa langue violente fouillait, et de son corps montait un parfum mélangé de sucre, frais, d'alcool aussi, agréable.

Au bout d'un long moment, elle se détacha et Iloba vit sa tête s'abaisser. Plus petite que lui, elle se dressait sur la pointe des pieds pour l'embrasser à nouveau. Elle prit son visage dans ses mains et remonta d'un bout du doigt le béret :

— Ai vu le béret le bout au bout, dit-elle drôlement.

Elle l'entraîna vers le lit, lui ôta sa veste, dégrafa sa chemise et son pantalon. Tout empoté, Iloba se laissait faire, puis il ôta son béret mais elle le lui remit :

— Non, garde. Bien rigolo.

Iloba était presque outragé par sa joie. Depuis la première fois dans une chambre de ce même hôtel, il avait connu des filles, des femmes, dans les fêtes, les villages, à Bayonne. Les étreintes toujours rapides, souvent inachevées, les surprenaient et la terreur d'être enceinte... L'explosion, belle mais sérieuse, ne le calmait pas. Il ne lui semblait pas qu'on jouait, mais qu'on mettait sa vie en jeu.

Alors, avec elle, il eut du mal au début, il eut même mal, un peu – car malgré sa force et sa carrure, la fille le basculait en tous sens, sautait sur lui et le mordait en riant beaucoup. En le mettant nu, elle baragouina :

— Tu sais savoir je veux si c'est vrai, pour les Basques.

— Quoi donc ?

— Ils ont un gros bâton ?

— Oui, dit Iloba surpris. Un *makila*.

— Ah, c'est le nom ?

Elle continua à lui mordre l'oreille, à le lécher partout, et lui la pétrissait, à bout de résistance. Mais elle le retint, se jeta sur son ventre, se cognant presque à son sexe tant il était dur. Elle en suivait la ligne du bout d'un doigt, jusqu'à la racine, en murmurant d'une voix soudain sèche :

— Beau... *makila*.

Mais Iloba n'entendait plus, perdu entre ses seins, puis écartant violemment ses jambes pour la pénétrer avec une force brutale, les yeux fermés.

Elle cria. Il savait déjà que ce n'était pas de douleur – ou peut-être mêlée au plaisir, un dernier cri avant de retomber, sans souffle.

Il s'amusa. Pour la première fois, il avait l'impression de danser sur le corps d'une fille et que sa chair était une fête. Peut-être était-ce dû à la drôlerie de la fille, à son mélange de mots, son accent. Il trouvait ses seins radieux, ses fesses folichonnes, ses mains comiques. Sans quitter le lit, il avait l'impression de lui courir après, comme s'ils jouaient à cache-cache.

Elle riait beaucoup, en même temps que lui. Même en l'embrassant, elle semblait glousser à l'intérieur. « Bien... bien », murmurait-elle, abandonnant seulement sa gambille souple quand, plusieurs fois pendant la nuit, elle sentait un tourbillon naître au centre de son ventre et vriller jusqu'en haut de sa tête, jusqu'au bout de ses pieds, avant de se déchirer dans un rire plus rauque, les yeux au ciel.

Ils s'affalèrent très tard, emmêlés, emportés d'un coup par le sommeil.

Iloba ne rentra pas cette nuit-là. Il se réveilla en sursaut comme si son inconscient lui avait indiqué l'heure. Le jour passait entre les rideaux. La fille voulut le retenir, mais il commençait à s'habiller très vite. Elle trépigna dans le lit quand il traversa la chambre, mal fagoté, courant le long du couloir pour se glisser dans le monte-charge comme on attrape un train au vol.

Au sous-sol, il reprit quelques coursives pour contourner les bureaux et apparut à la porte de service comme s'il venait de chez lui. Il revêtit son habit de groom et reprit son travail, plutôt chancelant.

Peu à peu, le salon où l'on tournait le film s'anima, et lui attendit qu'elle arrive : pas la fille, la caméra.

36

Au centre, une table de fer dans une pièce grise, aux murs nus, et deux chaises face à face. L'avocat attendait sur l'une d'elles. Derrière lui claqua la porte de métal, et l'on fit entrer le *gudari*, qui s'assit sur l'autre. Un gardien, en uniforme bleu marine, assistait à l'entrevue, debout près de la porte, l'air de s'ennuyer. Il fallait parler clair, pas à voix basse, et en français – même s'il devait certainement comprendre le basque : maton, un bon métier, sûr, pour les gars des villages.

Alors, ils parlèrent, tranquilles et à voix haute, qu'il entende et répète à ses chefs, surtout des banalités. L'avocat, jeune et sérieux, remplissait bien son rôle, prenait des notes, sa serviette en cuir au pied de la table. On l'avait fouillé : pas d'armes, rien. Il s'occupait souvent des réfugiés et savait qu'on l'envoyait toujours pour recueillir un message à transmettre. Comment allait s'y prendre celui-là ?

Le *gudari*, qui faisait face au gardien près de la porte, l'observait tout en parlant, et dès que l'autre tournait les yeux, impatient que finisse sa corvée, le *gudari* adressait un rapide clin d'œil à l'avocat, lui signifiant que les banalités de l'entretien n'allaient pas durer.

Comme s'il en finissait, il se plaignit de la nourriture, de la chaleur, de son état. Le gardien écoutait à peine. Tous les mêmes : c'était un palace, ici ?

Le *gudari* commença à se lever. Le gardien fut content. Puis il vit que le *gudari* portait sa main à son ventre, mordait sa langue et, d'un coup, en tentant de se raccrocher à la table, tombait à terre.

L'avocat se précipita. Sur le sol, le *gudari* avait réussi à révulser ses yeux. Il faisait peur. L'avocat crut vraiment à un malaise et colla son oreille à la bouche du *gudari* pour vérifier s'il respirait encore.

— Vite, allez chercher quelqu'un ! lança-t-il au gardien, qui se dandinait d'une jambe sur l'autre, dépassé, n'osant pas quitter la pièce et son prisonnier.

Mais à terre, près de l'oreille, le *gudari* murmura très vite en basque quelques mots : « Hôpital... Germaïna Etcheverry... Tresses blanches... Boite... Disparaître. » L'avocat avait compris, déjà informé du problème par les responsables qui l'avaient délégué auprès du réfugié.

Celui-ci, comme épuisé, avait refermé les yeux. Pas très à l'aise, l'avocat lui tapa sur les joues plusieurs fois. Le *gudari* ouvrit les yeux et sourit – avec un clin d'œil.

— Ça va, ça va ! lança l'avocat au gardien. Il revient à lui.

Le *gudari* se relevait, en s'appuyant sur la chaise, tenant mal sur ses jambes. Il passa sa main dans ses cheveux et s'essuya le front du revers : il avait réussi à transpirer. Il est vrai qu'il ne mangeait presque rien dans sa cellule.

Le gardien soupira, rassuré. Pas d'initiative, voilà le mieux, même si cet avocat commençait à lui casser les pieds en glapissant :

— C'est vrai quoi ! On voit bien que vous ne lui donnez rien à bouffer ! Vous aurez de mes nouvelles.

L'autre haussa les épaules. Les « bavards », comme les appelaient les prisonniers, menaçaient puis se taisaient.

Le *gudari* avança, soutenu jusqu'à la porte par l'avocat qui sortit le premier.

Dans la cour de la prison, il s'engouffra au volant de sa petite Aronde blanche et remonta les rues en direction de l'hôpital militaire, en haut de Bayonne, près du quartier Marracq. Il connaissait les lieux, il avait été élève dans le lycée du même nom, pensionnaire jusqu'au baccalauréat, et l'on n'imagine jamais à quel point les gosses découvrent les coins et les recoins de leur école bien mieux que tous les pions et intendants réunis. Un gamin, ça cherche, la vie est encore une aventure de chaque heure.

Maintenant, il donnait quelques cours d'instruction civique aux élèves, et il les trouvait d'ailleurs plus dissipés qu'à son époque, oubliant combien de fois il avait été collé à leur âge. Mais le civisme... avec un gouvernement qui changeait tous les six mois ? On lui demandait d'apprendre la musique à des sourds ! Plusieurs avaient un grand frère qui venait de perdre la guerre d'Indochine, d'autres un aîné à la caserne, qu'on préparait – confidences des dimanches de permission – à faire le paquetage pour l'Algérie. A s'occuper des réfugiés espagnols, il lui semblait perdre son temps.

*

L'avocat n'avait même pas besoin de vérifier : il était suivi, et le savait. Il dépassa l'hôpital sans ralentir, monta encore jusqu'à un virage le long d'un grand mur d'enceinte et se gara devant le lycée. Le concierge le salua, le mot « professeur » sur les lèvres, avec un immense P. L'avocat jeta un coup d'œil en arrière avant d'entrer, distinguant sans mal un homme à la grille extérieure, qui faisait semblant de flâner. Il ricana en lui-même : on le filait sans précautions, presque vexant.

L'avocat emprunta quelques couloirs, traversa une petite cour et ressortit à l'arrière, vers les bois qui entouraient les bâtiments – lieu favori des cours de sciences naturelles, mais aussi des batailles de chevaliers gagnées ou perdues jadis pendant les récréations. Ainsi avait-il trouvé, tout gosse, d'anciens passages envahis par les ronces, dans les ruines datant des rois de France mal conservées dans les jardins du lycée. Par une grille rouillée, le passage aboutissait dehors.

L'avocat reprit ce chemin, écorchant son costume aux branchages, retrouvant l'odeur de son enfance. Au bout, il déboucha dans une petite rue près du dernier bâtiment de l'hôpital, dont les ailes formaient un carré étoilé. Il s'épousseta, remit sa cravate d'aplomb et y pénétra par une porte de service, sa serviette de cuir au bout du bras, sérieux.

Il erra dans les couloirs, passa des coursives, observant tout ce blanc. C'est à l'intérieur des salles que le sang tachait, les matières, la saleté. On ne lui demanda rien. Mais il pouvait tourner longtemps avant de la trouver. Il avisa une rangée de chaises le long d'un mur, dans un couloir sillonné de blouses affairées. Il s'assit, comme s'il attendait son tour de passer.

Qu'avait dit le *gudari* ? « *Maingu da*... elle boite. » Il retint un sourire : ici, tout le monde allait un peu de travers. Autant chercher du foin dans une meule.

Puis il la vit, sans la reconnaître. Au loin, dans le couloir, le déhanchement d'une infirmière l'attira. Serrée, la ceinture creusant la taille et le tissu tendu sur la poitrine, elle avançait en balançant tout le bas du corps, les épaules rectilignes et le calot sur la tête, comme si elle glissait sur un rail. Il eut un mot, tout de suite, dans la tête : « femelle », et l'envie irrésistible de poser ses mains sur elle. Il gardait le regard attiré par ses hanches, son ventre, qui semblait bouger avant les jambes. Peut-être le défilé des éclopés faisait-il de cette femme très haute une danseuse au royaume des boiteux ? A cet instant, quand elle passa devant lui et qu'il continua à la suivre des yeux, devinant sous la blouse évasée à l'arrière la chair pleine des fesses fascinantes, il avisa enfin, bas sur la nuque, les tresses blanches. Il inspecta encore ses jambes, puis les tresses et les jambes, puis... Bien sûr, c'était elle ! A mieux observer, le déhanchement palpitant sublimait un boitement. Mais elle allait vite. Il se leva et la suivit, craignant qu'elle ne s'engouffre d'un coup dans une salle. Il trottina pour la dépasser, puis fit un faux mouvement pour lâcher sa serviette, qui tomba dans les pieds de Germaïna.

Confus, il la ramassa, tout près d'elle, s'excusant :

— Vraiment désolé... madame Etcheverry.

Il fallait scruter les yeux, le visage, discerner un plissement de surprise. Il le remarqua, puis revint à la bouche : des lèvres brillantes, et supportables après le regard brûlant qu'il n'avait pas pu soutenir longtemps.

Germaïna voulut avancer. Mais il resta devant elle :

— Germaïna Etcheverry, dit-il doucement, sans vraiment interroger, pour confirmer plutôt.

Il aurait pu entendre grincer la bouche de la belle femme – il n'avait pas songé un instant à l'appeler mademoiselle, d'abord elle le dépassait, plus haute que lui.

— Je ne sais pas ce... Que voulez-vous ? rétorqua Germaïna.

Il récita, très vite :

— Votre *gudari* : il a été arrêté. Je suis son avocat. Vous devriez partir. Passer une frontière. On vous cherche.

Les mâchoires de Germaïna bougèrent encore sous la chair des joues, qui devenait plus blanche, pleine. Qui était cet homme ? Il avait dit avocat. Un policier ? Un piège en costume de ville ? Sa vie clandestine la gardait aux aguets. Mais il avait dit : « Gudari », la seule façon dont Germaïna le nommait.

Elle jeta un coup d'œil à droite, à gauche. Il semblait seul. Elle dit à voix basse :

— Tenez-vous le poignet, comme s'il était foulé. Essayez de souffrir.

Puis elle l'entraîna vers une petite salle de soins, à quelques mètres, à la façon d'une infirmière prenant en charge un blessé, portant sa serviette de cuir. L'avocat pliait son poignet à l'extrême, affichant un visage de crucifié et se mettant à gémir.

— N'en faites pas trop, soupira Germaïna, toujours bas.

Elle referma la porte derrière eux et le fit asseoir sur le petit lit de soins. Elle resta loin de lui et ouvrit sa sacoche.

— Mais je... protesta l'avocat, comme si on violait ses poches.

Le regard de Germaïna le fit taire, et aussi la main qu'elle fit claquer sur sa cuisse.

Elle vérifia l'intérieur. Il y avait beaucoup de feuilles, pas d'arme, des dossiers écornés. Elle en sortit un, lut l'en-tête, la mention « avocat ». Elle referma la sacoche, à peu près rassurée, puis tout à fait quand elle tendit la main pour exiger son portefeuille et y vit ses papiers, sa photo, la même adresse. La police n'aurait pas pris le luxe d'une telle mise en scène. Une serviette vide aurait suffi.

Germaïna lui rendit le tout et s'assit à ses côtés. Il remarqua qu'elle grimaçait en calant sa jambe sur le côté. Elle se lança :

— Où est-il ?

— A la prison, ici même.

— Ils l'ont frappé ?

— Je ne crois pas.

— Il souffre ?

— Il mange peu, et mal. Sinon, il a peur pour vous.

— Que risque-t-il ?

— Dans son cas, renvoyé en Espagne. Et là...

— Je le ferai sortir avant.

— Vous plaisantez ?

— C'est rare.

— Mais pour vous, c'est grave.

— Pourquoi moi ?

— Transport de clandestins, évasion d'Espagne... C'est remonté jusqu'à la préfecture.

— Alors ?

— On vous cherche. Il faut vous cacher.

— On ne me trouvera pas ici.

— Je l'ai bien fait.

— Vous saviez comment me trouver. Personne d'autre.

— Lui, si.

— Lui, c'est moi. Il ne parlera pas.

— Mais on vous aidera. Pourquoi ne pas partir ?
— Parce qu'il est là.
— J'insiste.
— Vous avez tort. Dites-moi plutôt le reste.

Il n'en savait pas beaucoup plus. Il lui offrit le maximum de renseignements, les accusations, l'aile de la prison où il l'avait rencontré, ce qu'il pouvait légalement faire pour retarder la procédure, tout, très peu en somme.

Elle le remercia, puis le laissa partir. Il avait hâte : le policier à la grille du lycée devait s'inquiéter, peut-être exiger du gardien, carte tricolore brandie devant ses yeux apeurés, de le mener au « monsieur de tout à l'heure », et personne ne le trouverait. L'avocat reprit le chemin inverse, par les mêmes clôtures cassées, le bout de souterrain et les jardins du lycée. Il salua de nouveau le gardien. Devant la grille, le policier l'attendait toujours et se dissimula jusqu'à ce qu'il remonte dans sa petite Aronde blanche. Devinant son soulagement, l'avocat prit son temps avant de démarrer, vérifiant que l'autre regagnait son véhicule et ne le perdait pas de vue, bien sage.

A l'intérieur de l'hôpital, enfin seule, Germaïna s'était mise à trembler. Elle croisa ses bras sur sa poitrine, pour se réchauffer, ou ne pas être seule, être enveloppée, ou bien bloquer le nœud qui nouait son sternum, l'empêcher de l'envahir.

Par chance, elle arrivait au terme de son service du soir – comme on est à bout de forces. Elle décida de regagner tout de suite la chambre de garde qu'elle occupait en permanence, ne sortant jamais de l'hôpital.

Après avoir laissé son cœur se calmer, elle quitta la salle de soins, marcha droite et haute dans les couloirs. Pour la première fois, elle coupa en traversant la chapelle Saint-Léon qui se dressait au centre des bâtiments. D'habitude, elle la contournait, quittant l'aile et marchant en plein air, passant devant le portail de la petite église, remontant le perron de l'autre côté, sous le promenoir voûté de briques rouges jusqu'au hall d'entrée qu'il fallait traverser pour rejoindre le bâtiment où elle demeurait. Dans la chapelle, elle sentit ses lèvres trembler, et ses yeux cuire. Elle fit une brève station devant la statue de la Vierge Marie et l'enfant de plâtre sur son sein. Elle remarqua la peinture écaillée, et la jambe de la Madone, écornée. Si facile à briser, l'éternel... Pourvu qu'on ne lui demande rien ce soir, qu'on ne la réquisitionne pas, qu'on la laisse réfléchir : pour l'instant, elle souffrait. Sa jambe tirait davantage qu'avant.

Elle déboucha dans le hall d'accueil, en pleine agitation. Des arrivants discutaient avec un interne de garde. On soutenait un jeune homme au visage ensanglanté. Germaïna soupira de fatigue, essayant de contourner le groupe, de se faire invisible. Pas ce soir !

Puis elle faillit s'évanouir.

Là, au centre, le groupe : sa sœur Goïzane. Un homme en retrait grattant son bouc : Tchema ! Et une jeune fille blonde et mignonne soutenant son neveu Iloba qui pressait sur son nez un linge ensanglanté.

Ils ne l'avaient pas vue. D'ailleurs, ils ignoraient qu'elle était là.

37

Plus tôt, ce matin-là, la fille et la caméra avaient repris leurs places. La troupe s'était installée comme chaque jour et Iloba se tenait au coin du salon transformé en plateau. Il lui arrivait de descendre directement, en se cachant, de la chambre de la jeune Américaine qui continuait d'utiliser son « makila » – parfois elle prononçait mikala... milaka... toujours gloussant. Il rentrait à la mi-journée à la Maison, sous le regard courroucé de son père, avant de partir travailler au golf. Parfois, la délurée lui disait non, elle sortait avec l'équipe du film, et ne voyait même pas la tristesse dans les yeux d'Iloba. Un soir où elle s'échappait, elle lui avait carrément proposé d'aller dans une autre chambre, « si toi veux, un copine... une copain ? *well*... elle va adorer ton mikoula, je lui ai dit, sais-tu », et Iloba se renfrogna, furieux, mais elle avait déjà tourné le dos et n'avait rien compris.

On les adorait, ces Américains du cinéma, dans les restaurants de pêcheurs, en ville ou au port. Leurs dollars pleuvaient comme les averses d'ici, sans fin. Dommage, on annonçait leur départ. Des commerçants avaient joué les figurants. Ils brûlaient d'envie de voir le film – « dans plusieurs mois », les avait-on prévenus, et d'ailleurs ils ignoraient qu'ils ne reconnaîtraient rien à l'écran et se mettraient à moins aimer le cinéma.

Mais il restait des scènes à filmer. Le programme avait pris du retard et l'irritation progressait d'un cran par heure. Le *director* hurlait de plus belle.

Une fois, la couleur des roses ne lui convenait plus. On avait dévalisé les fleuristes de la ville pour dénicher cent exemplaires de la teinte exigée. Soudain, les embruns des vagues aperçues depuis la grande terrasse ronde, plus bas, claquaient trop à la lumière, et « qu'on m'arrête cet océan, tout de suite ! » Maintenant, c'était un chien, voilà, il réclamait un chien, maintenant. Il lui fallait un chien au pied d'un fauteuil, pour faire masse... faire masse : deux ou trois pékinois et un caniche à peu près nain que des clientes promenaient dans le hall furent réquisitionnés et aussitôt virés... *fired* ! d'un coup de pied rageur qui déclencha les couinements de leurs maîtresses jusqu'au deuxième étage. Toujours pas de chien.

— *Not even an heavy dog in this fucking country ?* tonnait le metteur en scène.

Le préposé à la traduction, qui le suivait – « tiens, comme un chien, pensa Iloba au fond du salon » – transmit le désir, mais sans point d'interrogation, comme une machine à traduire, avec sa voix de nez, à la façon d'un vieux haut-parleur : « Même pas un gros chien lourd dans ce putain de pays. » Puis il attendit, indifférent. Le metteur en scène parcourut tout le salon du regard, dressé en plein centre, toisant chacun à la façon d'un marchand d'esclaves. Personne ne broncha. Alors, il vint consoler l'actrice immédiatement en pleurs, au désespoir de sa maquilleuse dont les pinceaux collaient à ses doigts du matin au soir. De ses grandes mains, et avec sa mâchoire de carnassier, il assura tendrement la vedette de son génie, comme Iloba l'avait vu faire une centaine de fois, et tout de même, la femme aurait dû commencer à avoir des doutes. Non, elle rayonna, et pour assurer son metteur en scène de son propre génie à lui, se mit au diapason en réclamant d'une voix de tragédienne reniflante : « *A dog! A dog!* »

Iloba s'approcha de l'assistante qui profitait de la pause pour écrire avec frénésie dans son cahier, notant les plans et les détails techniques, rattrapant son retard.

— Si c'est un gros chien, vraiment épais, moi j'en ai un, lui glissa-t-il à l'oreille.

Elle sembla découvrir sa présence. Pourtant, tout au long de la nuit dernière encore... Iloba s'en formalisa peu : sa fascination naissait dans le cadre de vie, le viseur, pas dans les gesticulations mortes en dehors.

La fille lui tapota le bras :

— Ah ? Très bien. *Good boy*...

Elle alla en informer le metteur en scène, plus tout à fait certaine qu'il n'ait pas déjà oublié. Mais non, surtout que l'actrice se mit à battre des mains. Va pour le chien, il le fallait tout de suite.

*

— Payé il sera, cent dollars, certifia peu après l'assistante à Iloba, assis à ses côtés dans la voiture de production qu'elle conduisait jusqu'à la Maison, pour chercher le Moelleux.

Cela amusait Iloba : pas l'argent, pas le film, pas l'hystérie, ni le chien, mais qu'elle inverse souvent les mots et, du coup, il retrouvait des phrases comme il en disait en basque, comme en français, surtout chez les anciens qui l'avaient appris sur le tard et qui mettaient les mots dans le même désordre.

— Tu devrais apprendre le basque, lui dit-il.

— Ah, toi basque tu es ?

Voilà : ça recommençait.

— Evidemment.

— Humm... souffla-t-elle, lâchant le volant d'une main et les lèvres humides, bon bâton, précisa-t-elle en fouillant entre les jambes d'Iloba, qui lui tapa sur les doigts pour qu'elle les conduise en paix.

Ils rirent ensemble.

— Un conseil, voilà : j'ai dit cent dollars, toi il faut hurler. Un principe. Jamais assez, compris ? Plus tu es exigeant, plus toi on te respecte. N'aie pas peur.

De retour une heure plus tard, elle arrêtait la limousine couleur crème, avec ses pare-chocs de chrome et ses ailerons de requin, juste devant l'entrée du Palais. Iloba en fit descendre le Moelleux dont on pensa qu'il ne posait pas les pattes sur le sol mais s'affaissait sous son propre poids. Cela n'avait pas été une simple affaire, ni de convaincre Jon et Goïzane, ni de hisser le vieux chien massif dans cette odeur de cuir et de plastique qu'il ne connaissait pas. Iloba avait été obligé de monter le premier, pour le rassurer, et de le tirer à l'intérieur avec une corde. Tranquille alors, le chien écrasa les ressorts, chercha tout de suite de quoi manger en ce lieu si bizarre et, très déçu, dormit pendant tout le trajet.

— Magnifique, c'est un bœuf ! s'enthousiasma le metteur en scène quand Iloba poussa le Moelleux au centre du plateau.

Le chien clignait des yeux, puis s'affola quand on alluma les projecteurs, renversant la moitié des accessoires rien qu'en se tournant. Il cherchait Iloba, bouleversé par le vacarme, et tous ces gens, ces odeurs inconnues, projeté pour la première fois de sa vie ailleurs que dans la verdure et le parfum de la terre.

Iloba s'approcha pour le calmer. Pendant plus d'une heure, il assura des allers-retours entre sa place à l'écart – il s'approchait tout de même de la caméra et, oh Dieu ! qu'il aurait aimé voir son vieux chien vivre en vrai dans le viseur – et le centre du plateau où le metteur en scène exigeait dix ou mille positions successives pour le Moelleux, et ça n'allait jamais, jamais ! A force, Iloba trouvait le gros mastodonte fatigué. Il lui semblait qu'il soufflait court en levant vers lui ses yeux énormes pour le supplier de rentrer.

Sur une nouvelle crise de tonnerre du *director* qui voulait un nouvel angle avec la bonne grosse tête plissée dans un autre axe, Iloba s'interposa :

— Il est épuisé. C'est un vieux chien, vous savez. Il faut arrêter.

— Hein ? s'emporta l'homme. Il ne fout rien ! comme le traduisit d'une voix morne son interprète.

— On en est à sandwiches nombre dix-huit pour lui, rigola l'assistante, qui cochait sur ses papiers.

— Il sera payé, il sera payé... conclut le *director*, comme une phrase au pouvoir magique. Deux cents dollars, c'est bien.

Il disait le double de l'assistante tout à l'heure. Devant cette folie, Iloba en laissa pendre sa mâchoire. Le metteur en scène se méprit, croyant avoir visé trop bas.

— Quoi ? Oui bon, quatre cents dollars.

— Eh bien non, le bloqua Iloba. Rien. Je le ramène.

Cela provoqua des cris, un répertoire de frénésie renouvelée. L'actrice éjecta un bon verre de larmes – diable ! elle en produisait comme des hormones, à la chaîne.

Tout le plateau croulait sous l'agitation et la chaleur car les énormes projecteurs brûlaient depuis longtemps. L'un d'eux, en bout de course comme les hommes ici, choisit ce moment pour claquer dans une explosion féroce, un bruit à rendre sourd, un coup de tonnerre. Chacun stoppa net et mit ses mains devant ses yeux pour calmer la violence de l'éclair. Le fond de la coupole noircissait et une fumée s'échappait entre les éclats du verre explosé.

Le Moelleux gisait à terre, affalé où on l'avait laissé, mais la tête sur le côté – un nouvel angle, justement, ça pouvait plaire, là –, et une babine retroussée sur ses dents jaunies.

Il basculait lentement sur ses bourrelets, une lourde patte raidie, qui s'élevait dans le mouvement.

Iloba se précipita sur lui, écartant ceux qui gênaient, finissant à genoux et glissant sur le sol jusqu'au chien. Il écarta les mâchoires, il tira les oreilles, incrédule. Il fouillait dans les plis, enfouissant ses mains dans le cou, grattant la tête, puis la prenant par-dessous pour la soulever, pour l'aider à respirer – car le chien avait le souffle court, en cascade, et il tournait vers lui ses yeux, étirant sa gueule sur le côté en guise de sourire, en guise d'excuse, et il le couva une dernière fois avant un sursaut colossal qui fit presque lâcher prise à Iloba.

Le Moelleux venait d'expirer dans ses bras.

Iloba comprit tout de suite. La fatigue, l'âge, le poids démesuré, et cette agitation, ce monde extravagant, enfin le choc terrible de l'explosion du projecteur, l'éclair, la peur... Iloba ignorait le sens de « crise cardiaque ». Mais il savait bien que son chien était mort, et qu'il le tenait dans ses mains. La douleur l'assommait, épouvantable, inattendue, comme une injustice. Sa tête enfouie dans la poitrine du vieux chien ne le calma pas, et pas davantage les sanglots incontrôlables qui l'agitèrent contre son corps inerte, chaud comme toujours, comme plus jamais.

— Quoi ? Qu'est-ce qui se passe ? tempêtait le metteur en scène au-dessus de lui.

Iloba leva sa tête baignée de larmes :

— Mais il est mort !

— Ah *shit* ! grogna l'homme

« Merde », traduisit l'interprète glacé.

— Il jouait bien, ce chien. Désolé, mon gars. Il était vieux, hein !

Iloba avait aussitôt replongé sa tête dans les plis gras de son Moelleux, pleurant comme il n'aurait pas cru, pire qu'à l'enfance. Il écoutait à peine l'homme, déjà détourné, lançant de nouveaux ordres, et que son film se passerait d'un chien, après tout.

— Il faut s'éloigner.

Penchée sur Iloba, la jeune assistante lui caressait la nuque, les yeux gros elle aussi.

— Oui, oui... sanglota Iloba en reconnaissant sa voix. Une seconde.

La fille essayait de tirer sur les pattes du Moelleux, mais il pesait trop lourd, encore plus que vivant.

Un peu plus loin, la voix du *director* emporta tout :

— Qu'on dégage, la journée n'est pas finie !

Dans la seconde, personne ne bougea, encore sous le choc.

Par terre, Iloba avait glissé les pattes du chien sur ses épaules, et son gilet rouge de groom faisait comme une tache de sang sur le poitrail noir et si large du chien mort. Il n'arrivait pas non plus à le soulever entièrement.

A côté, le *director* s'emportait, hors de lui à cause du retard :

— *Get this dead meat the hell out of here !* hurla-t-il.

« Qu'on me foute dehors cette viande morte », laissa tomber froidement l'interprète.

Alors, Iloba décrocha de ses épaules, sans se hâter, les pattes du Moelleux, épaisses comme celles d'un tigre, et les reposa à terre, alignées. Il se releva en essuyant les larmes qui coulaient encore sur ses joues et, très droit, s'approcha du metteur en scène qui lui tournait le dos, indifférent désormais. Il lui tapa sur l'épaule. L'homme se retourna et, en même temps, reçut en pleine face le poing serré d'Iloba.

Il avait mis dans son bras toute la force de ses dix-sept ans, de son enfance dans les champs, de sa vie en plein air, toute la force de ses gènes, la force de sa famille, il avait rajouté dans sa tête le poids du Moelleux, et il lui en restait, de la force, beaucoup... Alors il continua à taper. Il l'aurait massacré si, à bout de cris et de bousculades, on n'avait pas réussi à les séparer, à arracher le jeune homme qui frappait maintenant la tête de l'autre par terre.

Plus tard, le plateau avait été remis en état, le metteur en scène pansé et calmé malgré ses « porter plainte... la police... » auxquels il ne donna pas suite d'ailleurs, sans doute acteur habituel de ces débordements, bien essuyé par le directeur du Palais qui lui assura que cela ne se reproduirait plus. Et pour cause...

Ils s'épuisèrent à trois pour transporter le chien mort jusqu'à la voiture qui attendait, coffre ouvert.

Iloba arrêta tout, leur demanda d'attendre, rentra dans l'hôtel par l'office, prit un grand drap dans la réserve et revint à la voiture. On enveloppa le corps du Moelleux dans le drap et Iloba, d'une portière à l'autre, arriva à glisser la masse sur le siège arrière – comme il était venu.

⋆

La jeune assistante raccompagna Iloba à la Maison. Durant le trajet, il ne pleura plus. Sa salive était âcre, il avait mal aux phalanges d'avoir tapé, mais ce que venait de lui dire le directeur de l'hôtel l'attristait peu, comme une dernière couche qui reluit : « Dehors ! Vous êtes fou ou quoi ? Agresser ce monsieur... petit con !... Assommer les clients !... Et quels clients, vous vous rendez compte ?... » Se rendre compte de quoi ? Iloba avait tourné les talons bien avant la fin de la harangue.

Dans la voiture, l'assistante lui tapota le genou, triste aussi. En haut de l'allée menant dans la cour de l'hôtel Etcheverry, elle arrêta la voiture :

— Dommage, hein ? C'est pas la chance.

Iloba hocha la tête, il l'entendait à peine.

Pour le consoler, la jeune fille sortit un carnet de sa poche et décrocha le stylo qui pendait en permanence à son cordon, autour du cou.

— Si toi un jour en Amérique, voilà : mon numéro de téléphone et l'adresse. Fais un signe.

Iloba agita la main.

— Non, pouffa la fille. Moi je dis : si tu es là-bas, tu fais signe, à moi, OK ? J'ai vu, tu aimes le cinéma. Tu es beau. Je te montrerai aux autres, vrai.

Elle griffonna sur le carnet, arracha la feuille et la

glissa dans la poche de la veste qu'Iloba avait enfilée : son pantalon noir et son gilet rouge de groom pendaient sur leurs cintres au Palais. Il ne les porterait plus.

Il lui sourit, et elle vit son air grave. Il déposa un baiser sur sa joue. Elle remit la limousine en marche et la gara à l'arrière, dans la cour.

Goïzane arrangeait des tables et des chaises sur la terrasse. Elle vit revenir la voiture, comme elle l'avait vue partir le matin, la même jeune fille, son fils Iloba, et puis le Moelleux qu'elle ne voyait pas, sans doute affalé à l'arrière.

Mais Iloba descendit, et le sourire de sa mère se figea devant le visage blême, les yeux rouges, l'air voûté de son fils.

— C'est le Moelleux, *ama*...

Goïzane avala sa salive avec peine et porta son poing à sa bouche.

Iloba tomba sur ses épaules, reprenant ses sanglots. Il découvrait le trou noir, sans fond, l'abîme que creuse – et chez les plus coriaces – la mort d'un chien. Une énorme boule d'amour absolu qui soudain implose, laissant vide, sans même un détail pour s'accrocher dans l'avalanche, sans même un défaut à reprocher dans la cavalcade noire de la peine. La douleur totale. Inattendue.

Goïzane le soutint un long moment, et plus il se vidait, plus il devenait lourd sur elle. Elle ne se souvenait pas depuis combien de temps son fils l'avait enlacée, jamais en tout cas depuis qu'il était devenu cette forte carcasse d'homme précoce. Et dans son enfance ? Pas souvent. Pas le temps. Ce n'était pas désagréable, cette chaleur qui venait de ses pleurs. Mais le temps, là encore, pressait :

— Rentre maintenant. On va s'en occuper.

Nabar observait, fasciné comme le matin par la grosse voiture crème qu'il voyait depuis la fenêtre des cuisines où il astiquait les plats. Avec Goïzane et lui, l'oncle Mattin entreprit d'extraire le chien de l'arrière. Nabar aurait pu, tout seul. Le père, Jon, n'apparaissait pas.

— Il doit être dans le bureau, dit Goïzane à Iloba. Va le voir.

Iloba entra, pendant que les autres, dehors, s'éloignaient en portant le Moelleux dans son drap, soulevant les coins avec peine, et pénétrant dans le bois à l'arrière. Ils l'enterreraient tout de suite.

La jeune Américaine épousseta l'arrière de la voiture. Il lui tardait de rentrer maintenant. Mais, dans le silence revenu, lui parvinrent les sons perlés d'un piano, depuis l'intérieur de l'hôtel. La musique ondoyait, douce et sûre, comme évidente. Elle se risqua à entrer par les cuisines, intriguée. Au bout, près de la porte entrouverte, elle distingua le salon de l'hôtel et aperçut sur un tabouret un enfant, de dos, droit, les petits pieds ne touchant pas le sol, cheveux bouclés, et doigts volant sur les touches. A côté de lui, un homme maigre avec un béret, portant une veste de velours et une sorte de musette en bandoulière, sombre partout sauf les mains et les doigts qui, eux, étaient entourés de bandes blanches. Il se penchait au-dessus du clavier, perdu dans les sons. Ces deux-là étaient seuls sur terre.

Elle se dit d'ailleurs qu'ils auraient dû tourner des scènes ici. Ces gens étaient curieux, ce pays aussi.

Et puis les notes claires furent submergées par des cris.

*

Dans la pièce à côté, derrière la porte fermée, une voix grave hurlait. La jeune Américaine distinguait bien les mots mais n'y comprenait rien : du basque. Vraiment curieux, ces gens.

La porte s'ouvrit brusquement. Elle n'eut que le temps de se coincer dans le réduit. Iloba gigotait, pris à la gorge par un homme qu'elle n'avait jamais vu, sec mais très fort, un peu chauve, qui le secouait et qui hurlait.

Déchaîné, Jon s'égosillait, la bave aux lèvres :

— Mais tu penses qu'on te nourrit pour te faire chasser ? Mais tu fais quoi maintenant ? Tu restes des nuits entières dehors, tu passes prendre le chien, tu le ramènes mort, tu perds ton travail au Palais ! Ho fils ! Tu te crois où ? Hein ? Réponds !

Et il le secouait encore, et levait la main pour le gifler.

Iloba réagit. Il saisit le poignet de son père et le tordit. Mais Jon, le premier moment de stupeur passé, se dégagea. Ils se frappèrent. Et si Iloba venait de découvrir peu avant sa première tristesse étale et parfaite avec la mort de son chien, Jon découvrit à l'instant la première révolte contre son père d'un fils qui vient de sortir brutalement de l'enfance.

Iloba repoussa Jon contre la cloison et se dégagea, partant vers les cuisines et la sortie.

— Reviens ici ! ordonna son père.

Iloba continua, indifférent.

Jon sentit sa tête bouillir. En trois pas, il sauta sur le dos de son fils. Mais celui-ci l'avait entendu et, par réflexe, s'esquiva. Jon le bouscula tout de même au passage, l'envoyant trébucher contre une chaise. Iloba tenta de se retenir, mais son pied tordu flancha et, dans de grands mouvements désordonnés, presque comiques, il s'affala sur le coin de la table, la tirant vers lui, et sa tête partit en avant. Il s'assomma sur le rebord du fourneau et son nez éclata, cassé. Le sang jaillit.

En même temps qu'elle eut une curieuse pensée traversant son esprit – « Il va être moins beau » –, la jeune fille se mit à glapir derrière eux.

Jon se retourna d'un bloc :

— Qui c'est celle-là ? Qu'est-ce que vous foutez là ?

Il l'arracha de son coin, tenant son bras comme dans une serre, et la jeta dehors.

Iloba se relevait avec peine, la vue brouillée, sentant un liquide chaud couler sur sa bouche, son menton, inondant sa chemise en rouge. Il porta la main à son nez et la douleur le traversa, atroce. Dans le mouvement, il étala du sang sur ses joues, comme si sa tête avait explosé en plusieurs endroits.

C'est cette vision qu'eut Goïzane, revenant à l'instant. Elle avait laissé Mattin et Nabar au bois, en train d'enterrer le Moelleux. Elle cria à son tour, juste au moment où Jon lui lançait la jeune fille dans les jambes.

Tchema, attiré par les cris, était accouru. Il avait bien ordonné à Anaï de rester au piano, de continuer. Les notes commençaient à surnager dans le flot des cris et des chocs, mais des notes plus basses, presque tristes.

Goïzane jeta un regard fou à son mari, puis releva la tête de son fils, l'observant sous la lumière, découvrant le sang, le nez surtout qui avait doublé de volume, un côté ouvert avec les chairs éclatées. Elle saisit un grand linge pendu près du fourneau et lui dit de le placer sur le visage, sans appuyer.

— A l'hôpital ! Vous conduirez, mademoiselle, indiqua-t-elle à la jeune Américaine encore tremblante, qui se récria.

Mais le doigt de Goïzane se dressait vers l'auto, et elle entraînait déjà Iloba. La jeune fille suivit ces gens curieux et inquiétants.

Tchema, qui semblait fatigué, se glissa de force à l'avant, coinçant sa musette contre son ventre :

— Je vais avec vous. Vous ne connaissez pas le chemin.

Derrière, Goïzane tamponnait doucement le visage de son fils. Le sang se répandait. Il tenait sa tête en arrière, comme pour ralentir l'hémorragie, mais sans résultat.

Tchema guida la jeune fille – elle avait ramené un chien mort, elle raccompagnait son galant blessé, bonne journée ! Il ne leur fallut pas une demi-heure pour atteindre l'hôpital militaire de Bayonne, le seul qu'il connaissait. La jeune fille pila devant l'entrée « comme dans un film », se dit-elle.

Ils jaillirent de la voiture et contournèrent la chapelle Saint-Léon qui se dressait au centre, longèrent les vieilles voûtes en briques rouges et les plaques de marbre où l'on gravait les noms des bienfaiteurs depuis deux siècles, puis s'engouffrèrent dans le hall d'accueil. Goïzane interpella un jeune médecin, un interne de garde, et montra son fils, véhémente, déjà affolée que le service entier ne soit pas au rendez-vous. Le jeune homme lui parla lentement, la calma, pendant que Tchema, grattant son bouc, se tenait en retrait et que la jeune fille blonde et mignonne soutenait par le bras Iloba, dont le linge blanc, maintenant rougi jusqu'aux coins, collait à son nez éclaté – au moment où Germaïna, qui regagnait à cet instant sa chambre de garde en passant par le hall, manquait de s'évanouir en arrivant sur eux.

Ils ne l'avaient pas vue. D'ailleurs, qui savait qu'elle était là ?

38

Elle ne sent pas son sang se vider, mais une sensation inverse. Une sève qui viendrait du sol, en tout cas qui gonfle ses chevilles, monte dans ses jambes, emplit son ventre et sa poitrine, finit par bouillonner dans sa tête avec l'étrange impression que ses cheveux se dressent. Comme souvent, son cerveau se décale. Au lieu de s'inquiéter de la présence de ceux-là, elle se demande pourquoi les autres ne sont pas là. Que font Jon, Mattin, Nabar, Anaï, absents ? Finalement, il reste du monde dans cette famille... du monde encore, que des hommes restés dans la Maison Etcheverry alors qu'ils devraient être là. Tchema n'est pas un homme, ni une femme, et elle remarque qu'il a toujours des bandes autour des doigts – moins qu'avant. Et qu'ils vivaient Dieu ensemble et maintenant, voilà qu'ils ont fait mieux, lui avec ses mains blessées, elle avec ses pieds abîmés : ils ont reconstitué le Christ. Ces pensées grotesques la traversent, comme celles qui la réunissent à sa sœur jumelle, saintes mères Marie et leur enfant Iloba, le visage en sang – où est la couronne d'épines ? Sans doute un infirmier l'a déjà décrochée de son front, c'est bien – pense-t-elle, il faut jeter ces saletés tout de suite. Pourtant Jésus n'avait pas de linge sur le nez et le menton, du moins ... enfin non, normalement il n'en avait pas. La mignonne blonde avec son nez retroussé et ses petites fesses, qui se colle à Iloba... il n'y a pas la première pierre, pas la moindre pierre dans ce hall, à jeter à Marie-Madeleine. Elle voit tout en même temps, Germaïna, des gens passent, la ruche, et personne n'a de pierre à la main, pour l'instant tout va bien, voilà tout ce qui l'envahit en deux secondes, ainsi qu'on revoit toute sa vie, paraît-il, avant de mourir. Mais elle ne meurt pas. L'hôpital tourne sur lui-même, ça oui, et elle attend qu'il ait fini son manège pour sentir enfin, là, d'un coup, son sang se vider.

⋆

Le premier qui remarqua sa présence fut Tchema. Personne ne l'avait vue ici, dans sa blouse d'infirmière, le calot la dressant plus haut que les autres, les tresses blanches battant le début de son dos comme des baguettes sur un tambour.

Germaïna revenait à elle. Les chevaux dorment debout – cela avait été l'une des premières illuminations de son enfance et, dans le magma de ses pensées glougloutèrent les faces de son père Mikel et de sa mère Maritchu aussitôt aspirées. Ils dorment debout et elle venait de sentir qu'on peut s'évanouir dans la même position.

A part les yeux noirs qu'elle fixait maintenant sur lui, Tchema la trouva blême, et le blanc de la blouse, de la peau, du calot et des cheveux la dressait dans l'immobilité d'un fantôme.

Mais sa voix grave et chaude résonna dans le hall, une vraie voix de chair qui fit se retourner les autres :

— Est-ce que tu vas me raser cet affreux bouc, à la fin ? Je...

Elle ne put finir sa phrase. Goïzane venait de se jeter sur elle, vraiment, s'agrippant comme au tronc d'un arbre. Germaïna tituba. Sa sœur ignorait qu'elle avait une jambe boiteuse, les pieds encore fragiles. D'abord, Germaïna se raccrocha à ses bras, pour ne pas flancher, puis elles se serrèrent, à s'étouffer. Leurs corps se balançaient, soudés. Nerveuse, Goïzane pleurait, et ses épaules heurtaient le menton de Germaïna.

A côté, le jeune médecin qui examinait la blessure d'Iloba restait coi. Ici, passer un jour sans surprise tenait du miracle. Tout de même, il avait son compte ce soir, face à cette troupe disparate qui ne faisait soudain plus qu'un avec la grande Etcheverry. Elle intriguait tout le monde à l'hôpital, à y vivre jour et nuit, isolée, séduisante comme une sirène, austère comme une religieuse. Puisqu'elle semblait la reine du cirque, il l'interrogea du regard :

— Tu peux t'en occuper ? lui répondit Germaïna en se dégageant de Goïzane, les yeux embués. Je te rejoins tout de suite.

Il emmena Iloba vers la première cellule des urgences.

Germaïna fit asseoir Goïzane sur un petit banc recouvert de mousse et de linoléum, à l'écart, et se colla à elle, la prenant par les épaules :

— Qu'est-ce qui s'est passé ?

— Qu'est-ce que tu fais là ? interrogea Goïzane, perdue.

Germaïna désigna son uniforme, son calot, signifiant : « Ça se voit, non ? » Cette Goïzane, vraiment ! Germaïna avait toujours vu sa jumelle empotée, à tort. Mais le surnom que l'oncle Mattin leur avait donné, les *bizil* – contraction de *bizi*, la vive, et *ixil*, la calme –, avait fixé trop vite l'image de chacune, pour les autres comme pour elles.

Jusque-là un peu à l'écart, Tchema s'était approché. Du coin de l'œil, Germaïna voyait pendre ses mains pansées. La jeune fille, désemparée depuis qu'on avait emmené Iloba aux soins, et pressée, déclara :

— Maintenant je laisser vous.

Germaïna la détailla, surprise. Un accent glissant (« je laisser viou », avait-elle entendu), pas d'ici. D'ailleurs trop blonde, trop serrée dans un pantalon court jusqu'à mi-mollets, des seins visibles dans l'échancrure, et des yeux bleus, mignons et coquins, mais dans lesquels Germaïna reconnut le même regard que le sien, à son âge – et cela ne la rassura pas. Si cette vie fervente qu'elle sentait dans le visage de la petite menait au résultat qu'elle avait connu, elle, autant qu'elle parte, tout de suite.

Elle ne lui répondit pas, mais interrogea Goïzane :

— C'est la fiancée d'Iloba ?

— Non, non... je ne sais pas, ils sont venus chercher le chien ce matin.

Germaïna fronça les sourcils. Sa pauvre Goïzane mélangeait tout. Pas de sang sur le visage – beaucoup sur les doigts, sans doute en tenant le linge sur le nez d'Iloba – mais elle semblait blessée.

— C'est vrai, ça, dit Goïzane. Qui êtes-vous finalement ?

Mais la jeune Américaine s'éloignait déjà, à reculons, en leur adressant un petit signe de la main, comme pour ne pas les énerver, se dégager en douceur.

Elle ne pouvait pas s'absenter davantage. Déjà, au retour, elle imaginait le tombereau d'insultes. Ça l'occupa pendant le trajet vers le Palais, de parier avec elle-même sur l'ordre des reproches, la litanie des menaces, dont elle dressa une liste : si le metteur en scène l'engueulait dans cet ordre imaginé, elle se glisserait ce soir dans sa chambre pour le gâter. Il fallait d'abord gagner des paris avec elle-même, et lui ne saurait pas pourquoi, sauf que son génie mettait les filles en cendres, il ne voyait que cette explication. Et que les gens étaient curieux tout de même...

*

Dans le hall de l'hôpital, Goïzane avait enfin raconté dans l'ordre. Germaïna se rengorgeait d'avoir reconnu le sang Etcheverry en Iloba. Son père à elle, Mikel, l'avait frappée jadis. Elle s'était levée et était partie.

— Il y en a pour longtemps ? pleurnicha Goïzane.

— Le nez cassé, ouvert en plus ? Trois jours au repos, à peu près. Ne t'inquiète pas, je m'en occupe.

— Trois jours ? Mais je vais rester là, alors.

— Ça, c'est impossible. Pas de parents à l'hôpital. Ce n'est pas un hôtel. D'ailleurs, tu ne peux pas t'absenter pendant trois jours du tien.

— Mais toi, pourtant, tu restes...

Germaïna faillit lancer une idiotie : « Moi, c'est différent, c'est mon fils, le neveu », mais elle se contenta de taper sur l'épaule de sa sœur jumelle, triste pour elle : une intuition lui disait qu'Iloba n'allait plus revenir à la Maison. Elle revit le visage de sa mère, Maritchu. A l'instant, elle réalisa combien elle lui avait fait mal naguère, en partant. Elle n'y avait jamais pensé. Et son petit Eder, qu'on avait massacré sous ses yeux, « parti » aussi, quelle souffrance impossible à partager ; et maintenant, Iloba allait faire souffrir Goïzane : les enfants tracent donc leur chemin dans la peine de leurs parents, et pourquoi ? Restaient mille questions sur la terre.

— .... rentrer ?

— Hein ?

— Je disais : et comment je vais rentrer ? répéta Goïzane.

— Ah ! c'est vrai. On aurait dû garder la blondinette. Je vais voir ça.

Elle se leva et Goïzane, tassée sur le banc, la vit encore plus haute qu'avant, comme si ses épaules allaient en s'évasant.

— C'est joli, tes tresses, sourit-elle en reniflant encore.

Germaïna se détourna pour aller vers le bureau administratif et passa devant Tchema, toujours debout sur le côté.

— Tu veux rentrer, toi aussi ?

Il fit non de la tête.

— Je m'en doutais. Attends.

Elle obtint qu'une autre infirmière quittant son service à l'instant fasse un détour et raccompagne Goïzane à la Maison, sans rechigner, bien fière au contraire d'utiliser la petite 4 CV vert pâle qu'elle venait d'acheter. « Avec quel argent ? s'interrogeait Germaïna. Sans doute une fille de médecin. » Germaïna gagnait peu ici, mais ne dépensait rien, vivant nuit et jour à l'hôpital. Il lui aurait fallu économiser tout de même pendant un an avant de pouvoir s'acheter une voiture. Elle pensa à la Traction... « Ça doit être à la ferraille tout ça », conclut-elle en installant Goïzane à l'avant de la petite auto et en la rassurant – sans en croire un mot :

— Ne t'inquiète pas.

Goïzane lui rendit son sourire tremblant, en serrant fort sa main :

— Reviens vite. Avec Iloba.

Germaïna ne répondit pas.

La voiture contourna le massif en pétaradant, puis passa la grille, les petits lumignons à l'arrière s'allumant et s'éteignant trop souvent. La fille ne conduisait pas bien. Germaïna la suivit des yeux jusqu'à ce qu'elle disparaissc. Puis elle se secoua, énervée de mélanger des détails futiles aux soucis majeurs. La vérité, c'est qu'un guillotiné sur sa bascule remarque aussi la dérisoire couleur du son dans le panier sous lui, où va rouler sa tête dans deux secondes.

Germaïna revint dans le hall, serrant ses bras contre elle pour se protéger de l'humidité. Elle essayait de mettre sa tête en ordre. « Le *gudari*, Iloba, Tchema. Mon harem », songea-t-elle. Elle s'approcha de Tchema et lui prit les avant-bras, montant ses mains à la hauteur de ses yeux. Elle examina les pansements.

— Ça s'arrange.

Elle inspectait de près. Tchema se demanda si elle n'allait pas poser doucement ses lèvres dessus. A la place, elle laissa retomber les bras et lui dit de la suivre.

Ils retrouvèrent Iloba allongé sur un lit de soins. Le jeune médecin des urgences se penchait sur lui et tourna à peine la tête à l'entrée de Germaïna. Une autre infirmière l'assistait. Iloba, que l'on n'avait pas endormi mais seulement abruti de calmants, réussit à agiter le bout d'une main vers Germaïna, et même à lever le pouce pour signifier que tout allait bien, merveilleusement... Pourtant, Germaïna savait qu'il souffrait, les blessures au nez figurant parmi les plus irradiantes de la liste infinie des malheurs de ce lieu.

Elle s'approcha pour suivre les soins. On avait nettoyé le visage de son neveu. Le nez apparaissait maintenant dans toute sa splendeur gonflée, volume doublé, la chair encore ouverte. A côté, l'infirmière préparait une pâte à plâtre.

Germaïna les laissa et entraîna Tchema à l'autre bout de la pièce. Elle le fit asseoir sur un autre lit surélevé, jambes pendantes. Puis elle prit sur une étagère les ustensiles préliminaires d'une opération, tout bêtement un rasoir et du savon moussant, utilisés pour dégager la peau avant l'intervention, sur le torse, une jambe, le pubis.

Elle rasa la moustache et le bouc de Tchema.

Le jeune médecin les remarqua à peine. Peut-être ce maigre aux mains bandées avait-il besoin de soins ? Il ne pouvait suffire à tout ni à tous. Pour l'heure, il avait un gamin à plâtrer.

Il fit vite, et une fois l'opération achevée, Germaïna s'approcha et prit la main d'Iloba pour la serrer, pour lui dire qu'elle restait là.

— On va le garder trois jours, affirma le médecin.

— C'est ce que j'ai dit.

Il lui sourit, pas choqué comme il l'eut été d'une soignante se prenant pour lui. La grande Etcheverry ne ressemblait pas aux autres, sûre d'elle et sans l'ombre d'une prétention. Lui, ne savait pas d'où elle venait, ne connaissait pas sa vie passée, ne voyait qu'une jeune femme haute et pleine de chair, et mille fois l'envie de poser ses mains dessus l'avait tiraillé – ses collègues l'en avaient dissuadé. Or, une infirmière blindée dans son mal, compétente à se demander d'où elle tenait sa science, mieux valait ne pas la gâcher.

Le pansement plâtré sur le nez et les pommettes d'Iloba dessinait comme des peintures d'Indien.

*

— Tu coucheras là, dit-elle en désignant le sol carrelé.

Dc toute façon, le lit n'avait qu'une place dans la chambre minuscule.

Germaïna avait fait semblant de raccompagner Tchema à la sortie, comme une urgence dont on a achevé les soins et qui rentre chez elle. Mais elle le fit passer ensuite au bout d'une aile et pénétra par une porte de service dans le couloir où donnait sa chambre. « C'est interdit que tu restes là, mais voilà. On verra, demain. Je ne sais pas. »

Bien rangée, la chambre dégageait une odeur douceâtre comme partout à l'hôpital, mais Tchema respirait un parfum de... lessive, lui sembla-t-il. A une patère pendaient une grande cape en feutrine bleu marine et un béret beige. Dans un coin de la petite pièce, posé droit, un *makila*.

Germaïna alluma la lampe de chevet à la tête du lit, puis ôta son calot et défit le nœud de sa blouse dans son dos. Elle agissait comme seule. Tchema, toujours debout près de la porte, alla s'asseoir sur le bord du lit et lui tourna le dos pendant qu'elle se déshabillait et enfilait une longue blouse de nuit. Il entendit le robinet du lavabo grincer et l'eau coula, le flot saccadé quand Germaïna passait ses mains dessous puis s'aspergeait le visage.

Puis elle défit ses tresses blanches, secoua sa crinière

et s'allongea sur le lit, poussant Tchema du pied au bout, ce qui lui fit rouvrir les yeux, clos pendant la brève toilette. Il se mit par terre, sur le dos, en dessous d'elle, tout habillé. Après le rasage, une bonne fraîcheur caressait son visage. Il ôta sa veste de velours, la roula en boule autour de sa musette pour s'en faire un oreiller.

Germaïna éteignit, mais une veilleuse bleue restait allumée, triste comme un vilain clair de lune au-dessus de la porte. Cela ne donnait pas à Tchema l'impression de coucher à la belle étoile, mais lui rappelait plutôt les cierges de naguère, dans la chapelle improvisée de la grange, à la Maison, quand ils priaient ensemble, allongés sur le ventre, bras tendus sur le sol froid, au temps de Dieu.

— Raconte, dit-elle.

Il ne quitta pas des yeux la veilleuse et parla comme une cascade :

— Je remonte, je veux dire que je te raconte par la fin et que je sors du trou grâce à toi.

— Tss...

— Quand on m'a emporté ici, mes doigts étaient cassés parce que j'avais craché sur des parachutistes ivres qui donnaient des coups de pied dans ma caisse en carton. J'ai appris à les détester là-bas, vers Saigon. J'avais vu ce qu'ils avaient fait, dans les rizières (« ceux d'en face, mieux ? eut envie de rétorquer Germaïna qui connaissait la guerre, mais on ne peut pas être des deux côtés pour vérifier »). A mon retour, je ne me sentais plus... plus rien, même pas un chien. Quand on m'a ramassé, je dormais dehors depuis six mois, à Bayonne, dans les cageots près des halles. Je mangeais les restes, les épluchures (« continue, pensa Germaïna, car Tchema marquait un temps, peureux de la choquer, j'ai vécu plus terrible »). Je revenais d'Indochine, où je ne mangeais pas mieux, n'importe quoi ou rien du tout, une fois mes excréments, de force, dans un bagne, oui. Poulo Condor, les cages à tigres, des trous avec une grille en haut, ils déversaient ce qu'ils voulaient sur nous, parfois de la chaux vive. Quand on est passé là, on n'est même plus une créature de Dieu (« je sais, admit Germaïna, j'ai fait le trajet »). Diên Biên Phu, j'y suis allé, j'en suis sorti peu avant la fin, dans un Dakota de ferraille, à la barbe des Jaunes, tiens : j'ai vu une infirmière là-bas, Daisy... l'Ange, je pensais à toi en la voyant, je pensais tout le temps à toi, voilà. Elle soignait où je bénissais auparavant, tu vois, je remonte le fil, à Luang Prabang, je la suivais sans le savoir, peut-être comme je t'aurais suivie (« je ne vois pas le rapport, pensa Germaïna, jamais entendu parler »). J'étais aumônier là-bas. Ils en avaient besoin, les blessés dans la boue, tenant leur ventre qui s'échappait entre leurs doigts. Toi tu m'as lavé, tu m'as pansé. J'ai bien vu que tu ne m'avais pas reconnu sous la crasse et la barbe. Moi si. Tout de suite. Ton rire moqueur (« jamais », rectifia Germaïna en elle-même), c'était pire que les tortures chinoises. J'ai eu honte (« donc, tu es encore un homme », constata Germaïna en silence). Je suis parti, c'est pour ça. J'ai traîné dans la rue, j'ai eu tellement peur de retomber que j'ai suivi le seul chemin que je connaissais, à peu près, par instinct, comme un chien je te dis, vers la Maison (« d'où tu étais parti, remarqua sans le dire Germaïna, d'un coup, en me laissant une lettre »). Je pensais t'y trouver. On m'a dit non, mais je suis resté, j'aidais le petit à faire ses devoirs. Il joue du piano, tu le sais ? comme un ange venu du ciel. Mais pour le reste, il n'apprenait rien. A mon avis, c'est parce qu'il n'est pas aimé. J'ai dû l'aimer, sans le savoir. Avec moi, il apprend (« j'ai tant appris, se dit Germaïna, avec toi, même Dieu dans le temps on l'aimait ensemble »). Mais c'est triste là-bas, c'est pesant. Il ne s'amuse jamais. Il m'a dit un jour que l'oncle Mattin lui interdisait de jouer aux Indiens et aux cow-boys, que les Indiens vivaient comme des sauvages, des bêtes (« il n'avait qu'à choisir cow-boy, songea Germaïna, il n'est pas rusé »). Les nègres aussi, les juifs. Enfin, tous ceux qui ne seraient pas basques. Je ne lui trouve pas l'air basque pourtant. J'y pense : tout à l'heure, Iloba, avec ses bandes de plâtre sur son nez et ses joues, on aurait dit les peintures de guerre d'un Indien, ça lui fera drôle à Mattin quand il va revenir (« a-t-il si souvent joué, Iloba ? se souvint Germaïna, à part avec le petit appareil de Maylis pendant la guerre, qui l'a sauvé »). Et puis, il y a autre chose...

Germaïna se dressa dans son lit :

— Bon sang, Maylis !

— Quoi ?

Elle semblait n'avoir rien entendu du récit de Tchema. Pourtant, les mots avaient cheminé dans son esprit, s'associant : Indien, enfant, lettre...

— La lettre ! lança-t-elle en claquant des doigts, comme pour souligner une évidence.

Elle lança ses jambes en bas du lit, cognant le torse de Tchema à terre. Rallumant la lampe de chevet, elle se pencha sur lui. Ses cheveux blancs pendaient, à effleurer son visage, sans s'inquiéter des deux larmes épaisses qui coulaient sur les joues de Tchema et filaient maintenant sous le menton redevenu glabre.

— Ma chambre à la Maison, ils y ont touché ?

Tchema se souleva sur un coude :

— Mais... il n'y a plus de chambre. Enfin si, il n'y a que ça, c'est un hôtel.

— Mais je sais ! s'emporta-t-elle, impatiente. Où sont mes affaires alors ?

— Comment veux-tu que... Ils ont dû tout jeter pendant les travaux. C'est comme si tu me demandais où sont les cochons, les vaches, le fumier et le foin, c'est fini tout ça.

— Non, ils n'ont pas jeté. Ça doit être quelque part. Réfléchis.

— A part la petite chambre en haut où l'on m'a mis, dans l'ancien grenier...

— Dans le grenier, c'est ça !

— Non, il n'y a plus de grenier. C'est transformé, des petites chambres pour les employés je suppose, pendant la grande saison, des pièces de rangement, la lingerie.

— Réfléchis, répéta Germaïna.

— Je ne connais qu'en bas, le salon et la salle à manger, les cuisines. Tout neuf, tout propre. Beaucoup des objets d'avant servent de décoration, les touristes adorent ça, le *kaiku* de ta mère par exemple, le seau pour le lait, sur une étagère, avec des fleurs dedans.

— Tss... Dehors alors ?

— La même chose. La cour boueuse, c'est le parking pour les voitures. Ah si ! à propos de voiture : la vieille Traction y est toujours, enfouie dans une remise à l'arrière. C'est là que Nabar passait ses nuits, je me souviens. Un dépotoir, plein de vieilleries, tu sais... ce qu'on entasse avant de jeter.

— La voiture ?

— Oui. Enfin, c'est presque une carcasse maintenant. Elle disparaît sous des planches, elle est remplie de vieux sacs, je...

— C'est là.

Germaïna jaillit, enjamba Tchema qui referma les yeux. Il l'entendit s'affairer, ouvrir un placard, marmonner. Quand il la sentit repasser par-dessus lui, il leva les paupières. Elle avait enfilé sa blouse d'infirmière sur sa chemise de nuit, passé des chaussettes et des chaussures plus grosses qu'avant. Elle nouait sa cape bleue autour de son cou. Ses cheveux tenaient par un petit cordon qu'elle finissait de serrer, formant une queue-de-cheval.

Elle saisit son *makila* au coin du mur et ouvrit la porte :

— Reste ici jusqu'à mon retour. Personne ne vient. N'aie pas peur, finit-elle curieusement.

Il avait peur pourtant. Pas d'être seul, pas d'être ici : peur que la porte ne s'ouvre plus.

Toujours à terre, soulevé sur un coude, il appela, très bas :

— Germaïna, essaye de ne pas me quitter.

Mais Germaïna, déjà sortie, ne l'entendit pas.

39

Germaïna retraversa le hall et secoua le gardien somnolant sur ses registres. Puisqu'il grognait, elle saisit le grand répertoire à couverture noire à côté du téléphone, laissa son doigt glisser sur la liste des noms puis, ayant trouvé celui qu'elle cherchait – la fille à la 4 CV qui venait de reconduire Goïzane à la Maison – elle composa le numéro elle-même, malgré les protestations du gardien que son regard fit rentrer sous terre.

Après quelques secondes d'attente, on décrocha à l'autre bout et elle demanda :

— Tu peux venir me chercher dans ta petite voiture, hein ?

L'autre protestait sans doute, ou demandait pourquoi, et si tard, Germaïna répéta, plus sèche :

— Viens me chercher.

Et elle raccrocha.

Fébrile, elle passa la grille et, dans la rue qui à gauche montait vers Cambo et à droite descendait vers le centre de Bayonne, elle attendit, tournant sur elle-même, et sa cape s'envolait dans la nuit froide comme celle d'un derviche. A chaque demi-tour, elle frappait le bout épais du *makila* sur le trottoir, impatiente. Elle ne vit même pas arriver la petite auto, l'entendit simplement qui freinait derrière elle. Elle courut jusqu'à la portière du passager que, de l'intérieur, la jeune infirmière lui ouvrait vers l'avant. Puis elle se ravisa, contourna le capot et ouvrit l'autre porte :

— Pousse-toi. Je vais conduire.

L'autre rouspéta en enjambant le levier de vitesse, passant ses jambes en se contorsionnant dans l'étroit habitacle, rajustant la jupe qu'elle avait passée en vitesse sur sa chemise de nuit en satin.

— Où va-t-on ? demanda-t-elle, déçue de ne pas conduire elle-même son jouet de luxe.

— Chez moi.

— Mais je peux conduire, je sais où c'est : j'en viens !

— Oui, mais bon, je préfère, rétorqua Germaïna en embrayant et prenant tout de suite de la vitesse.

— Tu sais conduire ? s'inquiéta la jeune fille.

— J'ai conduit avant toi, l'une des premières autos ici, une grosse Traction, alors tu sais... Et pendant la guerre, en plus.

— Ça devait être amusant.

Pour la fille, enfant au cours de l'Occupation, les Allemands, les défilés, peut-être la radio que son papa écoutait le soir, oreille au poste en faisant « chut ! » aux autres, la Libération, tout avait dû être un grand jeu.

Germaïna la considéra du coin de l'œil, avec ses jolies joues rondes.

— Tu as quel âge ?

— Dix-neuf ans.

— Je comprends.

— C'est mon cadeau d'anniversaire, précisa-t-elle en désignant la voiture, comblée.

— Je comprends, répéta Germaïna.

Elle avait eu dix-neuf ans aussi, et pas tout à fait les mêmes cadeaux.

*

Assez loin de la Maison, en bas du dernier raidillon, elle gara la voiture sur l'herbe et éteignit les phares.

— On est arrivées ? demanda l'autre.

— Oui. Tu restes là.

— Mais tu ne dors pas chez toi ?

On racontait tant et tant sur la grande Etcheverry : donc vrai, elle dormait à l'hôpital, elle y habitait jour et nuit ?

— Tu m'attends là.

Germaïna descendit et repoussa la portière sans la claquer, après s'être penchée vers la fille pour l'adoucir :

— Je te promets : au retour, c'est toi qui conduiras. Reprends ta place.

Toute joyeuse, la fille se contorsionna de nouveau pour repasser derrière le volant et vit disparaître Germaïna dans l'allée. Surmontant un corps sombre, ses cheveux blancs semblaient allumés. On les voyait longtemps après que sa silhouette avait fondu dans la nuit. Comme si elle le réalisait à son tour, Germaïna remonta la cape sur sa tête, formant un capuchon très large. Elle eut l'impression de marcher plus vite, plus légère malgré le pas déhanché du boitement. Elle s'aidait peu de son *makila*, craignant le bruit.

La masse des bâtiments – sa Maison où elle ne revenait plus – se fondait dans le ciel noir. Elle reconnut bien les formes, le toit allongé presque jusqu'au sol d'un côté. Il n'y avait plus de gravier dans la cour, plus de terre, mais des capots de longues voitures qui s'avançaient, tapis comme des chiens à l'arrêt. « La remise où Nabar... » avait indiqué Tchema. Germaïna marqua un temps, pour se repérer à l'arrière, en contrebas. Presque sur la pointe des pieds – et elle avait mal –, elle passa le coin de l'hôtel, longea le mur de la terrasse et aperçut un amas plus bas. Elle descendit, tout doucement. Peu à peu, ses yeux distinguèrent des planches, des branches et des tôles, tout un fatras d'où émergeait l'arrière poussiéreux d'un véhicule. Elle s'approcha et reconnut la Traction. Ecartant des toiles d'araignée qui obstruaient la vitre arrière, et mettant ses mains en hublot autour de ses yeux, elle colla le nez au verre. Il avait dit vrai, Tchema. A l'intérieur, elle distinguait des sacs, des chiffons, un dépotoir. Les souvenirs des promenades là-dedans, quand Iloba était encore bébé... Puis elle se baissa, à la hauteur du coffre arrière dont seul le bout dépassait de l'amas de vieilleries entassé par-dessus. Sous la bosse de la roue de secours, elle tourna la poignée de chrome terni, plusieurs fois, dans les deux sens : fermé à clé.

Rageuse, elle commença à dévisser le manche du *makila*. A l'intérieur, la pointe effilée de métal, très dure, faite pour tuer, servirait pour enfoncer la serrure, faire claquer la résistance. Sous le manche, la pointe résistait. Décidément, tout était grippé ! Puis elle suspendit son geste : un bruit, plus haut, près de l'hôtel... Un bruit de pas. Quelqu'un venait.

Sous son capuchon, elle contourna à croupetons l'arrière de la voiture, se coinçant sur le côté, derrière une tôle ondulée. Le bout du *makila* rebondit sur des courbures, résonnant dans la nuit.

Le bruit, plus haut, cessa.

Souffle coupé, Germaïna ne bougea plus un cil. Puis le bruit reprit. On approchait.

Elle vit une silhouette, grande, assez voûtée, qui avançait vers la voiture et essayait de scruter la nuit. L'homme n'avait sans doute pas les yeux assez habitués à l'obscurité et, de tout près maintenant, Germaïna le voyait tendre la tête vers l'avant, la tourner, cherchant à deviner d'où venait le bruit qu'il avait entendu – et elle distinguait, au bout du bras tendu, la forme d'un revolver.

Il allait la voir. S'il contournait l'amas et la tôle, il tombait sur elle.

Elle le laissa approcher. Ses combats pendant la guerre d'Espagne, ses passages de nuit pendant la Résistance lui avaient appris à tenir son souffle et à le relâcher si lentement qu'elle-même ne le sentait pas passer entre ses lèvres.

A deux mètres, l'homme l'avait vue. Il commençait à tourner le canon de son arme vers la forme qu'il distinguait derrière la tôle.

Alors, elle jaillit, le *makila* dressé, qu'elle abattit de toute sa force sur le poignet de l'homme. Le bout alourdi et large frappa la main et l'homme laissa tomber le revolver en poussant un grognement rauque. Germaïna aussi, à cause de son pied blessé, qui avait supporté tout son poids pendant l'attente.

A terre, l'homme se tordait en se tenant le poignet. D'une main, Germaïna ramassa le revolver et l'enfouit dans la poche de sa cape, y jetant un coup d'œil et reconnaissant le sien, celui des guerres passées. « Ça doit être tout rouillé, réalisa-t-elle. Si j'avais su... » Elle tira l'épaule de l'inconnu, pour qu'il se retourne et, d'un pied – celui qui lui faisait moins mal –, elle appuya sur le bras où elle avait frappé, tout en poussant le bout du *makila* sous le menton de l'homme, à la carotide. Il ne bougea plus, comme un crucifié.

Elle se pencha pour distinguer son visage et faillit tout lâcher.

— Mattin ! souffla-t-elle.

Sa cape était retombée sur ses épaules, libérant les cheveux blancs. Ils avaient poussé, mais personne ne pouvait les oublier et lui aussi la reconnut.

Elle remarqua son visage ridé, ses cheveux gris maintenant, et elle avait en tête la silhouette voûtée qui s'était détachée dans la nuit. L'oncle Mattin... Il avait vieilli, le teint triste. Le nez toujours en lame, amaigri, ou plutôt asséché, pas massif comme l'avait été son frère Mikel, le père de Germaïna – qui chassa cette pensée aussitôt. Il ne bougeait plus à terre. Il était grand, mais elle le sentait fragile.

— Qu'est-ce que tu fais là ? interrogea-t-elle.

— Je peux te le demander.

— Qu'est-ce que tu fais là ?

— J'ai entendu du bruit. Je venais voir, c'est normal.

— Du bruit ? Je n'en ai pas fait beaucoup.

— Je ne dors pas. Presque jamais. Bon, je peux ? Tu me lâches maintenant ?

— Non.

— Lâche-moi !

Mais il n'avait pas crié, ni bougé. Elle le trouva vraiment fatigué.

— Je ne lâche jamais quelqu'un qui m'a menacée d'un revolver. Je te signale que c'est une vieillerie, il t'aurait plutôt explosé dans les mains si tu avais tiré.

— Décidément, souffla-t-il, tu auras emmerdé tout le monde depuis ta naissance. Qu'est-ce que tu viens rôder ici la nuit ? demanda-t-il à son tour, résigné.

— Je viens chercher mes affaires.

— Tes affaires ? Quelles affaires ?

— Ça ne te regarde pas. Vous les avez mises dans la voiture ?

— Mais tu es folle ou quoi ?

— Oui, tout le monde le sait. Réponds : dans le coffre, là ?

— Maintenant, lâche-moi. Je suis ton oncle ! ajouta-t-il curieusement.

Il était vraiment accablé, réalisa-t-elle. Elle siffla entre ses dents :

— Tu as la clé. Donne.

— Pas question.

Donc il l'avait. Elle avait senti sous son pied raidir le bras de l'oncle, au bout du *makila* le cou bouger. Elle appuya fort. Mattin éructa.

— Je peux te tuer, tu le sais, hein ! puisque je suis folle. On ne saura même pas que c'est moi, un rôdeur...

Epuisé, il sentait son sang bloqué dans sa gorge, la tête lui tournait. En tremblant, il fouilla à tâtons dans une poche de sa veste. Germaïna suivait des yeux son geste, craignant qu'il sorte un couteau. Mais Mattin extirpa entre deux doigts une vieille clé qu'il lui montra.

— Maintenant lâche-moi, répéta-t-il, d'une voix cassée.

— Oui. Ouvre.

Elle préférait ne pas l'avoir dans son dos.

A quatre pattes, Mattin se traîna jusqu'au coffre de la Traction. Il tâtonna pour enfoncer la clé, puis tourna la poignée. Le couvercle se souleva. Mattin avait la tête à la hauteur du coffre, presque à l'intérieur. Il pensa que Germaïna allait l'assommer, peut-être le faire rouler dedans puis tout refermer et disparaître.

Mais elle n'y songeait pas un instant – elle n'avait aucune raison.

De toute façon, Mattin sembla aussitôt oublier sa présence, jurant en découvrant l'intérieur du coffre :

— *Alua !*

Germaïna se pencha et le poussa sur le côté. Elle s'en moquait, de Mattin, de sa rage. La lettre de Maylis, « le jour où... », et cela seul pouvait aider son *gudari* à sortir de prison, d'abord sa lettre, ses affaires, tout reposait là, elle le voulait.

Le coffre était vide.

Quelques vieux chiffons, une manivelle... Germaïna fouilla de la main, s'arracha les ongles, tapa sur la tôle. Il n'y avait rien.

— Nom de Dieu ! répétait Mattin à terre.

Il se relevait avec peine.

Germaïna se retourna et lui tapa l'épaule du bout du *makila* :

— Mes affaires, où sont mes affaires ? siffla-t-elle entre ses dents.

Mattin retrouva d'un coup de la vigueur. Il la bouscula, fort, et elle tomba sur le côté, gémissant sous la douleur de son pied.

— Mais je m'en fous de tes affaires ! cria-t-il au risque de réveiller l'hôtel. Il n'y a jamais rien eu à toi là-dedans ! Moi, on m'a volé, tout ! Il n'y a plus rien.

Il fit demi-tour d'un bloc et remonta presque en courant vers les bâtiments, laissant Germaïna qui l'entendait jurer en s'éloignant : « C'est le petit curé... cette salope de petit curé, je suis sûr... »

Affolée, Germaïna se ramassa avec peine, se dressant sur son *makila*, puis, vite, elle redescendit l'allée, la côte qui menait à la route, et retrouva, comme une bouée pour un noyé, la petite 4 CV de la fille, bien sage.

⋆

Elles avaient roulé depuis plusieurs minutes lorsque le museau d'un camion s'avança à leur hauteur, comme s'il glissait à côté, plus vite. Depuis un moment, ses gros phares jaunes dansaient derrière la voiture, tout près. Il avait même klaxonné. A travers la petite vitre arrière, à la lueur d'un premier réverbère sous lequel ils passaient, car la ville approchait, Germaïna avait reconnu un camion de Mattin.

Ecrasée sur le siège, rabattant à nouveau sa cape comme un capuchon sombre sur ses cheveux blancs, elle avait lancé à la fille :

— Ralentis le plus possible. Laisse-le doubler. « Sinon, avait-elle ajouté en elle-même, c'est qu'il nous suit, et là, il vaudrait mieux que je conduise. »

La fille roula sur le bas-côté, presque au fossé. La route s'élargissait aux abords de la ville et le camion en profita pour se décaler et les doubler.

Germaïna se recroquevilla tant qu'elle put dans l'habitacle exigu, presque en boule à l'avant, sa grande taille se cognant aux montants. Il ne fallait pas que Mattin l'aperçoive.

Mais dans sa cabine, plus haute que la petite auto dont il ne voyait que le toit arrondi, l'oncle pestait plutôt contre ces « crapauds qui roulent », comme il les nommait, sans imaginer Germaïna à l'intérieur. Il s'en dégagea enfin, se rabattit, pris d'envie de balancer la 4 CV dans le fossé, comme ça, par rage gratuite. Il marmonnait, malgré le vacarme du camion qui brinquebalait sur la route bosselée. Il ne savait même pas où il allait vraiment, il cherchait, il le retrouverait, le curé... saloperie, voleur, et même « voleur » de son Anaï qui ne jurait plus que par lui, ah ! il lui apprenait ses leçons... pas capable, lui, Mattin, pas éduqué... pourtant la musique, c'était lui seul qui... pas la raclure avec ses doigts bandés, voleur ! tous les mêmes, des Espagnols à cul noir, il était arrivé pendant la guerre, puis il était parti, puis revenu, puis reparti encore, qu'est-ce qui leur prenait dans cette Maison de le recueillir ? Maintenant, comme par hasard, il avait disparu, et le coffre de la Traction vidé, c'était lui, il le retrouverait, et bien !

Il connaissait du monde, Mattin, on lui devait beaucoup... Il traversa tout Bayonne, toutes les rues, de Saint-Esprit au vieux quartier, du Château Neuf au Vieux, et vers l'hôpital, dans la montée de la Citadelle, tout. Il vivait dans la rue, le curé, lui avait-on dit, il avait dû y retourner, certainement. Chaque fois qu'il apercevait dans ses phares un homme portant un bouc, il pilait. Ce n'était jamais Tchema. Il s'arrêta dans les hôtels qu'il connaissait, près de la gare. Non, il ne venait pas voir les filles cette fois, et non, lui répondait-on, on n'avait pas vu ici le gars qu'il décrivait, avec des gros yeux de grenouille et les cheveux ras, drus, bas sur le front, en ligne droite, *barkatu*... désolé, Mattin. Le jour se levait, et il passa même dans les ruelles où logeait le *gudari*. Il jeta un coup d'œil sur les fenêtres, par réflexe, pas surpris de voir les volets clos. C'était comme s'il les avait fermés lui-même, quelques jours plus tôt. Ça au moins, c'était une réussite.

Il n'y avait pas davantage l'un de ses camions que conduisait le *gudari* : il l'avait fait reprendre par un autre chauffeur. Affaire réglée.

Il perdait son temps. Il n'y avait pas de raison de trouver la saleté de curé ici. Il continua de rouler dans les rues, dévisageant ceux qu'il croisait. La ville s'animait, trop de monde... Il s'efforçait de rassembler ses idées : et Germaïna, qu'est-ce qu'elle venait faire en pleine nuit ? à vouloir ouvrir le coffre de la vieille Traction où il cachait ses... Il se passa la main sur le visage et frotta ses yeux. Elle devait être avec le curé, voilà ! Deux amoureux en soutane, ceux-là, dans le temps, toujours collés sans coucher, des fous. Il se calma : si elle venait chercher ce qu'il cachait, c'est que... non : impossible, puisqu'il n'y avait déjà plus rien dans le coffre. Elle cherchait autre chose, il s'en foutait ! Elle devait pourtant être avec lui. Mais où ? Où tu es, sorcière ? Personne ne le savait à la Maison. Ou personne ne le disait en tout cas. Il se rendit compte qu'il mélangeait tout, trop fatigué. Le front appuyé sur le volant, prêt à s'endormir à un carrefour sous un feu rouge, il sursauta en entendant le klaxon enragé derrière lui : le feu passait au vert. Il démarra et rentra à la Maison, pour dormir – s'il pouvait.

S'il avait dû repasser dans le quartier du petit Bayonne, il aurait aperçu les deux silhouettes coiffées d'un béret, qui se glissaient dans la ruelle au petit matin et pénétraient sans bruit dans l'immeuble. Et même sans bouc désormais, Mattin aurait reconnu Tchema, et même avec ses pansements sur le nez et les pommettes, il aurait reconnu Iloba.

Tous les deux s'installaient sans se faire remarquer dans l'appartement du *gudari*.

40

Plus tôt dans la nuit, revenant de son escapade inutile à la Maison, Germaïna était rentrée, elle, à l'hôpital.

— Merci. Va dormir maintenant, conseilla-t-elle à la jeune fille dont les yeux brillaient.

— Oh non, je suis trop excitée, gloussa-t-elle. Je crois que je vais aller danser à...

— C'est ça, soupira Germaïna sans entendre la fin. Amuse-toi tout le temps.

Elle entra d'un pas lourd. Sa paume lui faisait mal à force d'appuyer sur le pommeau du *makila*. Un nœud crispait son ventre. Elle ne se rendait pas compte qu'elle avait gardé sa cape relevée comme un capuchon sur sa tête. Le regard ébahi du gardien dans sa cahute à la grille le lui fit réaliser. Elle rabattit le tissu sur ses épaules, en soufflant. Le moindre geste exigeait un effort. Comme un automate, elle traversa le hall, puis longea le couloir de l'aile qui menait à sa chambre, au bout. Le chemin n'était éclairé que par des veilleuses bleues et tristes au-dessus des portes, et le silence nocturne n'était haché que par le claquement du *makila* sur le carrelage. Des surveillantes de nuit la virent passer, comme un grand spectre blanc et noir.

Elle ouvrit la porte de sa chambre et alluma. Ce n'était plus la lumière adoucie de la lampe sur la table de nuit, mais le néon au plafond, qui surprit Tchema endormi sur le sol, la tête sur sa veste roulée comme un oreiller.

Il leva les yeux sur Germaïna, immense au-dessus de lui, et blême. Elle tendait la main :

— La lettre.

Encore brumeux, Tchema se secoua. Il s'assit sur le sol, en essuyant ses yeux et grattant ses cheveux raides.

— La lettre, répéta Germaïna.

— Il n'y a pas de lettre. Je n'ai pas de lettre, je te jure.

— Qu'est-ce que tu as pris dans la Traction ? Il y avait une lettre, j'en suis certaine.

Elle levait le *makila* vers lui. Il connaissait sa violence. Rentrant la tête dans les épaules, il ramassa sa veste roulée derrière lui, en écarta les coins et fit apparaître sa musette enfouie dans les plis.

Dégrafant les crochets avec maladresse sous ses doigts bandés, il y plongea une main et la ressortit, pleine de billets.

Des liasses, des pesetas – et Germaïna reconnut même un paquet ficelé, l'un de ceux qu'elle avait extorqués quelques années plus tôt à l'Espagnol de San Sebastián, et des grands billets français.

— D'où ça sort ?

— Eh bien, c'était dans le coffre de la Traction. Je l'ai pris.

— Pourquoi ? Et puis non, je m'en moque. Ce n'est pas ça que je cherche.

Elle se laissa tomber sur le lit, à bout de forces. Aspirée en arrière, elle se retrouva sur le dos, les jambes pendantes au bout du lit, les yeux au plafond. Le néon l'agressait.

— Va éteindre, je te prie.

Elle tendit le bras, qui semblait peser une tonne, vers la table de chevet pour allumer la petite lampe, pendant que Tchema enfouissait ses liasses dans sa musette et allait à la porte pour éteindre.

Il revint s'asseoir sur le bord du lit. Germaïna avait mis un bras sous sa nuque et l'autre sur son front. Elle respirait bruyamment.

Les mains jointes comme une prière – un vieux geste –, Tchema lui assura :

— Il n'y avait aucune lettre.

Elle le croyait. Il ne lui avait jamais menti. Se mordant les lèvres pour ne pas éclater en sanglots, elle se sentait comme morte : elle ne pouvait rien faire. Son seul espoir pour son *gudari* reposait sur cette lettre, cette promesse de Maylis l'Américaine pendant la guerre, « au cas où... le jour où... » Le jour était là, jailli sous elle comme une lame de fond, et elle avait perdu sa bouée.

Germaïna sentit soudain combien sa vie suivait des zigzags incongrus. Dans sa fatigue lui revint en un éclair le souvenir d'un plafond, à Bilbao pendant la guerre d'Espagne, un plafond où elle avait vu des fissures partant en tous sens, qui lui avaient offert l'image la plus nette d'un destin. Elle les avait suivies. Elle souleva son bras pour voir le plafond : non, celui-là était lisse

— Tu sais que je ne suis pas un voleur, marmonnait Tchema.

— Pourtant... dit Germaïna, mais sans y attacher d'importance.

— Tu veux savoir ?

— Dis toujours, soupira-t-elle avec lassitude.

— Je traînais souvent dans la cour là-bas. Je

m'occupais beaucoup du petit Anaï, quel ange... Mais le soir surtout, après l'école. Le reste du temps, je ne peux pas faire grand-chose, avec mes mains blessées.

— Ça va mieux, hein ? l'interrompit Germaïna.

— Oui, oui... Bon alors, j'ai vu le débarras, la vieille voiture enfouie sous les planches, bourrée de tout, c'est vraiment par, comment te dire, par désœuvrement que j'ai ouvert le coffre. Je ne me doutais de rien.

— Mais il était fermé à clé.

— Bah... dans l'armée en Indochine, je n'ai pas fait que des absolutions et des Pater Noster. J'ai appris des petites choses, ce n'est pas dur. Ça se crochète. J'ai fouillé. Encore des vieilleries, des chiffons, une manivelle, et puis un sac. J'ai ouvert. L'argent débordait. Je n'ai pas pensé une seconde à le prendre.

— Ah tiens ?

— Je suis revenu le lendemain. Et là, j'ai tout pris. J'en avais besoin.

— Tout le monde a besoin d'argent. Ce n'est pas une raison pour voler. Oh et puis... il a déjà été volé deux fois cet argent, enfin une partie, je peux même te dire où, et par qui ! Le reste, sans doute volé aussi, puisque c'était caché. Ne t'inquiète pas. On te le volera sûrement un jour.

— Je m'en veux maintenant.

— Ah non ! réagit Germaïna, retrouvant un brin de vigueur. Et pourquoi tu en as besoin ?

— Je vais partir.

— Encore.

— Tu m'en veux ?

— Oui.

Ils se turent un instant.

— Où, cette fois ? demanda enfin Germaïna. Je te signale que la guerre en Indochine est finie, pas la peine d'y remettre les pieds, qu'on te casserait pour de vrai, puisque les mains c'est déjà fait, ironisa-t-elle comme on le fait quand on est épuisé.

— En Amérique.

Le visage et les pansements de son neveu, là-bas loin dans une autre aile, passèrent dans sa tête. Il pourrait partir aussi, il voulait... Depuis toujours au pays, on partait « en Amérique ». Et avec le rêve de chewing-gum et de rock and roll qui s'insinuait dans les cerveaux, les westerns et les films dans les salles de cinéma qui ouvraient, le voyage là-bas, chez les cow-boys, s'organisait souvent par groupes recrutés dans les villages, et en masse, au point que les Américains commençaient à limiter le nombre des candidats.

— C'est compliqué, prévint-elle.

— Non, c'est cher. Justement, l'argent, c'est pour ça.

— Je comprends.

Après un temps, où elle lutta pour ne pas sombrer, elle lui demanda :

— Missionnaire encore ? Ils n'en ont pas besoin, là-bas.

— C'est fini. Je ferai berger. Ce sont les seuls contrats qu'on obtient. On est des sacrés bergers, les Basques, à leur avis.

Germaïna éclata de rire, mais dans sa fatigue ce ne fut qu'un ricanement étranglé :

— Tu n'as jamais mis les pieds dans une ferme ! Enfin, bien sûr... « ramenez les brebis égarées ! » ajouta-t-elle, gloussant presque de cette association de mots qui avait traversé son esprit à l'instant. Tu verras, ce n'est pas tout à fait les mêmes moutons.

— Tu n'y es pas allée, pas davantage.

— Vrai. J'ai connu quelques loups.

Germaïna se glissa vers le bas du lit pour s'y redresser et s'asseoir au bout. Comme ces coureurs qui étouffent et soudain renaissent avec un deuxième souffle inattendu, elle avait moins envie de dormir. Tchema lui parlait maintenant dans son dos :

— Tu sais, pour Iloba, j'ai peur.

— Tu as peur de lui ? Il est costaud, il n'est pas commode, mais c'est un garçon formidable. Je suis fière de lui.

— Non. J'ai peur pour lui. Il ne devrait pas rentrer à la Maison.

— Justement. Ça ne te regarde pas.

— Un peu. Que ce que j'ai vécu serve, au moins. Je sens venir... j'en ai parlé avec des soldats là-bas, je ne suis pas dupe, il va y avoir la même catastrophe en Algérie, ça commence déjà.

— Mais Iloba n'est pas militaire, voyons.

— Il va avoir l'âge. Tu verras, je les connais, ils enverront les jeunes, ils n'appelleront même pas ça une guerre. Ceux qui vont faire leur service militaire y partiront, et joyeux. Je t'en supplie : c'est une horreur.

Germaïna se retourna pour fixer Tchema. Il n'avait plus de sang sous la peau, blanc, exorbité, les lèvres agitées de tremblements.

— Et aussi, je veux te dire... à la Maison, ça se passe mal avec son père. Là, tu as vu, le nez cassé, tout ça... mais toujours ça crie, ça se donne des coups.

— C'est de famille.

Tchema se tut.

— Alors ! le bouscula Germaïna.

— Il devrait venir en Amérique avec moi.

Elle ne répondit pas, d'abord abasourdie, puis, l'idée faisant son chemin peu à peu, elle dit doucement, les coudes sur les genoux et le menton dans ses paumes :

— Alors, il faut partir maintenant.

*

Iloba ouvrit les yeux. Réveillé en sursaut, ne sachant plus où il était, il découvrit penché sur lui le visage de sa tante, Germaïna. Elle lui caressait le front.

Il reprit ses esprits : les lits, tout blanc partout, la douleur sur le nez, l'impression d'un carcan sous les yeux, l'hôpital.

— Ça va ? murmurait Germaïna en lui souriant avec tendresse.

— Qu'est-ce qui se passe ?

— Tu vas t'habiller et partir.

Il se dressa sur son lit, repoussa le drap et s'assit sur le bord :

— Pourquoi ? Où ?

— Mets tes affaires et suis-moi. Vite, le jour se lève. Je ne veux pas qu'on te voie.

Iloba saisit son pantalon et sa chemise posés sur le rebord de la chaise, à la tête du lit. Il les enfila vite, se chaussa et enfonça son béret sur la tête.

Germaïna le conduisit à travers les couloirs, jusqu'à sa chambre. Iloba découvrit avec surprise Tchema, qu'il croyait à la Maison. Il attendait tout habillé, avec le même béret, la veste de velours fermée devant, une musette en bandoulière.

Iloba ouvrit de grands yeux, sans comprendre, et se colla contre la porte, bien réveillé. Il fixa sa tante :

— Je t'ai dit que je ne voulais pas revenir à la Maison.

— Tu n'y vas pas. Tchema t'expliquera.

Elle vint à lui, serra ses bras très fort dans les siens, sentant ses muscles fermes sous sa poigne, et lui fut surpris de la force de ces doigts féminins. Puis elle lui posa un baiser sur son front, sans un mot.

Elle savait : quand on part, il faut partir vite, sans discussion, tout de suite.

Elle ne se retourna pas quand la porte se ferma sur eux. Puis elle s'endormit. De courtes heures, peuplées de rudes rêves qui ne la reposèrent pas. Elle courait derrière le *gudari,* à perdre haleine, épouvantable, le monde défilait et elle n'avançait pas, elle ne le rattrapait pas. Elle se réveilla en sueur. Ce soir, après son service, elle sortirait, tant pis : elle irait voir le maire.

*

A pied depuis l'hôpital, Tchema et Iloba descendirent les allées Paulmy, traversèrent la grande place et passèrent le pont jusqu'aux ruelles du petit Bayonne. Dans sa poche, Tchema tripotait la clé de l'appartement, que lui avait confiée Germaïna. Ses mots, avant qu'elle aille réveiller Iloba, revenaient : « C'est libre, pas habité... hélas. » Elle n'avait pas précisé. « De toute façon, tu ne peux pas rester à l'hôpital et Iloba ne veut pas retourner à la Maison, alors... Pour Jon et Goïzane, je verrai. Il faut partir un jour... Installez-vous là, n'ouvrez pas les volets, ne faites pas de bruit. Puisque tu sais comment faire, organise le voyage. Je ne veux plus vous voir. » Il n'avait pas cru à ces derniers mots, sans savoir pourquoi – c'est-à-dire sans le vouloir. Rapidement, il expliqua cela à

Iloba, tout en marchant dans le matin givré. « Tu veux aller en Amérique au moins ? » Iloba avait des éclairs dans les yeux. Là-bas, ils auraient chaud.

Tchema serrait contre son flanc sa musette, bourrée du trésor qui allait changer leur vie. Lui revint que, dans l'excitation de la dernière heure, cette folie déclenchée par Germaïna, il n'avait pas eu le temps, il avait oublié de lui montrer ces papiers, ce cahier trouvé dans le sac à l'arrière de la Traction, avec les liasses. Il avait lu en biais, et pas compris grand-chose. Il avait même eu envie de le jeter dans la Nive, en traversant le pont.

⋆

Elle groupait ses cheveux en chignon et nouait un foulard sur sa tête pour sortir. L'avocat du *gudari*, toujours par le même chemin qu'elle ignorait, le souterrain de trois siècles sous les ruines du château de Marracq où avait séjourné Napoléon, avait surgi la veille, comme la première fois au bout du couloir, prenant la place d'un patient dans la salle d'attente jusqu'à la voir passer. Mais il ne viendrait plus, il lui avait dit, dangereux, il était suivi, on allait remarquer son manège par le lycée, à force, d'ailleurs en cette période de congé, il n'avait pas de cours à donner, ça devenait suspect, vous comprenez ?

— Et lui ?

— Ils ne vont pas le massacrer, on n'est pas chez Franco. Je fais durer.

— Je demandais : et lui, il comprend ?

— Oui oui... qu'est-ce que vous voulez qu'il fasse ?

Germaïna avait envie de saisir les revers de son costume, de le secouer, et d'entendre les mots que le *gudari* ne prononçait évidemment pas, qu'il mourait de peine loin d'elle, qu'elle mourait de tristesse loin de lui, qu'il ne pouvait rien dire, qu'elle ne pouvait rien faire, qu'il ne mangeait plus, qu'elle ne respirait pas. Mais l'avocat, si bon et efficace, la toisait sans sourire.

Elle faillit lui demander : « Quelqu'un vous aime ? » Elle était injuste, et le savait.

A son tour, il posa la même question :

— Et vous ?

— Pour l'instant rien. J'avais une idée, j'ai tout perdu, lâcha-t-elle.

L'avocat ne comprenait pas, mais il décela un ton désespéré.

Il lui serra les mains :

— Courage. On y arrivera. En attendant, ne vous montrez pas. Quand même, vous êtes recherchée.

Dans sa tête passa une image triste, celle du visage mort de la femme si belle qui se tenait face à lui et qu'il faudrait sans doute abattre, faire disparaître, si elle risquait vraiment d'être prise. Les femmes parlent – croyait-il, sans connaître Germaïna. Tout un réseau de réfugiés espagnols ne serait pas disloqué à cause d'elle. Les gens pouvaient bien installer leurs tentes de camping toutes neuves sur les plages de Zarautz ou de Bakio, la guerre n'était pas finie.

41

Germanïa frappa chez le maire à la tombée de la nuit. Elle avait pris l'autocar en bas de l'hôpital, son foulard sur la tête, bien noué sous le menton, les cheveux blancs cachés et le corps dans sa cape bleu marine par-dessus la seule robe qu'elle possédait depuis quelques jours. Elle avait demandé à la jeune fille à la 4 CV de la lui acheter aux Dames de France de Bayonne.

— Viens donc avec moi, allons-y ensemble ! avait proposé la jeunette, presque en tapant des mains.

La grande Etcheverry, c'était la sœur aînée qu'elle n'avait pas. Un mystère, un modèle, une femme, un puits d'aventures, comme une escapade en pleine nuit dans la campagne. Elle était éblouie. Acheter une robe avec elle, ça serait la rejoindre.

— Pas question, avait répliqué Germaïna. Prends la grande taille. Pas trop claire. Vérifie le corsage, j'ai de bons seins. Pour ça, continua-t-elle en tapotant ses hanches pleines et hautes, je verrai ici pour la retouche s'il faut.

Tassée au fond de l'autocar près de la porte, Germaïna se calmait. Elle était montée la dernière, certaine que personne ne passait derrière. Le vieux bus bleu et crème où régnait une odeur de renfermé, de marrons chauds et de goudron mélangés, s'arrêtait souvent. Germaïna observait à la dérobée ceux qui montaient, essayant de paraître endormie. Elle avait glissé ses fesses à l'avant du siège pour coller sa nuque au dossier et tasser sa taille. Mais ainsi vêtue, personne ne risquait de la reconnaître depuis le temps qu'elle vivait en recluse.

L'autocar sortit de Bayonne et s'engagea sur la route menant à la bourgade. En fait, il n'allait pas jusqu'au bout. Il terminait avant, dans un autre village, et Germaïna parcourut la fin du trajet à pied.

Elle frappa chez le maire, un peu honteuse.

Sur le moment, il ne la reconnut pas. Puis, quand elle sourit, les années repassèrent en rafales. Elle n'avait pas changé. Lui davantage : épaissi et moins de cheveux, de la couperose sur les joues, rançon des banquets pris au Train Bleu avant de s'effondrer dans son wagon-lit qui le ramenait le matin dans sa petite ville après les séances de l'Assemblée nationale. Il avait obtenu son siège de député.

Elle lui expliqua tout, à peu près, puis, par dépit, résuma : recherchée ici en France parce que évadée en Espagne, et celui qui l'avait sauvée était en prison ici, en France, vu ? A lui de se débrouiller.

— Houlà ! Difficile, souffla le maire.

Il lui demanda encore quelques détails. Elle n'avait plus rien à dire.

— Si vous m'aviez écouté, Germaïna. Après la guerre, si vous aviez suivi ce que d'autres ont fait, vous n'en seriez pas là.

— Tss ! dit-elle, claquant sa main sur sa cuisse, si fort qu'il en eut la parole coupée.

Ses yeux noirs le transperçaient. Il soupira :

— Où est-il ?

— A la maison d'arrêt, ici à Bayonne.

— Il est français ?

— Espagnol.

Le maire gonfla ses joues, comme accablé.

Pendant qu'il prenait quelques notes, Germaïna se leva. Il fallait partir, attraper le dernier autocar du retour. Elle connaissait les heures.

— Revenez demain..., après-demain plutôt, lui dit-il en la raccompagnant. C'est compliqué. Il faut du temps pour que je me renseigne. Je ferai ce qu'il faut faire.

Le maire l'examina de dos, comprenant que son déhanchement sensuel cachait un boitement léger, contrôlé, comme si elle dansait sur sa cheville au lieu de s'y appuyer.

Germaïna entendit la porte claquer derrière elle et eut à nouveau le sentiment d'un abandon, comme le soir où elle avait été chassée de sa Maison par son père. La marque restait indélébile.

*

Elle revint le surlendemain, mais sollicita cette fois la jeune fille pour la conduire dans sa 4 CV, ce que l'autre applaudit des deux mains.

Arrivée dans la bourgade, elle allait indiquer où se garer, devant la maison du maire, mais exigea soudain :

— Continue. Fais le tour.

La fille accéléra tandis que Germaïna jetait des coups d'œil partout, mal à l'aise. La rue était calme comme la dernière fois, avec la même lumière du soir, mais d'un calme mauvais. La guerre lui avait appris à être aux aguets. Serait-elle revenue voir le maire à une autre heure que l'ambiance différente ne l'aurait pas alertée. Tandis que maintenant, comme une reproduction de l'avant-veille, tout était pareil sauf... sauf rien, l'air autour, un silence qui l'intriguait. Les mots du maire lui revinrent : « Je ferai ce qu'il faut faire. » Son devoir. C'était quoi, le devoir d'un officiel face à une clandestine ?

— Filons, ordonna-t-elle.

Elles quittèrent la bourgade et sur la route Germaïna se retourna cent fois pour vérifier qu'aucune voiture ne les suivait. Quelques-unes les rattrapèrent mais les doublèrent. Elle avait une envie folle de s'arrêter dans Bayonne, revoir la rue, les fenêtres de l'appartement du *gudari*, embrasser Iloba, Tchema, sentir du feu au lieu de s'éteindre. Mais elle descendit devant l'hôpital et rentra seule dans sa chambre.

Peut-être avait-elle eu tort de s'inquiéter ? Elle regretta d'être sans voiture, elle y serait retournée aussitôt... car bien sûr elle avait eu tort, elle se faisait des idées, une intuition fausse, c'était idiot.

Elle n'avait pas eu tort. Chez lui, au bout d'un long moment, le maire avait entrouvert sa porte et fait signe à un passant anonyme qui attendait le tramway en face, adossé au poteau.

L'homme s'approcha et le maire le fit entrer :

— Alors ?

— Rien. Elle n'est pas venue.

— Ça m'étonne. Vous n'avez rien vu ?

— Rien. Aucune femme grande, jeune, à cheveux blancs qui boite un peu, comme vous avez dit. Ça doit être un morceau, on ne pouvait pas la rater.

— Aucune voiture ?

— Ah ! mais c'est qu'en voiture, on ne peut pas savoir. Des voitures sont passées, oui.

— Bon, ça va, dit le maire en renvoyant le policier en civil qui montait la garde depuis la fin de l'après-midi en face de sa porte avec cinq autres inspecteurs, plus ou moins dissimulés dans leur Traction, certains jouant les badauds.

Germaïna ne les avait pas vus. Elle les avait sentis.

Chez lui, le maire avait tapé du poing sur son bureau et décroché le téléphone. Après une longue attente et quelques banalités d'usage, il avait avoué, désolé :

— Monsieur le ministre, elle n'est pas venue. Elle reviendra... oui, j'ai bien noté, il faut l'arrêter. Toutefois, je me permets, avec tout mon respect, de vous rappeler quel fut son rôle extraordinaire pendant la Résist... J'ai bien noté, monsieur le ministre, ce sont des ordres.

⋆

Emprisonnée volontaire, asséchée par l'angoisse d'être inutile pour aider le *gudari*, Germaïna fit son travail tristement à l'hôpital pendant les jours suivants. Elle consolait des malades, peu consciente de sa rudesse, car elle ne supportait pas les geignards, parfois trop onctueuse, surtout envers les vieux dont certains en profitaient pour se mettre à gémir, alors elle les rabrouait.

Un soir, un employé vint la chercher dans la salle de soins :

— On vous demande dans le hall. Votre sœur, je crois.

Germaïna le suivit, essayant de marcher à son pas. Mais le jeune homme allait vite et elle serra les dents pour ne pas se laisser distancer.

Essoufflée, elle déboucha dans le hall et tomba sur Goïzane, agitée. Sa sœur jumelle désignait le comptoir des entrées, les registres et les dossiers empilés :

— On me dit qu'Iloba n'est plus là.

— Oui, il est parti, dit Germaïna avec naturel. Il va très bien. Son nez, tu sais, que ça s'arrange ici ou ailleurs, il faut juste un peu de temps.

— Qu'est-ce que c'est que cette histoire ? dit Goïzane en écarquillant les yeux. Il est parti où ?

— Oh ! il est grand maintenant.

— Comment ça grand ? Il a dix-huit ans.

— Je suis partie au même âge.

— Mais tu es folle ou quoi : parti où ? se mit à trépigner Goïzane.

— Je ne sais pas, mentit Germaïna. Je te dis qu'il va très bien.

— Alors tu sais où ! glapit Goïzane.

Elle s'approcha à souffler son haleine dans le nez de Germaïna :

— Tu te souviens quand il était bébé, quand tu l'as pris dans notre chambre avec Jon, quand tu l'as kidnappé !

— Kidnappé... je le protégeais, c'est tout.

— De quoi ?

— Laisse faire.

— C'est ça ! En fait, tu l'as kidnappé à nouveau !

— Laisse faire, répéta Germaïna.

— Mon fils disparaît et il faut que je laisse faire ?

— Ton fils, c'est mon neveu, c'est pareil.

Goïzane l'observa en secouant la tête :

— Tu ne vas pas bien, toi. Depuis toujours.

— Oui, je ne vais pas bien, répliqua Germaïna sèchement. Et tu ne sais pas pourquoi. Vous n'avez jamais su. Cela n'a rien à voir avec Iloba. Fais-lui confiance. Je le connais mieux que toi.

— Le directeur du golf est venu à l'hôtel – « tiens, elle ne disait plus la Maison » – ça fait des jours qu'ils ne l'ont pas vu.

— Il a le nez cassé. Il peut s'arrêter quand même. Il tient de moi, il obéit mal.

Germaïna continua à mentir. Elle n'aimait pas cela, surtout à sa sœur jumelle, l'impression plus désagréable qu'un vent froid sur la peau.

— Bon, admettons qu'il ait eu besoin de partir en vacances. Avec un copain, voilà. Voir les filles, danser toute la nuit.

— Avec son nez cassé ?

— Ça a du charme. Alors, admettons qu'il ait eu besoin de s'éloigner un peu. Cela ne va pas très fort, je crois, avec Jon à la Maison – c'est toujours la Maison, l'hôtel ? insista-t-elle ironiquement. Alors, s'il revient dans huit ou dix jours par exemple et que tu me promets que vous l'accueillerez à bras ouverts et pas avec un coup de poing, ça va ?

Que Tchema fasse vite, qu'ils se soient envolés tous les deux d'ici là... Chacun son tour, estimait Germaïna.

Goïzane attendit un moment et soupira :

— Ça va.

Il fallait rentrer. Le travail à l'hôtel, c'était parfois pire qu'à la ferme jadis. On n'arrêtait jamais, comme avec les bêtes.

Les deux jumelles s'embrassèrent et se serrèrent. Elles eurent du mal à se détacher l'une de l'autre.

42

Certains patientaient pendant des mois. Il ne fallut que dix jours à Tchema pour organiser leur départ vers l'Amérique. Dix jours pendant lesquels Iloba et lui apprirent à se connaître.

Iloba, à la fin, décolla en grimaçant les pansements de son nez. Il apparut encore rouge et gonflé. La ligne tranchante de l'arête, pas loin de buter contre la lèvre, resterait cabossée.

Le trajet en autocar jusqu'au village entre Saint-Jean-Pied-de-Port et Saint-Palais, d'où s'organisait le voyage rêvé, épuisait. La route comptait tant de lacets qu'au premier jour Tchema descendit et vomit dans le fossé. Dans la file d'attente devant l'agence, un paysan candidat à l'émigration lui conseilla des pastilles vertes au sel à acheter chez l'apothicaire voisin. Tchema n'eut plus de nausées.

Le lundi, jour de marché, l'agence recevait des groupes entiers de campagnards décidés à partir. Du moins, certains voulaient qu'on les décidât, méfiants, souvent sournois, pétris de prudence terrienne. D'autres tournaient en rond sur la place, hésitants, comme des clients de prostituées arpentant vingt fois le trottoir avant de monter.

Depuis cent ans, des milliers partaient, d'abord en Amérique du Sud, maintenant aux Etats-Unis. En ce milieu des années cinquante, le flot se tarissait. Mais les dernières vagues d'émigrés attendaient encore, compactes, en file, avec Tchema et Iloba, parce que les familles avaient trop d'enfants, parce que l'Eglise et l'Armée absorbaient moins qu'auparavant le surplus de progéniture, et surtout parce que le rêve américain dansait dans leurs têtes.

Il occupait les cerveaux, ce rêve. *Amerikanoak*... les Américains : ainsi surnommait-on ceux qui revenaient au pays, fortune faite. La plupart avaient débarqué au volant d'une Oldsmobile aux chromes luisants, parfois d'une Cadillac ! Les jeunes bergers, qui se déplaçaient encore en charrette, voire avec les premiers Solex livrés, bavaient devant ces palaces roulants. « Tu l'as pour rien là-bas, n'importe qui peut en acheter », triomphaient les revenants. Faux : ceux-là n'avaient pas vraiment fait fortune, sinon ils seraient restés en Amérique. Ceux qui se réinstallaient au pays n'avaient réussi qu'à l'échelle locale, juste un petit bout d'ambition devant eux. Mais ici, leur pécule prenait des teintes de trésor. Ils portaient un chapeau de cow-boy, des bottes pointues, et paradaient dans le village au volant de leur voiture bleue ou verte, si longue avec ses ailerons, à ne pas pouvoir tourner entre les vieilles maisons. Or, justement, leur maison, ils la construisaient. Alors, on les respectait vraiment. Partir les poches vides et revenir avec de quoi bâtir son toit, pour sûr le bon Dieu était américain, les fleuves là-bas charriaient de l'or. Elever une bâtisse au retour et la baptiser California, Nevada ou Idaho Etchea : les abbés couraient de l'une à l'autre pour les bénir, bien la preuve... Alors, les jeunes prenaient place dans la file d'attente.

Les revenants racontaient bien, en quelques mots. « Regarde, fils ! J'ai construit ça avec mes poignets et mes bras. » Ils enjolivaient. Ils cachaient qu'on crevait aussi de faim, là-bas, ou de froid, ou de maladie dans la Sierra. Par orgueil, ceux qui écrivaient à leurs parents racontaient toujours la belle vie. Et ceux qui la vivaient vraiment, cette belle vie, ne revenaient pas, drogués au dollar, à la vie facile.

Les candidats au départ ne laissaient pas leur désir s'écorner. Et depuis quelque temps, on les gavait d'images – l'ivrognerie des yeux. Pour relancer ce désir, l'organisateur, aidé par l'indispensable curé qui bénirait tout le monde avant l'envol, avait accompli lui-même le voyage en Amérique. Sur place, il avait filmé les anciens, dans leurs ranches, leurs banquets basques à Bakersfield ou Chino, tous visages souriants, et les filles dansantes. Bon sang, l'épaisseur des steaks, vu ! Bon sang, les vaches là, trois mille, quatre mille ? Les moutons, dix mille d'un coup ? La voiture, mais regarde la bagnole : elle rentre pas dans l'écran ! Le petit film, projeté dans les villages, faisait des ravages. Alors, d'autres jeunes prenaient leur place dans la file, bons bergers, grosses cuisses, yeux brillants.

Les places devenaient chères. Il fallait payer d'avance. Les Américains avaient relancé le flot de ces bêtes de somme en décrétant l'ouverture d'un nouveau quota de cinq cents bergers, à remplir vite. Beaucoup acceptaient, persuadés qu'au bout de quelques mois ils changeraient de métier, porteraient un costume au volant d'une Cadillac. On leur cachait souvent qu'ils signaient pour trois ans, trois ans de bergerie, de solitude. En cas d'abandon, on déchirait leur certificat de séjour, et retour au pays, vaincus. Piégés ainsi, plusieurs se suicidaient. On ne le disait pas. On ne disait rien, ici. On expliquait que les loups avaient attaqué le cousin et qu'il avait résisté, formidable jusqu'à la mort, et que tous les loups n'étaient pas repartis indemnes, il en avait tué avant de succomber, le cousin... C'était presque un défi, ces loups. Qui, ici, résistait à un défi ? Alors les jeunes... la file... en rang.

*

En milieu d'après-midi seulement, Tchema et Iloba accédèrent au comptoir et posèrent les billets sur le rebord. Magie des liasses : des dossiers vierges sortirent du tiroir, simplement cocher les cases. Il faudrait tout de même revenir dans quelques jours, le temps d'envoyer les papiers au consulat, recevoir les cartes, tout de même. L'avis du responsable de ces voyages, sur une feuille à part que les candidats ne voyaient pas, était primordial. Il fut excellent pour Tchema et Iloba, tout à fait excellent cet avis. Dans presque tous les cas, les jeunes qui voulaient émigrer n'avaient que trois sous devant eux. L'agence faisait l'avance, prêtait les dollars qui seraient remboursés par le salaire sur place, autrement dit lentement, parfois jamais, vous savez... les loups. Alors, deux candidats qui payaient tout avant ! « *Cash*, avait admiré le patron. Cash, c'est un mot qu'il faut apprendre, mes gars. » Il avait observé Tchema et Iloba. Un tout jeune, mais dix-huit ans était le bon âge, fréquent, pour partir ; un plus ancien, l'air bien sérieux, le couple idéal pour les autorités américaines qui rejetaient les isolés, trop instables. Et pour le logement sur place ? « Cash, mes gars. Les motels n'attendent que ça. »

Certes, le plus âgé n'avait pas la carrure d'un colosse – le jeune, si –, et portait des pansements sur les mains.

— Qu'est-ce que c'est ?

— Ça s'arrange, je me suis blessé à la ferme, mentit Tchema.

Il bougea ses doigts sous les bandes, surpris de souffrir moins qu'il ne l'imaginait.

— Dans quelques jours, je les enlève.

— Vaut mieux, grogna l'autre, parce que vous partez la semaine prochaine. J'ai deux places.

Il venait de rayer les noms de deux jeunes paysans inscrits avant eux : ils n'avaient pas d'argent.

Les autorisations, l'état civil, les visas provisoires, il s'en chargeait.

— Une fois sur place, votre *campero* vous fera les papiers officiels, les définitifs, et m'en enverra une copie. Il faudra le payer. Laissez l'argent.

— Combien ?

Sans qu'il le sache, on lui doubla le tarif. Mais le dossier alla deux fois plus vite.

— Qui ? demanda Iloba.

— Le *campero*, le coupa tout de suite Tchema, inquiet. Le patron du ranch où l'on va.

Iloba ravala sa déception. C'est à Hollywood qu'il voulait atterrir, lui. Il avait dans la poche de son petit portefeuille le nom et l'adresse de la fille américaine et dans sa tête l'œil de la caméra – aussi rond qu'un œil de Tchema, peut-être le suivait-il aussi pour ça ? –, le viseur où l'on se collait pour faire la vie, et la peau de la fille pour faire l'amour. Hollywood : pas les cailloux de la Sierra.

43

— C'est pour demain.

Germaïna lui sourit :

— Au moins tu me préviens. Tu ne pars pas en secret comme l'autre fois, en laissant traîner une lettre.

— J'en ai écrit une tout de même.

— Pour moi ?

— Non.

Tchema n'en dit pas davantage.

Ils étaient assis sur le perron de la chapelle Saint-Léon, dont l'axe se dressait au centre de l'hôpital militaire, séparant les ailes de briques rouges qui formaient comme une immense croix carrée. Les jambes allongées, Germaïna traçait du bout de son *makila* de vagues signes sur le gravier. Tchema avait repoussé son béret en arrière.

Des silences ponctuaient leur rencontre, longs et tristes. Le matin les enveloppait de sa douceur, comme souvent ici en hiver.

— Je peux revenir cet après-midi avec Iloba. Tu veux lui dire adieu ?

— Au revoir, au revoir seulement, j'espère, soupira Germaïna. Non, il ne faut pas. Je me demande même si tu as bien fait de venir, toi. Et puis si, bien sûr... Je te remercie.

Elle se leva en s'appuyant sur son *makila* pour soulager son pied fragile.

— Tes doigts ? demanda-t-elle.
— Presque fini. Regarde.
Il agitait ses mains pansées, tout fier.
— Puisque tu es là, tu veux aller à la salle de soins et qu'on te les enlève ?
— Je ne suis pas venu pour ça. Et... je préférerais que tu le fasses toi-même, ajouta-t-il en souriant.
Germaïna retrouva devant elle les joues lisses, les yeux immenses et ronds, très noirs, et la barre de cheveux bas, en ligne droite d'une tempe à l'autre, tout ce visage illuminé de foi qui avait envahi son espace le jour où elle avait ouvert les yeux en sortant du coma – un autre hôpital, si loin, et déjà cette odeur d'éther et d'amidon dont elle se sentait imprégnée jusqu'au centre de sa dernière fibre. En faisant un bref effort, elle vit même le fantôme de sa soutane à la place du pantalon et de la veste de velours que Tchema portait, son seul costume.
Elle se secoua en jetant un œil vers l'horloge au centre du clocher :
— Non. Je dois y aller. Ne m'embrasse pas. Salut.
D'un bloc, elle fit demi-tour et se dirigea vers l'entrée. Elle sentait ses yeux gonfler. Voir partir s'annonçait plus dur que partir soi-même.
Arrivée à la porte d'entrée, elle se retourna. Pourvu qu'il ait décampé... Il était là, debout. Elle sentit l'envie folle de courir vers lui, pas pour se jeter dans ses bras : pour marcher à ses côtés, jusqu'à ce que son pied meure.
Elle lui lança :
— Reviens ce soir. Tard, à la nuit. On marchera.
Elle vit le béret s'incliner vers l'avant.
Comme tous les jours, elle dévisagea les patients dans le couloir d'attente, rêvant d'y découvrir l'avocat

qui lui donnerait des nouvelles du *gudari*, et certaine de ne pas l'y voir. Il avait prévenu qu'il ne viendrait plus. Tant mieux : si elle le trouvait là comme un patient attendant son tour, suivant sa méthode, c'est qu'il aurait une nouvelle triste à annoncer, terrible. Sinon, Germaïna se le jurait, un jour le *gudari* se dresserait devant elle, dans l'entrée, et alors oui, alors elle se mettrait à courir vers ses bras.

En attendant que ce rêve se réalise, elle ne pouvait rien faire, cachée ici, sans la lettre de Maylis, sans personne. Ça la rendait folle.

La journée passa dans les soins, les pansements, à rouler des lits dans les couloirs, à passer des bistouris dans les mains des chirurgiens, dans tout ce fatras de souffrance quotidienne, de matériel d'acier, de linges rougis, et le masque sur le bas du visage permettait aussi de cacher les tremblements de ses mâchoires. Germaïna ne s'activait pas pour passer le temps, mais ainsi le temps passait.

Et le soir, tard à la nuit, Tchema attendait devant la grille.

⋆

Il vit sortir Germaïna, un foulard sur la tête cachant les cheveux ramassés en chignon, dans sa robe grise mais beaucoup plus gaie que le gris religieux dans lequel il l'avait vue pendant des années. Et celle-ci serrait bien sa taille, sous la cape bleu sombre qui couvrait ses épaules et son buste, presque jusqu'aux genoux. Elle s'avança en marchant droit, semblant légère, le *makila* à la main mais tenu par le centre, sans le planter au sol.

Beaucoup plus tard, oui, elle le planta. Ils marchaient depuis des heures et elle s'aidait du bâton rigide pour soulager son pied. Descendant jusqu'à la Croix Saint-Léon, ils avaient suivi des chemins tortueux, entre d'immenses rangées de maïs, recroisant la route nationale qui commençait à s'embouteiller aux beaux jours, puis abouti à l'océan en suivant les rampes de pierre qui striaient en étages inclinés les digues où s'adossait la ville. Ils remontèrent le long des vagues, sur le sable mouillé qui s'assouplissait sous les pieds – et Germaïna marchait mieux. Ils passèrent sous le phare, où des amoureux s'enlaçaient dans les bosquets. Le faisceau balayait les toits des immeubles puis s'enfuyait au large, revenant faire son tour en un rythme obsédant. Ils contournèrent des criques et des grottes, et celle de la Chambre d'Amour où la légende racontait que des amants y étaient morts, noyés par la marée. Et la pluie commença à tomber.

En courant, ils se retranchèrent dans une minuscule caverne de rocher, un parapluie minéral qui les garda au sec jusqu'à la fin de la nuit, blottis sans se toucher et sans parler : ils n'avaient pas échangé une parole depuis le départ de l'hôpital.

Germaïna avait eu besoin de ces longues heures de silence absolu. Quand la première lueur de l'aube monta au bout de l'horizon découpé par l'ouverture de leur grotte où il faisait encore noir, elle se sentit presque lavée.

Le parfum du sel lui arriva avec une légère brise. Elle se dressa avec lenteur, frissonnant dans l'air frais, et vit d'ailleurs que Tchema avait relevé le col de sa veste et serrait ses bras autour de ses épaules, les bandes blanches autour des doigts luisant comme de petits gants clairs dans la pénombre. Avec des gestes ordinaires, elle se mit nue.

Tchema l'épia, d'abord effaré. Puis il ferma les yeux. Il ne vit pas alors que Germaïna dévissait le manche de son *makila*, non sans mal, les rainures semblant grippées. Elle laissa tomber le pommeau sur le sable, passa le bout de son doigt sur la pointe effilée qu'il emprisonnait d'habitude, et se mit à courir vers l'eau.

Tchema les yeux clos, et Germaïna déjà loin, aucun ne vit le rouleau de papier tombé du pommeau, gisant sur le sable.

Les cheveux dénoués sur ses belles épaules rondes, Germaïna s'enfonça dans l'océan. La marée commençait, mais l'eau était basse encore. La pluie douce attirait les poissons jusqu'aux petites vagues qui s'enroulaient autour de ses jambes. Elle voulait pêcher.

Immergée jusqu'à la taille, cuisant de froid, elle brandissait le *makila* puis, certaine d'avoir aperçu une forme dans l'eau, elle l'abattait avec force, riant toute seule, et le ressortait, toujours sans rien au bout. Elle chassa en vain pendant de longues minutes, puis plongea entièrement sous l'eau, tétanisée au début par la morsure du froid, puis s'habituant jusqu'à cette douceur molle qui envahit le corps quand il s'accorde enfin au diapason de l'eau. Elle fouilla sous les vagues, cherchant des poissons, lançant encore la pointe du *makila* comme un harpon, et ne trouvant que le sable. Tant pis, elle tourna dans l'eau salée, fit des pirouettes, la bouche pleine de ses cheveux mouillés. Elle émergeait rapidement pour reprendre son souffle, puis replongeait en se cambrant, sortant ses fesses et ses jambes à la verticale et s'engloutissant comme une sirène. Dans le jour naissant, un chien que promenait son maître au loin, sur les rochers, aperçut la forme dans l'eau, le clapotis, et voulut s'approcher, mais les premières vagues cisaillèrent ses pattes et le firent déguerpir en couinant. L'océan, qui savait dévorer les pêcheurs, voulait peut-être, comme un ogre impassible, protéger sa baigneuse solitaire.

Ruisselante, Germaïna revint sur le sable. Sur sa tête, les longs cheveux blancs aplatis formaient un casque blafard du crâne aux épaules. Hors de l'eau, il faisait froid. Elle essuya l'eau sur son corps avec ses mains, ramassa son *makila* et avança vers la grotte. Tchema n'avait pas bougé, assis en tailleur sur le sable, la tête dans les épaules. Il avait ouvert les yeux depuis longtemps.

Il vit Germaïna se courber pour passer l'ouverture, puis se dresser, immense, une jambe décalée, celle de son pied fatigué que la nage avait bien soulagé. Les seins pleins étaient d'une mère et les bouts, dressés par le fouet du bain, ceux d'une sainte. Ses hanches en amphore au bout des grandes jambes, démesurées vu d'en bas, ne bougeaient plus. Tchema découvrait le plus bel animal jamais vu dans sa vie – lui qui n'avait jamais touché de femme nue ; même à Saigon, il avait résisté aux bordels, aux sarcasmes. C'était au-delà, c'était un cataclysme.

A contre-jour, Germaïna le fixait sans provocation, comme elle l'avait toujours fixé. Elle ne se rendait peut-être pas compte de sa nudité.

Pourtant, elle lui dit :

— Regarde-moi. Dans le temps, tu as fait de moi une religieuse, ça te surprend aujourd'hui. Mais dans le temps, je n'avais plus de corps. Je le retrouve.

Germaïna ne dit pas : « Grâce à un homme, le *gudari*, qui ne m'a encore jamais touchée. » Tchema ne se demanda pas : « C'est moi ? »

Mais il laissa tomber d'une voix lente d'enfant :

— Je suis vierge.

Peut-être Germaïna pensa-t-elle en même temps Vierge-Dieu ? En tout cas, elle s'avança, passa une jambe de chaque côté du corps de Tchema, qui tomba en arrière, et le béret roula. Elle s'accroupit sur lui, repoussa sa musette toujours en bandoulière sur le côté, défit vite son pantalon. Des gouttes d'eau salée tombaient encore de ses seins.

Il avait refermé les yeux, mais elle se pencha tout de même pour poser ses deux mains à plat sur son visage, masquant les yeux.

La première fois de sa vie, Tchema la connut dans le noir et le silence, comme une prière. Germaïna n'eut pas à bouger, et lui très peu. Il avait étendu les bras sur le sable de la grotte. Il ne cria pas, serra seulement fort les lèvres. Et elle ne sentit rien comme d'habitude, mais cette fois elle ne cherchait rien pour elle.

Germaïna le laissa reprendre son souffle, puis souleva ses mains de ses yeux, mais il les garda fermés.

Elle murmura :

— C'est bête, hein ?

Réalisant la méprise possible, elle précisa :

— Je veux dire c'est tout bête, comme rien du tout, tout simple.

— C'est féroce, Germaïna.

Elle lui rajusta le pantalon, lissa les tissus, bien propre et net, le remettant tout neuf.

Elle se rhabilla. Puis elle s'agenouilla devant Tchema, qui s'était rassis exactement comme avant, revissant son béret sur la tête. Avec délicatesse, mais sans freiner sous prétexte qu'il geignait, elle défit les bandes entourant ses mains, jusqu'à la dernière. Quand ils furent enfin libres, les doigts presque aussi blancs que les pansements se détendirent, en ressorts longtemps contraints. Tchema eut la curieuse impression d'être nu à son tour devant elle. Germaïna vérifia que les articulations fonctionnaient. Elle finissait de le soigner.

Il partait tout à l'heure avec Iloba. Elle ne le reverrait sans doute jamais.

Germaïna ramassa le pommeau du *makila*, pour le revisser sur la pointe, avec le sentiment du devoir accompli. Le métal n'était plus grippé, tournant facilement dans ses rainures.

Se tournant vers la sortie de la grotte, elle aperçut un papier roulé sur le sable. Elle commença à le repousser avec négligence, comme un détritus. Puis son geste se figea.

Ce papier sec, enroulé sur lui-même, propre... Il ne traînait pas là depuis longtemps.

— C'est à toi ? demanda-t-elle à Tchema.

Il découvrit à son tour le rouleau crème, qui ressemblait à ces biscuits qu'on trempe dans la glace.

— Pas du tout. Je ne l'ai jamais vu.

Germaïna fronça les sourcils. Elle saisit le papier et remarqua des rainures gravées, en cercles. Tout lui revint d'un coup : le *makila* si dur à dévisser, si facile à revisser. Le papier y était caché ! Il avait dû tomber quand elle avait jeté le pommeau sur le sable.

Elle le déroula, mais il faisait noir encore dans la petite grotte, et dehors le bord de l'océan rosissait à peine. Elle ne voyait rien. Soudain, une langue d'eau balaya ses chaussures. Elle se retourna d'un coup : l'océan montait.

La marée prendrait son temps sur les vastes étendues. En revanche, dans le creux d'une grotte exiguë, une seule vague projetée pouvait les engloutir, même les aspirer en se retirant et les emporter, assommés, vers le large.

— Vite !

Enfouissant le papier roulé dans une poche de sa cape, elle tira Tchema par la main. Ils s'évadèrent de la grotte, mouillés jusqu'aux mollets, et escaladèrent les rochers où les trous d'une érosion millénaire, ronds comme des yeux gros de reproche, les fixaient. Une ou deux vagues se fracassèrent juste en dessous, enragées de rater leur proie, éructant leurs embruns dans une grande colère. L'ogre s'était réveillé.

Dans la grotte, toute trace avait été effacée.

*

Remontés en s'écorchant aux ronces jusqu'aux dunes au-dessus de la Chambre d'Amour, Germaïna et Tchema firent une pause en haut, essoufflés face à l'horizon devenu blanc. La pluie avait cessé avec la marée. Les premiers promeneurs du matin passaient dans le dos de cette femme et de cet homme, elle en foulard, lui en béret, assis sur le talus au bord de la route, droits.

Germaïna avait planté le *makila* entre ses jambes, posé ses deux mains sur le pommeau, et le menton dessus :

— C'est pour quand ?

— Tout à l'heure, marmonna Tchema. Rendez-vous au village, puis le car pour Bordeaux, puis l'avion pour Paris, et demain départ pour New York, et de là pour...

— Tout est prévu, c'est bien, l'interrompit Germaïna. Je n'ai jamais eu de programme, moi. Alors va, maintenant.

— Avant de partir, je...

Elle posa sa main sur son bras :

— Fais pas de grandes phrases.

— Pas du tout. Je voulais simplement te donner ça.

Il sortit de sa musette un gros cahier écorné, une sorte de registre à couverture toilée, noir.

— Qu'est-ce que c'est ? demanda Germaïna.

— Je ne sais pas trop. J'ai jeté un coup d'œil, ce sont des papiers, des listes, des courriers, je n'y comprends rien.

— D'où ça vient ?

— Du coffre de la Traction. C'était dans le sac, avec l'argent. On est partis si vite, j'allais oublier. A propos, j'ai écrit une lettre à la Maison, pour leur expliquer et leur dire que je rembourserai.

— Tu as bien fait.

— Ils vont s'inquiéter pour Iloba.

— Pas moi. Il est formidable. Ici, tu deviens esclave de ton père ou tu pars.

— Le petit Anaï va me manquer.

Germaïna leva les yeux au ciel. Tout manquait, toujours. Elle avait cru qu'on vivait avec des bosses multipliées, en fait on survivait autour de trous de plus en plus larges à l'intérieur de soi. Quand les bords de tous ces trous se rejoignaient, on mourait. Inutile de trembler.

— Je suis si seule, murmura-t-elle, mais si bas que Tchema n'entendit rien.

Qui n'avait pas creusé un trou en elle ? Elle en vit passer, des visages et des corps, dans sa tête, nets et puis flous d'un coup, disparaissant pour laisser venir le visage d'un autre, et son corps. Maximilien son amour d'origine – il aurait quarante ans maintenant, les cheveux un peu gris –, Eder son bébé – il aurait dix-neuf ans, peut-être parti en Amérique lui aussi –, sa mère Maritchu – elle serait grand-mère, pas remariée. Son père Mikel ne lui manquait pas.

Tant de trous, les plus larges. La vie avait bien creusé. Le *gudari* prisonnier, et là il lui sembla ne respirer qu'avec un seul poumon.

Iloba lui manquerait tout autant, comme une mère dont l'oiseau s'envole, et personne n'oserait lui démontrer qu'elle n'était pas sa mère-jumelle. Même les objets manquaient : la lettre de Maylis. Disparue.

Iloba... Maylis, sa « tata d'Amérique ». Le neveu pourrait la retrouver là-bas, après tout. On retrouve facilement, on demande, chacun sait où sont les autres. Elle ne s'imaginait pas l'Amérique vaste comme une planète.

— J'ai quelque chose pour lui, prononça-t-elle enfin.

— Pour qui ?

— Iloba. Tu lui donneras de ma part. Il saura.

Elle fouilla dans l'une des poches de sa cape et sentit le papier qu'elle y avait enfoui en s'échappant de la grotte. Elle le sortit et le posa dans le creux de sa robe, qui s'évasait entre les genoux. Elle fouilla dans l'autre poche et sortit un béret beige qu'elle avait pris dans sa chambre de l'hôpital avant de sortir, le béret que Maylis lui avait offert pendant la guerre, le soir où elle quittait la Maison Etcheverry.

— C'est un béret de départ ! ricana Germaïna.

Tchema le prit, en retourna les bords comme un connaisseur, puis le roula et le glissa dans sa musette. En même temps, il passa le cahier noir à Germaïna, qui le posa entre ses genoux, sur le papier roulé.

Elle ne l'ouvrait pas, réticente.

Tchema fixait l'océan. Le verrait-il là-bas ? Non, plutôt des rochers secs, des cailloux, des moutons.

Enfin, Germaïna souleva la couverture du cahier. Des papiers collaient aux pages, elle les lut. Puis elle tourna d'autres feuilles épinglées, elle feuilleta de plus en plus vite, découvrit des documents tapés à la machine, des chiffres alignés, des noms... Elle referma le cahier et appuya son menton sur le pommeau du *makila*, agitée de tremblements.

A ses côtés, Tchema ne la regardait plus, les yeux loin, là-bas, sur l'eau. Il entendit un craquement et tourna la tête : Germaïna, blême, mordait le pommeau de la canne.

Le cahier avait glissé de sa robe et gisait dans l'herbe. Elle resta longtemps ainsi, mordant la canne, secouant la tête, à faire peur à Tchema. Ses paupières clignotaient. Elle semblait exsangue.

Tête basse, les dents toujours accrochées au pommeau, elle aperçut le papier roulé entre ses genoux. D'une main tremblante, elle le déplia. Il résistait. Les coins se relevaient, mais elle les aplatit, tout en reniflant des sanglots qui ne voulaient pas sortir. Et une fois bien à plat, elle écarquilla les yeux.

C'était une enveloppe légère, dont elle reconnaissait la couleur, la forme. L'enveloppe que Maylis lui avait confiée avant son départ, « au cas où... pour le jour où ». La lettre !

Depuis des jours, elle la portait comme sur elle-même, sous sa main presque tout le temps, la lettre qu'elle croyait perdue, enroulée à l'intérieur du pommeau du *makila*. Il portait bien sa devise : « *Nere laguna eta laguntza*... mon ami et mon soutien. »

Mais qui l'avait placée là ? Une image passa en un éclair dans sa tête : le moment où le *gudari* lui avait remis ce *makila*, celui de Jon – en précisant : « C'est ta sœur Goïzane qui me l'a donné, pour toi. »

Sans le savoir, le *gudari* lui avait remis la clé de sa prison.

Fébrile, Germaïna arracha le coin de l'enveloppe, déchira le rabat, et sortit la lettre. Une écriture brève : le nom de Maylis, une adresse et un numéro de téléphone, et ces mots dessous : « Je te donne rendez-vous dans ton prochain cauchemar !... *Love.* ».

Germaïna se transforma en une seconde. Tchema vit son visage s'arrondir, comme si le trou immense venait de se combler. Ce fut la dernière image qu'il emporterait d'elle, car il préféra fixer l'océan, le plus loin possible.

Elle enfonça la lettre dans sa poche, puis se reprit pour la glisser dans l'échancrure de sa robe, entre ses seins, comme on cache une arme. Elle se dressa et se mit à courir de guingois, une girafe déhanchée, défaisant son foulard et le jetant dans le fossé. Il lui semblait qu'elle ne craignait plus rien.

Tchema l'entendit partir. Sa tête voulait se tourner de force vers la route, la voir une dernière fois. Il résista, pour ne conserver que le souvenir de ce visage soudain gorgé de lumière, un soleil. Il laissa passer un long moment avant de se lever.

En quelques minutes, il avait connu son premier amour et son premier chagrin. Peu avant, Germaïna avait reçu en un instant son malheur et sa joie. On peut espérer de la vie qu'elle fractionne davantage.

Tchema avança sur la route jusqu'aux premières maisons et attendit sous un abri, assis sur le banc de pierre, le passage de l'autobus vers Bayonne. Il fallait boucler les sacs, réveiller Iloba – terrible, le sommeil de ces jeunes, interminable !

Leur voyage commençait.

44

A l'hôtel Etcheverry, ils se levaient tôt. Les chambres étaient toutes réservées. La saison de la fin de l'hiver et du printemps s'animait davantage que celle des mois brûlants de l'été, bien qu'on sentît poindre la vague des affluences estivales. S'ils aimaient tant le soleil, les « Parisiens », qu'ils viennent ! Ils croyaient qu'au sud, on l'aime. Mais on le déteste ! Ceux qui y sont nés s'emmitouflent, jamais torse nu. Ils portent des bérets, des chemises fermées en haut. Les pièces sont à l'ombre. « Le soleil, c'est pour les Anglais », affirmait jadis Maritchu.

Les camions de Mattin livraient à l'aube. Les employés suivaient, rejoignant Goïzane et Jon affairés en cuisine pour les petits déjeuners. Ensuite, le ménage des chambres, tout ranger, préparer les déjeuners de ceux qui prenaient pension, et le reste, et tout, jusqu'au soir au dîner, après les derniers clients couchés. Là, on parlait peu, comme avant, plus tristes depuis quelques jours. Goïzane avait souvent les yeux rougis, Jon baissait la tête vers son assiette de soupe, la calvitie galopante – qui avait fait dire un soir à Anaï, tout joyeux, en voyant le crâne lisse : « On dirait un genou. »

La place d'Iloba restait vide. Depuis l'adolescence, elle n'avait pas été souvent occupée : entre son travail à l'hôtel du Palais le matin, au golf l'après-midi, et ses soirées souvent longues dans les fêtes extérieures, il avait été peu présent. Mais là, on savait : il partait pour l'Amérique. Il était peut-être déjà parti ?

— Il pouvait revenir, je lui aurais pardonné, avait laissé tomber Jon quand Goïzane lui avait appris qu'Iloba émigrait.

Le rechercher ? Prévenir la police ? Jamais. Les bruissements en ville auraient répandu leur honte. Eux venaient des champs. Ils savaient qu'on ne tient pas un animal sauvage, et leur famille était normale, sauvage.

Ils auraient juste préféré que cela ne se passe pas comme ça. Et qu'on fasse un banquet, comme dans les autres Maisons où l'on se regroupait en familles voisines pour accompagner d'un dernier coup de *patxaran* le départ des jeunes vers l'Eldorado, avec parfois des *Amerikanoak*... des revenus de la Sierra racontant leurs exploits pour rassurer les partants.

Eh bien non, diraient-ils : le fils avait décidé d'un coup, seul comme un grand, un Etcheverry ! parce qu'on lui avait proposé un pont d'or là-bas dans un grand hôtel, oui, tout de suite ! et ils recevaient de bonnes lettres aimantes, tout allait bien, il était le roi des chambres et des salons, déjà, oui, si vite, très doué. Voilà ce qu'ils répondraient à ceux qui poseraient des questions. Comme toujours, on ne leur en poserait aucune. A eux de parler les premiers. Pour l'instant ils se taisaient.

★

En classant les papiers, remplissant les formulaires, toute la paperasse administrative qui enflait déjà et dont il avait la charge, outre les transports de ses propres camions, Mattin sentait sa rage bien nourrie. Il n'avait pas retrouvé Tchema... le curé voleur, il n'avait pas retrouvé l'argent... ni les papiers qu'il cachait, le cahier noir.

Venu de la cour, le grincement quotidien du vélo du facteur l'avertit de son arrivée. Le gros homme entra, le souffle court comme toujours après avoir gravi la côte et l'allée qui menait jadis à la Maison, aujourd'hui à l'hôtel. La différence, c'est que naguère le facteur ne passait même pas une fois par semaine, tant les lettres étaient rares. Aujourd'hui, tous les jours.

Mattin le laissa venir. Ils avaient fait leur temps militaire ensemble, à la gendarmerie de Bidarraï. Aujourd'hui, Mattin les avait dépassés, tous ! Il avait des camions, il était respecté... il connaissait du monde... On avait besoin de lui, Mattin, enfin. Trop méprisé avant, simplement le cadet, le célibataire forcé, pour continuer à vivre ici. Tous, il les dépassait aujourd'hui, voilà. L'autre en face, simple facteur, aussi replet que son frère douanier – celui avec lequel Jon jouait à la pelote dans le temps, bien avant d'épouser Goïzane, bien avant la mort du frère de Mattin, Mikel le père, aux temps heureux d'avant tous ces malheurs, ces juifs, ces communistes, ces racailles espagnoles, ces résistants de la guerre qui paradaient maintenant, toutes les bonnes places à eux, avant tous ces... et puis bon débarras du curé, même d'Iloba, s'il voulait partir, il ne serait pas le premier, et de la grande aussi... Germaïna ; à son avis, elle n'avait pas assez payé pour la mort de son frère, son père Mikel, et tout simplement pour sa désobéissance, il fallait tenir les femmes ! Bon débarras du *gudari* aussi : Mattin en était plutôt fier, de ça.

Le facteur tendait un paquet de lettres, sans bouger, attendant que Mattin sorte de ses pensées. L'oncle sembla soudain remarquer sa présence. Il s'empara du courrier et le posa devant lui, sur la table, d'un geste sec.

— Va à la cuisine. Prends ton coup.

L'autre porta un doigt à sa casquette en forme de képi, fit glisser sa besace dans son dos et fila comme tous les jours, pour un petit verre de gnole, avant d'enfourcher le vélo. Il lui arrivait de terminer sa tournée en zigzag, bénissant les routes qui tournaient. Il suffisait de prendre le premier virage dans le bon sens.

Dans le bureau, Mattin décacheta les enveloppes et parcourut les papiers. Il faisait des piles à étudier plus tard, les factures d'un côté, les commandes de l'autre, le journal du matin, les lettres de clients, bien gentilles et reconnaissantes, le régal de Goïzane. Lui s'en souciait peu, les chèques ou mieux encore les billets signalaient la meilleure des gratitudes.

Vers la fin de la pile, il ouvrit une lettre de papier quadrillé et ordinaire, peu habituel pour les clients. Pas d'adresse en haut, une écriture ronde et pleine, presque sans espace entre les mots, aux lignes serrées. Tout en basque, encore plus rare. Il fila vers la signature et le sang se retira de son visage : Tchema.

Il se jeta sur l'enveloppe. Rien au dos. A l'avant, simplement : « Hôtel Etcheverry » et l'adresse. Il saisit une loupe dans le tiroir et détailla le tampon. La lettre avait été postée à Bayonne, trois jours plus tôt, délai habituel. Avalant sa salive, jetant un œil vers la porte, puis à la fenêtre, imaginant qu'on puisse lire par-dessus son épaule, Mattin se tassa sur son fauteuil et passa sa main sur l'arête de son nez en lame, comme s'il affûtait un couteau. « *Agur, etoxekœi*... salut, vous tous de la Maison, vous m'avez accueilli pendant la guerre et je suis parti sans dire adieu, vous m'avez recueilli quand je suis revenu et je repars sans vous remercier. Non : je vous dis merci... *mileskker*. Voilà pourquoi je vous écris cette lettre, et aussi pour vous dire que j'ai pris l'argent que j'ai trouvé et que je m'en veux : alors je rembourserai tout, je vous le promets. Je vous enverrai peu à peu l'argent d'Amérique. Iloba sera avec moi, on travaillera fort. » Mattin serra les mâchoires. Il avait deviné juste ! Il pouvait écrire comme un enfant, le curé, c'était bien un salaud. Il reprit sa lecture : « ... il y avait un cahier dans le sac, avec l'argent. Ça ne me sert à rien, mais je ne pouvais pas vous le rapporter... vous comprenez. Je ne l'ai pas jeté, c'est peut-être important. Alors je l'ai confié à Germaïna. S'il faut, elle vous le rendra. »

Mattin sentit le sang se retirer de son visage.

Il lut très vite les dernières lignes : « Soyez bien gentils avec le petit Anaï. Dieu l'a choisi comme ange, j'en suis sûr. Ne m'en veuillez pas, pas trop. Tchema. »

Mattin plia soigneusement la lettre et l'enveloppe et l'enfouit au fond de sa poche. Il eut un bref instant de soulagement en songeant au miracle d'avoir lu la lettre le premier, et le seul. Parfois, pris dans ses livraisons, il partait à l'aube et ne revenait qu'après le passage du facteur. Jon ouvrait alors le courrier à sa place.

Il se précipita à la cuisine, où Goïzane préparait les déjeuners avec le cuisinier et ses commis. Il allait la secouer, il allait la frapper pour qu'elle lui dise où se trouvait Germaïna, il allait... puis il stoppa devant la porte et se força au calme. Respirant lentement, il laissa son cœur ralentir et entra, à l'aise :

— Dis franchement, tu ne sais pas où est Germaïna ?

Goïzane leva les yeux de ses casseroles, abasourdie :

— Pourquoi tu me demandes ça ?

— Comme ça, c'est tracassant, à force.

— Tiens !

— Oui quoi, avec Iloba parti, et puis... elle pourrait revenir, qu'on reforme une famille, je...

— Tu te moques de moi ou quoi ? s'esclaffa Goïzane. Dis, je suis occupée. On en parlera plus tard, ce soir. Mais elle fait ce qu'elle veut, comme toujours. Et puis, je ne sais pas où elle est.

— Tu mens !

Mattin avait hurlé soudain, perdant tout contrôle. Il jeta des plats sur le carrelage, donna des coups de pied dans les fourneaux, maîtrisé à grand-peine par le cuisinier et les commis qui le jetèrent dehors.

Par terre, dans la cour, raclant ses mains sur le sol, il se releva, les yeux terrifiés, épiant partout, persuadé que Germaïna allait se dresser devant lui, à l'instant.

Maintenant qu'elle avait le cahier, qu'elle savait, elle allait venir. Elle lui faisait peur. Il savait ce dont elle était capable. Elle était folle, la jumelle. Il n'avait pas été trop dupe, lui, de « l'accident de chasse » du père, son frère Mikel. Maintenant, ça serait son tour.

45

Exactement comme elle l'avait rêvé, le *gudari* se dressait dans l'entrée. Sa silhouette se découpait à contre-jour dans la lumière du matin, plantée sur ses jambes.

Il la vit d'abord, qui traversait le hall, venant d'un soin, allant vers un autre, sans tourner la tête, avec son calot blanc et ses tresses de la même couleur en bâtons raides derrière les épaules. Il vit sa marche déhanchée – lui qui savait qu'elle boitait un peu, donnant l'impression de balancer ses hanches provocantes alors qu'elle soulageait son pied abîmé. La ceinture de la blouse la serrait à la taille, et le buste ne bougeait pas, orgueilleux – alors qu'elle évitait ainsi de trop bouger son corps et de fatiguer ses jambes.

Elle traversait vite, toujours décidée. Peut-être ne l'apercevrait-elle pas du tout, ou bien pas tout de suite, peut-être à son prochain passage ? Mais il avait le temps. Enfin libre ! Il profitait d'elle avec ses yeux. Il aurait même voulu qu'elle passe et repasse cent fois, rien que pour lui. Il se gavait de la paix à sa vue.

Mais Germaïna stoppa au milieu du hall. Comme alertée par un sixième sens, plus simplement sans doute parce qu'elle avait discerné dans son champ visuel un homme immobile alors qu'ici tout allait et venait à la façon d'une ruche, elle tourna la tête. Et exactement comme elle l'avait pensé, elle se mit à courir et se jeta contre lui. En quelques secondes, elle eut la vraie sensation que son deuxième poumon se regonflait, qu'elle tenait sur deux jambes et que tous les nœuds du centre du ventre s'effilochaient. Une paix, à son toucher.

Ils ne pouvaient se détacher. Elle le sentait des épaules jusqu'aux pieds, la poitrine et le ventre contre les siens. Ils respiraient en cadence, fronts collés en guise de baiser.

Ceux qui passaient autour ne les dévisageaient pas et détournaient plutôt la tête. A l'hôpital, des gens dans les bras les uns des autres, c'était fréquent, surtout après la morgue, quand on venait reconnaître un cadavre. Ces deux-là pleuraient peut-être, tellement serrés.

Le *gudari* décolla enfin Germaïna de lui et prit une main, tendant le bras à l'horizontale.

— Je voulais vérifier la taille de ton bras.

— Pourquoi ? rit-elle.

— A la sortie de la prison ce matin, le commissaire m'a dit : « Quelqu'un doit avoir le bras sacrément long. » Ça ne pouvait être que le tien.

— Des bras, on en a deux, et l'autre est très loin d'ici, mais c'est vrai, « sacrément long » comme ils disent. Je vais t'expliquer.

Elle le conduisit dehors, sous la promenade en arcade qui longeait les ailes de l'hôpital :

— Tu te souviens de l'Américaine que tu avais emmenée de la Maison pendant la guerre, à la fin, pour la conduire à ton maquis et de là... Mais c'est toi qui connais la suite.

— Oui, je m'en souviens. Une grande blonde, très belle. Elle prenait des photos. Son nom...

— Maylis.

— Voilà. Elle ne passait pas inaperçue au maquis. On a bien fait de la garder, elle n'aurait pas survécu toute seule.

— Elle a survécu.

— Je m'en doute. Peu avant la Libération, on a établi le contact avec un commando américain qui remontait vers Bordeaux.

— Exact.

— Elle les a rejoints. J'avais fini mon travail. Depuis...

— Depuis, elle va bien. Le « bras long », c'est le sien.

— Comment, elle est ici ?

— Non. A Chicago, où elle a toujours vécu. On l'avait recueillie à la Maison après son parachutage. On a vécu pas mal de choses, entre autres elle a guéri Iloba de je ne sais plus quelle maladie, qu'elle m'a expliquée. Ça a marché. Efficace. On a eu quelques problèmes ensemble, je te passe les détails. N'empêche, avant de partir, elle m'a laissé une lettre disant qu'elle me devait tout, qu'elle n'oublierait jamais, tu vois : les gentillesses d'une petite fille de riches qui avait vécu chez nous, avec moi, en quelques mois, dix fois plus d'aventures qu'en vingt ans avec sa nurse à Chicago. Cette lettre, je ne pensais jamais m'en servir. Je ne savais même plus ce qu'elle était devenue après tant d'années.

Elle lui passa l'épisode des Ferben – d'autant plus que, dans le cahier... mais inutile qu'il sache –, ni l'épisode de l'enveloppe cachée à l'intérieur du *makila*, ni le reste. Elle lui prit soudain le bras :

— J'ai vécu tellement seule ici.

Elle se tut, et il attendait.

— Epouvantée après ton arrestation, continua Germaïna. Ton avocat ne venait plus. De toute façon, il ne pouvait pas faire grand-chose. Et moi rien. Absolument rien. Une horreur. Ma vie est pauvre, tu sais. Je suis nue dans ma tête. Je serais morte ici, je crois.

Elle laissa passer un temps, puis reprit en collant sa hanche à lui à chaque pas sur le pied blessé :

— J'ai pensé enfin à cette lettre, ma seule chance. Par miracle je l'ai retrouvée, par miracle j'ai téléphoné et par miracle enfin, je suis tombée sur une domestique qui parlait basque. Ils sont basques là-bas. Elle est basque, Maylis, elle te l'avait dit ?

— Elle m'a parlé, ça suffisait.

— Parce que moi, je ne parle pas anglais. Iloba va apprendre, lui. Il est parti là-bas. Je mélange tout, hein ? J'ai donc eu Maylis au téléphone. Je lui ai dit pour toi, ma prison, l'évasion, l'arrestation, ta prison. Je pleurais et j'étais sûre qu'elle allait me répondre : « Ma pauvre, qu'est-ce que je peux y faire ! » Elle m'a dit : « Ma chérie, je fais ce qu'il faut. » Elle m'a demandé tous les détails possibles, et les lieux, et les dates, et elle a ajouté pour finir : « Mon mari est sénateur, très proche du Président, il s'occupe de l'Europe pour lui. » Elle est mariée, tu vois. Oh, j'ai oublié de lui demander si elle avait des enfants !

— C'était quand ?

— Trois jours.

Le *gudari* siffla entre ses lèvres :

— Efficace.

— Elle m'a dit de lui retéléphoner quand je te verrais devant moi. Elle n'avait pas l'air de douter une seconde.

— S'il ne s'était rien passé ?

— Je serais morte ici.

Elle lui cachait qu'elle avait pris une autre décision : dans ce cas, elle serait allée à la prison, se livrer, sachant bien que cela ne l'aurait pas fait libérer, mais qu'au moins ils partagent le même plafond, car tous les plafonds des prisons relient tous les prisonniers de la terre, sans ciel.

— Moi, je n'en sais pas beaucoup plus, expliqua le *gudari*. Sauf la fin. Ce matin, la porte de ma cellule s'est ouverte. Au lieu de sa face renfrognée, le gardien feignait l'indifférence. « Prends tes affaires. » Je n'avais rien, mais bon... On m'a amené dans le bureau du commissaire. J'ai signé des papiers, sans regarder. Dans ces bureaux, quand on signe, c'est qu'on entre en prison ou qu'on en sort. Rien au milieu. « Tu es libre », a dit le commissaire, assez mécontent. « Enfin, pas libre de faire à nouveau des conneries. » J'ai dit : « Et la fille que vous recherchiez, paraît-il ? » Je n'ai pas prononcé ton nom mais il n'était pas dupe. « Pareil. » Il grognait vraiment. « Il n'y a plus de poursuites. Affaire classée. Elle est chez elle ici, c'est ce qu'on m'a dit. Les problèmes d'Espagne... » Il avait sa règle à la main. Il a dû en taper des gens, avec ça. Là, il la tordait, impuissant. C'est là qu'il a dit : « Putain, il y a quelqu'un qui a le bras sacrément long ! » Comme tous les prisonniers, je suis sorti au matin, dans le gris. J'ai fait trois pas et je me suis arrêté. J'ai entendu le portail se refermer derrière moi, avec ce bruit de serrure qu'on n'oublie jamais. Je n'ai pas bougé. Comme tous les prisonniers, j'attendais que quelqu'un soit là.

— Tu m'attendais ? demanda Germaïna, inquiète.

— Non. C'était une impression. Celle d'un enfant à la fin d'une punition à l'école, et sa maman qui n'est pas là. Depuis que je fais la guerre, j'en ai connu des prisonniers, et la plupart je ne les ai jamais revus. Les rares qui sortaient m'ont tous dit ça.

*

Depuis la poste de Bayonne, Germaïna téléphona plus tard en PCV à Maylis pour lui annoncer la nouvelle. Germaïna avait rarement senti tant de joie dans un téléphone. A vrai dire, elle avait très peu téléphoné dans sa vie.

Sans donner trop de détails ni dévoiler de secrets, Maylis lui expliqua que son époux, le sénateur, n'avait pas eu de mal à contacter leur ambassade à Paris, qui avait appelé le ministre, et les ordres avaient dévalé en cascade. On classait l'affaire. D'ailleurs, il n'y avait pas d'affaire. Une évadée d'Espagne, cela ne concernait pas la France ; un Espagnol réfugié en règle, cela ne concernait pas l'Espagne, OK ? « Magique », dit Germaïna. « Non. Dollars, répliqua Maylis. Apprends ce mot, ma chérie. Ça se comprend mieux que le basque. » Germaïna s'insurgea joliment : « Mais on remboursera ! » Après avoir calmé son fou rire à l'autre bout, Maylis précisa : « On n'a pas payé pour classer le dossier. Ta France vit grâce aux Etats-Unis. Son Espagne vit grâce aux Etats-Unis. Mon mari est l'intermédiaire de contrats d'équipements et d'armes pour des milliards de... dollars : souviens-toi bien de ce mot », répéta-t-elle en gloussant comme une petite fille.

Germaïna ne savait plus quoi dire. Elle faillit même raccrocher doucement, sans pouvoir ajouter un mot, mais très doucement, en reposant le combiné sans qu'il claque là-bas aux oreilles de

Maylis, qu'elle comprenne que c'était un chuchotement de merci.

Mais Maylis parlait :

— Tu te souviens de ma lettre ?

— Evidemment. L'adresse, le téléphone, sans elle...

— Non, la fin.

— Ah oui... Un rendez-vous...

— « Je te donne rendez-vous pour ton prochain cauchemar », récita Maylis.

— Ça tombait bien.

— Je ne fais pas de grandes phrases. Mais c'est terminé, le cauchemar ?

— Oui.

« Enfin à peu près », faillit-elle ajouter. Mais cela ne la concernait pas – et Germaïna n'oubliait pas davantage l'un des motifs de sa présence à la Maison pendant la guerre, renseigner les Ferben, les assassins de son petit, même si elle l'avait finalement « retournée ». Habituée au secret, elle ne mentait pas, mais disait rarement tout.

— Alors, dit joyeusement Maylis, je te dis : rendez-vous dans mon prochain rêve. Et ce rêve, ça serait que tu viennes ici.

— Oh, tu sais...

Elle ne lui annonça pas qu'Iloba venait de partir vers son pays avec Tchema, que Maylis avait connu à la Maison pendant la guerre. Les vies de chacun sont à chacun.

— Eh bien moi, je viendrai certainement. Je voyage beaucoup avec mon mari. Je suis même passée près de chez toi il n'y a pas longtemps, très vite. Un court séjour. Tu sais, il travaille beaucoup. On n'a jamais le temps de faire signe ! Tu m'en veux ?

— Beaucoup.

— Je suis descendue à l'hôtel du Palais. Magnifique.

Germaïna s'impatientait de ce qui devenait une conversation de salon. Elle s'abstint de lui révéler qu'Iloba avait travaillé comme groom dans cet hôtel, peut-être à la même époque ; Maylis se retint de lui dire qu'elle y avait dépucelé un jeune groom inconnu, beau et rapide, et qu'elle avait bien joué.

Elles parlaient en basque. Heureusement, car avec son accent, Maylis aurait à coup sûr prononcé « joui » au lieu de « joué » et Germaïna n'aurait pas apprécié du tout. Mais en basque, les deux sons vibraient comme deux notes éloignées.

46

Nabar avait passé sa grosse tête par la fenêtre en entendant le moteur du camion. Le crissement de l'embrayage lui avait fait mal aux oreilles. Puis les roues avaient arraché de la fumée sur le sol de la cour et il avait aperçu Mattin au volant, hirsute. Le camion avait dévalé l'allée dans un bruit de ferraille, sa bâche marron battant à l'arrière, pas même sanglée. Nabar était revenu à ses éviers, bien lourd. A s'agiter sur trois mètres carrés, à toujours récurer les plats et les casseroles de l'hôtel, mais dévorant comme plusieurs, il amassait du lard. Les bêtes lui manquaient. Au début, il sortait le soir après dîner, comme avant, quand il fallait rentrer les moutons, soigner les vaches, enfermer les poules, nettoyer l'étable. Puis sa promenade l'avait lassé, à traîner entre les voitures alignées dans la cour, et il n'y avait même plus le Moelleux avec lequel il se roulait dans l'herbe. Parfois, il allait jusqu'à sa tombe, au fond, et revenait le cœur serré. On ne le laissait pas sortir beaucoup, ni traverser le salon de l'hôtel. Il pouvait faire peur aux clients. Son « Armène » lui manquait, sa Germaïna qu'on ne voyait plus. Parfois, l'oncle Mattin le prenait avec lui pour écouter le petit Anaï à son piano. Ça oui, c'était bien doux. Et voilà que Mattin partait dans son camion, mais pas comme d'habitude. Sa grosse tête simple en concluait qu'il y aurait une personne de moins autour de la table à la Maison.

Maintenant, le camion dévalait les rues et Mattin tournait le volant avec frénésie, changeant de direction sans prévenir chaque fois qu'il apercevait, n'importe où, au coin d'un immeuble, des cheveux blancs. Chaque fois, c'était une vieille femme, pas Germaïna. S'il la trouvait, il l'écraserait. Peu à peu, il se raisonna.

Bien sûr qu'à moins d'un miracle, il n'allait pas la dénicher. Il ne savait plus rien d'elle, où elle vivait, ce qu'elle faisait. Où était-elle ? A Bayonne, Biarritz, dans la montagne ? Dans son couvent ? C'est elle plutôt, qui n'allait pas tarder à le retrouver ! Elle connaissait ses camions, leurs bâches marron.

Il avait trop tourné. Peut-être le suivait-elle, attendant un arrêt, ou un coin isolé pour sauter sur le marchepied et lui tirer une balle dans la tempe... Après tout, elle avait repris son revolver quand il l'avait surprise la nuit, vers le coffre de la Traction... Non ! tout rouillé, elle l'avait certifié. Peut-être l'avait-elle réparé, l'avait-elle huilé ? Ou bien elle planterait la pointe de son *makila* – une femme, avec un *makila* ! – dans son œil.

Elle n'hésiterait pas, la grande... la sorcière, *zorgina*... Il risquait trop, à fouiner dans les rues au volant de ce camion. Mattin respira un grand coup et ralentit. Il fallait rester calme. Et si le petit salaud de curé voleur avait menti ? S'il n'avait rien confié à Germaïna, malgré ce qu'il affirmait dans sa lettre ? Peut-être n'avait-il voulu que l'affoler ? Allez savoir... ces faux-jetons. Mattin calculait : la lettre avait mis trois jours à arriver, et Tchema y disait qu'il l'avait donnée à Germaïna. Mattin voyait très bien le cahier entoilé de noir, tout ce qu'il avait collé et agrafé dedans. Si la sorcière l'avait, elle n'aurait pas attendu trois jours pour surgir et le tuer – il ne doutait pas qu'elle le tuerait : sa prison en Espagne, ses tortures, c'est à lui qu'elle les devait, et maintenant elle le savait. Mais Dieu de merde, c'était un malentendu ! Ce n'est pas ce qu'il avait voulu. Allez la raisonner, la *zorgina*, quand elle prenait la colère.

Mattin ignorait que ce matin seulement Germaïna avait reçu le cahier des mains de Tchema : pas depuis trois jours. Mais il avait raison, elle le cherchait.

Il comprit d'un coup que son seul refuge se trouvait en Espagne.

Elle ne pouvait plus y passer, il le savait. Tandis que lui, s'il possédait ces camions, et tout le reste, et cet argent, et tout le reste, et ses amis, et tout le reste, il le devait beaucoup à l'autre côté. Il y trouverait refuge.

Il tourna au grand carrefour d'où l'on rejoignait la route nationale pour descendre sur Hendaye.

Une minute plus tard, une petite 4 CV claire bifurquait à ce même croisement, pour s'engager vers la corniche. A l'intérieur, Germaïna et le *gudari* ne virent pas, au loin, battre la bâche sur les flancs du camion déjà au-delà de la première côte de ces montagnes russes.

D'ailleurs, ils suivaient un autre chemin. Germaïna retrouverait Mattin plus tard. Ils avaient mieux à faire, et tout de suite : dévorer.

*

Au retour de la poste où Germaïna avait téléphoné à Maylis, le *gudari* avait eu un bref étourdissement.

Appuyé contre un arbre dans les allées montant vers l'hôpital, il avait attendu que cesse la farandole piquante derrière ses paupières. Germaïna avait alors remarqué combien il avait maigri.

— Ils voulaient m'affaiblir en prison en me privant. C'est pire que les coups, tu sais. Je n'aurais peut-être pas tenu longtemps.

Les picotements dans ses tempes et les lumignons qui clignotaient derrière ses paupières s'étant calmés, ils avaient fini doucement le trajet jusqu'à l'hôpital.

— Ce ne sont pas les compotes et les verres d'eau des malades qui vont te suffire, avait assuré Germaïna.

— Je veux me gaver, avaler toute la terre, avait souri le *gudari*, très pâle.

Germaïna l'avait laissé dans le hall et il s'était assis, prêt à s'endormir, tête basse, le menton sur la poitrine. Plus tard – peut-être vraiment assoupi ? – il avait vu ses pieds en ouvrant les yeux. Germaïna se dressait au-dessus de lui, grande et les cheveux dénoués, son *makila* dans une main, tenu au centre, et dans l'autre un sac. Elle ne portait plus son calot. Sur ses épaules, la cape bleu marine couvrait une robe de ville, que le *gudari* ne connaissait pas, d'un beau gris, joyeuse.

— J'ai dû dormir, avait-il soupiré, encore vaseux.

— Sans doute. Allons-y, je m'en vais.

Il avait haussé les sourcils.

— J'ai dit adieu aux autres. Ça n'a pas été long. J'ai l'impression qu'ils me prennent pour une folle.

— Où va-t-on ? avait demandé le *gudari* en se levant.

Le sommeil lui avait fait du bien. La fatigue le tenait, mais il se sentait plus solide qu'en arrivant. Surtout, il avait faim.

— Manger, avait répondu Germaïna.

Elle avait agité devant lui des petites clés :

— Et en voiture !

Elle avait demandé à la jeune infirmière de lui prêter sa 4 CV. L'autre aurait bien voulu venir. Elle avait pleuré quand Germaïna avait embrassé les médecins et les soignants présents dans la salle commune, en leur annonçant son départ sans donner d'explications.

— Je te la ramènerai, avait assuré Germaïna. Ce soir.

En réalité, elle ne savait pas quand. Mais elle apprendrait, la petite, deux ou trois choses. La patience par exemple. La leçon serait plus simple à recevoir en attendant sa voiture d'enfant gâtée mais gentille que... qu'en prison, où l'on n'apprend que la patience absolue, et la haine qui va avec.

D'abord nourrir son homme. Ensuite achever son oncle. Finir son travail.

Cela prendrait des jours, ou deux heures.

En conduisant sans se presser, elle avait le sentiment que sa violence la rattrapait tout le temps, et qu'à chacune de ces occasions, elle ne l'avait pas voulu. Mais si dans sa tête repassaient les images de ces années passées, elle y voyait tout un décor de bombes, de guerre, un monde de fusils et d'armée ; il n'y avait pas qu'elle, tout le monde agissait avec violence alors, le quotidien virait vilain. Or là, et maintenant, le quotidien semblait gracieux. Les gens allaient en paix dans les avenues claires, les massifs d'hortensias ne se tordaient pas dans les fumées de gravats comme à Guernica.

Pourtant, il fallait persister, se cabrer, ne jamais filer doux. Dans cette paix des autres, sa guerre se révélait plus féroce à mener qu'en vareuse et jupe militaire, baudrier croisé sur la poitrine et revolver à la hanche.

*

Après avoir débouché sur le carrefour où le camion de Mattin s'était engagé, juste avant, vers Hendaye, Germaïna et le *gudari* suivirent la côte, tournant sur une route qui plongeait vers un minuscule port de pêcheurs, quelques cahutes en bois où l'on servait des poissons, grillés sur une dalle de pierre chauffée à blanc.

Ils ingurgitèrent, au sens propre, la bouche grasse et sans un mot, ce qui leur sembla une tonne de thon, de merlu, de bar, de morue, avec des poivrons et du riz, et puis des coquillages, des langoustines dorées, vidant entre deux bouchées des verres de vin rouge sans essuyer les filets de sauce qui coulaient sur leur menton. Des pêcheurs admiratifs se tournaient sur leur banc pour observer ce repas d'ogres.

Germaïna et le *gudari* mastiquaient côte à côte, face à l'océan, et ils avalaient, vidaient le plateau de fonte qu'on avait posé devant eux, sans quitter des yeux les rochers noirs à leurs pieds, où se brisaient des fins de vagues bleues crénelées de blanc. Plus loin, elles s'étaient chargées, gonflant leur dos, et déferlaient. Le ressac les brisait à mi-course, et elles terminaient au calme, comme des grosses bêtes ayant fait la roue puis s'aplatissant aux pieds de leurs maîtres.

Fixant l'horizon, Germaïna calculait qu'Iloba l'avait franchi maintenant, qu'il survolait l'autre côté de la Terre ou presque. Après le court après-midi de cette saison, le soleil pâle commençait sa descente.

Quand ils eurent fini, raclé les dernières miettes, ils marchèrent le long de la jetée, pour sentir l'air salé et recevoir quelques embruns éjectés des vagues. L'une d'elles, plus violente, rebondit sur les rochers à leurs pieds et fit jaillir ses jets à la verticale. Germaïna se retira à temps, à peine éclaboussée, mais le *gudari* en eut sa chemise inondée. Germaïna remarqua alors ses habits fripés et le tissu sale. Ils revinrent en voiture vers la ville, où Germaïna acheta au *gudari* un bon pantalon, une veste de velours noir et une chemise blanche avec l'argent économisé de son travail à l'hôpital. Il lui en restait peu et le *gudari* n'avait rien. Il était parti les poches vides quand on l'avait arrêté. Dans la voiture, il évoqua l'idée de revenir à son appartement dans le vieux quartier de Bayonne.

Germaïna resta silencieuse. Mais elle sortit de son sac une trousse de toilette, un peigne, et lissa les cheveux du *gudari* en arrière, dessinant la raie droite et nette qu'elle aimait.

Alors, elle se cala sur son siège, laissant son sac ouvert sur ses genoux. D'une main, elle sortit le cahier recouvert de toile noire et le tendit au *gudari* :

— Voilà.

Et elle regarda droit devant elle pendant qu'il feuilletait les pages.

*

La file de camions s'allongeait en amont du pont international. Au poste frontière d'Hendaye, Mattin tapotait nerveusement sur le volant, sortait la tête par la portière. Devant lui, un transporteur espagnol, debout sur son marchepied, lui adressa un signe fataliste. La frontière était souvent encombrée et les contrôles lents. Mais cette fois, la journée y passait. Mattin vit des véhicules faire demi-tour et reprendre le chemin inverse.

Enfin, il aboutit au poste des douanes. Présentant ses papiers, il reçut le regard soupçonneux du fonctionnaire :

— Etcheverry ?

— Oui, ça n'a rien de curieux, s'emporta Mattin.

— Vous allez où ?

— Je vais faire une livraison, tempêta-t-il.

Le douanier passa à l'arrière, suivi par Mattin descendu de sa cabine, enragé. Le passage était barré par des herses.

Un autre camionneur patientait, adossé à son capot, en grillant une cigarette. La fumée âcre du tabac espagnol, tout noir, fit tousser Mattin.

— Foutue frontière, grogna-t-il.

— Fermée, laissa tomber l'autre en basque.

— *Zergatik*... pourquoi ?

— Franco. Ils sont nerveux.

Quelques jours plus tôt, le caudillo avait annoncé qu'il désignait comme successeur le jeune prince d'Espagne, Juan Carlos. En Guipúzcoa, en Biscaye, dans les provinces basques du Sud, moins en Navarre, la *guardia civil* rédigeait des rapports inquiétants. Décidément, Franco n'en aurait jamais fini avec ces gens ? Pour eux, la désignation du successeur royal du dictateur honni signifiait la continuité d'un régime avec lequel – à leur tour, décidément – ils n'en auraient jamais fini. On craignait des troubles. On bouclait le pays du Nord. On ne passait plus.

A l'arrière, le douanier appela Mattin. Il s'approcha et vit les pans de la bâche soulevés. Le douanier désignait l'intérieur, vide :

— Elle est où, la livraison ?

— Mais non ! Je vais prendre livraison, voilà. Comprenez rien ?

— Où sont les papiers ?

— Bon, je peux passer maintenant ?

— Non. C'est fermé. Faites demi-tour.

Les yeux fous, Mattin remonta dans le camion, fit une marche arrière, manquant d'emboutir le véhicule qui le suivait. Il arracha encore de la gomme à ses pneus en démarrant. Il reprit le chemin inverse, comme les autres.

Il connaissait des passages. Il en essaya plusieurs et chaque fois, il faisait demi-tour. Son camion ressemblait à une grosse mouche marron se cognant à des vitres. Car il voyait l'autre côté, mais ne pouvait pas y passer. Alors il revenait, il tourbillonnait et butait contre une autre herse. Il en avait pourtant nourri des douaniers, avec des billets glissés entre deux pages d'un passeport ou d'un carnet de livraison qu'ils rendaient, tamponné et allégé. Mais rien à faire jusqu'à la fin de la journée, malgré dix tentatives. Il se promit de régler quelques comptes avec ceux qui avaient fait mine de ne pas le reconnaître devant leurs supérieurs. Car la douane et la police travaillaient au complet, on avait sorti les gradés.

Très jeune, il connaissait les passages à pied, par la montagne. Mais depuis tant d'années, il avait oublié les chemins. La nuit tombait et les patrouilles devaient être multipliées dans les collines. Il avait vieilli, il s'était voûté. Il aurait fallu Jon et ses jambes de contrebandier pour le guider dans les bois, sans rien voir, jusqu'aux villages du Sud, jusqu'à San

Sebastián où il serait à l'abri. Mais Jon ne passait plus depuis longtemps, depuis la guerre, depuis la mort de Maritchu, depuis le massacre de la famille juive, la dernière que la Maison Etcheverry avait fait passer.

Mattin reprit sa route en cahotant. Tout grinçait, ses dents, les essieux du camion, ses nerfs, toute sa vie brinquebalait.

47

— Voilà, avait répété Germaïna quand le *gudari* avait refermé le cahier.

Elle tourna la tête et le vit blême malgré les joues ombrées par la barbe qui naissait. « Il a besoin de se raser », songea-t-elle curieusement. Elle regarda à nouveau droit devant. A travers le pare-brise, elle ne scruta que du noir, comme la nuit qui tombait pendant qu'il interrogeait :

— Ferben.

— Une famille d'ici, partie aux Etats-Unis. J'ai tué leur fils. Il avait tué le mien.

— La banque de San Sebastián ?

— Leur commanditaire. J'ai repris l'argent qu'il avait volé et je lui ai coupé les oreilles.

Le *gudari* avala sa salive. Il avait pourtant croisé des féroces pendant la guerre d'Espagne, plus tard contre les Allemands pendant la Résistance.

— Les juifs dans la montagne ?

— Dénoncés.

— Mais... le gamin.

— Je l'ai sauvé.

— Je ne comprends pas : il l'adore.

— Il était absent de la Maison, ce soir-là. On le croyait chez les filles à Bayonne : il devait renseigner la *Kommandantur*. Anaï, il ne sait pas qui c'est vraiment.

— La prison à Pampelune ?

— Souviens-toi comme il a essayé de m'empêcher de te remplacer quand tu t'es blessé, le soir où tu devais faire passer les deux bergers dans le double fond du camion. C'est toi qu'il avait dénoncé.

Le *gudari* se passa la main sur les yeux. Puis il tapa rageusement le cahier :

— Et tout est là ! Les lettres de Ferben, les bordereaux de la banque, les ordres des Allemands – je savais qu'ils notaient tout, ceux-là, bien disciplinés –, les formulaires pour les camions, même ça, il ne le payait pas lui-même, bon sang ! tout est là, tout... l'argent qu'il recevait pour trahir. Je ne comprends pas : il a gardé tout ça, l'imbécile. Pourquoi ?

— Il nous le dira. Mais je ne sais pas où et quand, parce que je ne suis certaine que d'une chose maintenant, c'est qu'il n'est plus à la Maison.

*

— Où est-il alors ?

— A sa place, j'aurais filé en Espagne.

— Donc c'est perdu. Ni toi ni moi ne pouvons y aller. De toute façon, où le retrouver là-bas ? L'aiguille et la meule de foin.

— Mais il n'y a que cela ! s'énerva Germaïna. Des meules, du foin, on est les aiguilles et personne ne le sait autour. C'était plus facile pendant la guerre. Regarde les gens. Ils vivent en paix.

— Pourquoi pas nous ?

— Plus tard. Quand ça sera fini. Il faut parier maintenant qu'il n'est pas en Espagne. Parier, on n'a que cela désormais. Où garait-il ses camions ?

— Celui dont il se sert, à la Maison. Celui que je conduisais, en bas du logement à Bayonne. Le troisième, chez l'autre chauffeur. Je ne le connais pas.

— Alors, il ne reste que l'appartement de Bayonne.

Quelques rues à croiser, le pont à traverser, et à droite les ruelles jusqu'à la place.

Au coin de celle-ci, Germaïna arrêta le moteur et éteignit les phares. Pas un bruit, personne. Les volets de l'appartement restaient clos. Aucun camion sur la petite place.

En fait, Mattin était passé lui-même, peut-être un quart d'heure plus tôt, et avait observé le même désert. Il était reparti.

Germaïna et le *gudari* patientèrent en vain. Ils restaient dans la 4 CV, côte à côte, sans se regarder. Au bout d'un long moment, Germaïna réagit. Elle frappa du poing sur le volant, déclenchant le klaxon, une grosse pastille au centre du rond. Cela fit sursauter le *gudari*, tous les sens en alerte :

— Tu l'as vu ?

— Non. Mieux. Je pense à...

Elle démarra et ralluma les phares, puis scruta le cadran du tableau de bord et ses trois petites aiguilles qui ne bougeaient pas. Celle de la vitesse, immobile bien sûr ; celle de la température, le moteur s'était refroidi ; et celle de l'essence, coincée à gauche.

Germaïna tapota sur le cadran.

— Il nous faut de l'essence ! Bon sang, on n'y arrivera jamais.

Elle râlait, se débattant dans le vide comme on s'agite dans un cauchemar, pour rien.

A la sortie de la ville enfin, ils aperçurent un petit garage et, fière au bord du trottoir, la pompe de pétrole, éteinte. Germaïna s'arrêta, tapa sur la tôle du hangar, si fort et si longtemps qu'au premier étage une fenêtre s'éclaira et s'ouvrit sur le visage décoiffé du garagiste en pyjama.

Elle réussit à le faire descendre. L'homme maugréait, mais il fila doux devant la jeune femme aux cheveux blancs et au corps solide dont les yeux noirs le transperçaient – et devant celui qui l'accompagnait et venait de sortir de la 4 CV, les joues creuses et les poings serrés.

L'homme décadenassa la chaîne et remplit le réservoir à l'arrière, activant un long levier qui pompait le liquide dans un bocal transparent en deux parties, remplissant l'un et le vidant dans la voiture, aspirant l'essence jusqu'à ce que le reflux du réservoir l'éclabousse dans une odeur écœurante.

Germaïna le paya. Sans le savoir, ce retard l'amenait à Mattin.

Elle redémarra. Le *gudari* l'interrogea du regard.

— On va chez le maire, annonça Germaïna.

— C'est prudent ?

— Non !

Sur le chemin de la bourgade, d'une bonne dizaine de kilomètres, elle lui expliqua qu'à bout de ressources pendant qu'il croupissait en prison, elle avait rendu visite au maire. Elle lui avait tout avoué : il le fallait. Elle avait évoqué la guerre et la Résistance, tout ce qui comptait et dont elle n'avait pas encore compris que ça ne comptait plus. « Il m'avait dit de revenir deux jours plus tard, qu'il s'en occupait. En fait, il avait dit : je ferai ce qu'il faut faire. Sur le moment, cela ne m'avait pas intriguée. Mais deux jours plus tard, quand je suis revenue, dans cette petite voiture d'ailleurs, j'ai senti, j'ai reniflé, je n'ai rien vu, mais l'air avait changé et pourtant c'était la même heure. J'ai continué. Je savais qu'on m'attendait pour m'arrêter. »

— Mattin ?

— Je n'y ai pas songé une seconde. Maintenant, j'en suis sûre.

— Un complot ? Ne fantasme pas.

— Non. Ce n'est pas un complot. C'est tout simple, tout bête : des traîtres. C'est si banal. Comme mon père. Dire que je descends d'eux !

Quand ils débouchèrent dans la rue déserte et noire où habitait le maire, la 4 CV fut frappée de plein fouet par des phares, face à eux. Ils furent éblouis. Les lumières de leur voiture éclairaient bas, peu puissantes. En face, les gros yeux jaunes tapaient directement dans leur habitacle. Ainsi, Mattin, au volant du camion qu'il s'apprêtait à garer devant la maison du maire, reconnut les visages de Germaïna et du *gudari*.

Ils mirent aussitôt leurs mains devant les yeux pour cesser d'être éblouis, mais Mattin avait déjà redémarré et fonçait sur eux pour les écraser.

Germaïna donna un coup de volant très violent, à fond, et la 4 CV monta sur le trottoir, évitant de justesse le camion qui continua sa course et accéléra, tout son moteur déchaîné, et disparut au coin de la rue, tandis que Germaïna freinait pile à la hauteur d'un pylône et essayait de reprendre ses esprits. Le *gudari* s'était roulé en boule à côté, certain qu'ils allaient s'écraser.

Il leur fallut un moment pour respirer. Germaïna avala une grande goulée d'air. Puis elle recula et fit demi-tour dans la rue.

Sans doute derrière des volets clos, on surveillait. Les voitures roulaient peu pendant la nuit, et les contrebandiers que l'on connaissait partaient sans allumer leurs phares, et sans ce vacarme. Germaïna avait tourné à son tour au bout et cherchait à rattraper le camion de Mattin. On se rendormit puisque la rue dormait à nouveau.

*

La route unique qui menait à la ville ne croisait que des carrefours aigus, souvent marqués d'un calvaire en pierre. Pour tourner, il fallait arriver au ralenti, presque s'arrêter et s'engager avec précaution sur des chemins étroits. Or, Mattin, dans la panique, fuyait tout droit. Ses phares éclairaient un morceau de route et si une autre débouchait, à droite ou à gauche, il la voyait trop tard. Dans la 4 CV, plus rapide que le camion usé, Germaïna pariait sur cette fuite en avant, sans bifurcation. De loin, elle aurait aperçu le faisceau jaune des lumières si Mattin s'était engagé sur un chemin de traverse. Minute après minute, elle s'approchait de lui sans le voir. Enfin, les phares de la voiture firent jaillir l'arrière du camion et les pans de la bâche marron qui voletaient.

Mattin les vit. Arrivé dans l'entrée de la ville où les premiers réverbères laissaient tomber sur la chaussée un cône de lumière faiblarde, il reconnut dans le rétroviseur la forme de puce arrondie de la voiture. La transpiration coulait sur ses tempes. Il accéléra encore, plongeant vers le bas de la ville déserte, en direction de l'océan. Il croisait des avenues sans regarder, il faisait tanguer le camion dans les virages et, toujours derrière, s'accrochaient Germaïna et le *gudari*.

Epuisé, il essuyait son front du revers de sa manche et conduisait en grognant, comme un éléphant poursuivi par un frelon. Si au moins il avait pu faire un brusque demi-tour et foncer sur eux, tant pis, tous morts, *Hilak !...* Mais ils collaient à lui. Quelques passants, descendus pour passer leur insomnie en promenant leur chien, virent cet équipage débouler, alertés d'abord par le crissement des pneus dans la rue. Ceux qui avaient vécu la guerre d'Espagne, car de nombreux réfugiés vivaient de ce côté désormais, ceux qui avaient passé l'Occupation puis la Libération, se souvenaient de véhicules militaires traversant les avenues en écrasant tout, tirant des coups de feu en guise de coups de klaxon – et l'on restait tétanisé en espérant ne pas en être la cible : jours normaux. Mais dans la paix d'après-guerre, que faisaient-ils ceux-là ? La course ? Des ivrognes, encore.

⋆

Mattin buta presque contre le Casino en bas et faillit se renverser en tournant brusquement à gauche. Dans la voiture, Germaïna suivait à quelques mètres, longeant les grilles de l'hôtel du Palais – à l'heure proche où, naguère, Iloba y prenait son service, et elle pensa à lui pendant deux secondes. Plus loin, le camion gravissait déjà la route en épingle, l'océan à droite et les collines de tamaris à gauche, où s'étageaient de belles villas encore inoccupées.

Dans la montée, la voiture se rapprocha, jusqu'à coller presque son petit museau à la ridelle du camion. Comme une ventouse, elle suivait les mouvements de l'autre et Mattin, dans sa cabine, ne la voyait plus derrière lui.

S'engageant dans le court tunnel très étroit qui passait sous le sommet de Biarritz, il essayait de distinguer dans son miroir si on le suivait encore. La sangsue à l'arrière restait dissimulée par les montants de la benne. Le tuyau de pierre qu'il traversait se révéla si réduit qu'un flanc du camion frotta sur le mur, le déséquilibrant. Il sortit en zigzag, débouchant sur le terre-plein entre le musée de la Mer et, à droite, au bout de sa passerelle au-dessus des vagues, le rocher de la Vierge.

Ses yeux valsaient, fous, entre le rétroviseur et la route sombre devant lui. Le camion tanguait, presque hors de contrôle. Là, pendant un bref instant, Mattin aperçut le bout de la 4 CV. Elle suivait, encore là ! Il voulut profiter du terre-plein pour tourner et redescendre sur eux, mais il allait trop vite. Le volant lui échappa. Le camion fonça vers le ravin. Au dernier moment, Mattin le redressa et accéléra pour sortir du piège. Mais la masse du véhicule l'emporta et il s'engagea de force, en biais, sur la passerelle surplombant les flots, défonçant le premier parapet et continuant à glisser sur deux roues pour s'encastrer sous la rampe, dans un vacarme de tôles froissées et de vitres éclatées. Son front heurta le volant et un grand silence suivit.

Derrière lui, la 4 CV avançait sur le pont, sans bruit, lentement.

Au bout, balayée par les reflets du phare qui tournait très loin sur la pointe Saint-Martin, la statue de la Vierge à l'enfant blanc se dressait au sommet du rocher. Le piton écorché, en granit jaunâtre, résonnait sous les coups frappés, quarante mètres plus bas, par les vagues enragées qui voulaient l'escalader depuis mille ans.

Reprenant ses esprits dans sa cabine, Mattin ouvrit sa portière d'un coup de pied. Il tomba presque, titubant à côté du camion suspendu au-dessus des flots.

A l'entrée du petit pont, la voiture ne bougeait plus. Le moteur tournait bas, comme le ronronnement d'un chat qui attend pour bondir. Ses phares découpaient Mattin, au front duquel coulait un filet de sang. Ebloui, il entendit sans les voir les deux portières claquer, puis vit s'avancer vers lui les silhouettes à contre-jour de Germaïna et du *gudari*.

Eclairés par l'arrière, les cheveux blancs de Germaïna formaient une auréole. Mattin la vit se déhancher, boiter en fait, mais peu, s'appuyant sur le *makila* dont il avait déjà senti la pointe sur sa carotide, plus tôt, une autre nuit, dans la cour de la Maison. A ses côtés, le *gudari* marchait très droit. Mattin recula.

— Tu es avec ce salaud ! Ça se ressemble, clama-t-il, trottinant vers l'arrière.

Il crispait ses mains sur la rampe, fébrile. La sueur coulait sur ses yeux. Et les deux autres ne répondaient pas, avançaient sur lui à pas lents.

Un bref passage de la lueur du phare balaya le *gudari* et Germaïna, juste le temps pour Mattin de distinguer dans la main de sa nièce le cahier noir qu'il connaissait.

— Ça ne t'appartient pas ! glapit-il comme un vieil enfant. Rends-le-moi, sorcière !

Il marchait toujours à reculons, se guidant maladroitement de la main sur le rebord, cognant sa jambe au parapet, sans détacher ses yeux des deux silhouettes qui s'approchaient, hypnotisé.

A quelques mètres maintenant, Germaïna brandit le cahier :

— Tu as gardé tout ça, imbécile.

— Oui, oui ! Parfaitement ! lança Mattin. Vous ne m'avez jamais aimé dans cette Maison !

« Si tu crois qu'on m'a aimée... » songea Germaïna, mais elle n'avait aucun besoin de discuter. Elle tendit le cahier au *gudari,* qui se mit en retrait.

Tandis que Mattin butait du talon sur le bas du rocher, elle continua de s'approcher. Mattin la vit dévisser sans hâte le pommeau du *makila,* entourant la lanière de cuir autour de son poignet. Malgré la nuit, la pointe d'acier effilée comme une baïonnette se mit à luire.

Il prit peur et se retourna d'un bloc pour escalader le rocher, écorchant ses mains sur la pierre, coinçant un pied dans un des nombreux trous creusés par l'érosion. Il parvint à mi-hauteur et se retourna, le dos contre la pierre. Il haletait :

— Je n'ai jamais été rien dans cette Maison ! Là je sers à quelque chose... quelqu'un... respecté !

Et ce cahier, ses archives, ses trahisons, sa vie, c'était pour que les autres sachent qu'il existait. Quand on n'est rien, on garde tout. Or, les secrets qu'on conserve sont toujours dévoilés, parce qu'on les garde pour ça. Quand tout est découvert, on existe enfin. Mais la vie s'arrête là. Mauvais pari.

Couverts par le ronflement des vagues brisées en bas, Germaïna distinguait à peine les mots et le souffle vieilli de l'oncle.

— ... ce pays... plus rien... trop d'étrangers ! Salauds ! Toi !

L'aube pointait tout juste au bout de l'océan, très loin. Mattin reprit son escalade sur le piton, à quatre pattes, en ahanant. Germaïna le suivait avec prudence, plus bas, posant ses pieds calmement sur les rebords, la pointe du *makila* écartée d'elle.

— Anaï est juif, lui lança-t-elle soudain.

— C'est faux, c'est faux ! pleurnicha presque Mattin, les yeux exorbités.

Il avait atteint le sommet du rocher et s'agrippait à la statue de la Vierge au visage de marbre penché sur son Jésus endormi.

A cette vue, Germaïna eut froid, d'un coup. Elle aurait peut-être voulu qu'il redescende, sans plus. Qu'il s'explique mieux. Qu'elle s'entende lui dire : « Mattin, va à l'entrée du pont : une stèle. Elle contient de la terre rapportée des camps... Mauthausen, Neuengamme, Dachau... Combien d'ici, qui ont mangé cette terre avant de mourir, crevaient là-bas à cause de toi ? » Elle avait honte pour lui.

Mais dans sa tête à l'arrière, elle sentit comme un élastique claquer, une sinistre secousse qui l'avait déjà assommée plusieurs fois, déclenchant un jet de sang, une rage glacée qui décidait à sa place.

Très loin, le phare tournait et une langue de son faisceau éclaira Germaïna quand elle leva le *makila* comme un harpon et le lança de toute sa force sur Mattin au-dessus d'elle.

Mais au même instant, s'arrachant de la Vierge, dont on disait qu'elle repoussait les impurs qui osaient la frôler, Mattin faisait le « saut du diable ».

La pointe du *makila* passa au-dessus de Mattin qui se jetait dans l'océan. L'arme rebondit sur les pierres, tomba en sursauts, bientôt engloutie dans les flots. Germaïna restait avec le pommeau (« mon ami, mon soutien ») enroulé au poignet par sa lanière de cuir tressé, et elle ferma les yeux.

Mais le cri de Mattin la transperça. Un grand cri qui durait, qui s'estompa puis stoppa, remplacé par le choc du rebond du corps sur les rochers en bas, le craquement sourd des os brisés.

Comme s'il avait patienté pendant le hurlement, le vacarme des vagues reprit, arrachant le cadavre au piton et le dévorant d'une bouche géante et salée avant de l'enfouir dans ses entrailles et de l'aspirer au large. Une autre vague passa derrière, qui lava le rocher du sang et des cheveux collés.

Au moment où il planait, Mattin partait enfin rejoindre cet océan, lui qui guignait les bateaux sur le port et qui n'avait jamais osé. Un sale malheureux. Il n'avait jamais souri. Les traîtres sont tristes.

48

Vite remontés dans la voiture parce que des fenêtres alentour s'éclairaient, les unes à la suite du vacarme du camion qui avait défoncé le parapet, les autres à l'aube du jour qui relançait leur calme vie, Germaïna et le *gudari* ne prononcèrent pas un mot au retour.

Germaïna se sentait en paix, et surprise par cette paix. Après Mikel, Mattin. Mais la mort de l'oncle à l'instant n'avait pas eu... elle cherchait dans sa tête : pas eu d'odeur. Elle pensait plutôt à une photo qui jaunit et s'estompe, puis disparaît tout à fait. On jette.

On ne comptait plus les suicidés du haut du rocher de la Vierge. Bientôt il faudrait le garder, l'entourer d'une grille infranchissable. Mais ils la franchiraient tout de même retournant à l'eau salée dans laquelle ils baignaient avant de naître.

Contre le volant cliquetait le pommeau du *makila*. Elle ne sentait même plus qu'il pendait à son poignet.

Le *gudari* lui murmura gentiment :

— Je te fabriquerai une canne.

Il posa sa main sur son genou. Germaïna la laissa peser, tranquille, sur sa jambe fatiguée.

Ils roulaient au hasard apparent des avenues, bientôt de la route où l'air bleuissait. Germaïna éteignit les phares. Ils suivirent la corniche, et l'océan en bas les accompagna longtemps, en chien maté et repu dont la langue s'essuierait sur ses babines de sable.

La voiture passa dans un large virage vide, où le *gudari* et Germaïna avaient dansé naguère. Mais La Réserve avait été rasée après la guerre. Ne restaient que des ruines en contrebas et, au loin, la baie à perte de vue. Ils roulèrent ensuite au-dessus de la grotte près de la Chambre d'Amour. La voiture remonta pendant des kilomètres comme si elle avançait seule sur un chemin de retrouvailles. Germaïna aperçut plus tard, après un nouveau creux dans les montagnes russes de la route, le bâtiment blanc de La Roseraie – la première rencontre avec le *gudari* après Bilbao, des années plus tôt. C'est elle qui posa sa main sur la sienne.

Plus loin, Germaïna reconnut les dunes qu'elle avait gravies jadis en débarquant du petit bateau qui la ramenait de Guernica, si loin. Ou bien les confondit-elle avec d'autres ? Les dunes... Dans le désert, on croit toujours que celle-ci est la dernière et que derrière va surgir l'oasis, ou la ville. Mais ils n'allaient pas dans un désert ici, au contraire. Un coup de klaxon la fit même réagir, car elle roulait sans rien voir au milieu de la route. Il fallait reprendre sa place. Et derrière la dune, celle-ci ou une autre qu'ils longèrent pendant un moment, apparaissait vraiment la ville.

Soudain abrutie de fatigue, Germaïna laissa son esprit inconscient guider sa conduite, et passa devant l'hôpital militaire, descendit les avenues où peu à peu la vie grouillait, jusqu'à la place dans le vieux quartier où habitait naguère le *gudari* : retour au lieu de leur dernière séparation.

Elle stoppa, les paupières lourdes. Le *gudari*, pas très surpris de se retrouver là – où aller, sinon ? –, leva les yeux vers les volets clos, au deuxième étage. Il croyait ne rien reconnaître. En tout cas, il ne bougeait pas. Sa main restait sur le genou de Germaïna, emprisonnée par sa main à elle, et l'autre ne s'avançait pas vers la poignée. Un silence s'installa, si dense qu'il leur semblait entendre le sang couler dans leurs veines. Du moins en percevaient-ils le flot dans leurs doigts collés.

D'une voix sourde, qui n'était pas un ordre, Germaïna souffla enfin :

— Viens avec moi.

Trois fois déjà que cette phrase les reliait : pendant la guerre pour rejoindre le maquis, des mois plus tôt pour l'installer, elle, dans le petit appartement de Bayonne, aujourd'hui pour l'emporter, lui, à la Maison.

Car il savait qu'elle allait l'épouser à la Maison, à sa façon. Les autres, elle les avait pris. Lui, elle le gardait.

*

Le jour éclairait à peine la façade de l'hôtel. Les clients dormaient derrière leurs volets, tous clos. En haut, à l'étage des petites chambres et des remises dont lui avait parlé Tchema, Germaïna en choisit une au bout. Elle irait là.

Elle avait garé la petite voiture dans la rangée où s'alignaient les autres. La rosée couvrait les capots et les vitres. Elle s'y rafraîchit un doigt en les longeant.

S'appuyant sur le bras du *gudari*, Germaïna avança vers l'entrée, une grande porte vitrée sous le *lorio*, l'auvent de pierre où l'on s'abritait naguère. Sur le côté s'allongeait encore la lourde dalle grise. Ils l'avaient gardée ? Les touristes devaient s'en réjouir, avalant autour leurs omelettes, les coudes sur la table comme les paysans d'antan, et tapotant leurs bouches en tenant une serviette toute neuve dans leurs doigts manucurés. Pour Germaïna, la table de pierre aussi froide qu'une tombe avait porté le corps mort de son père Mikel et elle ne l'avait plus regardée depuis lors. Elle fit de même, loin encore, à plusieurs mètres, et leva plutôt les yeux au ciel, vers le coin du toit.

Puis elle les baissa lentement. Des ombres avaient surgi, de l'arrière.

Alertés par le bruit d'une voiture si tôt, ils sortaient des cuisines : Goïzane, Jon, et Nabar en retrait, figé dès qu'il reconnut son « Armène », Germaïna.

Elle le trouva épaissi, gigantesque.

Devant lui, Jon et Goïzane, avec le soleil bas qui tapait dans leurs yeux, détaillaient ce couple à contre-jour, qui ne bougeait plus.

Au bout de trois secondes, Goïzane reconnut sa jumelle Germaïna et le *gudari*. Clouée au sol, mâchoire décrochée, elle avait envie de se jeter vers eux, de les serrer, de pleurer avant de parler, sans demander aucune explication. Mais elle ne pouvait pas bouger, et les deux autres non plus, tous transformés en statues.

Germaïna les fixa encore. Personne n'allait rejoindre la file, elle le savait. Le père, la mère, l'oncle... Iloba le fils-neveu... le Moelleux même. Personne. La Maison Etcheverry avait vécu une vie. Elle en vivrait d'autres. Une nouvelle ne la ferait pas trembler davantage que les anciennes. Heureusement, ils n'avaient pas recouvert de peinture le linteau audessus de la porte, qui racontait le début de cette vie, des siècles avant : « *Je m'appelle Etcheverry, je me suis bâtie en...* »

Alors, Germaïna reprit sa marche. Elle passa devant ceux qui restaient, haute et lente sous ses cheveux blancs, la robe serrée sous sa cape bleu marine, le pas déhanché, à peine, presque sensuel, et le pommeau du *makila* à son poignet, vide, sans manche, sans arme.

Quand Germaïna et le *gudari* les dépassèrent, allant vers la grande porte, Goïzane sentit frémir son mari Jon.

Elle le retint.

— Qu'est-ce qu'elle vient faire ? maugréa Jon. Et ce type ?

Goïzane le força à lui faire face :

— Elle est chez elle.

— D'accord, grogna Jon, mais elle disparaît pendant des années et puis là, ce matin, sans saluer...

— C'est ma sœur.

Alors, les têtes se tournèrent pour suivre la nuque blanche, aussi claire que la peinture neuve sur les murs, et celle brune en mèches lustrées du *gudari*. Ils se tenaient la main.

Germaïna Etcheverry rentrait dans sa Maison. Avec lui.

49

En haut, d'un pas beaucoup plus lent que ceux qu'ils avaient jamais accomplis, ils allèrent s'allonger côte à côte. Ils avaient gardé leurs mains liées, jusqu'à s'endormir.

Germaïna n'avait jamais vu l'hôtel. Mais elle était née entre ces murs, son âme connaissait les volumes d'ici.

Avant d'ouvrir les yeux, elle reconstitua dans sa tête l'ordre des toits et des pans, elle rebâtit sa Maison. Il lui sembla que la cloison à gauche, qui aurait donné sur le grenier jadis, au-dessus de la grange, surplombait maintenant le carré de terre meuble près des arbres, où pourrissait la tête du fils Ferben qu'elle avait coupée – l'assassin de son bébé Eder. Avaient-ils goudronné l'espace ? Peu importe : sa mémoire, elle, était en béton. Germaïna s'était maintes fois étonnée que la famille de Chicago ne soit jamais réapparue. Mais qu'ils reviennent ! Elle était prête.

Tant d'années s'étaient écoulées, l'aspirant dans un entonnoir où elle aurait pu se noyer mille fois. A dix-huit ans elle était partie, sensuelle et chaude ; à trente-six ans elle revenait, bosselée et brûlée – admirable. La lumière qui filtrait maintenant entre les rainures des volets rallumait celle de sa jeunesse. Désormais, elle souriait sans apprêts, car pour farder une femme le bonheur suffit.

Or, le *gudari* était penché sur elle, allongée, et qui ressemblait soudain à une enfant aux cheveux flous. Germaïna sentit un frisson sur sa peau et découvrit qu'il l'avait déshabillée sans qu'elle se réveille.

Ses yeux doux suivaient son propre doigt tracer sur elle la ligne de son front, de son nez, épouser le galbe des lèvres, puis le menton et le cou – comme une nuit dans la montagne.

Son doigt continuait sur sa gorge, entre ses seins, pendant qu'il posait ses lèvres, sans appuyer, sur les paupières qu'elle venait de fermer.

Ils refirent les gestes encore plus lents, s'entortillant de la pointe des pieds jusqu'aux cheveux. Elle n'eut pas à bouger beaucoup, lui non plus. Ils restèrent même immobiles pendant de longues minutes, imbriqués, quand ils sentaient le plaisir revenir, le rouleau d'une vague qui les gonflait sans fin. Lèvres soudées, noyés cherchant l'air, ils retombaient rompus, têtes rejetées.

Leurs yeux fixaient enfin leurs yeux, étonnés.

*

Quand Germaïna fut certaine d'être enceinte, elle eut un doute : ce pouvait être aussi bien l'enfant de Tchema.

Et alors ?

II

1

— Ton nom ?

— Iloba Etcheverry.

En fait, il se nommait Aguirre, du nom de son père, Jon. Mais la Maison absorbe, et tous devenaient « Etcheverry », membres d'une Maison qui restait, tandis que les hommes passaient. D'ailleurs, à son fronton, la Maison parlait : « *Je suis Etcheverry, je me suis bâtie en l'an 1753, pour Daniako et Mayalen, qui m'ont gardée les premiers.* » La phrase était gravée sur le linteau de pierre, comme d'autres sur les linteaux des autres Maisons, indiquant au passant les premiers occupants de ces murs vivants, beaucoup plus vivants que la chair des hommes.

— Ce n'est pas ce qui est marqué ! aboya le policier américain.

Tchema se pencha pour déchiffrer le formulaire par-dessus l'épaule d'Iloba. Il baragouina quelques mots, montra son propre visa, expliquant qu'ils avaient deux noms au pays. Le fonctionnaire les regarda par-dessous, soupçonneux. Leurs papiers étaient en règle, un vrai bonheur. Il en accueillait d'autres, des centaines par jour, bestiaux mal habillés et sales et moins équipés que ces deux-là. Certains, totalement analphabètes, portaient encore autour du cou une pancarte indiquant l'adresse obligatoire où on les attendait aux Etats-Unis.

Ils ne s'encombraient pas de bagages. Leur richesse tenait dans leur langue, cette « terre » qu'ils n'emportaient pas collée à la semelle de leurs souliers, mais enfouie dans le souffle de leurs gorges.

Tchema et Iloba passèrent, fatigués et pas rasés, et ils attendirent les autres du groupe dans le grand hall de l'aéroport. Personne ne voyageait seul. Ils avaient peu dormi dans l'avion, brinquebalés dans les trous d'air et trop excités. Combien d'heures passées depuis le regroupement dans la petite ville du pays, devant l'agence ? Des dizaines.

D'abord, un autocar les avait menés à Bordeaux. Tchema s'était retourné souvent, cherchant l'origine d'une odeur assez aigre qui irritait ses narines. C'était la naphtaline. Plusieurs jeunes avaient enfilé le seul costume qu'ils possédaient, celui des dimanches, gardé par les mères dans l'armoire en attendant qu'il serve. Ceux-là avaient mis la chemise blanche, qui boudinait leurs cous épais, et la cravate. Tous portaient un béret. Beaucoup chantèrent dans l'autocar, des airs puissants et sombres. Quelques-uns pleuraient, et aucun ne se moquait.

Un premier vol les avait conduits à Paris. Iloba avait été soûlé par la capitale, mais pas ébloui. Le correspondant de l'agence les avait accueillis et logés dans un hôtel modeste, à plusieurs par chambre. L'un d'entre eux, qui avait déjà séjourné à Paris, les guida pendant une bonne partie de la nuit d'un bar à l'autre, et dans des restaurants tenus par des Basques. Ils descendirent les Champs-Elysées par petits groupes, en chantant. Iloba avait bu, et le mal de tête l'empêcha de dormir jusqu'à ce qu'un nouvel autobus les ramène à l'aéroport. Cette fois, ils embarquaient pour l'Amérique.

Dans le hall, les responsables leur remirent à chacun le billet, un formulaire à remplir pour l'arrivée, et un petit sac de voyage frappé du sigle de la compagnie Pan Am, qui détonnait parmi les valises ficelées des émigrants. Pour beaucoup, cette entrée dans le luxe alimentait leur rêve. Iloba avait le cœur serré.

On prit une photo du groupe. Chacun redressait ses épaules et souriait – ou se forçait. Les récits reprirent : lui, le plus malin, il avait inventé une astuce pour obtenir ses papiers... En réalité, tout le monde avait simplement payé pour s'inscrire, ou emprunté. Certains avaient hésité pendant des mois, et ils se montraient les plus fanfarons pour masquer leur angoisse. Tchema avait encore de l'argent, beaucoup plus que la plupart, dont les poches étaient déjà presque vides. Il avait offert des verres, la veille, régalé l'assistance et refusé la tournée en retour. D'une bouteille à l'autre, les langues se déliaient :

— Et tu vas où toi ?

— Bakersfield, Californie. Puis de là, on a un contrat dans le Nevada, avait assuré Tchema.

— Ensemble ?

— Avec le petit, oui.

Il désignait Iloba, qui restait dans son coin. Californie, c'était le mot qu'il retenait, avec l'adresse et le téléphone de la petite Américaine, bien plié dans son portefeuille. Au-dessus, il avait lu Los Angeles, Hollywood... Lui irait là, elle l'attendait.

Mais d'autres noms fusaient, Wyoming, Utah, Colorado...

— Bergers ? avait repris l'autre.

— Oui.

Le jeune paysan épais avait inspecté Tchema de biais : pas de carrure, les mains blanches et les doigts maigres... Etait-il sûr d'avoir déjà conduit un troupeau ? Mais il ne dit rien.

— J'ai deux oncles à Chino, lança un autre. Ils possèdent un restaurant. Je vais travailler avec eux. Berger, non ! C'est la mort. Ah oui.

— Moi, je suis sûr qu'il vaut mieux faire dans le lait.

— Et tu achètes comment, les vaches ?

— Une au début, que je vais louer. Ensuite, une autre, et puis comme ça...

— Malheureux, avec tes petites vaches ! Ils en ont cinq mille là-bas, dans chaque étable.

— Ça doit être grand, oui.

— Mon oncle m'a dit : « Fils, c'est plus grand que... enfin immense, quoi. » D'ailleurs, ils avaient assez parlé. Ces taiseux avaient le feu aux joues et la langue agile pendant un moment dû à l'excitation du départ. Jamais ils n'avaient autant discuté, sauf au village après le rugby ou la pelote, et longtemps le soir au café parce que la solitude de leur vie s'emplissait d'un coup de se retrouver en groupe. Dans les fêtes, dans les jeux, pour boire et chanter, à la chorale de l'église, leur vie était communautaire. Aux champs, ils vivaient seuls. Parler au chien en guise de conversation...

Chacun ayant raconté à l'avance ses exploits pour se persuader d'avoir raison de partir, le silence s'installa dans le groupe. Ils allèrent s'asseoir sur les banquettes de skaï bleu en attendant... ils ne savaient quoi : aucun n'avait pris l'avion jusqu'à ce jour.

Tchema rejoignit Iloba. Il passa son bras autour de ses épaules. Iloba releva la tête, triturant son béret. Tchema vit ses yeux gonflés et son teint pâle.

— Quelle cuite ! sourit tristement Iloba.

— Ça passera, va.

Mais Tchema avait deviné. La peine sur le visage d'Iloba ne venait pas du foie. Il connaissait cette noirceur des pupilles. Au séminaire jadis, à Pampelune pendant la guerre, à La Roseraie avec les blessés, plus tard en Indochine dans les cages, partout depuis qu'il vivait, il l'avait côtoyée. Et il savait que ça ne « passait » pas toujours.

Iloba avait remarqué de curieuses cages transparentes, avec de gros téléphones en métal accrochés à un pan. Il en avait vu certains y faire la queue, chacun s'emparant à son tour du combiné et parlant, de dos. Quelques-uns en ressortaient, tout souriants. Plusieurs s'essuyaient les joues.

— Je vais téléphoner, annonça-t-il à Tchema.

Celui-ci ne demanda pas à qui. Il comprenait. Lui aussi aurait téléphoné à sa mère juste avant de partir. La sienne était morte si tôt.

— Tu ne téléphones pas, toi ? s'inquiéta Iloba.

— A qui ?

Iloba voulut s'excuser, mais Tchema continua aussitôt :

— Tu as des pièces ? Il faut mettre des pièces.

— Oui, je sais.

Dans l'autobus qui les menait ce matin-là à l'aéroport, Tchema avait sorti d'un sac bien ficelé tout l'argent qui restait après l'achat des billets, des vêtements, après avoir payé, et en double, l'agence et laissé des liasses sur le comptoir pour obtenir très vite leur passage, avant les autres. Il avait compté et divisé par deux. L'autre moitié, il l'avait donnée à Iloba.

— Mais on reste ensemble, non ? s'était inquiété le jeune homme.

— Bien sûr. Mais il te faut ton argent maintenant.

— Je te le rendrai, dès que je gagnerai là-bas.

Cela serait rapide : pendant le tournage du film au Palais, il avait vu les dollars, distribués comme des papiers magiques, sortant de toutes les poches, des flots. Le cinéma, quel pouvoir ! Et ces Américains n'avaient dû apporter qu'une parcelle de leur or, chez eux sans aucun doute, on se baissait et par terre coulaient les billets verts, mais c'était sûr !

Iloba se leva en tirant sur son dos courbatu. Revissant son béret beige sur le crâne, il se dirigea vers le téléphone et s'enferma dans la cabine.

Il appela la Maison. Ses doigts puissants entraient à peine dans les cavités du cadran, puis attendaient qu'il revienne après avoir fait presque un tour, exaspérant. Iloba s'impatienta en entendant les interminables déclics dans son oreille, comme si l'appel n'allait pas aboutir. Il introduisit des pièces dans la fente devant lui, beaucoup de pièces, trop, mais il ne savait pas. Enfin, à l'autre bout, on décrocha.

Iloba ôta son béret.

Il entendait la voix de sa mère Goïzane et sentit à la fois sa poitrine oppressée se gonfler, calme, et ses yeux clignoter.

— Allô... allô ? répétait Goïzane.

— *Ama*... maman, c'est moi, tu m'entends ?

— Allô ? s'énervait Goïzane. Qui est à l'appareil ? Parlez !

— Maman... maman, c'est moi !

Iloba criait. Nom de Dieu, pourquoi l'entendait-il et pas elle ?

— Allooo !...

Goïzane chantonnait, changeait de ton, comme on fait quand on ne comprend pas, testant si ses modulations allaient enfin déclencher la parole à l'autre bout.

Iloba, lui, tapait du poing sur le haut de l'appareil :

— *Ama !...* mais réponds, c'est moi, Iloba !

Au bout du fil, plus rien. Goïzane attendait. Elle n'allait pas répéter « allô » cent fois, puisque personne ne répondait.

Iloba rajouta des pièces, encore, qui traînaient au fond de sa poche tout en criant « maman... maman ! » parce qu'il craignait que le silence de chaque côté ne coupe la ligne.

Après tout, peut-être sa mère l'entendait-elle enfin ? Et elle attendait qu'il parle ? Elle devait être furieuse. Alors il parla, très vite :

— *Ama...* je m'en vais maintenant, mais tu sais, je pense à vous tous, j'ai de la peine moi aussi, mais tout ira bien, je t'écrirai souvent, je te raconterai tout, ça sera formidable, maman je t'aime, je t'aime très fort, beaucoup... beaucoup. *Ama* ?

Iloba éloigna le combiné de son oreille. Il lui avait semblé entendre un craquement, et maintenant un sifflement discontinu : Goïzane avait raccroché. « Encore un abruti, ou un faux numéro ! Personne au bout », avait-elle rouspété auprès de Jon qui, dans la salle de l'hôtel Etcheverry, haussait les sourcils.

La poitrine serrée, remettant son béret, Iloba revint vers Tchema qui lui demanda, tout sourire dehors :

— Alors ? Tu leur as parlé ?

Iloba fit oui de la tête, évitant de le regarder.

— Ils sont en colère, sûrement.

— Bah...

Il s'assit à côté de Tchema, les coudes sur les

genoux, ramenant son béret vers l'avant. Jamais il n'aurait cru qu'elle refuserait de lui répondre.

Il n'avait pas remarqué le bouton à pousser sur le côté de l'appareil, qu'il fallait enfoncer pour que passe la communication. A l'hôtel du Palais, au golf, à la Maison, quand il téléphonait, on parlait et on répondait, sans plus. Lui, ici, avait bien entendu la voix de sa mère. Alors, pourquoi avait-elle raccroché quand il avait crié qu'il l'aimait ?

Il prit sa tête dans ses mains.

*

Tous les contrôles passés, Tchema et Iloba se retrouvèrent sur le trottoir devant l'aérogare. Ils consultèrent la feuille tapée à la machine qu'on avait remise à chacun, indiquant la marche à suivre une fois arrivés. « Ne vous perdez pas en ville, vous n'en sortiriez jamais ! », avait insisté le responsable de l'agence. Ils n'en avaient pas envie, plutôt serrés l'un contre l'autre. Et il faisait froid. Le vacarme assourdissait les oreilles d'Iloba. Un ballet de taxis, de limousines, de gros autocars, s'organisait sous leurs yeux dans le désordre le plus apparent, et pourtant personne ne heurtait l'autre. Iloba était fasciné par ce flot de tôles brûlantes dont aucune ne semblait jamais s'arrêter.

Quelques-uns devaient prendre le même chemin qu'eux. Ils se retrouvèrent. On consulta à nouveau la feuille. Tchema réalisa qu'on comptait sur lui pour parler un peu anglais. Naguère, il n'avait pas atterri en Indochine dans un avion de velours en mangeant des petits-fours, mais par maints détours où il avait fallu se débrouiller et apprendre. Ses études au séminaire l'avaient aidé, on n'y enseignait pas que Dieu-Jésus-Marie.

Iloba, lui, connaissait quelques mots, des bouts de phrases, à force de fréquenter les clients étrangers du Palais et du golf. Pas de quoi tenir une conversation, plutôt pour dire merci. D'ailleurs, ces métiers de misère à gratter des pourboires en baissant la tête, depuis longtemps il n'en voulait plus, et pour toujours.

Tchema décrypta quelques panneaux et interrogea une hôtesse en tailleur bleu clair, blonde presque blanche sous un calot qui lui fit penser pendant un instant douloureux à Germaïna. On guida la petite troupe vers une navette, qui les mena à un autre aéroport. Ils ne virent rien de New York, s'endormant sur leurs sièges, abrutis soudain de fatigue, de bruit, d'air trop froid dehors et du chauffage puissant à l'intérieur.

Ils attendirent encore pendant plusieurs heures le vol intérieur qui devait les amener à destination. L'un des jeunes manquait. Sans doute perdu en ville, malgré les recommandations, déjà fou de couleurs et de néons ? Ou bien transi dans l'autre aéroport et voulant revenir au pays ?

Volant de nuit, ils ne virent rien encore du pays que l'avion survolait – ils dormaient à nouveau après avoir avalé des sandwiches de pain mollasson. A l'aube enfin, les premiers réveillés secouèrent les autres pour se presser aux hublots et découvrir le territoire immense qui montait vers eux. Un soleil froid d'hiver éclairait par l'arrière des champs gigantesques et des rivières dont les méandres brillaient mieux que des miroirs, à perte de vue. Ils n'avaient jamais vu cela.

« Je tombe, je tombe », se dit Iloba. Il serra les accoudoirs à s'en scier les phalanges. Les soubresauts de l'atterrissage firent trembler ses genoux.

— *We have landed*... grésilla une voix au plafond de l'avion.

— *Iritsi gira*... nous venons d'atterrir, lui souffla Tchema.

Depuis plus de vingt-quatre heures, il était aux Etats-Unis. Mais en descendant la passerelle, puis dans le petit bâtiment provincial où on les attendait, en voyant que s'avançait vers lui un homme basané coiffé d'un chapeau à larges bords, la chemise serrée au cou par un lacet dans une médaille de nacre – et d'autres portaient les mêmes chapeaux, leurs larges épaules dans des vestes de daim frangées, leurs jambes arquées se dandinant sur des bottes à talon biaisé – il réalisa enfin : « En Amérique je suis. »

2

Par-dessus ses bottes, le *campero* portait un pantalon rêche d'un bleu élimé, le bas roulé en ourlet. Une toile solide qui claquait autant que du cuir sous les petits coups de cravache qu'il s'assénait mécaniquement sur les mollets. Le pouce passé dans la boucle de son ceinturon, il tournait autour de Tchema et d'Iloba en les observant à la façon d'un maquignon devant du bétail. Iloba en avait un frisson dans le dos.

Sans doute rassuré par la force juvénile d'Iloba et par le sérieux du visage de Tchema, le *campero* esquissa un sourire sous sa moustache drue, découvrant des dents jaunies. Il en manquait deux sur le côté, formant un trou noir, inquiétant.

— Vous montez demain, laissa-t-il tomber.

Depuis des semaines, ils campaient au ranch de Winnemucca. Ils ne s'étaient pas encore habitués aux troupeaux à perte de vue, des milliers de bêtes marquées au fer rouge. Des hommes à cheval les guidaient pour les rassembler, les faire passer par d'étroites barrières à bascule et les compter, plantant un piquet en terre tous les cents. Malgré les cris et les coups de fouet qui affolaient parfois les chevaux, Iloba et Tchema avaient appris à se tenir sur une selle, même si les écarts de la bête leur avaient souvent fait buter le bas-ventre sur le pommeau, provoquant à la fois une douleur atroce et les rires des autres : « Ça prouve que tu en as, au moins ! »

On leur avait indiqué sur une grande carte l'endroit où ils feraient étape, un réduit de bergerie en pierres, des petites huttes comme des tentes d'Indiens en dur, ou des *metas* plus hautes, en rondins de bois de châtaignier recouvertes de chaume de paille. Quelques roulottes aussi, gonflées comme des wagons arrondis, en métal gris avec un tuyau de cheminée sur le toit de tôle. Là vivait le *campero*, descendu depuis deux jours afin de sélectionner les nouveaux bergers. Il tenait son rôle de pivot du ranch, l'adjoint du propriétaire, le relais. Son enclos dans la montagne était d'ailleurs à mi-chemin entre la base d'hiver dans la plaine et les pâturages de printemps, en altitude. Là-haut, la neige envahissait encore la sierra.

— On suivra la fonte chaque jour, parfois pendant des semaines. Je resterai avec vous jusqu'au premier campement. J'irai à cheval. Vous, sur des ânes avec le ravitaillement.

Devant le regard déçu de Tchema et surtout d'Iloba, il expliqua :

— Pour le premier convoi, c'est mieux. A cheval, vous forceriez le troupeau. L'âne règle son pas sur celui des moutons. Vous prendrez le même rythme.

Son ton ne suscitait pas la discussion. C'était un homme décharné et solide, sans doute accroché à ces troupeaux depuis la naissance, connaissant tout des bêtes et de la montagne. Son teint buriné et sombre, son nez épaté dénonçaient le sang indien dans ses veines, *navajo* à coup sûr, car leurs tribus, ou ce qu'il en restait, pullulaient dans la région. Ses aides portaient le même chapeau, le même pantalon de toile bleu rude, le même visage large. Un fusil était accroché à leurs selles.

— Pour les coyotes et les cow-boys, avait rigolé l'un d'eux un soir, quand ils dévoraient dans la salle du ranch, à côté des écuries, de gigantesques cuisses de mouton grillé.

Un Basque faisait la cuisine. « De Baïgorri je suis ! » avait-il appris à Iloba qui avait reconnu d'emblée dans son visage cette lame de nez et le menton en galoche qu'on trouvait au pays. Il ne montait pas aux pâturages, lui. Il avait trouvé la bonne place, apprécié comme nombre de ses compatriotes pour leur talent à mijoter des plats épais et odorants. Dans les vallées, beaucoup de restaurants étaient aux mains des Basques. Beaucoup de jardins aussi : ce travail commençait à être méprisé par les Américains, trop dur sous le soleil, trop exigeant toute l'année. Basques et Mexicains : parfaits. Travailleurs.

— Les cow-boys ? avait demandé Iloba, qui appelait de ce nom tous les gardiens de troupeaux, surtout ceux à cheval.

Le *campero* s'était reculé sur sa chaise, essuyant sa bouche luisante d'un revers du bras et passant ses pouces dans ses bretelles. Il avait étalé sa science, comme il le faisait pour les nouveaux arrivants, assez fier :

— Dis-toi bien, *compañero,* que vous êtes bergers parce que les Américains n'ont plus envie de ce travail de chien. Premier point. Deuxième point : eux guident des vaches et des taureaux, c'est noble, et vous des brebis, ça pue. Tu sais ce qu'on dit ?

Iloba ouvrait de grands yeux, impatient.

— On dit qu'après les moutons à un point d'eau, leurs vaches ne veulent plus boire parce que l'eau empeste le suint. Ça les énerve les cow-boys, tu comprends. Ils ont la gâchette facile. On a eu des moutons abattus, et des bergers.

— Qu'est-ce qu'il faut faire ?

— Tirer le premier.

Iloba baissa la tête. Après le silence qui suivit, dérangé à peine par le bruit des bouches des autres qui ne disaient pas un mot, Iloba releva les yeux et les planta dans ceux du *campero* :

— Et les coyotes ?

Les autres cessèrent leur mastication.

— Ceux-là... Tu peux tirer aussi, mais ils s'en foutent. Il en restera toujours un pour te dévorer vivant.

*

Ils marchaient depuis deux jours en direction du camp lorsque les vachers attaquèrent.

Mais le premier soir, après des heures de marche à côté des ânes surchargés de ballots, Iloba s'était planté devant le feu qu'attisait le cuistot du convoi, attendant de dévorer.

— Tu as monté ta tente? avait demandé le *campero*.

— Je crève de faim, si je ne mange pas tout de suite, je tombe !

— La tente d'abord.

Les toiles en pointe se dressaient déjà autour des chariots, en cercle. Les gardiens s'offraient alors une rasade de vin. De l'outre en cuir, l'alcool giclait directement dans leurs bouches. Ils avalaient régulièrement, sans interrompre le jet. L'air entrait en même temps dans leurs ventres. Après, ils rotaient.

— Fais ton lit tout de suite. Dès que tu auras mangé, tu t'effondreras. Tu n'auras même plus la force de planter la tente. Et demain, tu seras mort.

A contrecœur, Iloba rejoignit Tchema et ils défirent les sacs accrochés à leurs ânes, pour dérouler les toiles et le tapis de sol de leur abri.

Quand il fut monté, le *campero* repassa et souleva un pan. Il faisait encore jour. On s'arrêtait bien avant la nuit pour ne pas perdre les moutons de vue.

Le *campero* passa sur le côté de la tente et, sans se presser, fit sauter les boutons de fer de la braguette de son pantalon, dont Iloba avait remarqué les rivets piqués à chaque couture, et il urina sur la base de la tente.

Interloqué pendant un moment, Iloba se précipita sur lui, poings en avant. Mais Tchema parvint à le retenir et le *campero*, qui s'était reboutonné, avait fait jaillir son revolver accroché à sa hanche et le pointait déjà sur Iloba. Le jeune homme se figea.

Sans le quitter de ses yeux durs, le *campero* remit son revolver dans sa housse et désigna la tente :

— Regarde dedans.

Iloba et Tchema soulevèrent la toile. A l'intérieur, l'urine avait inondé leur tapis de sol. Le *campero* les rejoignit :

— Tu ne passeras jamais assez de temps à bien fixer le tapis aux murs de ta tente. Ce que j'ai fait, la pluie peut le faire, et des litres ! Et les bestioles, et les serpents, même s'il fait encore trop froid, pas mal de visites pendant la nuit, qu'il vaut mieux éviter. Compris ?

— Mais ça pue maintenant !

— Eh oui.

Ils dormirent côte à côte enroulés chacun dans une

couverture fabriquée au ranch avec la laine d'un mouton de l'année d'avant. L'odeur âcre dans la tente irrita leurs gorges jusqu'à ce que le sommeil les emporte, et les reprit dès le réveil. Mais elle se mêlait à d'autres, l'huile des toiles, leur propre crasse, les excréments des bêtes. Par ces parfums puissants, Iloba voyait surgir en lui des images de son enfance à la ferme. Mais depuis des années, depuis que la Maison avait été transformée en hôtel, depuis qu'il travaillait dans les palaces et les golfs, il avait oublié ces puanteurs rances.

Il se leva plus tôt que les autres. Le jour pointait à peine sur les sommets là-haut, silencieux sous leur neige. Il défit la tente avec Tchema et alla au ruisseau, car on faisait toujours halte le long d'une eau pour les bêtes. Il lava le tapis de sol, puis l'étendit sur le dos de l'âne par-dessus les ballots qu'on avait déjà harnachés sur les flancs de l'animal dont il caressa longuement le crâne et le museau, et l'âne vint se frotter à lui, en ami.

Ils grimpèrent durant toute la journée, sous un soleil plein mais qui réchauffait mal. A chaque pas, l'air semblait plus frais, comme s'il épousait les strates du terrain escarpé. Seuls leurs pieds cuisaient au fond des bottes qu'on leur avait fournies à leur arrivée. Elles convenaient mieux à glisser leurs pointes dans les étriers qu'à supporter des kilomètres de sierra.

Dans l'après-midi, alors qu'ils approchaient de leur nouveau camp, un premier coup de feu retentit, loin, avec un écho sourd contre les montagnes.

*

Quelques mètres devant lui, Iloba vit son âne sursauter et ses pattes arrière se dérober sous lui. Le poids des ballots entraîna la bête, qui tomba dans un bref cri rauque. Puis il ne bougea plus, une patte raide pointée vers le ciel. La tête de l'animal était rejetée sur le côté. Du sang coulait de son front. La balle l'avait fracassé.

En même temps, Iloba distingua au loin des nuages de poussière à travers lesquels perçaient des cavaliers, galopant. Il se précipita sur l'âne, tandis que d'autres coups de feu claquaient, dédoublés par l'écho, semblant surgir de tous les côtés.

Déjà, les gardiens à l'avant sautaient de leurs chevaux, fusils armés, et ripostaient. Le *campero* allait de l'un à l'autre, rapide mais sans s'affoler. Sur le flanc du troupeau, les premiers moutons tombaient, frappés de plein fouet.

Arrivé près d'Iloba, le *campero* vit l'âne mort et le jeune homme couché sur lui, qui serrait sa tête dans ses bras. Il l'arracha à l'animal, décrocha le fusil sanglé au flanc de l'âne et le jeta à Iloba :

— Sers-t'en, sinon tu vas finir comme lui.

Mâchoires tremblantes, Iloba rampa pour s'abriter derrière le cadavre. Puis il arma le fusil et le posa contre le cou de l'âne, plissant les yeux pour distinguer dans les nuages de poussière les silhouettes des cavaliers.

— Les cow-boys, laissa tomber le *campero*. Défends-toi, ordonna-t-il, avant de filer vers un autre groupe qui tirait sans relâche.

Au cinéma du village, près de chez lui, quand il sortait le soir en groupe, Iloba avait vu des westerns. Il ne reconnut rien. Il manquait des visages, si vrais en grand sur l'écran ; il manquait la musique. Son inconscient enregistra sans doute que la vraie vie, encore une fois, naissait dans une caméra, mais sur le moment il ne pensa à rien d'autre qu'à sa peur, épouvantable au fond du ventre, et qu'à ses doigts qui tremblaient, cherchant à tâtons la détente du fusil.

Il distingua trois cavaliers surgis de la poussière et dévalant vers le troupeau. L'un d'eux galopait dans sa direction, un revolver à bout de bras, et tirait en tous sens. Par réflexe, Iloba appuya et son coup de feu partit, au milieu de dix autres qui arrosaient les attaquants de leurs balles. Le vacarme arracha les oreilles d'Iloba, et le recul de la crosse contre son épaule fut si violent qu'il tomba à la renverse en criant. Tchema, abrité derrière une carriole à quelques mètres, tirait calmement, comme habitué.

Iloba avait gardé les yeux fixés sur l'homme qu'il visait et il le vit en même temps se rejeter en arrière sur sa selle et basculer sur le côté. Le cheval, affolé par les cris et les détonations, s'était emballé. Il traversa sans ralentir le coin du camp où Iloba et Tchema se défendaient, traînant sur le sol le cow-boy dont le pied restait bloqué dans un étrier. La tête rebondissait sur les rochers, et le cheval disparut de l'autre côté avec son pantin désarticulé sur le flanc. Iloba crut voir un bras arraché par un cahot, qui voletait. Il ferma les yeux, lâcha le fusil et se recroquevilla sur le sol, la tête entre les genoux.

Ils le trouvèrent ainsi, après la fusillade qui cessa rapidement.

Tchema s'était penché sur lui et secouait ses épaules. Le *campero* s'approcha, avec l'un de ses aides. Les autres, aussitôt remontés sur leurs chevaux, regroupaient les moutons bêlant, hystériques, qui filaient en désordre. Moment dangereux – autant que l'attaque des vachers. Si l'une des bêtes s'échappait, fonçant droit devant elle, affolée, elle pouvait entraîner toutes les autres.

— Simple alerte, dit le *campero* en redressant son chapeau et en essuyant son fusil sur sa cuisse.

Tchema tira sur les bras d'Iloba, le hissant debout. Le *campero* l'observa avec intérêt : pas si frêle, le « vieux », avec ses mains blanches et ses yeux illuminés. S'il avait su d'où il venait ! Après la guerre d'Espagne et l'Indochine, trois pauvres cow-boys, déjà enfuis, n'étaient pas de taille à le bouleverser.

— On repart tout de suite, ordonna le *campero*. Mais il faut changer de chemin. Ils nous attendent peut-être plus loin. Ils connaissent les trajets, *bastards* ! On va monter, contourner cette colline, puis redescendre par l'arrière sur le camp prévu. Attention les gars, lança-t-il à ceux qui revenaient peu à peu, on va trouver la neige. Sûrement.

On compta les moutons morts. Pas si nombreux, finalement... On en garda deux, pour la nourriture et la peau : le *campero* savait tout de la montagne.

★

Une heure plus tard, ils butèrent sur les premières neiges et les brebis refusèrent d'avancer. Les forcer par-derrière ? C'était le plus sûr moyen d'échouer. Le *campero* stoppa le convoi, puis fit signe à l'un de ses aides d'approcher. Leurs gestes ne tremblaient pas. Personne ne parlait. Quelques cris, et les brebis pouvaient aussitôt détaler, revenir en arrière, en grappes, impossibles à contrôler.

Le *campero* amena son cheval à l'avant du troupeau, juste à la lisière de la neige devant laquelle les moutons restaient plantés, craignant d'y mettre une patte comme si cette étendue blanche allait les plonger dans le vide.

Il fixa une corde à la croupière du cheval et fit deux nœuds serrés sur ses jarrets. Dans ce triangle de chanvre tressé, il accrocha deux piquets de tente, en long, l'un près de la queue du cheval, l'autre près des jarrets. Son aide lui apporta l'une des brebis mortes, qu'on avait accrochée sur un âne pendant le trajet, tandis que le chargement d'Iloba avait été transféré sur l'âne de Tchema. Tout le convoi croulait sous le poids. Il tardait d'arriver.

Le *campero* saisit le cadavre de la brebis et l'installa à califourchon sur les piquets horizontaux derrière le cheval. Avec une autre corde, il fixa les pattes de la bête afin qu'elles traînent juste par terre. Les autres observaient, lèvres closes. Il fallait que chaque geste soit lent et précis, aucun à-coup qui aurait inquiété les moutons. Ils ne bêlaient plus. Il fallait faire vite, qu'ils ne reniflent pas trop la mort de l'autre. Heureusement, l'air glacé contenait les odeurs.

Le *campero* repassa à l'avant et fit avancer son cheval d'un pas. Puis d'un autre, au ralenti. Il jetait un coup d'œil à l'arrière : la brebis morte tenait, bien arrimée, sans vaciller. Ses pattes pendantes laissaient une trace dans la neige. Elle semblait marcher.

Une brebis bêla faiblement, puis se risqua à avancer derrière l'autre, qui donnait l'impression d'être vivante et de suivre le cheval. Une autre brebis, collée à la première, suivit le mouvement vers l'avant, une nouvelle en fit autant. L'élan était lancé.

Le convoi passa la neige, longeant le flanc de la colline puis la contournant, caché de ceux qui, sans doute, les attendaient ailleurs. Après une longue marche, ils bifurquèrent à gauche, vers une coulée qui les mena à la nuit tombante au camp prévu, en bon ordre.

Monter tout de suite la tente, au lieu de boire et manger, fut encore plus pénible pour Iloba que la veille. Depuis les coups de feu avec les cow-boys, il baissait la tête, morose. Cachés par le béret tiré vers l'avant, Tchema n'avait pas vu ses yeux tout au long de la journée.

Autour du feu, les bêtes parquées, les chariots mis en cercle et les sentinelles disposées, le *campero* expliqua :

— Ils veulent installer leurs vaches à la place de nos troupeaux. Ils peuvent revenir, tant qu'on n'est pas là-haut, trop haut pour leurs bestiaux.

— C'est illégal, risqua curieusement Tchema.

Le *campero* ricana :

— La police le sait bien. Mais c'est tard. Trouver des traces dans la sierra... Trop difficile à débrouiller, ces histoires de bergers.

— Il y en a un qui est mort.

Le *campero* fit une moue, signifiant qu'il s'en moquait puisqu'eux avaient survécu. Il regrettait surtout l'âne, et les moutons.

*

— C'est moi qui l'ai tué, chuchotait Iloba sous la tente.

Sa voix sourde inquiéta Tchema. Combien de fois, pendant ses guerres de curé, n'avait-il pas recueilli ces confessions terribles. Une fois prononcées, elles ne quittaient plus celui qui les disait. Plus la voix s'étouffait, moins l'autre encaissait. Tchema préférait les aveux éructés dans un cri, avec des pleurs. Tout sortait alors. En parlant sourd et du fond de la gorge, cela signifiait que l'homme s'imprégnait de remords. L'angoisse allait s'en nourrir jour après jour.

— Tu ne le sais pas, affirma-t-il.

— C'est moi.

— Tout le monde tirait.

— Moi aussi. Alors !

— Alors, c'est peut-être toi, peut-être un autre. C'est comme dans les pelotons d'exécution, l'un des soldats a un fusil chargé à blanc. Personne ne sait lequel.

— C'est pire de ne pas savoir.

— Exact, admit Tchema.

Iloba n'arrivait pas à s'allonger. Il restait assis dans sa couverture remontée jusqu'au menton. Tchema restait sur le dos, les mains jointes devant la poitrine. Leur lampe-tempête se balançait à son crochet, sous la pointe de la tente.

— Comment est-il tombé ?

— Mais il est resté accroché au cheval ! s'emporta enfin Iloba, et Tchema fut rassuré un instant. Son corps rebondissait sur les pierres. J'ai vu un bras arraché, gémit-il.

— Je sais. Je veux dire : il est tombé en avant ? sur le côté, en arrière ?

— Je... Sur le côté, oui.

— Il fonçait sur toi. Si tu l'avais touché, il aurait été rejeté en arrière. Sur le côté, cela veut dire qu'il a été touché par une balle qui venait de biais. Pas la tienne.

Tchema mentait. Le galop du cheval emballé pouvait avoir déséquilibré le cow-boy dans n'importe quel sens. Mais qu'en savait Iloba ? Que savait-il de la mort, des fusils, de la guerre, des balles, à dix-huit ans, propulsé dans la violence dont sa famille buvait le lait de tout temps et qu'il n'avait, lui, côtoyée que dans les pauvres bagarres avec son père ? Dire qu'il était parti à cause de cela, si dérisoire... Tchema ne lui souhaitait pas d'apprendre trop vite. Il ignorait d'ailleurs qu'Iloba, au fond de lui, avait émigré vers un autre rêve, celui des gros yeux noirs des caméras où son désir s'aimantait depuis l'enfance. La vraie vie se déroulait toujours dans le rectangle d'un viseur, pas ailleurs, ni avec les gens qui parlent sans musique dans le fond. A cet instant passa dans sa tête ce qu'il avait enfoui sans le savoir pendant la fusillade contre les cow-boys : il n'avait rien reconnu des westerns.

Iloba leva les yeux vers l'entrée de la tente, dont les lacets laissaient entrevoir la nuit claire. La lune bleuissait les contours des arbres et des montagnes :

— Je vais partir.

« Tu sais ce que tu risques ? Tu as un contrat. C'est comme s'évader d'une armée » : Tchema ne dit rien de cela. Il avait deviné depuis un moment.

Iloba s'allongea. Tchema l'entendit respirer calmement, certain pourtant que le jeune homme ne dormait pas. Lui s'endormit vite, abruti de fatigue.

Avant le lever du jour, un bruissement lui fit ouvrir les yeux. Essayant de ne pas le réveiller, Iloba enfouissait ses quelques affaires dans son sac et se glissait vers la sortie de la tente. Tchema continua à mimer le sommeil, inspirant avec bruit, presque à ronfler, mais les paupières soulevées pour voir par en dessous Iloba défaire les lacets de la toile, à quatre pattes. Devant ses yeux, il aperçut les grosses chaussettes de laine : il n'avait pas enfilé ses chaussures, comme on s'enfuit d'une chambre en étouffant tous les bruits, comme s'il se croyait encore sur du parquet !

Quand il fut dehors, Iloba repassa le buste à l'intérieur de la tente. Tchema allongea encore sa respiration, pour être certain qu'Iloba le croie endormi. Dans la fente de ses paupières, il le vit alors lui faire un long signe de la main, un au revoir qui dura et dans lequel passait toute la fraternité du monde.

*

A la lueur de la lune, Iloba fit tout le chemin inverse, obligé de retraverser l'étendue de neige, la seule voie qu'il connaissait. Mais sans chargement, et toujours en descente, courant le plus possible, il dévala les collines jusqu'au soir et fit en une journée les deux jours de la montée. A la nuit, il reconnut au loin les lueurs du ranch. Des chiens aboyèrent. Il contourna les bâtiments le plus loin possible et atteignit enfin la route. Il faisait si noir qu'il ignorait si c'était celle de leur arrivée. Depuis son entrée dans le ranch, il n'avait vu que des chemins de montagne. N'empêche : chez lui, les autocars passaient toujours sur les routes. Ici aussi, sans aucun doute. Il suffisait d'attendre.

Il attendit jusqu'au matin, couché dans l'herbe du fossé. Le jour s'était levé et quand il ouvrit les yeux, la grosse tête d'un paysan lui barrait la vue, les mains sur les hanches, jambes écartées. Le bruit d'un camion dont le moteur tournait sur le bas-côté le fit se dresser sur ses jambes.

— *Hi guy!* gargouilla le bonhomme en mâchant une gomme. Un problème ?

Il avait un accent grasseyant. Mais « *problem*... problème », le mot atteignit Iloba.

— Autocar ? Bus ? interrogea celui-ci.

L'homme comprit et lui fit signe de monter dans son camion. Rivetée à la calandre, une pin-up en métal dont le vent virtuel soulevait astucieusement la jupe sur ses porte-jarretelles lui fit penser à la fille qu'il allait rejoindre. Une bouffée brûlante l'envahit jusqu'à la racine des cheveux. Il en était gêné pour le vieux au volant. Mais celui-ci parlait tout seul. En répétant les mots, il expliquait que « non, *buses*... plus loin, sur le *highway*... Direction ?... Californie, *well*. Soleil ! » S'esclaffant, il désignait la boule jaune qui se hissait au-dessus des montagnes.

Au pays aussi, quand un campagnard apercevait quelqu'un dans un fossé à l'aube, il s'arrêtait. Elle n'était pas si différente, leur Amérique. Quand le vieux le déposa à la station, après des kilomètres d'autoroutes et d'échangeurs monumentaux, et devant l'immense autocar des *Greyhounds* dont l'avant ne serait même pas passé dans une rue du village, Iloba était sûr de lui. Il avait eu raison d'abandonner les moutons et les crottes. Le soleil l'attendait.

3

Le printemps tardait dans les montagnes qu'il venait de quitter, mais il s'étalait déjà dans les vallées. Le car les traversait vers le sud. Iloba dormait, puis s'éveilla vingt fois en sursaut, persuadé d'être arrivé. Le contrôleur, dans un costume qui ressemblait à celui des facteurs de son village mais avec une casquette à plusieurs coins et un appareil sanglé sur son ventre, qui délivrait les tickets d'un tour de manivelle, s'arrêtait à intervalles réguliers devant la rangée d'Iloba.

Avec force gestes, il lui expliquait que le voyage allait par sections et qu'il fallait repayer pour continuer. Iloba sortit des billets et demanda :

— Los Angeles ?

Le contrôleur fit un signe par-dessus son épaule pour montrer la direction. Iloba se leva à moitié pour lorgner par-dessus les rangées devant lui. Il croyait voir la ville au bout de l'énorme autocar dont l'intérieur était plus vaste et plus confortable que tous les trains qu'il avait pris au pays. Mais devant l'immense pare-brise ne s'étendait encore qu'un désert sec. Plus tard, il déchiffra le nom de Bakersfield sur des panneaux, la ville où ils étaient arrivés quelques semaines plus tôt. A l'époque, il n'avait rien vu des immeubles serrés, ni des gratte-ciel – ils n'étaient pas les plus hauts du pays, loin de là, mais Iloba n'avait jamais vu des maisons empilées sur tant d'étages, et il rentrait la tête dans les épaules quand le car les longeait, inquiet qu'ils s'effondrent sur eux.

Après quelques arrêts où des gens montaient, embarrassés de valises, caquetant et buvant au goulot des bouteilles un liquide presque noir, le contrôleur repassa près d'Iloba :

— *Two hours...*

Iloba avait compris. En quelques semaines, son anglais, déjà initié par les clients étrangers du Palais ou du golf, s'était amélioré au ranch. Sans le savoir, il prenait d'ailleurs l'accent des montagnes et disait des mots d'argot sans les distinguer du langage policé. Mais devant les yeux fatigués du jeune homme, le contrôleur insista en désignant sa montre, tournant le bout de son doigt devant le cadran, deux fois.

Interminable. Les flancs du car étaient pourtant peints d'un gigantesque lévrier en course, mais Iloba séjournait dans ce bus depuis près de deux jours. Ses trajets jusqu'alors, pour rejoindre la Maison, n'avaient duré qu'une vingtaine de minutes. Il n'imaginait pas qu'on puisse voir un jour se lever, puis passer, finir, un autre lui succéder, et de nouveau le soir tomber, tout en n'ayant pas bougé de sa place, sauf pour les pauses dans les petits cafés sur le bord du chemin, où le chauffeur en profitait pour jaillir de son siège avant d'ouvrir les autres portes pour être le premier à se précipiter aux toilettes.

Iloba se sentait sale, à juste titre. Au hasard des étapes, un homme ou une femme s'asseyait sur le siège à côté, et plusieurs fois, on l'avait dévisagé au bout de quelques secondes, avant de se tourner sur le côté en soupirant. L'une d'elles s'était pincé le nez,

Iloba avait surpris le geste. Le reste du temps, entre deux sommes, il observait ceux qui montaient, des hommes en costume autant que d'autres, plus jeunes, portant des chemises bariolées, tous coiffés en brosse, à part les Noirs crépus. Iloba n'en avait jamais vus, ou presque, dans sa vie. Ici, ils pullulaient, mais aucun ne s'asseyait à côté de lui. Pourtant, il aurait aimé dire un mot, leur parler, attiré par instinct par ces gens dont il voyait que le regard souvent de biais dénotait, comme chez lui, un déracinement. Et la plupart portaient des vêtements fripés, comme les siens. Mais non, tous passaient, tous allaient à l'arrière. Il ne savait pas encore que le car imposait deux sections, les rangées du fond pour les Noirs, celles où l'on a le plus vite mal au cœur.

Après avoir encore dormi – il lui semblait qu'il avait vingt ans de sommeil en retard, et le bus ronronnait, l'air chaud l'assoupissait –, Iloba ouvrit les yeux sur un décor de palmiers et de villas, avec des fleurs par milliers et de longues voitures qui glissaient le long des avenues. Le contrôleur ramassait les billets dans l'allée et il l'arrêta du bras. Sortant son portefeuille, il en saisit la feuille pliée sur laquelle figuraient l'adresse et le nom de la jeune Américaine connue au pays, pendant le tournage du film. Le contrôleur lut le papier, puis leva le pouce pour indiquer qu'il avait compris. De la main, il fit signe qu'il fallait descendre dans deux arrêts.

Iloba se prépara, enjambant son voisin pour se planter dans l'allée, son sac accroché à l'épaule, sa main crispée sur l'un des crochets de cuir qui couraient le long d'une rampe au-dessus de lui. Il eut mal aux jambes d'être brinquebalé pendant plus d'une demi-heure. Les trajets entre les stations s'allongeaient, immenses en comparaison de ceux du pays. Enfin, il descendit et, après avoir tant dormi, l'air frais de la matinée le fouetta. Il fut envahi d'une énergie toute neuve, un vrai bonheur. Los Angeles !

*

Le quartier présentait ses recoins pouilleux, mais Iloba n'avait aucune comparaison possible. Au moins, il y voyait des immeubles, des voitures, des vitrines et des marchands de journaux, une vie rapide où tout claquait de vingt couleurs criardes. Le monde d'où il arrivait était parfois assourdissant de bêlements de brebis, de coups de fouet et de poussière, mais pour le reste d'une immensité de silence. Ici, le vacarme ne cessait pas.

Vingt fois, il demanda son chemin, montrant le papier plié, surpris de certains gestes, par exemple quand son interlocuteur, après avoir lu l'adresse, se tapait la tempe du bout de l'index en le dévisageant et se détournait dans un grand éclat de rire. La plupart du temps, les gens tordaient la bouche, ne sachant quel chemin indiquer. Iloba s'énervait. Des rues, des carrefours, des immeubles : alors il ne pouvait pas être loin de l'adresse, bon sang ! Dans une ville, tout le monde connaît les rues, non ? On peut trouver à pied ! Même à Bayonne !

Un taxi passait, grosse voiture noire et arrondie, surmontée d'un panneau allumé. Il leva la main, comme il l'avait vu faire à d'autres, plus tôt. Le taxi ralentit, puis le chauffeur accéléra après avoir découvert ce client tout poussiéreux, en bottes de cow-boy, les cheveux en tous sens et la chemise à carreaux déchirée par endroits. Epuisé, Iloba lui montra le poing de loin et attendit qu'un autre arrive – qui ne s'arrêta pas davantage. Au quatrième enfin, le chauffeur fit halte, descendit la vitre et Iloba lui montra l'adresse sur le papier. Il déchiffra : loin, des *miles* plus loin... tant mieux. Mais le client avait l'air d'un demi-clochard. Il allait redémarrer, puis se ravisa :

— *Money ?*

Le mot sonnait comme en français. Iloba entrouvrit son portefeuille et montra ses liasses. Au ranch, il n'avait rien dépensé de l'argent partagé avec Tchema. Pas blanchi, mais nourri et logé, et rien à acheter, alors il s'imaginait riche. Il aurait pu toucher sa première paye en arrivant aux pâturages, mais il était parti avant, « évadé » traduisait-il dans sa tête.

Le chauffeur siffla et fit signe de monter. Très longtemps après, il le déposa dans un autre quartier. Iloba avait perdu tout sens de l'orientation car ici, tout se ressemblait. Habitué aux chemins arrondis des campagnes, son cerveau s'emmêlait dans les alignements rectilignes, les carrefours à angles droits, les longues avenues où l'on avait l'impression que les bas-côtés se rejoignaient au bout, là-bas, si loin qu'on n'y arriverait jamais avant la mort.

Le taxi s'arrêta au pied d'un bâtiment de briques rouges, le long d'une rue en pente. Des gosses jouaient au ballon devant. Des femmes, avec une marmaille dans les jambes, s'interpellaient du trottoir aux balcons. Un vieil homme fouillait dans une poubelle en grognant. Iloba leva les yeux, déçu. Il se retourna vers le chauffeur, les sourcils levés. L'autre persista, en désignant le papier dans la main d'Iloba : c'était là, oui. Aucun doute.

Iloba sortit et se pencha vers l'avant pour payer. Le chauffeur lui montra le cadran. Sortant ses billets,

Iloba remarqua pour la première fois qu'ils avaient tous la même taille, seul le montant inscrit au coin différait. Il fallait faire attention. Il compta la somme et tendit les papiers verts au chauffeur, puis le salua de la main. L'autre saisit son poignet, brusquement, comme un crocodile fermant ses mâchoires. Iloba crut qu'il voulait lui dérober ses liasses. De l'autre main, il lui tordit l'avant-bras et le chauffeur fut abasourdi par la poigne du jeune homme. Il glapissait :

— *Tip ! Tip !...*

Iloba continuait à le tordre. Mais l'autre ne cédait pas :

— Service ! couinait-il en désignant d'autres billets.

Iloba réalisa. Pourtant, les pourboires au Palais et au golf, il en vivait. Ici, il croyait chacun assez riche déjà. Il lâcha le chauffeur en marmonnant des excuses et fit glisser de la liasse le premier billet, qu'il lui tendit.

Le chauffeur l'examina, les yeux ronds. C'était une grosse somme, presque l'équivalent du prix de la course. Pendant un instant, il hésita. Puis, devant l'allure erratique de son jeune client, il secoua la tête, lui rendit la coupure et, de lui-même, fit crisser les billets tenus par Iloba jusqu'à une coupure plus modeste, le vrai montant du pourboire – *tip*, Iloba enregistra le mot.

— *Save your bucks, guy...* fais gaffe à ton fric, mon gars. *Good luck !*

Et il démarra, inquiet pendant quelques mètres du destin de ce paumé – mais costaud, *Christ !* –, puis disparut dans ses propres problèmes, comme tout le monde.

*

Iloba pénétra dans l'immeuble. Des noms étaient collés sur les boîtes aux lettres. Il parcourut deux fois la liste, sans y trouver celui de la fille. Cette fois, l'angoisse serra sa gorge. Il venait de mesurer l'immensité du lieu, sa démesure et, croyant aboutir, se retrouvait seul comme un nouveau-né. Il eut envie de pleurer, de taper sur n'importe quoi. Il donna d'ailleurs un coup de pied dans le mur et poussa un cri de douleur. Il lut encore tous les noms, détaillant chacun, sûr d'y trouver celui qu'il cherchait. Mais décidément non.

Après avoir tourné plusieurs fois sur lui-même, cherchant... rien, il ne savait plus quoi, ayant juste envie de s'asseoir et de prendre sa tête dans ses mains, il entendit s'ouvrir la porte derrière lui. Une grosse négresse sortait, tirant un chariot à provisions.

Il se jeta presque sur elle, tant il renaissait. La femme fit deux pas en arrière, terrorisée. Iloba leva la main pour la calmer et lui tendit le papier. La femme lut l'adresse et acquiesça :

— Oui, ici. La bonne adresse.

Iloba tapa du doigt sur le nom écrit en bas, le nom de la jeune fille – qui l'attendait, elle l'avait dit, bon sang encore !

Le sourire de la femme s'élargit jusqu'à déborder de ses joues :

— Oh oui, gentille... Quelle gentille !

Iloba se sentit fondre, les épaules allégées d'un seul coup. Il aurait sauté au cou de la femme, avant qu'elle ajoute :

— Elle n'est plus là.
— Elle va revenir tout à l'heure ?
— Non. N'habite plus ici.
— Impossible, impossible !
Il avait l'air si gentil, si perdu – pas très propre, mais ici tout était crasseux... – qu'après avoir hésité un long moment, la femme lui prit le papier des mains. Elle sortit un crayon de sa poche, avec la liste de ses courses, et écrivit au dos du papier. Impatient, Iloba tordait la tête pour lire pendant qu'elle écrivait. Ça ressemblait à une adresse. La femme lui rendit la feuille :
— Elle est là. Pour le courrier, comprenez ? Je renvoie les lettres.
— Merci, merci !
Iloba lui serrait les doigts. La femme riait, tout émue. C'était le deuxième Blanc gentil dans sa vie : d'abord la petite jolie, sa voisine, avec laquelle elle sirotait souvent un soda devant la télévision, qui lui racontait des histoires de stars, et qui lui avait dit un jour que « c'était gagné, elle allait vivre à Hollywood ! La belle vie » et maintenant elle faisait suivre son courrier ; et puis ce jeune étranger qui lui baisait les mains.
Elle reprit son chariot, joyeuse :
— Dites-lui, je l'embrasse.
Elle s'éloigna en chantonnant, se retournant une fois ou deux vers Iloba en lançant de perçants : « Belle vie !... la belle vie. »
Grimpant dans un autre taxi à qui il avait brandi tout de suite sous le nez sa liasse de billets, Iloba se détendit à l'arrière, se gavant de lumière pure dans le ciel, de ces routes qui montaient, comme si elles l'extrayaient d'un puits où il avait failli sombrer. Peu

à peu, les avenues furent plus larges, les maisons mieux cachées derrière des rangées de cyprès, et les trottoirs ne laissaient pas apparaître le moindre papier sur leurs bordures peintes en blanc. Des cyclistes passaient, les cuisses dorées, une casquette ronde sur la tête, roulant sur des allées parfaites entre d'infinis tapis de gazon, dont Iloba se demanda comment on pouvait les tondre si ras et les garder si verts, mieux qu'au golf.

⋆

Après avoir longé de hauts murs blancs en rotonde, le taxi s'arrêta enfin devant une grille noire. Deux poteaux blancs l'encadraient, surmontés de sculptures grotesques, des angelots dont on avait peint les boucles de plâtre en orange. Il sourit : le style ressemblait davantage à la fille que l'immeuble miteux d'où il venait. Il ne saisissait pas très bien le changement si brusque, mais basta ! Il avait réussi, il avait envie de la prendre tout de suite dans ses bras.

Sorti de sa cahute de l'autre côté de la grille, un homme costaud, en pantalon noir et chemise blanche, le dévisageait. Iloba s'approcha, épanoui. Il remarqua un gros insigne brillant, en forme de soleil, accroché à la poitrine du gardien.

Il leva deux doigts et fit signe comme les autres, là-haut, dans le ranch :

— *Hi !...* Salut !

L'autre se renfrogna. Iloba attendait qu'il ouvre, guilleret devant la grille, son sac jeté sur l'épaule.

Rien ne se passait et Iloba eut peur de s'être trompé. Il renouvela son salut et prononça le nom de la jeune fille. Le gardien leva un sourcil. Alors, Iloba lui dit en vrac tout ce qu'il pouvait : « Iloba... Etcheverry... Biarritz... cinéma... hôtel du Palais... c'est moi ! »

Devant le regard torve du gardien qui se décidait de moins en moins à ouvrir la grille, Iloba sortit son papier et le lui tendit, montrant les noms, les adresses, prononçant même le nom du *director* qui avait fait le film au pays, et qui lui revenait soudain en mémoire.

Le gardien lut bien le papier, le retourna, constata l'adresse correcte, le nom aussi – la nouvelle petite de la villa, avant la prochaine, mais ce n'était pas son *job*. Le sien était d'éviter les intrus sans commettre d'impair. On perdait vite sa place. Le pouilleux à la porte était bizarre, mais dans le *business*, il en avait vu, et des plus abîmés. Par sécurité, il décrocha le téléphone intérieur dans sa cahute, faisant signe à Iloba de patienter sans bouger.

Une minute plus tard apparut un homme en haut de l'allée goudronnée qui montait depuis la grille et disparaissait derrière les arbres. Cela rappelait vaguement à Iloba l'entrée de la Maison, moins la grille. Que craignaient-ils ici ?

L'homme était jeune, magnifique, vêtu d'un pantalon de toile écrue et d'une chemise colorée, largement ouverte sur son torse bronzé. Ses cheveux blonds étaient peignés comme pour une photo de magazine. Il avançait en chaloupant, comme s'il voulait sentir tous ses muscles rouler sous le tissu, être bien certain d'exister.

Iloba le trouva ridicule, mais sympathique. Il avait le visage ouvert, une sorte de belle certitude sur un front lisse, qu'il ne devait pas froncer souvent. Il ne souriait pas, c'est vrai, mais Iloba le fit à sa place, tendant la main à travers la grille :

— Iloba. Hello !

L'autre ne l'avait même pas vu. Il se tournait vers le gardien qui lui tendait le papier. Il le lut à son tour, vit le nom et l'adresse, assez surpris. Iloba allait tout expliquer. Il reprit sa litanie... film... Palais... et le nom de la jeune fille, en levant le pouce, et même en dessinant avec ses mains la forme de son corps, appréciateur, sûr de convaincre l'autre, entre hommes.

Puis il se tapa sur la poitrine, se désignant à nouveau :

— Iloba. Iloba Etcheverry.

Le type répondit, comme un réflexe, quelque chose qu'Iloba comprit mal, du genre : « John Smith », mais il saisit mieux le mot suivant qu'il avait prononcé comme une routine, comme on se présente toujours avant d'être vraiment célèbre : « John Smith, *actor*. »

Miracle : un membre de la famille de la vraie vie.

— *Action !* répondit Iloba, tentant de se faire bien voir, d'établir une connivence. *Action*... tant de fois entendu dans le salon du Palais, pendant le tournage du film. Ça lui semblait être un sésame, la clé de tout. Quand le *director* le prononçait, la vie vraie commençait. Et il sourit au bellâtre, prêt à lui tendre à nouveau la main, pour de bon cette fois.

L'autre tapota son front en soupirant. Puis il se détourna en lançant :

— *Get out*... Fous le camp.

Et il fit signe au gardien de boucler la grille, jetant le papier à travers, sur le sol.

Incrédule, Iloba se cramponna. On ne s'était pas compris ! Mais quoi ? Le gardien venait de surgir de sa cahute, un court fusil à la main, et tapait sur les doigts accrochés aux barreaux.

Gémissant, Iloba lâcha prise. Il ramassa le papier à terre et massa ses mains l'une contre l'autre. Les phalanges étaient striées de rouge. Il s'éloigna en serrant les dents pour ne pas gémir de douleur, ni insulter le gardien qui lui indiquait de prendre, et vite, le chemin du jamais plus.

Il marcha longtemps le long du mur blanc, jusqu'au tournant, essaya de distinguer une autre entrée. Mais tout était enfermé. Elle aussi peut-être ? Non. Si elle avait été là, elle serait sortie à la place du grand couillon qui avait mis son cerveau dans ses biceps. Il n'y aurait pas eu de malentendu. Elle aurait ouvert la grille, elle lui aurait sauté au cou. Ils auraient couru vers la chambre. D'abord, il se serait douché, récuré au balai, gratté jusqu'à arracher sa peau des montagnes, sa pelure du ranch. Et alors, bien frais...

Le soleil tapait droit sur lui, encore docile comme un astre d'hiver mais déjà doux. Iloba revint sur ses pas, presque jusqu'à la grille, sans se faire voir du gardien. Il venait de comprendre : la petite travaillait, il avait vu cela au Palais pendant le film. Et elle travaillait dur ! Tôt le matin, tard le soir. Il suffisait d'attendre. Elle rentrerait bientôt, il la verrait passer, il ferait signe. Elle le verrait à son retour : il n'y avait pas beaucoup de piétons dans le quartier. Il s'approcha encore de l'entrée, pour s'assurer de ne pas la manquer quand la longue voiture crème qu'elle conduisait à Biarritz stopperait devant la grille, avant qu'elle ne s'ouvre.

En attendant, il s'assit sur le bord du trottoir, plus propre que l'intérieur d'un salon. Pas un détritus à perte de vue, pas un papier, et peint en blanc mieux que les murs de la Maison. Il s'abrita du soleil à l'ombre d'un palmier, son sac dans le dos pour s'appuyer, attendant la belle vie.

Un quart d'heure plus tard, une voiture de police stoppa net à ses pieds, dans un hurlement de pneus, presque à raboter ses bottes pointant sur la chaussée. Avant qu'il comprenne, deux monstres bourrés de matraques, de ceinturons, de menottes, de revolvers, un attirail accroché à leur taille, et coiffés d'une casquette plate, l'empoignèrent et le jetèrent à l'arrière, appuyant sur sa tête pour qu'il ne se cogne pas à la portière, mais le cognant vite et fort, tout de suite, dès que la voiture reprit sa vitesse, couvrant le bruit des coups et celui des cris par la sirène. On aurait dit que du vent s'engouffrait et hurlait pour s'évader du haut-parleur sur le toit.

4

Un œil bien gonflé et les joues tuméfiées, Iloba fut poussé dans le commissariat. Dès l'entrée, le brouhaha incessant augmenta son mal de tête. Il se serait cru un jour de marché à Itxassou. S'y ajoutaient le crépitement des machines à écrire et les téléphones insistants que personne ne semblait jamais décrocher.

Encadré par les deux policiers qui l'avaient embarqué, Iloba traversa la salle. Beaucoup basculaient leurs fauteuils, les pieds sur la table, les lèvres arrondies autour d'une grande paille plongée dans ces petites bouteilles de liquide marron très sombre, qu'Iloba trouvait jolies avec leur nom aux lettres formées comme on leur apprenait à l'école, Coca-Cola. Certains promenaient la bouteille glacée sur leur front en sueur. Au plafond, les pales de ventilateurs tournaient lentement.

Les bureaux collés les uns aux autres formaient un labyrinthe d'équerres entre les coins desquelles circulait une fourmilière de policiers vêtus de chemises à manches courtes. Et puis des gens comme lui, mains dans le dos, menottés, qui répondaient aux questions qu'un policier transcrivait à deux doigts sur son clavier en baissant la tête. Certains criaient, d'autres se débattaient, vite écrasés, tenus bon.

Chaque fois qu'il voyait une place libre, Iloba croyait être arrivé, mais une bourrade dans le dos le faisait avancer plus loin, et jusqu'au bout de la salle toujours bruyante, jusqu'à des cloisons vitrées à mi-hauteur des bureaux.

On le fit pénétrer dans l'un d'eux. Assis brutalement sur une chaise, il sentit ses bras dans le dos tirer sur ses épaules.

Face à lui, un gros chauve mâchouillait un cigare, la bedaine posée sur le bureau. Il observa Iloba et ses ecchymoses sur le visage.

— Franchement les gars, reprocha-t-il avec mollesse aux policiers.

— Il a voulu s'enfuir, laissa tomber le plus grand d'une voix lasse, tandis que l'autre jetait par terre le sac d'Iloba, porté depuis la voiture.

Tout de même, avec sa carrure et ses mâchoires nettes, ses cuisses épaisses qui s'étalaient sur la chaise, son nez busqué de boxeur, celui-là s'était peut-être débattu, réellement.

— Qu'est-ce qu'il a fait ?

— Vagabondage sur la voie publique.

Pas noir, pas mexicain, pas chinois, habillé en cow-boy : correct, tout ça. Fripé et les cheveux pleins de poussière : dommage. Le cas ne pouvait pas être bien grave. Et blanc : faire attention, au minimum.

Celui qui semblait à Iloba être le commissaire, en tout cas le chef – il distinguait un nom brodé sur la chemise, des insignes, une grosse étoile où il crut voir gravé « Sheriff », ça existait vraiment ? « Mais les shérifs dans la pampa allaient à cheval et protégeaient les innocents, dans les films quoi ! Pourquoi l'avait-on arrêté ? » Il ignorait qu'à Los Angeles déjà, et surtout dans les quartiers résidentiels, un piéton était coupable d'être piéton.

Le shérif se poussa en arrière et décolla sa bedaine du bureau. Elle sembla tomber entre ses jambes. Il se tourna face à sa machine à écrire. Sans regarder Iloba, il tendait la main vers lui :

— Les papiers.

Iloba se dandina sur sa chaise, essayant d'atteindre avec ses mains menottées dans le dos la poche arrière de son pantalon, son portefeuille et tous ses papiers. Un policier s'approcha et le fit à sa place, pour le mettre dans la main du shérif. Celui-ci ouvrit le portefeuille qui avait pris une forme convexe à force d'être arrondi contre la fesse d'Iloba. Il sortit tout, les dollars, les cartes, les visas et même le contrat de berger qu'Iloba avait emporté, bien plié dans une pochette.

Après avoir parcouru rapidement les documents, le shérif leva un œil :

— Français ?

— Oui. Basque.

— Ah, Basque, très bien. C'est pour ça que tu es berger, ajouta-t-il en brandissant le contrat du ranch. Bons bergers, les Basques. Travaillent beaucoup. Bons jardiniers aussi, des tas dans les villas. Dur boulot. Qu'est-ce que tu fais ici ? En vacances ?... *Holidays ?*

Iloba ne comprenait pas tout, à part deux syllabes du dernier mot. Il acquiesça :

— *Holi*wood.

Le shérif éclata de rire :

— Encore un.

Il s'adressa aux deux policiers, debout au coin de la pièce :

— On a un acteur, les gars. Remarquez, comme vous l'avez amoché, c'est peut-être le nouvel Humphrey Bogart.

Ils ricanèrent.

Iloba avait déjà souvent surpris ce rire nasillard, qui semblait venir du front au lieu de remonter par la gorge. D'ailleurs, ils parlaient tous comme ça, se servant de leur nez en guise de bouche, qu'ils gardaient presque fermée en parlant.

Le shérif revint sur Iloba :

— Ici, tous les pompistes sont scénaristes et toutes les serveuses de bar sont actrices. Crois-moi, retourne dans ton ranch, l'acteur.

— Non, *director* !

Il avait dit cela avec évidence, sans la moindre prétention, plutôt pour rectifier l'erreur de l'autre.

— Alors là, il faut commencer par le zoo, section singes. Ça te formera. Puis tu passes aux serpents, aux tigres, la meilleure école. Tu finiras éléphant : c'est ça, un *director*.

Iloba avait perdu assez vite le fil du discours. Il attendait. Qu'est-ce qu'on lui voulait, à la fin ?

— Je peux partir ?

— Tu habites où ?

Iloba désigna du menton les papiers éparpillés sur le bureau, et parmi eux la feuille pliée avec l'adresse où logeait la fille, l'Américaine qui l'attendait. Mais l'autre ne comprenait pas :

— Quoi ? Bon, détachez-le, les gars. Il n'est pas dangereux.

On lui enleva les menottes, il se massa les poignets, puis désigna du doigt le papier plié. Le shérif l'ouvrit et lut l'adresse, avec une moue presque admirative :

— Beau quartier.

Il lança le nom du boulevard aux policiers.

— Sûr ! On l'a ramassé là.

— Il faut téléphoner, dit fermement Iloba. Elle m'attend.

— Qui ? La fille là ?

Il avait le doigt sur le nom.

Il fallait marcher sur des œufs : ramasser des *negroes* en centre ville ou des piqueurs de supermarché, il ne risquait rien ; un jeune étranger, même pouilleux, mais qui logeait à Hollywood, attention. Il avait vu des collègues être rétrogradés pour une maladresse. Dans le *business,* comme on l'appelait ici, tout ce cinéma, spectacle, music-hall, on tombait parfois sur des milliardaires en haillons ou des fils de sénateurs même pas coiffés.

— Il faut téléphoner, répétait Iloba.

Après un gros soupir, le shérif attira vers lui un énorme téléphone noir, farci de boutons. Il s'appliqua comme un écolier, presque en tirant un bout de langue entre ses lèvres, à composer le numéro tout en jetant des regards incrédules à Iloba. « Pourvu qu'elle soit là, priait celui-ci, qu'elle soit revenue. » Il jeta un œil sur l'horloge ronde, énorme, accrochée en haut du mur. « Pourvu qu'elle soit là. »

Elle était là.

Calé dans son fauteuil, le shérif adressa un clin d'œil à Iloba.

— *Miss...*

Iloba souffla. Il se tourna rapidement vers les policiers derrière lui, comme pour leur dire : « Vous voyez ! »

Le shérif expliquait l'incident à la fille. Iloba entendait qu'on prononçait son nom. Tout était sauvé.

Il sourit au policier malgré ses lèvres bien gonflées sur un côté. Il l'aurait embrassé.

Le shérif gardait l'oreille collée au combiné et il hochait la tête, « *Well... well...* ».

Iloba tendit le bras, impatient. Il voulait lui arracher le téléphone des mains, hurler sa joie à la fille. L'autre écoutait toujours. Iloba insistait, la main tendue :

— Elle parle français ! *Speak french... speak good french !*

Avec un petit sourire au coin des lèvres, le shérif lui passa enfin l'appareil par-dessus le bureau. Iloba se leva, comme s'il jaillissait déjà dehors, courant vers elle, bras écartés, comme au cinéma :

— C'est moi ! Ilo...

A l'autre bout, il reconnut bien la voix aiguë, un ton de citronnelle, juste un peu sec parce que sans doute elle n'avait plus parlé français depuis leurs nuits et leurs jours au pays.

Mais elle s'exprimait bien encore, oh oui !

— Qu'est-ce que toi foutre ici ? Si tu reviens, la police j'appelle. Je ne te connais pas.

— Mais tu m'avais dit de...

— Fini. La paix, connard. *Get out !*

Get out... comme l'autre bellâtre. Ils n'avaient que ça à la bouche ou quoi ?

Comme vieilli de dix ans d'un coup, il se voûta, laissa retomber son bras avec le téléphone au bout et répéta au shérif « *Get out* », tout doucement.

— Ben oui, mon gars, c'est ce qu'elle a dit.

Iloba reposa le combiné sur le bureau, que l'autre prit et laissa tomber comme un jeu, de très haut, sur son support, pile au centre. Il avait l'air content.

Iloba se laissa tomber en même temps, de sa hauteur lui aussi, sur la chaise. Il secouait la tête :

— Je ne comprends pas.

— Facile, expliqua gentiment le policier en lui tendant le papier. L'adresse, là : c'est la villa de Glone Semiss (« D'accord, John Smith » réalisa Iloba dans le flou de ses pensées). Tu connais ? La nouvelle perle d'Hollywood. La petite merveille. Ma femme l'adore, ce con. Ta copine est avec lui, tu comprends ? Tu n'es pas de taille. Pas encore *director.*

Iloba approuva de la tête, en baissant les yeux. Oui, oui... il avait compris, et tout.

Sans le prendre en pitié, le shérif le plaignait malgré tout. La ville du rêve, il la connaissait. Cauchemar, oui.

— Allez va, mon gars. Tes papiers sont en règle. Son cul, elle en fait ce qu'elle veut : pas notre job.

Iloba n'avait pas tout saisi, sauf que l'autre lui montrait la porte.

Il se leva à regret et voulut lui serrer la main. Mais le shérif ramassa en vrac les papiers, les fourra dans le portefeuille n'importe comment, et déposa le tout dans la main d'Iloba. Celui-ci l'enfonça dans sa poche arrière et tendit la main de nouveau. Mais l'autre lui indiqua fermement la sortie.

— Finis tes vacances dans notre belle cité ! Mais trouve un logement et une voiture, sinon on te reverra souvent ici, OK ?

— OK.

Il passait la porte lorsque le shérif le rappela :

— Si c'est pas des vacances, si t'es parti de ton ranch... ouais, on en a vu d'autres, eh bien retournes-y vite. T'as un contrat. C'est sérieux.

Tellement assommé, Iloba allait oublier de reprendre son sac. Il vint le ramasser au pied du policier. Il croisa son regard un instant et comprit instinctivement que l'autre avait une envie folle de le saluer à coups de pied dans le ventre.

*

Iloba retraversa la salle, glacé de l'intérieur. Dehors, le soleil avait disparu, comme à la fin du monde. La ville était plongée dans une fumée bizarre, comme celle d'un gigantesque incendie sans odeur et sans volutes. L'air n'existait plus. Il était remplacé par du coton immobile. Pas un bruit. Même les voitures se figeaient. Depuis son arrivée, Iloba n'avait jamais vu à l'arrêt ces longs véhicules aux ailerons sans fin. Quelques-uns passaient tout de même au ralenti, leurs phares troublant la ouate au dernier moment, puis s'estompaient, vite fondus par ce brouillard de plein jour.

— *Smog*, dit d'un ton fataliste le policier en faction devant le commissariat, découvrant l'air ahuri d'Iloba.

En quelques minutes, un raz-de-marée nuageux venu de l'océan, mélangé aux gaz d'échappement des voitures, avait formé ce phénomène unique pour un quart d'heure ou quatre heures. Il stagnait sur le fond de la ville, isolant bien la misère des bas-fonds du soleil des collines, celle d'Hollywood par exemple, pour prouver à tous que Dieu avait organisé le monde à la mesure de chacun. D'ailleurs, les églises pullulaient.

Iloba suivit le trottoir, parfois obligé de tâtonner comme un aveugle pour ne pas heurter un réverbère.

Il avança tout droit, toujours, jusqu'à ce que ses pieds le brûlent, remplaçant sa douleur par une autre. Le smog aidait à ne penser à rien. Cette satanée fumée avait l'air de salir. Il enleva en s'essuyant le visage une sorte de suie blanche.

Après un temps infini, mais il ne calculait plus, et l'air blanc qui masquait tout suspendait aussi la lumière et les heures, il remarqua que le nuage s'éclaircissait. Emergea un poteau clignotant et fantomatique qui indiquait : Motel.

Les fenêtres, toutes les mêmes, et les voitures alignées, le panneau des tarifs, l'entrée bien fleurie lui rappelèrent la Maison, les chambres des clients, la cour pour leurs voitures, l'hôtel. Ils nommaient cela « motel » ici ? Ou bien lisait-il mal la première lettre ?

Il entra. Les clés au panneau, le comptoir derrière lequel n'émergeait que le haut de la tête de la réceptionniste, tout le décor confirma son analyse. Dix minutes plus tard, il occupait sa première chambre depuis qu'il avait quitté Bayonne. Il n'avait dormi jusqu'alors que dans des sièges d'avion, sur des paillasses au ranch ou sous la tente, et assis tout tordu dans le bus.

Il se déshabilla complètement et lava tous ses vêtements dans le lavabo, puis son corps, du bout des cheveux jusqu'au bout des orteils. Il laissa longtemps couler l'eau, en guise de torrent qui l'aurait emporté loin d'ici.

Avant de s'allonger sur son lit, tout nu en frissonnant, et de ne pas trouver le sommeil avant le milieu de la nuit, il étendit ses affaires de la fenêtre à l'armoire sur un fil tendu, une grosse pelote de ficelle gardée au fond de son sac. Avant de partir dans la sierra, on les avait tous munis du même matériel : un couteau à trois lames, des ciseaux, du fil et des aiguilles, des pinces, de la ficelle, une bande collante, du coton, un flacon d'alcool pur, et pour lancer les feux, une boîte d'énormes allumettes.

5

Ses allumettes, les mêmes que celles d'Iloba au chaud dans sa chambre de Los Angeles, Tchema, dans la neige, les cherchait fébrilement au fond de sa poche.

Vite : sans elles, il ne lui restait pas longtemps à vivre.

Dans le camp où les troupeaux et les gardiens faisaient une halte qui pouvait durer des jours ou des semaines en fonction de la fonte des neiges plus haut, la disparition d'Iloba avait rejailli sur Tchema. Le *campero* l'en rendait responsable. Il avait bâti ses équipes par affinités, et parié sur celle-ci, un jeune vigoureux allié à son « pays » plus frêle mais plus mûr. Il avait eu tort, s'en voulait, et transféra son malaise sur Tchema : « Tu feras le travail pour deux. Si tu ne peux pas, tu disparais. »

La pénitence, et peu de joie, c'était comme incrusté dans les gènes de Tchema, comme un programme établi avant sa naissance. Il ne se plaignit pas.

Ils campaient sur un plateau désert. La vaste plaque minérale s'étendait à perte de vue, butait au bout sur des monts enneigés et, de l'autre côté, au-dessus d'un ravin magnifique et dangereux. Les pierres affleuraient, qui tordaient les pieds et les sabots des chevaux. De gros blocs émergeaient, derrière lesquels on s'abritait du vent pendant le jour, en surveillant les moutons qui arrachaient sans répit les touffes d'une herbe rude et rare.

Le soir, de grands feux chauffaient les habits et les membres à condition d'être tout proche, presque à roussir. Le vin faisait briller des yeux sans gaieté. Des bagarres brèves éclataient pour une meilleure place au bord du brasero. Le *campero* séparait les bergers à coups de cravache, sous le regard indifférent des autres. On emmagasinait des tonneaux de chaleur qui s'évaporaient vite sous la tente où les hommes s'emmitouflaient dans leurs couvertures, se couvrant la tête pour un sommeil gelé.

⋆

— On va manquer de bois, remarqua le *campero*.

Il tourna les yeux vers Tchema, qui comprit : à son tour de harnacher un cheval, d'accrocher des sacs vides sur ses flancs et le fusil contre la selle, puis de trouver une forêt. La hache, une outre de vin et de gros gants de cuir complétaient son attirail, sans plus. Rien ne devait alourdir le cheval, qui peinerait ensuite sous le poids des branches et des bûches. Dans deux heures, il serait de retour.

Partant vers l'est, Tchema disparut vite derrière le flanc d'une colline et traversa un autre plateau sans arbres, comme celui de leur camp. Le cheval allait au calme, très prudent sur les cailloux. Tchema n'avait pas à le guider beaucoup, la bête discernant avant lui les passages où ses jarrets n'iraient pas se tordre. Sans repères, dans une contrée inconnue, il s'éloigna sans y penser. Après des heures, il ralentit de lui-même : le jour tombait et il avançait avec crainte, voyant de moins en moins le sol.

Et toujours aucune forêt alentour. Tchema bifurqua pour remonter au nord, du moins le croyait-il, car il avait tourné plusieurs fois, et il enragea au bout d'un moment, face à l'évidence : il s'était perdu.

Il tapa sur les flancs du cheval pour avancer, de force. Contournant une nouvelle colline derrière laquelle il était persuadé de trouver une forêt, il buta au contraire sur le tapis blanc immense et sans fin, jusqu'au plus lointain horizon, d'un plateau de neige. Tout abrité du soleil pendant le jour par les parois de gigantesques monts saisis par les glaciers s'étendait le plateau nu, sans arbres. Peut-être au bout, s'il continuait encore ? Il possédait des notions légères de la nature, n'ayant jamais vécu dans les fermes. Ici, le pays n'était pas à l'échelle de l'homme. Il découvrait un océan immobile qui n'avait pas bougé depuis l'origine des temps, et Tchema s'y enfonçait, naufragé minuscule, bientôt englouti dans la nuit.

La douleur du froid le garda éveillé à cheval jusqu'à l'aube.

Depuis des semaines qu'il vivait dans le camp avec d'autres bergers, s'ils parlaient peu pendant la journée, le soir autour des feux les autres racontaient. Certains faisaient la saison chaque année. D'autres avaient vacillé avant lui dans ces immensités. Il avait entendu les récits : rester sur le cheval, ne jamais marcher dans la neige, surtout ne pas y dormir, car on ne se réveillait plus et c'était une mort douce, en dormant, pour qui voulait ça.

Tchema coinça les rênes sur le pommeau de la selle, à peine plus tendu du côté gauche. Ainsi, le cheval tournerait sans s'en rendre compte. Il tracerait un grand cercle dans la neige et repasserait indéfiniment dans ses traces, sans s'égarer davantage. Le cheval l'avait sûrement déjà fait. Il marcha, de plus en plus à l'aise car ses sabots créaient un sillon en rond, où il passait mieux. Tchema avala quelques gorgées de vin. Son estomac gargouillait et ses yeux se fermaient. Plusieurs fois, il se redressa en sursaut, s'acharnant à résister au sommeil. S'il dormait, il était mort.

A force de fouler sa propre trace, le cheval avait même creusé un créneau où la terre apparaissait entre deux petites haies de neige. Elle s'étendait jusqu'au bout du monde, mais la fin de l'hiver l'avait affinée. Il arracha des herbes gelées, mâcha ce qu'il put en balançant l'encolure et reprit son pas. Tchema l'arrêta.

La première lueur du jour lui permit de distinguer plus bas les cimes d'un bois. Il découvrit le diamètre colossal du cercle suivi pendant toute la nuit, qui l'amenait à intervalles réguliers à un point d'où il n'avait pas pu apercevoir cette forêt, la veille au crépuscule. Il essaya de crier de joie, mais le son racla faiblement sa gorge, à peine amplifié par l'écho des montagnes. Il leur tournait le dos maintenant, trottinant vers les bois avec dans la tête la même impatience qu'un marin qui crie « Terre ! » après des mois d'océan.

Sans le savoir, Tchema reprenait d'ailleurs le chemin du sud, le même qu'en montant, celui pris par Iloba à son départ du camp quelques jours plus tôt.

A la lisière des premiers arbres, il descendit de cheval, presque alerte, comme si sa fatigue s'était évanouie en touchant enfin au but. Il coinça son fusil en bandoulière dans son dos (« Tu ne le quittes jamais, même pour aller pisser » répétait le *campero*), décrocha la hache et commença à tailler des branches. Il les cassait à la racine, puis les élaguait, enfin les morcelait en petits rondins, empilant tout en cône devant lui. Quand il aurait fini, il remplirait les sacs sur les flancs du cheval, qu'il voyait plus loin. Il l'appela, mais la bête s'éloignait, baissant la tête parfois pour dénicher une touffe d'herbe. Il avait faim aussi. Tchema reprit son travail, acharné. Bientôt, le retour.

Le bruit des branches cassées résonnait dans la solitude de la forêt. Des oiseaux s'éveillaient, lissant leurs plumes et commençant à pépier. La vie était bonne, la vie reprenait. Tchema les vit s'envoler ensemble. Ils allaient chercher pitance, comme lui bientôt, comme le cheval que Tchema n'apercevait plus. Il se redressa en essuyant son front et ses yeux, noyés par la sueur. Le bas de son dos tirait, à force de lever la hache très haut et de l'abattre sur les troncs. Tchema la posa à terre et déplaça le fusil qui tapait sur ses reins. En soufflant comme un bûcheron, il compta les rondins empilés. Il en manquait encore. Il soupira, oubliant la nature qui se calmait soudain. Il crispa ses paupières, car la fatigue faisait danser devant ses yeux des petits points lumineux. Puis tout son corps se tendit.

Plus un son. Pas d'oiseaux.

Il ouvrit les yeux. « Quand tu n'entends plus de bruit dans la sierra, c'est mauvais signe » : la phrase d'un vieux berger lui revint en mémoire. Le sang se retira de son visage et en même temps il commença à tourner sur lui-même, affolé, paniqué comme un insecte dans une toile d'araignée. Le cheval avait disparu. Tchema se mit à respirer par saccades. Il virevolta, les deux mains sur la bouche, mordant ses poings. Ses tremblements devinrent frénétiques. Il s'écartait d'un pas, revenait de deux, cherchait son fusil à tâtons, ne voyait plus la hache à terre, ses gros yeux exorbités.

On remarquait leur pelage gris foncé, hérissé en touffes.

Ils étaient arrivés par le Grand Nord, traversant des fleuves gelés, les flancs creusés où leurs côtes saillaient sous la respiration haletante, fous de faim, fous de viande.

Ils s'étaient cachés, aplatis au ras de la neige, pendant des heures, sans bouger. Le cheval les avait sentis. Il se protégeait, loin. Alors, ils s'étaient relevés puis déployés en arc de cercle, emprisonnant Tchema adossé à un arbre épais.

Certains s'étaient assis sur leur arrière-train. D'autres avançaient de biais, sournois, sans se presser, faisant trembler leurs babines au-dessus de leurs crocs, en calculant les maigres chances de leur proie.

Les coyotes. Une meute.

6

Après sa première nuit de vrai sommeil, Iloba quitta Los Angeles. Le smog avait disparu. La ville avait récupéré son soleil insolent. Les gens joyeux se saluaient de « *what a wonderful day !* » exaspérants dès la troisième fois. La fin de l'hiver cédait devant le printemps précoce. Les Californiens n'y voyaient qu'un signe de leur supériorité : ils vivaient en avance sur le monde entier, puisque le décalage horaire les faisait se lever plus tôt, trois heures d'avance sur New York.

Le jour gonflait, gorgé de sève, mais pas Iloba. Sa tête sonnait en creux, son corps marchait sans muscles à l'intérieur, lui semblait-il. Dans ses vêtements séchés et propres, dont il avait recousu au réveil les déchirures les plus gênantes, rasé à l'eau froide et sans savon dans la chambre, il avait quitté le motel sans se retourner, n'enregistrant même pas le nom dans sa mémoire. Un seul chemin s'ouvrait devant lui, direct comme la rue rectiligne où il marchait, le sac sur l'épaule : retourner au ranch.

Contrat en poche, il espérait à toute force qu'on le reprendrait chez les bergers. Sinon, il serait reconduit à l'avion et renvoyé au pays : insupportable. Sinon ? Il s'échapperait : impossible. Il avait compris qu'il ne survivrait pas longtemps dans ce pays, seul et sans visa. C'était fou, le nombre de voitures de police qui sillonnaient les rues, leurs sirènes sifflant comme un vent de steppe irrité.

Il n'avait pas pensé au-delà, pas promis : « Je reviendrai, je me vengerai », aucune bêtise de ce genre, aucune pensée, du vide en lui et des kilomètres en face.

Demandant plusieurs fois son chemin, balbutiant des « *Greyhounds... buses...* », il aboutit enfin à une monumentale gare routière où il dut encore aller d'un employé à l'autre, d'un guichetier en visière auquel il indiqua sur la carte murale sa destination, à un autre contrôleur qui lui désigna le bon car, où il s'effondra sans aucun plaisir. Le chemin du retour ne lui parut pas plus court que celui de l'aller. Il laissa son regard s'égarer sur les décors, longea des golfs où chaque trou lui paraissait plus vaste que tout le terrain où il avait travaillé au pays. D'ailleurs, les joueurs les sillonnaient au volant de petites voitures électriques.

Il se présenta au ranch deux jours plus tard. D'emblée, face au propriétaire, il ne baissa pas les yeux. Et l'autre non plus.

Un geste sur lui, et Iloba l'assommait.

C'était un type massif pourtant, bien ridé, usé par une vie qu'il avait sans doute débutée lui aussi en berger, à s'épuiser jour et nuit pour acheter les premières bêtes, jusqu'aux milliers qu'il possédait maintenant. Ses mains étaient noueuses. Iloba les fixait, pour prévenir le coup qu'elles porteraient.

Le type s'approcha. Iloba se raidit, serrant un poing. L'autre ne le quittait pas des yeux, puis fit un pas de côté.

Le patron leva le bras, mais lentement. Puis il le passa autour de ses épaules :

— Bienvenue chez toi, mon gars.

Iloba se sentit épuisé d'un seul coup. Ses doigts se relâchèrent. Des larmes montaient sous ses yeux, mais le patron, en le tenant toujours par les épaules, l'entraîna vers une table et le fit asseoir.

— On va boire un coup.

Il ouvrit une gigantesque armoire blanche et grande comme dix minuscules modèles qu'Iloba avait vus à la Maison. Un nuage de buée s'en échappa. Il en sortit deux bouteilles de bière, qu'il décapsula avec ses dents, puis vint s'asseoir en face :

— Les filles ?

Iloba fit non de la tête, puis se reprit :

— Oui.

— Bien. Il en faut.

Le patron dressa alors les cinq doigts de sa main devant les yeux d'Iloba.

— Non, une, répondit celui-ci.

— Cinq jours, rectifia le patron. Le *campero* est descendu, il a signalé ta disparition. Je compte, ça fait cinq jours. Cinq jours à baiser : magnifique.

Iloba ne le démentit pas. Qu'allait-il lui raconter ? Sa lamentable expédition ? Il réalisa soudain qu'il vivait chez les hommes, qu'il avait commencé par un chagrin d'amour, et qu'on n'en parlait pas.

— Je peux rester ?

— Non. Tu vas partir.

Iloba baissa la tête. C'était bref, le rêve.

Le patron éclata de rire. Il avait la voix forte, une voix à donner des ordres :

— Tu vas partir là-haut !

Iloba reprit son sac, puis le patron l'entraîna dans la cour du ranch, le retenant par le bras pendant qu'il donnait des consignes en espagnol à un employé mexicain. Quelques minutes plus tard, celui-ci déposait devant eux une lourde besace à bretelles. Le patron ordonna à Iloba de la hisser sur son dos. Avec le sac, il croulait sous le chargement.

— Tu monteras ça au camp. Des provisions. Ici, jamais un voyage pour soi. Bon, il y a quand même une couverture pour toi. Et à manger.

Iloba attendit. Qu'allait-on lui donner, un âne chargé ? Un cheval ?

— A pied ! rectifia le patron, d'un ton sec. Tu suis le chemin de l'aller. Tu retrouveras : ça se grave profond dans la tête, la sierra, tu t'en rendras compte.

Iloba le salua. L'autre lui glissa machinalement :

— Tout le monde fait une erreur. Pas deux : ici, à la deuxième, on est mort.

*

Iloba s'engagea vers la première colline en longeant le corral. Des bêtes y couraient, poursuivies par des gardiens à cheval, soulevant une poussière qui l'enveloppa et lui piqua les yeux. Il se retourna vite, mais ne vit plus le ranch. Il reprit sa route, n'ayant qu'à monter.

D'un ravin à une crête, en suivant le ruisseau ou en longeant une forêt, Iloba reconnaissait la route. Il retrouva même des arbres où, à l'aller, il avait vu des graffitis gravés sur les troncs, un mot basque – *bakardadea* souvent... solitude –, une date, le nom d'un village du pays. Sur le moment, il n'y avait pas prêté attention. En repassant, il revoyait ça comme la veille. On n'oubliait rien, dans la sierra. Le patron disait vrai.

Il s'arrêta au soir et dormit à la belle étoile. Malgré la couverture, le froid le réveilla très vite et il reprit sa marche.

Ne connaissant pas d'autre chemin que celui de l'aller, il fut contraint de refaire le détour que le convoi avait suivi après l'attaque des vachers à cheval, mais c'était déjà si ancien ! presque une première vie – et de traverser le plateau abrité du soleil, la fin du glacier où il vit bientôt, à perte de vue, l'étendue de neige éternelle. Il fallait la traverser, pendant des heures, puis redescendre par la vallée et retrouver les cailloux et la terre, retrouver le camp. Le trajet se dessinait dans sa tête, clair comme s'il suivait une carte. Mais maintenant il lui tardait d'arriver. Là-haut, sa nouvelle famille était rude, mais c'était son clan, et puis Tchema serait heureux de le voir revenir.

7

L'humidité suintante en guise de brûlure glacée, la jungle grouillante en guise de silence sans feuilles, à part cela Tchema revivait l'Indochine au Nevada. Face à lui, les peaux n'étaient pas jaunes mais les yeux, oui. Cerné là-bas, il avait été capturé. Mais ici, les coyotes ne faisaient pas de prisonniers.

Tchema s'accroupit dans la neige avec une lenteur de chat, tout en faisant glisser son fusil de son dos à la hanche. Il n'avait plus peur. Tout à l'heure, le silence l'avait affolé, comme naguère dans les rizières quand on n'entendait rien mais qu'on devinait.

Ils étaient là. La peur partait.

Tchema s'allongea tout doucement, fusil pointé. Puis il ne bougea plus, les laissant s'approcher.

Les féroces restaient à distance. Ils tentaient de mesurer la force de leur proie. Certains poussaient des cris aigus, presque des gémissements, impatients. Les autres allaient et venaient sur quelques mètres, le dos de plus en plus creusé, les pattes rasant la neige puis s'y enfonçant pour prendre appui, bientôt l'élan. Les plus proches rejetèrent leurs oreilles en arrière.

Pour un mouton, ils seraient déjà en train de fouailler les entrailles de la bête encore vivante. Mais cette forme noire qui ne bougeait plus devant eux, qu'ils sentaient pourtant, demeurait inquiétante.

Sans gestes brusques, Tchema dirigeait son fusil sur l'un, le plus proche, ou l'autre à côté. Ses paupières restaient presque closes pour viser et pour ne pas les agresser dans les yeux. La précaution fit long feu.

Ivre de rage, le premier coyote poussa soudain sur ses pattes arrière et fonça, droit face au canon du fusil, les crocs pleins de bave.

La balle l'atteignit en plein poitrail et il se désarticula en l'air comme un pantin tiré par l'arrière, en poussant un hurlement épouvantable. Tous les autres se figèrent. Certains, bloqués dans leur élan, terrorisés par le cri de mort de leur congénère, détalèrent pendant quelques secondes. Comme il n'y avait plus aucun bruit, ils stoppèrent à nouveau et se remirent en cercle, fixant la forme allongée d'où sortait ce bruit terrifiant pour eux, mais qu'ils avaient déjà entendu.

Et la forme bougeait. Tchema, les ayant repoussés à quelques dizaines de mètres, se ramassait à terre sans les quitter des yeux. Quand il fut presque debout, il détala vers l'arbre le plus proche en passant la bandoulière du fusil autour de son cou. Ce fut comme un signal. Le voyant fuir, les coyotes démarrèrent en un éclair. En trois galops, ils le rejoignirent, le frôlant alors qu'il commençait à escalader le tronc. Les crocs claquèrent dans le vide, à quelques centimètres de la branche où il s'appuyait. Comme un cabri, s'arrachant les joues sur les jeunes pousses, Tchema se hissa de justesse hors de leur portée.

C'était la seule solution pour ne pas être dévoré. Et maintenant il reprenait son souffle, à califourchon sur l'arbre. En dessous, les enragés agrippaient leurs pattes au tronc. Ils grognaient avec une telle férocité que Tchema ne respirait plus. Certains parvenaient à escalader l'arbre sur près de deux mètres et puis leurs griffes, pas assez puissantes, au contraire de celles des félins, les trahissaient. Ils glissaient en arrière en couinant, essayant de ne pas se fracasser sur les racines. L'un d'eux s'y prit mal et s'assomma en bas. Les autres organisaient une danse autour du tronc, poil hérissé. Pourtant bien à l'abri, Tchema était terrorisé. Certains tentaient derechef de grimper, et au-dessus d'eux, Tchema ne voyait que leurs crocs sortant des babines retroussées, leurs narines frémissantes, leurs têtes horribles aux yeux jaunes, fous.

Il assura mieux son fusil dans son dos. Il aurait pu tirer sur les plus proches, à la verticale entre les branches, mais pour quoi ? Il possédait peu de munitions dans ses poches, avec son couteau, sa boîte d'allumettes et son rouleau de ficelle. En tuer quelques-uns n'aurait provoqué qu'un déchaînement interminable des survivants. Il ne pouvait pas les abattre tous. Un seul, le dernier, suffirait à le déchiqueter. Il fallait attendre, et pas des secours ! Aucun être humain ne vivait là, à des *miles* à la ronde. Même si le coup de feu avait été entendu, qui saurait d'où il venait ? L'écho renvoyait les sons en embrouillant leurs sens.

Attendre... attendre simplement qu'ils se lassent.

Les coyotes résistèrent pendant trois heures.

Les neurones des bêtes grouillaient d'un milliard d'années de chasse. Elles savaient abandonner une proie devenue inaccessible. La faim les appellerait ailleurs.

Ils s'éloignèrent enfin, à regret, en grognant. Certains se retournaient encore, fixant l'arbre où ils ne voyaient plus l'homme, mais où ils savaient qu'il se cachait.

Bougeant à peine la tête entre les branches, Tchema les vit partir, le dos rond et les oreilles droites. Ramenant son fusil tout doucement devant lui, il épaula, décidé à tirer un coup dans leur direction pour les effrayer. Résonnant dans les bois et contre la montagne, la détonation fut énorme et la balle vint se ficher dans la neige, à un mètre d'un coyote. Affolé par le bruit et par la gerbe sortie du sol, celui-ci détala, suivi aussitôt par les autres. La meute disparut au bout du bois, derrière la colline. Tchema attendit encore un très long moment, dans un silence absolu. Il scrutait le point où les féroces avaient fui en essayant de distinguer s'ils n'étaient pas à nouveau enfoncés dans la neige, tapis, prêts à revenir. Mais la fatigue et la réverbération de la neige faisaient cligner ses yeux.

Il massa ses jambes ankylosées. Quand il fut certain que le sang circulait à nouveau, parce que ses pieds picotaient et que ses bras semblaient avoir été battus par une masse, il passa lentement une jambe par-dessus la branche et se rétablit avant d'entamer sa descente.

Il posa son pied plus bas, mais celui-ci glissa sur le bois mouillé. Encore mal assuré, Tchema dérapa. Il tendit la main pour se rattraper à une branche. Elle cassa sous son poids. Son corps fut entraîné. Il heurta le tronc, sentit une douleur fulgurante sous le bras, près du poignet, tandis qu'il rebondissait entre les branches. Le fusil se bloqua dans une fourche et la lanière l'étrangla, éliminant les derniers réflexes de contrôle qui auraient pu amortir sa chute.

Il se débattit pour arracher l'arme, qui tomba comme un pieu et disparut sous la neige. Tchema la suivit, une jambe tordue, et il tomba presque de la moitié de l'arbre sur le tas de rondins qu'il avait amassé quelques heures plus tôt. Son genou lâcha et il se reçut sur le tibia, poussant un hurlement atroce en roulant dans la neige, qui se mit à rougir.

Il vit d'abord la chair de son bras, ouverte comme après un coup de couteau rouillé, puis aussitôt la jambe de son pantalon, déjà brune. Les mâchoires serrées à les briser, il remonta le bas et découvrit son os brisé, dont un bout avait crevé la peau et sortait. Il perdit connaissance pendant quelques secondes.

Les coups de poignard de la douleur le réveillèrent. Il se demanda ce qu'il faisait là, puis tout lui revint. Rampant en gémissant jusqu'au fusil dont la crosse émergeait de la neige, il gratta pour le dégager. Puis il ouvrit le canon et actionna la détente. De l'eau s'échappa. La neige fondue avait tout inondé. Il était inutilisable. Il le laissa tomber et, avançant sur les coudes, saisit la hache posée à côté des rondins et des branchages.

Derrière lui, loin encore, mais le bruit le glaça, il perçut un son féroce. Jetant un coup d'œil, il se mit à trembler.

Les coyotes revenaient.

Au bout du bois où il les avait vus disparaître, deux d'entre eux, les plus hardis, trottinaient, oreilles en arrière. Les autres allaient suivre, peut-être occupés à chasser un autre animal plus loin. Parfois, certains partaient en éclaireurs et s'ils trouvaient une proie, après l'avoir déchiquetée, leurs cris et l'odeur alertaient les autres qui revenaient s'abattre sur le monceau de chairs et de viscères éventrés. Et les rapaces tourneraient bientôt au-dessus, pour dégager à coups de bec et de griffes leur place au festin.

Les coyotes avaient entendu le hurlement et le bruit de la chute. Ils approchaient, informés par leur instinct que l'homme s'offrait. Pour la plupart des espèces, la neige noyait tout, mais pour eux, l'odeur du sang surnageait, partout.

Cloué par sa fracture et par sa blessure au bras, Tchema ne pouvait plus bouger. Il parvint seulement à tendre le bras et à arracher un paquet de brindilles, quelques branches courtes sur l'amas près de lui. Très vite, il dégagea de la main un espace dans la neige jusqu'à la terre glacée. Il entassa les petites branches en faisceau approximatif et fouilla dans sa poche à la recherche de la grosse boîte d'allumettes qui ne le quittait jamais. C'étaient des bâtonnets longs et secs, beaucoup plus gros que les allumettes ordinaires du pays. De vrais petits brandons, entourés de soufre durci à l'extrémité.

Il en disposa plusieurs à la base des branches entrecroisées. Il allait allumer ça d'abord, puis alimenterait le premier feu avec d'autres allumettes en espérant que les flammes parviendraient à craquer la tendre écorce humide au-dessus et feraient prendre le feu. Heureusement, le bois avait été coupé depuis plusieurs heures maintenant, et sa boîte était pleine.

Mais ses gestes maladroits le ralentirent et, alors qu'il allait allumer la première, l'un des deux coyotes qu'il n'avait pas vu passer derrière se jeta sur son bras, plantant ses crocs dans la plaie déjà ouverte.

Après un cri atroce, Tchema le frappa avec son autre main sur le flanc, recevant dans les narines l'épouvantable odeur de pourri que dégageait la bête. Cela ne fit que redoubler sa fureur et elle secoua la tête sans desserrer les crocs. Alors, Tchema réussit à saisir le manche de la hache posée à côté et il l'assena avec la dernière force qui lui restait sur le cou de l'animal qu'il coupa presqu'en deux. Le sang de la bête jaillit sur son visage et, deux secondes plus tard, il sentit les mâchoires se relâcher, libérant son bras.

Le deuxième coyote s'était approché, excité par l'attaque de son congénère. Il s'apprêtait à sauter à son tour sur Tchema. Mais le sang et le cri le figèrent un instant. Tchema empoigna le cadavre de l'animal comme il put, presque décapité, et le jeta en l'air, pas loin, au-dessus de sa jambe valide. Il réussit à lever le pied assez haut pour renvoyer la dépouille comme un ballon, à quelques mètres.

L'autre coyote se précipita, renifla le sang, fouilla avec son museau, à la fois attiré et inquiet, sentant le danger, seul désormais.

Le répit fut court, mais permit à Tchema d'empoigner à nouveau sa boîte d'allumettes.

Il aurait pu attendre, la hache à la main, espérer abattre le deuxième... Mais les autres suivraient et peut-être humaient-ils déjà l'air au bout du bois. Ils étaient enragés, fous de haine et de faim. Il en tuerait deux, trois peut-être, jamais assez. Puis il serait voué à une mort horrible. Ils allaient le dévorer vivant, comme le premier avait déjà essayé de le faire. Seul le feu pouvait les effrayer.

Vite, si celui-ci ne prenait pas, dans quelques minutes il serait mort.

Il craqua une allumette, la glissa sous le croisillon des autres qui s'enflammèrent, et leurs bouts de soufre provoquaient chaque fois une petite explosion qui projetait la flamme un peu plus haut. Heureusement, il n'y avait aucun vent.

Avec des craquements comme ceux d'une chair, le bois se tordit, éclata ici et là, résista tant qu'il put aux morsures du feu. Mais celui-ci, comme les crocs du coyote à l'instant, se plantait dans les écorces et serrait ses mâchoires dansantes. Tchema l'alimentait, craquant des allumettes, nourrissant la bête naissante, soufflant sur les premières braises rouges pour les raviver. Les petites branches se mirent à crépiter.

A quelques mètres, l'autre coyote, pas encore effrayé mais déjà intrigué, avait relevé son museau du cou béant de l'autre et présentait des babines sanguinolentes. Les oreilles droites, il penchait la tête pour comprendre.

Tchema cassa d'autres branches toutes petites d'une seule main et les rajouta sur le haut comme en les saupoudrant. Elles prirent feu, et celui-ci se nourrissait maintenant du foyer près du sol et des flammes encore timides qui se rejoignaient au sommet. Tchema les laissa gonfler pendant quelques secondes, sans quitter la bête des yeux.

Le coyote avait fait un pas en arrière. Tchema tendit le bras pour attirer à lui une branche plus épaisse, qu'il posa en travers sur l'amas brûlant, puis une autre, en pointe. Il usa encore quelques allumettes pour assécher la première écorce puis laisser les flammèches achever le travail et pénétrer le bois. Il souffla sur les braises, un œil sur le coyote, prêt à saisir la hache.

Si l'autre n'avait pas eu peur, il aurait attaqué. Or, le feu se levait. Les écorces s'ouvrirent. Les premières vraies flammes valsaient au-dessus des braises sur lesquelles Tchema soufflait à faire hurler ses poumons.

Alors, le coyote, pris de panique, fit demi-tour et fonça droit devant lui. Tchema vit son corps décharné s'évanouir loin, dans la neige, pas même vers le bout de la forêt où les autres devaient patienter – et bientôt s'enfuir, affolés par le feu qu'ils apercevaient à l'autre bout.

Tchema continua longtemps à alimenter le foyer, tordu à terre, ne pouvant que tendre le bras pour attirer à lui de nouvelles branches, bientôt des rondins. Il fallait brûler, brûler encore, brûler jusqu'au dernier tronc s'il pouvait. Ensuite...

Il dénoua le foulard de son cou, le tordit et serra ses dents autour. Sans fermer les yeux, appuyé sur son coude, il avança l'autre bras déchiqueté par le coyote au-dessus des flammes, le retirant aussitôt tandis que d'énormes larmes jaillissaient de ses yeux. Il resta un moment à reprendre son souffle, puis remit le bras sur le bûcher, laissant les flammes lécher la blessure. La douleur était inhumaine, et il cracha le foulard, poussant des cris de torturé comme ceux, là-bas, dans les cages de Poulo Condor en Indochine, qui arrachaient ses oreilles toutes les nuits depuis lors. Mais il n'y avait que ce moyen pour cautériser une plaie que le coyote avait infectée avec ses crocs. Sinon, la gangrène arriverait et la mort serait longue à venir. Il aurait le temps de penser. Il fallait brûler, purifier les chairs. L'odeur de grillé révulsa son estomac vide, il vomit de la bile et puis, au lieu de crier, il se mit à appeler, comme fou, illuminé, gueulant de toute sa force un morceau de cantique qui revint dans sa tête sans prévenir.

Enfin, il ôta son bras du bûcher et roula sur le côté, l'enfouissant dans la neige.

*

Plus tard, presque évanoui, il entendit le cheval. Le souffle des naseaux, comme un éternuement, lui parvint dans sa demi-inconscience. Puis il distingua la bête, tête basse. Elle aussi avait compris que le danger des coyotes était passé. Elle avait perçu les cris, les appels, le chant hystérique de Tchema, reconnu sa voix. Quant au feu, dont elle connaissait les lueurs et la chaleur chaque soir au camp, c'était devenu un ami. Elle revenait s'y réchauffer et retrouver son maître, pas très vite, comme coupable. Sa tête baissée et les rênes qui traînaient dans la neige lui donnaient un air penaud.

Le cheval approcha de Tchema et promena ses naseaux contre lui. Les odeurs le soûlaient. Le feu, le sang, le cadavre du coyote, la chair cramée... Lui gémissait à terre, tapotant l'encolure, comme s'il pardonnait.

Le cheval semblait hésiter. Puis, par habitude, il se plaça de biais, près de son maître, attendant.

Tchema agrippa l'étrier qui se balançait sous son nez. Il réussit à replier sous lui sa jambe valide. Il y voyait à peine, les yeux brouillés de larmes et à demi-fermés par la souffrance. Sa tête tournait. Il faillit tomber plusieurs fois en arrière, pour toujours. Enfin en équilibre sur une jambe, il accrocha sa main à la crinière du cheval. Si celui-ci bougeait d'un pas, Tchema basculait sur le feu dont les flammes léchaient le bas de ses bottes. Il tanguait à dix centimètres de la mort. Et elle gagnait en lui, en même temps que son sang coulait de sa jambe.

Il ne bougea plus pendant un moment, jusqu'à ce que les arbres, le cheval, le feu, le coyote mort, tout ce manège se calme enfin et arrête de tourner. La bouche grande ouverte sur son souffle haché, il laissa sa main suivre l'encolure du cheval jusqu'au pommeau de la selle. Il lui était impossible de monter, impossible de s'appuyer sur son tibia fracturé. Alors, en concentrant ses dernières forces, vraiment les dernières, il le sentait, quelques atomes d'énergie, il empoigna le pommeau comme un noyé doit serrer une bouée et fléchit sa jambe valide. Il la détendit d'un coup de reins en tirant vers lui la selle et le cheval.

Il décolla du sol, jeta son buste en avant, par-dessus le cuir, gigota des hanches pour glisser davantage vers l'avant. Il resta un moment en équilibre, comme au-dessus d'un précipice, un coup en avant, un coup en arrière... Il parvint à s'affaler sur le cheval, les jambes pendant d'un côté, les bras de l'autre, comme un vieux sac jeté en travers.

Le cheval enfin chargé, redevenu lui-même, commença à avancer.

Tchema ferma les yeux, autant bercé par le roulis de l'échine que torturé par sa jambe ouverte qui battait l'air – et il s'évanouit.

Coincé par le pommeau d'un côté et de l'autre par le dossier qu'ont les selles mexicaines, le buste de Tchema tenait dans un étau. Il ne glissa pas. Instinctivement, le cheval alla très lentement, sans cahots et droit devant, à marche tranquille vers les champs qu'il voyait plus bas, jaunes et ocre, où il pourrait brouter.

Derrière lui s'allongeait le fil rouge que traçait dans la neige, en zigzag, le sang de Tchema.

8

Ce filet de sang, Iloba marcha dessus en remontant vers le camp. Il avait rcpris son voyage au matin, et il fallait traverser cette vallée de neige, finir le détour avant de redescendre vers le sec, vers le troupeau, le *campero*, les autres et Tchema.

Même ses larges épaules et ses muscles de jeune homme commençaient à faire mal sous les bretelles de la besace et le poids de son sac. Il avait tout essayé pour répartir l'effort : jeter le sac sur une épaule, mais cela le déséquilibrait et il fallait changer d'épaule, toutes les dix minutes à la fin ; le porter à la main, mais les doigts se tétanisaient, il fallait un moment avant de pouvoir les bouger ; finalement, il avait sanglé son sac sur le sommet de la besace et il avançait tête courbée, à la façon d'un Père Noël sous sa hotte.

En biais sur le flanc de la colline, suivant les repères que sa mémoire retrouvait, il contourna un bois et, en débouchant sur la plaine de neige, il marcha sur un trait rouge dont les bords s'étoilaient comme la traînée d'un avion dans le ciel. Il reconnut du sang.

Son œil suivit le tracé qui descendait. A droite de ce filet rouge, les sabots d'un cheval avaient creusé leur empreinte dans la neige de moins en moins profonde car le soleil montait haut et la fonte atteignait le secteur. « Sans doute un chasseur, pensa Iloba, avec un animal tué qui perd encore son sang. » Au camp, on lui avait signalé que l'Etat payait un dollar la peau d'un coyote. Il mit sa main en visière sur ses yeux. Le fil de sang disparaissait derrière une butte. On ne voyait pas plus bas.

Prêt à reprendre sa marche vers le haut, il perçut un mouvement au fond. Sur la butte opposée s'éloignait lentement un cheval. Iloba comprit qu'en dessous ne passait qu'un ravin et que le terrain remontait tout de suite. La neige aplatissait les reliefs. S'il n'avait vu les montagnes plus loin et les bois autour, il aurait pu se croire encore à Los Angeles, le froid en plus. Au niveau du sol, comme avec le *smog*, le blanc noyait tout.

Le cheval, là-bas, allait seul, sans cavalier. Iloba distingua un corps en travers. Sans vraiment l'identifier, il pensa à... Ce pantalon, ces bottes... tous portaient à peu près les mêmes. Malgré tout... Le cheval tourna un peu à droite, pour atténuer le devers et faciliter sa marche. Iloba vit mieux le chargement que portait la bête.

Cette tête qui pendait entre les bras ballants, ces cheveux noirs et drus, piquants comme une couronne d'épines, même d'assez loin il n'avait plus de doutes : Tchema !

Il se mit à courir, droit vers le cheval, dévala le ravin, glissa, tomba, se releva maculé de neige boueuse et rattrapa le cheval en quelques minutes. Il n'ordonna rien, le dépassant simplement pour se planter devant lui et le stopper. Le cheval s'arrêta.

Iloba défit son sac et sa besace. Il s'accroupit à la hauteur de la tête de Tchema. Elle était rouge, pleine de sang. Il le crut mort.

Mais il se mit sous lui et croisa les grands yeux ronds, ouverts. Tchema gargouillait des mots incompréhensibles. Iloba découvrit le bras brûlé, les chairs noircies sur les bords.

— Je suis là, je suis là... souffla-t-il.

— *Nere zangoa*... ma jambe ! balbutia Tchema, et si Iloba n'avait pas eu la tête collée à son oreille, il ne l'aurait pas entendu.

Il passa de l'autre côté et vit tout de suite la tache rouge qui s'élargissait sur la neige – comme un gros point final au bout d'une fine phrase rouge qui venait des bois. Puis son regard remonta sur le pantalon retroussé et il eut un mouvement de recul, dégoûté en découvrant la jambe brisée et l'os qui pointait.

Il repassa de l'autre côté, ramassa ses sacs et les plaça près du flanc. Avec précaution, en murmurant des « ça va, ça va... » très doux, il passa ses bras sous le ventre de Tchema et le souleva lentement, attentif à ne pas frôler la jambe.

L'ancien séminariste ne pesait pas, un ascète – et Iloba, un athlète. Le jeune homme le tint dans ses bras au-dessus du sol, puis l'allongea très lentement, appuyant la tête et le buste sur le dossier formé par les sacs, et reposant au ralenti la jambe cassée. Malgré tout, Tchema poussa une plainte infinie lorsqu'elle toucha le sol, qui pourtant s'amollissait comme un coussin.

Le sang du visage avait séché. Iloba remarqua qu'il n'y avait pas de blessure.

— Coyote... murmura Tchema.

Il essayait de sourire et n'offrait que des grimaces.

Iloba n'avait encore jamais vu ces terreurs, entre loups et chacals, mais au camp, les incessants récits des autres à propos de ces bêtes malfaisantes lui donnaient l'impression de bien les connaître.

— Ne parle pas, glissa-t-il à Tchema. Je vais te ramener.

Inutile de lui demander ce qu'il faisait là, moitié mort sur son cheval, sans fusil ni hache, sans rien d'autre qu'un brin de vie qui brillait encore au fond des yeux, ces yeux ronds dont seule Germaïna savait quelle terrible blessure ils cachaient.

On aurait dit que les rôles étaient inversés. Agenouillé près de Tchema, Iloba donnait l'impression d'un confesseur recueillant le souffle d'un mourant.

Tchema tourna ses yeux vers lui. Ses lèvres bougeaient mais aucun son ne sortait. Peut-être n'étaient-ce que des crispations de souffrance ?

Iloba se pencha, très près, sans détourner son regard. Parmi ses gémissements, le souffle saccadé, âcre, sortant de sa bouche, Tchema grogna, avec de grands silences entre les mots :

— Va, va... C'était bien... j'ai... tout... tout connu.

Entre une plainte et l'autre, Iloba distingua enfin :

— Germaïna... Germaïna.

Ce furent ses derniers mots.

Et son dernier geste, léger, fut de lever la main et, sur le front d'Iloba tout près du sien, de tracer le petit signe de croix du Dieu-te-garde, avec le pouce.

Puis son bras retomba sur la neige. Et il expira.

Iloba le secoua longtemps avant de comprendre. C'était son premier mort.

Il l'appela, tira sur les cheveux, mais tout restait flasque.

Alors, il se tassa sur lui-même, à genoux, et serra ses poings sur son ventre sans parvenir à pleurer.

Il sanglota plus tard, après avoir hissé de nouveau Tchema sur le cheval, mais cette fois comme un cavalier. Après avoir sanglé les sacs à la croupe, il ficela les jambes aux étriers et, grimpant derrière lui, il passa ses bras sous les siens, enroula les rênes autour de leurs quatre mains. Il le maintint ainsi, droit comme lui, tirant la tête de Tchema en arrière pour qu'elle repose sur son épaule.

Des talons, il pressa les flancs du cheval qui se mit à marcher, reprenant son pas tranquille, alourdi des deux hommes, en silence. Sous le soleil, la plaine fondait sans bruit, sauf le craquement des sabots sur la neige.

Le cheval connaissait le chemin, lui. Dix fois, trente fois sans doute avait-il déjà parcouru ces vallées. N'ayant pas besoin de refaire le détour forcé par la plaine de neige, la bête avançait sans ordre, au retour vers l'écurie. Il aurait dû trotter, en faire à sa tête, mais son épuisement depuis deux jours dans les neiges le faisait aller doux. Au-dessus, cramponné à Tchema, Iloba transpirait.

⋆

Quelques heures plus tard, le curieux attelage arriva au camp. Les hommes regroupaient les bêtes, ficelaient le matériel sur le dos des ânes et s'activaient avant de poursuivre leur route. Les premiers virent surgir le cheval parti presque deux jours plus tôt et qu'on croyait perdu, ou mort. Ils reconnurent les deux hommes imbriqués l'un dans l'autre sur la selle et ricanèrent, lançant quelques obscénités sous l'œil dur du *campero* qui s'était approché et se campait devant le cheval, jambes écartées, cravache à la main.

Puis les rires cessèrent d'un coup.

Iloba s'était dégagé de Tchema, et le buste de celui-ci tomba vers l'avant, heurtant l'encolure du cheval, les bras pendant de chaque côté, la tête tordue et les yeux révulsés.

Le silence s'installa. Tous les hommes s'étaient groupés ; beaucoup firent le signe de croix, puis ôtèrent leurs chapeaux.

Tchema fut enterré tout de suite, à côté de l'enclos où l'on regroupait les bêtes. On l'enroula dans sa couverture, tout habillé, tel quel, avec ses bottes et ses blessures. Le *campero* prononça une prière rapide. Puis les hommes finirent de regrouper les bêtes, charger les ânes et former le convoi. Les bêtes et les bergers reprirent la route vers les pâturages, la dernière bergerie et la séparation, car, là-haut, chacun s'installerait avec un troupeau isolé jusqu'à l'automne suivant.

Plus tard, dans la montagne, le *campero*, qui chevauchait en tête, s'arrêta sur le côté et laissa le convoi passer. Il descendit de cheval et attendit qu'Iloba, à pied à côté d'un âne croulant sous ses paquetages ficelés, arrive à sa hauteur.

Tenant son cheval par la bride, le *campero* marcha à côté d'Iloba. Il ne lui avait pas parlé depuis son retour. Il évita de regarder le visage du jeune berger basque et les larmes qui coulaient sur ses joues. Il ne lui dit rien pendant un moment, puis voulut parler, mais ne trouva sans doute pas ses mots car il continua à ses côtés en silence, un silence d'homme qui valait un discours.

A la fin, il fouilla dans une poche de son gilet de cuir sans manches qui recouvrait sa chemise et lui tendit un objet aux trois lames repliées dans le manche, comme ils en avaient tous. Iloba reconnut le couteau de Tchema, récupéré sur lui avant qu'on l'enterre.

Iloba le serra dans son poing en essayant de ne plus pleurer. Il s'arrêta à son tour et fixa le *campero* :

— Merci.

L'autre hocha la tête. Puis il grimpa sur son cheval et remonta la file en galopant, jusqu'à la tête.

Maintenant, Iloba était seul.

Et si le soir, dans les tentes, ses voisins entendaient ses cauchemars, ils ne comprenaient pas ce qu'Iloba Etcheverry grommelait d'une voix cassée :

— Germaïna... Germaïna.

Aubin Imprimeur
LIGUGÉ, POITIERS

Achevé d'imprimer en octobre 2005
pour le compte de France Loisirs
123, bd de Grenelle, 75015 Paris
N° d'édition 43917 / N° d'impression L 69178
Dépôt légal, octobre 2005
Imprimé en France